Super-Fiction
Collection
dirigée par
Georges H. Gallet
et
Jacques Bergier

Les Enfants du Joyau

DU MÊME AUTEUR

aux Éditions Albin Michel

Triplanétaire
Le premier Fulgur
Patrouille galactique
Le Fulgur gris
Le Surfulgur
Les Enfants du Joyau

A paraître

Les Maîtres du Vortex

Super-Fiction

Les Enfants du Joyau

E.E. "Doc" Smith

Albin Michel

Édition originale américaine :

CHILDREN OF THE LENS

Pyramid Books, New York

Traduit de l'américain par

RICHARD CHOMET

Traduction française :

22, rue Huyghens, 75014 Paris.
ISBN 2-226-00463-7

Pour Dan

Avant-propos

Message d'avertissement

Sujet : La fin du conflit boskonian
Émetteur : Christopher K. Kinnison. F3 de Klovia
Destinataire : L'entité capable de se procurer et de déchiffrer ce message.

A vous, l'intellect de troisième niveau qui avez été guidé vers ce récipient indestructible et qui vous êtes révélé capable d'en briser le Sceau et d'en déchiffrer le contenu. A vous et à vos semblables, salut !

Pour des raisons qui vous seront rapidement évidentes, ce rapport ne deviendra accessible que dans un délai indéterminé, mais forcément très long. Ma visualisation actuelle du Tout Cosmique ne me permet même pas d'envisager le moment où cela s'avérera nécessaire. C'est pourquoi il est préférable de passer rapidement en revue les événements principaux relatifs aux premières phases de la guerre avec Boskone. Ces faits sont présentement connus de tous, mais dans un lointain futur, ce ne seront plus que de vagues souvenirs dans la mémoire de mes descendants. A la naissance de la Civilisation, les forces de la loi ne parvenaient pas à endiguer la délinquance car les zones de leur compétence restaient par trop délimitées alors que les malfaiteurs de tout poil n'avaient pas à subir cette contrainte.

Le propulseur aninertiel, qui raccourcit les trajets interstellaires en en ramenant la durée de plusieurs générations à quelques heures, entraîna une telle augmentation de la criminalité et rendit si aléatoire la capture des malfaiteurs que les forces de la loi faillirent y succomber.

En outre, demeurait cet écueil apparemment insurmontable qu'était l'identification du personnel dûment accrédité. Les meilleurs savants du Service Triplanétaire avaient fait de leur mieux en créant un insigne impossible à contrefaire : le météore doré qui devait passer à la postérité. Celui-ci imprimait sur la conscience de l'individu qui le touchait un symbole imprononçable et inexprimable oralement mais cela se révéla pourtant insuffisant. Ce que la science sur le plan matériel pouvait imaginer et synthétiser était susceptible d'être analysé et reproduit, ce qui ne manqua pas de causer des problèmes considérables.

Triplanétaire avait besoin de quelque chose de bien supérieur à son météore. D'ailleurs, sans un insigne valable, il lui serait impossible d'accéder au stade de civilisation interstellaire. Il était indispensable de pouvoir identifier en tout lieu et en tout temps un Patrouilleur. Pour ce faire, l'objet devrait se révéler impossible à contrefaire ou à imiter. En fait, il faudrait qu'il tue quiconque cherchant à l'arborer indûment. Il devrait tenir lieu de traducteur télépathique et investir son porteur de pouvoirs mentaux. Autrement, comment diable un Tellurien pouvait-il espérer converser avec des êtres tels que les Rigelians qui ne parlaient, ne voyaient, ni n'entendaient ?

C'est alors qu'Arisia intervint. Le savant à qui revenait la charge de mener les études concernant le problème du météore, un certain docteur Nells Bergenholm qui, à l'insu même de ses amis les plus proches, n'était autre qu'un corps humain animé, selon les circonstances, par divers Arisians, annonça à Samms et à Kinnison que :

1. La science purement physique ne pourrait sans doute jamais mettre au point l'insigne envisagé.

2. Bien qu'il fût impossible de l'exprimer de façon intelligible pour l'homme, il devait exister une science de l'esprit, une science dont les résultats tangibles ne pourraient être analysés ou décomposés par des moyens matériels.

3. Virgil Samms, en se rendant en personne sur Arisia, parviendrait à obtenir exactement ce dont il avait besoin.

« Arisia ! Par tous les démons de l'espace, pourquoi Arisia ? demanda Kinnison. De toute façon, ignorez-vous donc que nul ne peut s'approcher de cette planète maudite ?

— Je sais que les Arisians sont particulièrement versés dans les sciences mentales. Je sais que si le conseiller Samms se rend sur Arisia, il y obtiendra le symbole qui lui est indispensable. Je SAIS qu'il ne l'obtiendra jamais ailleurs. Quant à vous dire COMMENT je sais ces choses, j'en suis totalement incapable. Il apparaît que JE LES SAIS et c'est tout. »

Or, du fait que Bergenholm était déjà célèbre en raison de ses intuitions foudroyantes et compte tenu qu'il était un génie dont la raison côtoyait souvent l'abîme, les deux leaders de la Civilisation n'insistèrent pas davantage et se rendirent immédiatement sur ce monde interdit jusque-là. Ils furent apparemment reçus de façon fort civile et Mentor leur remit leurs Joyaux. Ceux-ci se révélèrent à l'usage correspondre pleinement à tout ce qu'avait annoncé Bergenholm et même au-delà...

Le Joyau est une structure lenticulaire composée de centaines de milliers de minuscules cristaux accordés sur l'élan vital d'une entité déterminée. Bien que n'étant pas au sens strict du terme vivant, le Joyau est doté d'une sorte de pseudo-vie qui fait qu'il émet une lueur polychromatique permanente et changeante tant qu'il se trouve en contact avec l'être sur lequel il est en harmonie. Bien plus, lorsqu'il est porté par quelqu'un d'autre que son légitime détenteur, il demeure non seulement terne, mais tue l'imposteur, car sa pseudo-vie interfère très violemment avec celle de toute créature à laquelle il n'est pas accordé. C'est par ailleurs et parmi bien d'autres choses, un communicateur télépathique d'une puissance et d'une portée incroyables.

De retour sur Terre, Samms se mit en quête d'autres Fulgurs potentiels. C'est ainsi qu'il recruta Jack Kinnison, son ami Mason Northtrop, Conway Costigan et sa propre fille Virgilia. Les garçons obtinrent sans difficulté leur Joyau, mais Virgilia Samms revint les mains vides, Mentor lui ayant annoncé que, du fait de son sexe, elle n'en aurait jamais besoin. Les gens capables d'accéder au rang de Fulgur se révélèrent extrêmement rares.

Sachant que le Conseil Galactique qu'ils se proposaient de constituer devrait comprendre uniquement des Fulgurs provenant du plus grand nombre possible de systèmes solaires, Samms visita les différents systèmes colonisés par l'humanité, puis contacta les mondes non humains où il eut grand-peine à trouver quelques recrues.

Pendant quelque temps, l'existence même de ce corps nouvellement créé qu'était la Patrouille Galactique, s'avéra extrêmement précaire. Isaacson, patron de la Générale Interstellaire, désirant obtenir le monopole du commerce interstellaire, essaya d'abord la corruption. Puis il rejoignit le camp du sénateur Morgan et du chef de gang Towne, le camp des tueurs. Après une tentative d'assassinat, déjouée par les autres Fulgurs assistés de Virgilia Samms, Kinnison décida d'installer le Premier Fulgur dans le lieu le plus fortifié de la Terre, au-dessous de la Colline, cette forteresse gigantesque aux défenses inimaginables, qui avait été construite pour être le Quartier Général du Service Triplanétaire.

Mais, même là, Virgil Samms dut subir l'attaque d'une flotte de vaisseaux de combat. A ce moment cependant, la Patrouille Galactique disposait de forces suffisantes et de nouveau les Fulgurs remportèrent la victoire.

Sachant que la lutte finale serait par nécessité de nature politique, la Patrouille s'assura le contrôle du parti cosmocrate et s'affaira à réunir des preuves irréfutables concernant les activités criminelles du Parti nationaliste alors au pouvoir. Roderick Kinnison se présenta comme candidat à la présidence des États de l'Amérique du Nord, face à la marionnette qu'était Witherspoon. Après une lutte acharnée contre le sénateur Morgan, le porte-parole de la faction Morgan-Towne-Isaacson, Kinnison triompha.

Le continent nord-américain était la plus grande puissance terrestre et la Terre, la planète Mère, le guide, le coordinateur des autres mondes. Sous l'égide du Gouvernement cosmocratique d'Amérique du Nord, le Conseil Galactique et son bras séculier, la Patrouille Galactique, virent le jour. A la fin de son mandat, Roderick Kinnison retrouva son poste de Grand Amiral de la Patrouille et, à cette date, une centaine de planètes adhéraient à la Civilisation. Dix ans plus tard, il y en avait un millier. Au bout d'un siècle, on en dénombrait un million. Il est à noter que la houlette légère mais efficace du Conseil Galactique fit que, pendant toute la longue histoire de la Civilisation, aucun de ses membres n'a jamais jugé bon d'en quitter les rangs. Le temps passa. La longue lignée ininterrompue si soigneusement manipulée par Mentor d'Arisia, approchait de son but ultime. Le Fulgur Kimball Kinnison fut le n° 1 de sa promotion. En fait, et bien qu'il ne le sût pas, il était le n° 1 de son époque. Son équivalent féminin, Clarissa Mac Dougall, était infirmière dans l'immense hôpital de la Patrouille sur la Base n° 1.

Peu de temps après sa sortie de l'école, Kinnison fut convoqué par le Grand Amiral Haynes. La piraterie spatiale s'était organisée et sous l'autorité de ce que l'on avait baptisé « Boskone » avait atteint une telle ampleur qu'elle devenait une menace jusque pour la Patrouille Galactique. Sur un point, Boskone avait même l'avantage sur la Patrouille, ses savants ayant mis au point une source d'alimentation énergétique très supérieure à celle dont disposaient les forces de la Civilisation. Les pirates possédaient des croiseurs d'un type entièrement nouveau dont même les cargos, dûment escortés, n'étaient pas à l'abri. Ces engins, plus rapides que les plus rapides appareils de la Patrouille, étaient dotés d'une puissance de feu supérieure à celle des plus imposants vaisseaux de ligne de celle-ci et se trouvaient donc pratiquement en mesure d'agir comme bon leur semblait.

Devant cet état de fait, les ingénieurs de la Patrouille avaient dessiné et construit un astronef très particulier : le *Brittania.* Celui-ci était le plus rapide des engins spatiaux existants, mais n'avait pour tout armement offensif qu'un seul dispositif, le canon. K. Kinnison se vit attribuer le commandement de ce vaisseau avec mission : 1. de capturer un croiseur boskonian du dernier modèle ; 2. d'apprendre les secrets de son alimentation en énergie ; 3. de transmettre ces informations à la base n° 1.

Il localisa et saisit l'un de ces appareils avec l'aide du sergent Van Buskirk et de son détachement de Valérians.

Les savants emmenés à bord du *Brittania* percèrent l'énigme des sources d'alimentation énergétique de l'ennemi. Cependant, leurs découvertes ne pouvaient toujours pas être retransmises à la Base n° 1, les pirates brouillant toutes les longueurs d'ondes utilisables. Les vaisseaux de Boskone se rassemblèrent pour la curée et le croiseur de la Patrouille, gravement endommagé, ne pouvait ni fuir, ni combattre. C'est pourquoi chacun des membres de son équipage se vit confier un microfilm relatant exactement tout ce qui s'était déroulé avant d'être embarqué à bord d'une des nombreuses nacelles de sauvetage du *Brittania.* Ayant pourvu ce dernier d'un pilotage automatique basé sur le hasard afin que le croiseur déserté continue sa course folle dans l'espace et ayant placé à bord des charges destructrices susceptibles d'exploser au premier contact prolongé d'un faisceau sondeur, les Patrouilleurs tirèrent au sort leur compagnon de route et prirent place dans les chaloupes.

La course erratique du croiseur fit que celui-ci passa à proximité de la vedette où se trouvaient Kinnison et Van Buskirk. C'est à ce moment-là que les pirates tentèrent de stopper le *Brittania.* L'explosion qui s'ensuivit fut si violente que, sous l'impact des débris du vaisseau de la Patrouille, pratiquement tout l'équipage d'un des astronefs assaillants fut mis hors de combat. Les deux Patrouilleurs alors s'introduisirent à bord de l'astronef à la dérive et mirent le cap sur la Terre. Ils atteignirent le système solaire de Vélantia avant que les Boskonians ne parviennent à reprendre la situation en main. Remontant à bord de leur vedette, les deux hommes atterrirent alors sur la planète Delgon où ils furent tirés des griffes des Catlats par un certain Worsel, un reptile ailé hautement intelligent, qui devait par la suite devenir un Fulgur.

Grâce aux améliorations apportées aux écrans psychiques vélantians, les trois alliés parvinrent à détruire un groupe de Suzerains de Delgon, race de monstres sadiques qui maintenait sous sa férule les autres peuples de ce système solaire grâce à ses pouvoirs mentaux. Worsel accompagna ensuite les deux Patrouilleurs sur Vélantia où toutes les ressources de la planète furent mobilisées en vue de faire face à une éventuelle attaque des Boskonians. Plusieurs autres nacelles rejoignirent Vélantia, guidées par l'esprit de Worsel agissant au travers du Joyau de Kinnison.

Kinnison intercepta un message d'Helmuth au nom de Boskone. C'est ainsi qu'il parvint à obtenir ses premières données sur la Grande Base des pirates. Les pirates attaquèrent Vélantia où six de leurs vaisseaux furent capturés. A bord de ces six appareils et grâce à des équipages vélantians, les Telluriens reprirent le chemin de la Terre et de la Base nº 1. Lors de ce voyage de retour, à la suite d'une avarie de son Bergenholm, Kinnison dut faire escale sur Trenco, la planète qui était l'unique source de thionite de la galaxie. Là, il fit la connaissance du Fulgur Tregonsee, de Rigel IV, qui commandait la base de la Patrouille sur ce monde.

Pendant ce temps, Helmuth avait déduit de tout cela qu'un Fulgur était à l'origine de ses ennuis. Pour Boskone, le Joyau restait un mystère complet. On liait simplement son existence à Arisia, cette planète redoutée et fuie par tous les explorateurs du vide. Aucun Boskonian ayant approché ce globe ne voulait, même sous peine de mort, y retourner.

Se croyant lui-même à l'abri, du fait d'un écran psychique lui venant directement de la planète Ploor, Helmuth se dirigea seul vers Arisia afin de percer l'énigme du Joyau. L'accueil qu'il y reçut faillit lui faire perdre définitivement la raison, mais on lui permit néanmoins de regagner sain et sauf sa Grande Base.

Kinnison rejoignit la Base nº 1 avec les renseignements inestimables qu'il avait pu recueillir. En mettant en chantier des vaisseaux super-puissants baptisés « pilonneurs », la Patrouille s'assura provisoirement l'avantage, mais bientôt ce fut de nouveau l'impasse. Kinnison conçut un plan grâce auquel il espérait localiser la Grande Base d'Helmuth. C'est à ce moment que le Grand Amiral Haynes lui annonça sa promotion au rang de Fulgur Libre, plus communément appelé Fulgur Gris, à cause de la couleur grise de la combinaison de cuir qui était leur tenue.

Toujours à la recherche d'un second relevé lui permettant de situer le Quartier Général des pirates, Kinnison s'infiltra à l'intérieur d'une forteresse des hors-la-loi sur Aldebaran I. Le personnel de cette base cependant n'était pas humain et possédait le sens de la perception globale, aussi Kinnison fut-il promptement découvert et grièvement blessé. Il parvint pourtant à regagner sa vedette et à lancer un S.O.S. télépathique au Grand Amiral qui lui envoya aussitôt de l'aide. Soigné à l'hôpital de la Base n° 1 par le chirurgien général Lacy, il eut une longue et difficile convalescence, surveillé par Clarissa Mac Dougall, son infirmière attitrée. Haynes et Lacy se promirent de favoriser une idylle entre les deux jeunes gens.

Dès que le Fulgur fut rétabli, il se rendit sur Arisia dans l'espoir d'y recevoir un entraînement plus poussé. A son grand étonnement, il apprit qu'on attendait justement son retour afin de parfaire son éducation. La formation qu'on lui infligea faillit presque le tuer, mais il sortit de l'épreuve considérablement endurci et doté du sens de la perception qui est un peu analogue à celui de la vue, mais a une beaucoup plus grande utilité, étant totalement indépendant de la lumière ambiante.

Il essaya alors ses nouveaux pouvoirs en résolvant une énigme criminelle sur Radelix, puis parvint à pénétrer à l'intérieur d'une base ennemie sur Boyssia II. Là, il s'empara de l'esprit du responsable des transmissions et attendit l'occasion d'obtenir son second relevé en interceptant une communication directe avec la Grande Base d'Helmuth. Or, un croiseur ennemi venait de s'emparer d'un astronef et ramenait sa prise sur Boyssia. Il s'agissait d'un navire-hôpital où Clarissa Mac Dougall était infirmière en chef. Cette dernière, agissant sur instructions de Kinnison, s'efforça de semer la discorde dans la base. Bientôt, une mutinerie s'y déclencha. Helmuth, depuis sa Grande Base, voulut prendre la situation en main et permit ainsi à Kinnison d'obtenir un second relevé des coordonnées de cette dernière. Le navire-hôpital, grâce au neutralisateur de détection, parvint à s'échapper de Boyssia II et fonça vers la Terre. Kinnison, convaincu qu'Helmuth était véritablement Boskone, constata grâce à ses deux relevés que la Grande Base des pirates devait se trouver au sein de l'amas stellaire A, C, 257-47-36, bien à l'extérieur de la galaxie proprement dite. Il partit alors en reconnaissance du côté du G.Q.G. d'Helmuth. Il découvrit là une forteresse imprenable, capable de repousser tout assaut frontal avec une garnison dont tous les membres étaient dotés d'un écran psychique individuel. Il s'en retourna vers la Base nº 1, persuadé que seule une action de l'intérieur avait quelque chance de réussite.

Après une longue discussion avec l'Amiral Haynes, l'heure H fut fixée, l'instant où les forces massées de la Patrouille devraient ouvrir le feu de toutes leurs batteries sur la base d'Helmuth.

Poursuivant son plan, Kinnison retourna sur Trenco, où les gens de la Patrouille lui fournirent cinquante kilos de thionite, cette drogue nocive qui, à dose infinitésimale, donne l'impression à son utilisateur de voir tous ses souhaits et ses désirs se réaliser avant d'entraîner sa mort dans une quasi-extase. Il regagna ensuite la planète d'Helmuth et là, par l'intermédiaire du cerveau non protégé d'un chien, parvint à pénétrer dans le dôme principal de la forteresse. Quelques instants avant l'heure H, il libéra sa thionite dans le système général de ventilation, éliminant d'un seul coup l'ensemble de la garnison à l'exception d'Helmuth qui dans son repaire restait inaccessible. La Grande Flotte de la Patrouille attaqua, mais Helmuth se refusa à quitter son refuge, même pour tenter de sauver sa base. C'est pourquoi Kinnison dut aller le débusquer. Or, dans le bureau personnel d'Helmuth, suspendu en l'air dans un coin de la pièce, il y avait un globe d'énergie chatoyante dont la destination restait un mystère pour le Fulgur, et qu'en conséquence, il redoutait beaucoup.

Cependant, l'armure de Kinnison avait été prévue pour forcer les défenses du Saint des Saints de Boskone et le Fulgur Gris partit à l'attaque et élimina Helmuth.

Le Fulgur était persuadé que le globe de forces immatérielles s'activait sur un signal bien déterminé et devait en réalité être un communicateur intergalactique. Aussi s'abstint-il même d'y penser avant d'avoir regagné le vaisseau du Grand Amiral et avoir donné l'ordre de mettre en batterie tous les détecteurs et tous les instruments d'enregistrement. Alors seulement, il contacta télépathiquement Haynes au sujet de la Grande Base d'Helmuth qui aussitôt fut annihilée par l'explosion en chaîne d'une série de charges de duodec, mises là en place par les pirates et dont le détonateur se révéla être le mystérieux communicateur. Les détecteurs relevèrent une émission sur bande étroite en direction de la seconde galaxie. Helmuth n'était donc pas Boskone.

A bord de l'*Indomptable,* Kinnison explorant cette seconde galaxie, rencontra et mit en pièces un détachement de vaisseaux pirates. Il atterrit ensuite sur la planète Médon dont les habitants livraient un combat sans espoir contre les hordes de Boskone. Les Médonians, véritables génies de l'électricité, avaient déjà installé des neutralisateurs d'inertie et des réacteurs de taille planétaire et s'apprêtaient à traverser avec leur monde le vide intergalactique, afin de rejoindre la Voie lactée.

Cependant, avec la cessation des activités militaires, le trafic illicite de drogue s'accrut fantastiquement. Kinnison en conclut que Boskone était de retour et décida que le meilleur moyen d'en démasquer le chef réel, consistait à s'introduire au sein même du réseau des trafiquants.

Déguisé en docker, il fréquenta le bouge d'un baron de la drogue mais, bien qu'ayant recueilli beaucoup de renseignements, son déguisement fut finalement percé à jour.

Il organisa une conférence de savants pour tenter de mettre au point une gigantesque bombe antimatière, puis chercha à s'infiltrer dans la base de Prellin sur Bronseca. Là encore, sa « couverture » s'avéra insuffisante, et c'est à grand-peine qu'il réussit à s'échapper.

Tous ces divers maquillages s'étant révélés inefficaces, Kinnison devint Bill Williams le Sauvage, ex-gentleman déchu d'Aldebaran II et maintenant chasseur de météorites. Il se transforma en une véritable éponge, s'entraînant à boire d'invraisemblables quantités de tous les breuvages alcoolisés connus. Il se mit à consommer du bentlam, et se mua bientôt en un incontestable drogué. Il découvrit alors que son esprit, grâce aux Arisians, pouvait parfaitement fonctionner même lorsque son corps était totalement intoxiqué. Il fut bientôt connu dans toutes les ceintures d'astéroïdes, comme étant le plus rapide et le plus dangereux avec sa paire de Delameters.

De système solaire en système solaire, il se forgea une réputation incontestée de poivrot, de bagarreur, de tireur d'élite et de drogué. Il était pour de bon devenu un prospecteur de météorites chanceux et adroit, un déclassé, qui avait été et redeviendrait un gentleman d'Aldebaran à la première occasion, si le sort lui était favorable.

Physiquement inerte, et plongé dans le coma qu'engendre le bentlam, il suivit psychiquement une conférence zwilnik et apprit ainsi qu'Edmond Crowninshield de Tressilia III, était également l'un des directeurs régionaux de l'ennemi.

Boskone conclut une alliance avec les Suzerains de Delgon et, à l'aide d'un tube hyperspatial, reprit son offensive contre l'humanité. Il ne s'agissait pas là d'un simple génocide car les Suzerains torturaient leurs captifs et leur arrachaient leur élan vital au cours d'orgies sadiques. La conférence des savants élucida le mystère du tube et l'*Indomptable* l'empruntant contre-attaqua victorieusement.

Bill Williams, le Sauvage, toucha enfin au but en découvrant un riche astéroïde. Il abandonna dès lors les tripots de bas étage qu'il avait coutume de fréquenter, et fit de notables efforts pour redevenir un gentleman d'Aldebaran. Il obtint de la sorte une invitation à visiter l'établissement de Crowninshield le Boskonian prenant Williams pour un ivrogne et un drogué, espérant ainsi s'approprier le quart de million de crédits que possédait le mineur.

Avec sa technique bien particulière, Kinnison-Williams mena grand train et s'arrangea pour dilapider une solide partie de sa nouvelle fortune. Il parvint ainsi à apprendre, par l'entremise du cerveau de Crowninshield qu'un nommé Jalte, un Kalonian, était le responsable galactique de Boskone, et que le Quartier Général de ce dernier se trouvait dans un amas stellaire, juste à la périphérie de la Première Galaxie. Jouant la grande scène de l'indignation, Williams déclara qu'il allait changer de nom et disparaître. En réalité, le Fulgur Gris abandonna Tressilia pour aller explorer la base de Jalte. Il apprit là que Boskone n'était pas un personnage unique, mais un Conseil. Jalte n'en savait guère plus, mais son supérieur, un certain Eichmil, qui vivait sur la planète Jarnevon, dans la Seconde Galaxie, n'ignorait rien de la hiérarchie exacte de Boskone.

C'est pourquoi Kinnison et Worsel se rendirent sur Jarnevon. Kinnison y fut capturé et torturé, car il y avait là-bas plusieurs Suzerains. Mais Worsel le sauva avant que son esprit ne fût réellement endommagé et réussit à le ramener avec toutes les informations qu'il avait pu recueillir.

Jarnevon était peuplée par les Eichs, une race presque

aussi monstrueuse que celle des Suzerains. Le Conseil des Neuf qui régentait la planète était en fait ce Boskone que l'on recherchait depuis si longtemps.

Afin de restituer au Fulgur Gris le plein usage de ses membres, les plus grands chirurgiens de l'époque — Philipps de Posenia et Wise de Médon — démontrèrent qu'il était possible, le cas échéant, de faire repousser de nouveaux membres et de nouveaux organes. Clarissa Mac Dougall veilla en personne sur la guérison de Kinnison et cette fois l'amour entre eux ne put rester caché plus longtemps.

La Grande Flotte de la Patrouille fut rassemblée, Kinnison prenant la tête du bureau des opérations. Celle-ci quitta la Première Galaxie pour se diriger sur la base de Jalte qui fut détruite à l'aide de la Négasphère. L'Armada ensuite prit le chemin de la Seconde Galaxie.

Jarnevon, la planète des Eichs, fut écrasée entre deux mondes mis en phase aninertielle. Lorsque l'effarante collision se fut achevée, une nouvelle étoile était née.

La Grande Flotte regagna la Première Galaxie où la liesse était générale. La Base n° 1 était le centre de toutes les réjouissances. Kinnison, estimant que la guerre était terminée et que sa mission était remplie, voulut pour un temps abandonner son rôle de Fulgur. Son mariage avec Clarissa, proclamait-il, était la chose la plus importante de l'univers. Pourtant, il se trompait.

En effet, Boskone contre-attaqua, envoyant contre Tellus, grâce à un corridor hyperspatial, une flotte gigantesque. Cette méthode d'approche cependant ne prit pas la Civilisation au dépourvu, car cette solution avait déjà été envisagée et la Patrouille Galactique avait déployé dispositifs automatiques d'alarme et vedettes de reconnaissance en un réseau de détection infranchissable. Ses savants travaillaient sans relâche depuis des mois sur le faisceau solaire, cette arme terrifiante qui permettait de concentrer en un irrésistible pinceau d'énergie dévorante toute la force de rayonnement d'une étoile, de façon à la rendre plus fiable. Grâce à cet atout s'ajoutant à l'extraordinaire puissance de feu de la Grande Flotte, les envahisseurs furent littéralement volatilisés.

Derechef, Kinnison se mit en quête d'un Zwilnik de haut rang dont l'autorité transcendait celle du trop fameux Conseil de Boskone. Embarquant sa vedette personnelle à bord du croiseur lourd l'*Indomptable,* il suivit une piste qui le mena dans le nuage de Duncan, un secteur virtuellement inexploré de la Première Galaxie et le conduisit finalement sur Lyrane II, avec son matriarcat et sa reine humanoïde Hélène.

Là, il fit la connaissance d'Illona Potter, une ancienne danseuse d'Aldebaran, qui, reniant ses maîtres boskonians, lui dit tout ce qu'elle savait du monde zwilnik de Lonabar où elle avait passé l'essentiel de son existence. Cette planète était inconnue de la Patrouille et Illona n'était pas en mesure de fournir les coordonnées galactiques de son globe natal. Elle n'en retenait que ses gemmes splendides qui elles aussi étaient ignorées de la Civilisation. Nadreck de Palain VII, un Surfulgur au sang glacé, muni d'une de ces pierres précieuses, se mit à la recherche de Lonabar, tandis que Kinnison menait une enquête en règle pour démasquer les activités de Boskone au niveau de la matriarchie de Lyrane II.

Les Lyranianes, cependant, étaient fanatiquement opposées à toute collaboration avec les mâles de la Civilisation car elles détestaient et méprisaient tous les étrangers et particulièrement ceux du sexe masculin. Aussi Kinnison, avec l'accord de Mentor, fit de Clarissa un Fulgur Libre et lui confia la mission de gagner la confiance des habitants de Lyrane II.

Nadreck découvrit et dressa une planisphère détaillée de Lonabar. Kinnison, afin de se forger une identité boskoniane sans faille, devint Cartiff le joaillier. Cartiff, le voleur de bijoux et l'escroc, Cartiff le recéleur, Cartiff le meurtrier et le hors-la-loi, Cartiff, le Boskonian de haut rang. Celui-ci lança un défi à Menjo Bleeko, le dictateur de Lonabar, et avant de le vaincre et de le tuer, fit en sorte d'absorber tout ce que contenait le cerveau du Tyran.

La Fulgur Rousse, grâce aux informations qu'elle parvint à recueillir, en déduisit qu'il existait sur Lyrane II un repaire des Suzerains. La caverne de ces monstres fut détruite et lors du raid les hommes de la Patrouille découvrirent que les Eichs eux-mêmes disposaient d'une base puissamment fortifiée sur Lyrane VIII.

Nadreck, grand maître ès psychologie, s'insinua mentalement dans la base et apprit que ceux-ci recevaient leurs ordres depuis le système solaire de Thrale, dans la Seconde Galaxie et que Kandron d'Onlo (Thrallis IX) ne le cédait qu'à l'humain Alcon, tyran de Thrale (Thrallis II) sur le plan de la hiérarchie.

Kinnison prit le chemin de Thrale tandis que Nadreck se dirigeait vers Onlo, les forces de la Patrouille pendant ce temps opéraient une manœuvre de diversion en envahissant la Seconde Galaxie. Durant cette campagne, la Grande Flotte de Boskone fut défaite et la Patrouille occupa et fortifia Klovia.

Se faisant passer pour Traska Gannel, un Thralien, Kinnison s'arrangea pour gravir tous les échelons de l'organisation militaire de Boskone. Pris au piège dans un corridor hyperspatial et précipité dans l'un des multiples univers parallèles du plénum cosmique, le Fulgur fut secouru par Mentor qui agit à travers le cerveau de Sir Austin Cardynge, le mathématicien tellurien.

De retour sur Thrale, Kinnison fomenta une révolution au cours de laquelle il élimina Alcon dont il prit la place en tant que Tyran de la planète. Il découvrit alors que son Premier ministre, Fossten, qui dissimulait son apparence réelle au moyen d'un champ d'hypnose collective, était en réalité le patron et non le Conseiller d'Alcon. Ni l'un ni l'autre n'étant prêts pour un affrontement ouvert, les deux adversaires, chacun suprêmement confiant dans ses moyens, se livrèrent une guerre larvée et sourde. Gannel et Fossten préparèrent et lancèrent contre Klovia l'armada de Boskone, mais juste avant le début de l'engagement, le conflit entre les deux leaders de Boskone prit une tournure aiguë, chacun voulant s'assurer la suprématie du pouvoir. Après une lutte mentale fantastique, durant laquelle tout l'équipage du vaisseau-amiral des Zwilniks périt, laissant les forces de Boskone à la merci de la Patrouille, Kinnison finit par l'emporter.

Il ne se rendit compte, ni sur le coup ni plus tard, que Fossten était en réalité Gharlane d'Eddore et que Mentor, et lui seul, était le vrai vainqueur du Premier ministre. Kinnison pensa, encouragé en cela par Mentor, que Fossten était un Arisian disparu dès sa naissance et qu'il avait réussi seul à le terrasser. Il est bien sûr d'emblée évident que cette information ne doit en aucun cas être divulguée à des intellects en dessous du Niveau III, c'est-à-dire à des entités capables de se procurer et de déchiffrer ce rapport. En effet, une telle révélation induirait un complexe d'infériorité qui ne pourrait qu'aboutir à la destruction tant de la Patrouille Galactique que de la Civilisation.

Avec Fossten mort et Kinnison, tyran de Thrale, il fut relativement facile pour la Patrouille de l'emporter. Nadreck de son côté, fit en sorte que les défenseurs d'Onlo perdent la raison et s'entre-tuent jusqu'au dernier, réduisant ainsi à merci ce monde puissamment fortifié. Aussi, jugeant que la guerre avec Boskone avait pris fin et d'ailleurs, incité à le croire par Mentor lui-même, Kinnison épousa Clarissa Mac Dougall et s'installa sur Klovia, en tant que Coordinateur de la Seconde Galaxie.

Kimball Kinnison, bien que n'étant en rien un mutant, incarnait l'aboutissement ultime d'une prodigieuse expérience de sélection par croisement étudié, expérience poursuivie sur des millénaires. Il en allait de même pour Clarissa Mac Dougall. La somme de travail que cela exigea de la science d'Arisia pour parvenir à ces deux spécimens, je n'en ai qu'une très vague idée, toute certitude en la matière étant impossible. Cela n'a d'ailleurs aucune importance dans ce qui nous intéresse. Le Grand Amiral Haynes et le Chirurgien-Général Lacy eurent l'impression d'être à l'origine de leur idylle. Laissons-les à leurs illusions, car, en fait, ils ne furent que les agents d'un Plan qui les dépassait. Quoi qu'il en soit, le résultat en fut que les gènes de ces deux spécimens complémentaires se mélangèrent pour donner naissance au Premier et à ce jour au seul Fulgur de Niveau III.

Je suis né sur Klovia, tout comme trois et quatre années galactiques plus tard mes quatre sœurs, deux paires de fausses jumelles. Ma prime enfance fut très courte et je n'ai pratiquement pas eu d'enfance proprement dite. Élevés et choyés par des Fulgurs Libres, habitués dès notre jeune âge à être en liaison télépathique directe avec des êtres comme Worsel de Velabtia, Tregonsee de Rigel IV et Nadreck de Palain VII, il est bien certain que nous n'avions plus rien à apprendre de l'école. Nous étions d'ailleurs différents des enfants normaux et avant même de savoir vraiment marcher, calculer mentalement les orbites plus ou moins excentriques des astéroïdes du système de Klovia constituait notre entraînement mathématique de routine. Je sus bien vite qu'il nous faudrait garder pour nous nos potentialités tout du moins vis-à-vis de la grande masse de l'humanité et des races composant la Civilisation.

J'ai beaucoup voyagé, parfois avec mon père et ma mère, parfois seul. Au moins une fois par an, je suis allé sur Arisia pour mon entraînement. Pour des raisons plus physiques qu'intellectuelles, j'ai suivi les deux dernières années de cours de l'Académie des Fulgurs de Tellus, à Wentworth, car au contraire de Klovia, sur Terre le nom de Kinnison n'a rien d'exceptionnel. Sur mon monde natal, en effet, il aurait été impossible de cacher le fait que « Kit » Kinnison n'était autre que le fils du Coordinateur. C'est après avoir réussi mon examen de sortie et reçu mon Joyau, que commence véritablement ce récit.

J'ai essayé de rendre ce rapport aussi impersonnel que possible, réalisant parfaitement que mes sœurs et moi n'avions fait que remplir la tâche pour laquelle nous avions été entraînés tout comme vous le lisez, serez un jour amenés à le faire.

Bien à vous,

Christophe K. Kinnison — F.3. Klovia.

Chapitre premier

Kim et Kit, Fulgurs Gris

Le Coordinateur Galactique Kimball Kinnison termina sa seconde tasse de café tellurien, se leva, abandonnant la table du petit déjeuner et se mit à faire les cent pas, d'un air sombre, dans sa salle de séjour. Vingt ans avaient passé mais cela ne semblait guère l'avoir changé. Il avait conservé la même corpulence, à peu de chose près, bien qu'une partie de sa puissante carrure se soit déplacée de ses larges épaules vers sa ceinture abdominale. Sa chevelure était restée brune et son visage sévère n'était que peu ridé. C'était un homme dans sa pleine maturité, avec un équilibre qu'aucun jeune ne peut connaître.

« Depuis quand Kim, crois-tu pouvoir me cacher tes pensées ? » demanda télépathiquement Clarissa Mac Dougall. Les années avaient été aussi clémentes pour la Fulgur Rousse que pour le Cris. Elle avait été une jeune fille splendide, elle était maintenant ravissante. « Cette pièce est protégée électroniquement, tu le sais bien, même contre les filles.

— Désolé, Cris. Je n'avais pas l'intention de...

— Je sais, lui répondit-elle en riant. C'est automatique. Mais voici deux bonnes semaines que je te vois avec ce bloc mental, sauf lorsque tu fais l'effort de le lever. Ça signifie que quelque chose ne tourne pas rond.

— Je me suis mis à réfléchir, aussi bizarre que cela puisse te paraître.

— Je m'en suis parfaitement rendu compte. Raconte-moi tout, Kim.

— Très bien, tu l'auras voulu. D'étranges incidents se produisent un peu partout. Des faits inexplicables... sans aucune cause apparente.

— Tels que ?

— Pratiquement tout ce que tu peux imaginer comme mauvais coups : révoltes soudaines, hystéries collectives, psychoses, hallucinations, l'ensemble laissant à penser que l'on se dirige droit vers une épidémie galactique de soulèvements et de révolutions pour lesquels il ne semble exister aucun motif valable.

— Que veux-tu dire par là, Kim ? Je n'ai entendu parler de rien de tel !

— Ces rumeurs n'ont pas encore eu le temps de se répandre. Chaque système solaire croit qu'il s'agit de son cas particulier, mais ce n'est pas exact. En tant que Coordinateur Galactique, avec la vue générale des choses que j'ai forcément, il est tout à fait évident que mes services ont rapidement attiré mon attention sur ce problème. Nous avons bien sûr essayé d'étouffer tous ces mouvements dans l'œuf mais… » Il haussa les épaules et eut un sourire amer.

« Mais quoi ? insista Clarissa.

— Ça n'a rien donné. Nous avons envoyé des Fulgurs pour enquêter mais aucun ne semble même avoir déniché le moindre indice. J'ai alors demandé aux Surfulgurs Worsel, Nadreck et Tregonsee de laisser tomber leurs affaires en cours et de se brancher là-dessus. Ils s'y sont attelés à leur tour mais, jusque-là, c'est le fiasco total. Ils ont tout passé au crible, suivi mille pistes et se sont proprement cassé le nez, si l'on peut dire.

— C'est incroyable ! Veux-tu dire que c'est un problème qui les dépasse ?

— Je le crois, oui, corrigea-t-il d'un air absent. Et cela me donne furieusement à penser.

— Je l'admets volontiers, répondit-elle, et je suis certaine que tu as une envie folle de t'en mêler directement. Mets-toi en liaison télépathique avec moi que je t'aide à faire le point. Dès le départ, tu aurais dû passer cette affaire en revue avec moi.

— J'avais une raison pour ne pas le faire, comme tu vas le voir. Mais, maintenant que je suis au point mort, je n'ai plus le choix. Il nous faut revenir en arrière, avant même le moment où nous nous sommes mariés. Mentor, à cette époque, m'avait dit, et je le cite : " Seuls vos descendants seront prêts, le jour venu, pour ce que vous, vous ne pouvez présentement qu'entrevoir. " Par ailleurs, tu es et restes la seule personne capable de lire mes pensées sans Joyau et Mentor, lorsque nous l'interrogeâmes sur l'opportunité de notre union, nous répondit que notre mariage était non seulement souhaitable mais nécessaire, ce qui n'avait pas été alors sans nous inquiéter quelque peu. Mais nous nous étions rassurés en pensant qu'il s'appuyait sur sa visualisation du Tout cosmique. A tout cela, il faut ajouter qu'il est une règle immuable en vigueur dans la Patrouille et qui veut qu'il faut envoyer, pour une mission donnée, le plus apte à la remplir et que, si celui-ci n'y parvient pas, sa tâche revient de droit au Major de la Promotion de l'Année du Collège des Fulgurs. Or, il est du devoir d'un Fulgur d'employer indifféremment les moyens comme les gens afin de réussir, sans se soucier des conséquences. Je t'ai même utilisée, tu t'en souviens, dans le problème de Lyrane et dans bien d'autres. Pour finir, jusqu'au jour de sa mort Sir Austin Cardynge est resté persuadé que nous avions délibérément été éjectés de ce tube hyperspatial et projetés en dehors de notre continuum.

— Ma foi, poursuis, bien que je ne saisisse pas le lien entre tous ses faits.

— Ça va venir. Si tu reprends les six points que je viens d'énumérer par rapport à la situation actuelle, Kit termine son stage le mois prochain et sortira Fulgur et sans nul doute major de sa Promotion.

— Bien sûr. Mais après tout, lorsqu'on est Fulgur... Il faudra bien qu'on lui assigne un problème quelconque à résoudre, aussi, pourquoi pas celui-là ?

— Tu ne te rends pas compte de l'ampleur de ce problème. Ça fait des semaines que j'additionne 2 + 2 et, jusque-là, je n'ai pas obtenu d'autre résultat que 4.

» Aussi vrai que je suis là, ça signifie que Kit va devoir affronter Boskone, le vrai Boskone, celui que je n'ai pas même approché et que je n'approcherai sans doute jamais !

— Non ! Kim. Ce n'est pas possible, hurla-t-elle presque. Pas Kit ! Ce n'est encore qu'un gosse... »

Kinnison laissa passer l'orage sans dire un mot.

Elle se leva et traversa la pièce pour se jeter dans ses bras.

« C'est le fardeau du Fulgur, Cris, lui dit-il doucement.

— Bien sûr, répliqua-t-elle tout aussi calmement. Ça m'a fait un choc d'abord, après toutes ces années mais... ce qui doit être sera. Cependant, Kim, nous devons pouvoir l'aider.

— Assurément. » L'homme serra tendrement sa compagne. « Lorsqu'il va prendre l'espace, je me remets au travail, avec l'aide de Nadreck, Worsel et Tregonsee. De ton côté, s'il se présente quelque chose qui soit dans tes cordes... Avec nous pour parer aux coups durs, Kit, j'en suis persuadé, réussira. » Sa pensée mourut d'elle-même.

« D'accord. Mais vous ne ferez jamais appel à moi, à moins de nécessité vitale et vous perdre tous les deux... Pourquoi faut-il que nous soyons Fulgurs ? protesta-t-elle, en pleine rébellion. Pourquoi ne sommes-nous pas des “ rampants ? ” Tu as assez pesté de la sorte avant que je ne comprenne ce que signifiait le port d’un Joyau !

— Ma foi, ma bonne, il faut bien qu’il y ait des premiers violons dans l’orchestre, essaya de plaisanter Kinnison, tout le monde ne peut pas souffler dans un cornet à piston !

— Je suppose que tu as raison. » L’air sombre de la Fulgur Rousse s’accentua. « De toute façon, nous partons pour Tellus aujourd’hui, pour assister à l’intronisation de Kit. Tout ça n’y change rien. »

Et dans une pièce à l’autre bout de l’appartement, quatre grandes jeunes filles d’un blond roux se dévisagèrent un instant sans mot dire.

Puis elles entrèrent en communion mentale car leur mère s’était gravement fourvoyée en prétendant que le living était à l’abri de leurs investigations. Rien ne pouvait être considéré comme protégé de leur curiosité car les jumelles avaient la faculté de pouvoir penser sur une longueur d’onde télépathique en deçà ou au-delà des normes humaines courantes et aucun écran psychique tellurien n’était capable de bloquer leur esprit. Tout ce qui les intéressait était pour elles comme un livre ouvert et il faut bien dire qu’elles s’intéressaient pratiquement à tout.

« Kay, nous voici un boulot tout trouvé ! » Catherine, plus vieille de quelques minutes que Karène, excluait ostensiblement les deux plus jeunes, Camille et Constance de ses propos.

« Enfin ! s’exclama Karène. Je commençais à me poser la question de savoir pourquoi nous étions nées, avec les neuf dixièmes des capacités de nos esprits soigneusement en veilleuse, à tel point que Kit est le seul à en connaître l’existence et qu’il nous est, même à nous, difficile d’entrer en liaison mentale directe, du fait du bloc physique permanent qu’il nous faut maintenir. Le grand jour est arrivé. Maintenant, Cath, nous allons pouvoir y aller et voir du pays !

— Que veux-tu raconter par là ? Tu ne prétends tout de même pas que vous allez vous payer du bon temps sans nous ! Vous n’avez pas l’innocence de croire que vous pourrez nous bloquer psychiquement et nous priver des distractions qui se préparent !

— Qu’est-ce que tu penses ? Vous êtes beaucoup trop jeunes !

— Mais nous vous tiendrons quand même au courant de ce qui se passera, concéda Kay d’un air magnanime.

— Il se pourrait qu'exceptionnellement il vous arrive d'avoir une idée utilisable.

— Une idée ! Foutaise ! coupa Constance. Ça n'aboutirait qu'à vous faire éclater ce qui vous sert de tête ! Vous n'avez pas le moindre plan valable.

— Ça suffit, fermez-la toutes un peu ! ordonna Cath. Tout cela est beaucoup trop nouveau pour nous et personne n'a même un soupçon de projet qui mérite l'attention pour le moment. Je vais vous dire ce que nous allons faire. Nous devons réfléchir à la question jusqu'à ce que nous embarquions à bord de l'*Indomptable* puis, puis lorsque nous serons à mi-chemin de Tellus nous comparerons le fruit de nos cogitations et déciderons des mesures à prendre. »

La famille Kinnison quitta Klovia l'après-midi même. Le vaisseau personnel du Coordinateur, le puissant *Indomptable,* le quatrième à porter ce nom, fonça à travers l'espace intergalactique. Le temps passa. Les quatre jeunes filles se réunirent.

« Ça y est, j'ai tout réglé ! » affirma d'un ton péremptoire Cath toujours aussi enthousiaste, prenant ses sœurs de vitesse. « Il va y avoir quatre Surfulgurs à l'ouvrage et nous sommes quatre. Il ne nous reste plus qu'à ratisser psychiquement le Cosmos afin d'y récolter idées et données nous permettant de les glisser subrepticement, pour ainsi dire, dans l'esprit de nos Fulgurs Gris, de façon à leur donner l'impression qu'elles leur viennent d'eux-mêmes. Je prendrai papa comme partenaire, Kay n'a qu'à prendre...

— Il n'en est pas question ! » La clameur devint générale, Constance n'étant pas la moins acharnée à protester. « Si nous ne collaborons pas avec eux tous indistinctement, nous allons tirer à la courte paille ou jouer aux dés pour décider laquelle d'entre nous sera chargée de notre père ! Allons-y tout de suite !

— Ferme-la un peu, sac à os ! demanda gentiment Catherine. C'est hélas ! une vérité première que de dire que les enfants on devrait les voir, mais ne pas les entendre. Il s'agit d'un travail sérieux.

— Sac à os ! Enfant ! l'interrompit Constance, d'un ton venimeux. Écoute un instant, ma chère et sénile stéatopyge », déclara l'offensée, qui avait un tour de hanches de deux centimètres inférieur à celui de son aînée et accusait à peine une livre de moins qu'elle sur la balance. « Toi et Kay, vous êtes plus âgées que nous d'un an mais, si l'année passée vous étiez mentalement les plus fortes, aujourd'hui il n'en est plus rien. Nous aussi avons grandi et pour te le démontrer, expose-moi ce que tu peux faire que je ne puisse imiter ?

— Ceci. » Catherine tendit devant elle son bras nu, fronça ses sourcils et se concentra. Un Joyau se matérialisa soudain autour de son poignet, fixé non par un bracelet, mais formant lui-même bracelet. « J'ai pensé qu'en cas de besoin, cela pourrait être utile. J'ai appris à en susciter sur commande l'existence. Peux-tu en faire autant ? » Elles le pouvaient toutes. En quelques secondes les trois autres furent de même équipées. Elles n'en avaient pas toutes compris la nécessité mais la simple démonstration de Catherine avait suffi à leur en instiller l'immédiat intérêt.

Le Joyau de Cath disparut.

Les trois autres l'imitèrent aussitôt. Chacune savait qu'à aucun prix elle ne devait laisser filtrer la moindre allusion à ses pouvoirs, mais qu'à l'heure du péril le Joyau serait là, à sa disposition pleine et entière.

« Laissons la logique et le bon sens nous guider, plutôt que le hasard. » Catherine changea ses batteries. « De toute façon, je le garde pour moi. Nous savons toutes qui travaille le mieux avec qui. Toi, Constance, tu as depuis toujours eu Worsel comme compagnon de jeu. Tu avais même l'habitude, quand tu étais gamine, de lui grimper dessus comme sur un cheval.

— Elle continue, ajouta en se moquant Kay. Il a bien failli la casser en deux il n'y a pas bien longtemps lors d'une manœuvre de dégagement à près de 7 G d'accélération et elle a manqué se briser le gros orteil en lui flanquant un grand coup de pied pour sa peine !

— Worsel est un type formidable, protesta vigoureusement Cath. Sans parler de ses capacités mentales, il est plus humain que bien des gens et bien plus drôle. Et puis, tu peux parler, toi avec ton Nadreck ! Je me demande vraiment ce que tu peux lui trouver, à part son talent pour te geler à dix mètres, même à travers une combinaison chauffante. Tu deviendras aussi dure et glacée que lui si tu ne...

— Parlons donc un peu de Camille qui, chaque fois que Tregonsee se trouve dans un rayon de cinq cents parsecs, tombe dans un silence profond et se met à méditer avec lui sur le pourquoi des choses, coupa Kath pour éviter la bagarre générale. Cela démontre, en procédant par élimination, que c'est à moi qu'il revient de m'occuper de papa ! »

Comme il était impossible à chacune de s'attribuer Kimball Kinnison, il fut finalement admis que Catherine en aurait la charge et, après bien des discussions, un plan fut mis sur pied. En temps voulu, l'*Indomptable* se posa à la Base n° 1 de Tellus. Les Kinnison se dirigèrent vers Wentworth où s'élevait la gigantesque tour d'acier et de verre abritant les cadets de la Patrouille Galactique. Ils assistèrent à toutes les étapes de l'impressionnante cérémonie de remise des Joyaux. Puis, tandis que les nouveaux Fulgurs quittaient la salle sur les magnifiques accords de la célèbre marche *Notre Patrouille,* le Coordinateur Galactique abandonnant sa femme et ses enfants, se dirigea sur son bureau tellurien.

« Fulgur Christophe K. Kinnison, Monsieur », annonça sa secrétaire et tandis que Kit pénétrait dans la pièce, Kinnison se leva et se mit au garde-à-vous.

« Christophe Kinnison de Klovia, Monsieur, à vos ordres », et Kit salua impeccablement.

Son père lui rendit scrupuleusement son salut. Puis : « Repos, Kit. Je suis fier de toi, très fier... Nous le sommes tous. Les femmes veulent fêter ta nomination mais je tenais à te voir avant, afin d'éclaircir un certain nombre de points. Je te dois des explications, des excuses et en un sens l'expression de ma profonde commisération...

— Des excuses, Monsieur ? » Kit en restait bouche bée. « Mais c'est impensable...

— Pour ne pas t'avoir fait sortir directement avec le rang de Fulgur Libre. Cela n'a jamais été fait, mais ce n'est pas une raison. Ton préfet des études, le jury de sortie et le Grand Amiral La Forge, tous étaient d'accord, ajoutant qu'aucun d'entre nous n'est qualifié pour te donner ordres ou instructions. Je m'y suis personnellement opposé. »

— Bien sûr. Pour le fils du Coordinateur, sortir comme Fulgur Libre, ça ferait pour le moins jaser, et d'ailleurs moins l'on connaîtra mes particularités psychiques, mieux cela vaudra ! Ça peut attendre, Monsieur !

— Pas trop longtemps, fiston. » Le sourire de Kinnison était quelque peu forcé. « Voici ton avis de nomination et ta tenue de Fulgur Gris, avec pour unique demande le souhait de te voir t'occuper de ce qui se passe présentement. Nous avons l'impression que tout cela prend racine dans la Seconde Galaxie mais c'est pure conjecture !

— Je démarre de Klovia, alors ? Parfait. Je peux alors rentrer à la maison avec vous.

— C'était mon idée. Comme ça, en cours de route, tu

pourras étudier la situation. Nous avons préparé des bandes vidéo et tu disposeras de nos tentatives les plus poussées d'analyse et d'interprétations des données. Tout est à jour sinon une information que j'ai reçue ce matin même. Je n'arrive pas à déterminer si elle signifie ou non quelque chose, mais on ne peut rien négliger. » Kinnison se mit à faire les cent pas dans la pièce, l'air sombre.

« Tu pourrais tout aussi bien m'en aviser tout de suite. J'intégrerai ça avec le restant en consultant les bandes.

— Très bien. Je ne pense pas que tu aies beaucoup entendu parler des ennuis que nous avons présentement sur le plan du trafic des astronefs, particulièrement dans la Seconde Galaxie ?

— De vagues bruits, de simples on-dit. Je préférerai apprendre tout cela d'un bloc.

— Tu auras tout sur les bandes que tu vas étudier. Aussi, vais-je me contenter d'insister sur les points importants. Les pertes de vaisseaux sont en augmentation de 25 % par rapport à la moyenne jusque-là enregistrée dans le trafic spatial. Quelques épaves ont été retrouvées dans un état plutôt inquiétant car elles paraissaient avoir été mises à mal par de véritables fous ! Ces astronefs à la dérive avaient non seulement été détruits mais pillés et toute trace d'identification en avait été effacée. Nous ne parvenons même pas à déterminer l'origine ou la destination de ces fusées car les disparitions " normales " sont quatre fois plus nombreuses que celles que je viens de te décrire. Sur les bobines du dossier, tu trouveras ce phénomène confondu avec les autres psychoses dont nous avons effectué le recensement. Mais ce matin même, l'on a découvert une nouvelle épave à l'intérieur de laquelle, sur une paroi le chef pilote avait griffonné : « gare au maelström spa ». Le lien entre cette inscription et les autres naufrages est pour le moins obscur. Si le pilote était encore sain d'esprit lorsqu'il a gribouillé ces mots, ça veut dire quelque chose, mais nul ne sait exactement quoi. Dans le cas contraire, ça ne signifie rien de plus que les messages absurdes — excuse-moi, je devrais plutôt dire apparemment absurdes — que tu trouveras sur les bandes magnétoscopiques.

— Je vais réfléchir à ton histoire et voir un peu où s'insère cette nouvelle donnée. Mais, puisque l'on parle de choses bizarres, il y a une question dont je voulais t'entretenir et le choc de cette promotion inattendue me l'a presque fait oublier. J'ai fait un rapport là-dessus, mais personne n'a paru y attacher d'importance et peut-être, et même probablement est-ce effectivement sans intérêt. As-tu jamais entendu parler d'une race qui s'exprimerait sur cette longueur d'onde-là ?

— Jamais. D'ailleurs, c'est mentalement quasi inaccessible pour un être humain. Pourquoi me poses-tu cette question ?

— Parce que, une seule et unique fois, j'ai eu un contact télépathique plutôt bref sur cette bande-là. Ou plutôt, j'ai capté une explosion de pensées, comme si une créature venait de relâcher brutalement son bloc mental ou de périr de mort violente. Ce fut beaucoup trop court pour en suivre la piste et depuis, plus rien...

— As-tu noté des détails caractéristiques. Ces décharges psychiques sont souvent très révélatrices.

— Quelques-unes, en effet. C'était lors de mon dernier vol d'entraînement dans la Seconde Galaxie, là-bas, un peu au-delà de Thrale. » Kit indiqua l'endroit sur une planisphère mentale. « Un esprit de très haut niveau, terriblement méticuleux, sans doute au-delà des besoins inhérents aux structures sociales classiques car la planète évoquée était strictement désertique et affreusement chaude. Aucune nécessité de regroupement en cités. Pas d'eau non plus, bien qu'il y en ait peut-être car cette bouffée mentale fut de peu de durée. La structure physique de cette créature était grosso modo du type R.T.S.L. Pas de tractus digestif important. Cet être avait soit un métabolisme lui permettant de se nourrir à partir de l'atmosphère, soit des capacités faisant de lui un convertisseur direct d'énergie. Son soleil était une géante bleue. Je n'ai pas eu le loisir, évidemment, d'en relever le spectre mais, à l'estime, j'opterais pour une étoile de classe B5 ou A0.

— Pour une simple décharge mentale, voici bien des précisions.Ça ne me dit rien pour le moment... mais le cas échéant, j'essaierai d'incorporer ça quelque part. »

Il faut remarquer avec quelle désinvolture deux hommes classèrent l'événement. Mais, même s'ils avaient été avisés de source sûre que cette description correspondait à l'apparence physique qu'imposaient aux habitants de Ploor les conditions climatiques infernales de l'été sur ce monde, cette information, à ce moment précis, ne leur aurait paru ni à l'un ni à l'autre, revêtir d'importance.

« Y a-t-il quelque chose de particulier à devoir aborder ce soir même ? demanda le plus âgé des Fulgurs, sans autre pause dans la discussion.

— Rien à ma connaissance.

— Tu viens de m'avouer que ta promotion au rang de Fulgur libre t'avait causé un choc. Un autre t'attend.

— Tu peux y aller. Je suis paré.

— Worsel, Tregonsee, Nadreck et moi abandonnons nos postes respectifs. Nous reprenons du service actif. Notre unique et seul rôle sera de rappliquer au triple galop quand tu nous siffleras.

— Diable ! C'est plus qu'un choc... Merci de tout cœur. Jamais je n'aurais osé... Je suis confondu. Mais tu m'as parlé de commisération à mon égard ? » Kit eut un haussement interrogatif de ses sourcils roux car tous les enfants de Clarissa avaient hérité de l'extraordinaire chevelure flamboyante de leur mère et les yeux gris du fils fixèrent les yeux gris acier du père.

« En un sens oui. Mais tu comprendras plus tard... Pour le moment tu ferais mieux de partir à la recherche de ta mère et de tes sœurs. Lorsque les embrassades seront finies...

— Tu crois que je ferais mieux d'abréger les retrouvailles, n'est-ce pas ? demanda Kit, anxieux d'affronter sa première mission.

— Pas question ! coupa d'un ton définitif Kinnison. Je n'ai pas envie de me faire scalper par une troupe de rouquines en furie ! Tu vas avoir droit à ta journée de célébrité, aussi, aujourd'hui, comporte-toi en homme digne de ce nom... Ce que je voulais te dire, c'est que lorsque les festivités seront terminées, nous embarquerons à bord de l'*Indomptable* qui mettra le cap sur Klovia. Là-bas, on te préparera ton matériel. Jusque-là, fils... » Et deux mains se serrèrent.

« Mais je vais te retrouver là-bas ! s'exclama Kit. Tu ne peux...

— J'y serai, bien sûr. Pas question de me défiler, sourit Kinnison, mais comme nous ne serons pas dans une salle à l'abri des curiosités intempestives... Aussi, avant de te quitter, permets-moi de te dire que je suis fier de toi.

— Je peux te retourner le compliment, camarade. Et encore une fois, mille mercis. » Kit quitta le bureau et quelques minutes plus tard, le Coordinateur fit de même.

Le « Raout » était l'événement de l'année mondaine de Tellus et les Kinnison ne furent pas les derniers à participer. L'*Indomptable* accomplit le trajet de retour vers Klovia sans incident aucun. Des arrangements furent pris et des plans, par la force des choses, très simples, furent élaborés.

Entre deux vedettes à la coque noir de jais, deux Grands Fulgurs Gris discutaient sur l'astroport désert. Kinnison, massif, sûr de lui, avec la calme maturité que confère l'expérience, Kit, silhouette athlétique et élégante, anxieux, tendu et dans son ardeur de néophyte, pressé de combattre les ennemis de la Civilisation.

« Souviens-toi, fils », tandis que les deux hommes se quittaient.

« Nous sommes quatre vieux durs à cuire prêts à répondre à ton premier appel. Si tu as besoin de l'un de nous ou de tous, n'attends pas et fais nous signe !

— Je sais, papa, merci encore... Les quatre meilleurs. L'un de vous d'ailleurs risque d'être le premier à trouver une piste. Avec votre expérience et vos relations, ça sera sans doute le cas. Aussi, sachez que notre accord est bilatéral et que je suis, en cas de besoin, à votre entière disposition.

— O.K. Nous resterons en contact. Bonne chance, fils.

— Toi aussi, papa », et ces simples propos cachaient sous leur apparence anodine des sentiments d'affection d'une profondeur insoupçonnée.

Durant plusieurs minutes, tandis que la vedette indétectable de Kit s'éloignait, Kinnison songea à son fils. Il savait exactement ce que celui-ci ressentait car il avait encore en mémoire le souvenir des instants merveilleux où pour la première fois il s'était élancé dans l'espace dans sa tenue de Fulgur Gris. Mais Kit avait l'envergure et les capacités requises pour réussir, capacités dont Kinnison ne soupçonnait même pas l'étendue et le Coordinateur avait sa propre tâche à remplir. Aussi, en vétéran qu'il était, s'y attela-t-il.

Chapitre II

Worsel et les Suzerains

Worsel le Vélantian, dur, résistant et guère vulnérable aux outrages du temps comme le sont tous ceux de sa race, avait en quelque vingt ans fort peu changé. En tant que premier Fulgur de sa race et unique Fulgur Gris de son espèce, ces deux décades avaient été très chargées.

Il avait eu à résoudre les divers problèmes administratifs et technologiques résultant de l'intégration des Vélantians dans les structures de la Civilisation. Le Conseil Galactique lui avait confié des tâches qui paraissaient le mieux lui convenir, compte tenu de ses talents très particuliers. Durant ses périodes de « détentes », il avait recherché aux quatre coins des deux Galaxies les quelques groupes survivants de Suzerains de Delgon afin de les éliminer.

Cependant, un peu comme un grand-père, il avait suivi avec intérêt la croissance des enfants de Kimball Kinnison et s'était attaché tout spécialement à Kit et à la plus jeune des sœurs, Constance, chez qui il lui semblait retrouver des traits de caractère très proches des siens.

Lorsque l'appel du Coordinateur lui parvint, il répondit immédiatement. Il se trouvait en plein espace, à bord de son propre croiseur dont il assumait le commandement. Il s'agissait d'un vaisseau spécifiquement vélantian doté d'un équipage vélantian, ce qui veut dire que l'astronef avait été construit pour supporter les atroces accélérations qu'affectionnaient les êtres de cette race dans leurs manœuvres en vol normal. Worsel n'était d'ailleurs pas le dernier à l'apprécier.

Il avait collaboré fructueusement avec Kinnison et les autres entités de la Civilisation. Cependant, eux et lui avaient su dès le départ qu'il travaillerait plus efficacement soit seul soit avec d'autres de son espèce. Aussi, excepté en cas d'urgence, agissait-il quasi systématiquement en franc-tireur.

Son corps lové autour de barres parallèles, ce qui pour un Vélantian était le summum du confort, Worsel se plongea dans ses pensées. Kinnison venait de lui annoncer qu'il se manigançait des choses bizarres et lui avait parlé de psychoses, d'hystéries collectives, et, ô bienheureuse pensée, d'hallucinations ! Il avait également évoqué des révolutions et divers mouvements insurrectionnels, qui étaient ou non liés à la disparition d'un certain nombre de personnalités. Ce dernier point, de toute façon, ne passionnait guère Worsel de Vélantian qui n'avait pas besoin d'explication pour savoir que cet aspect des événements serait pris en charge directement par Kinnison. Il aurait, lui Worsel, à s'occuper d'une facette du problème beaucoup plus dans ses cordes.

Les hallucinations, c'était le dada favori du Fulgur

vélantian. Il était né au milieu de celles-ci et avait grandi dans une atmosphère baignée d'illusions mentales. Ce qu'il ignorait du phénomène aurait tenu au dos d'un timbre-poste. C'est pourquoi, isolant une case de son cerveau à « tiroirs » et la libérant du contrôle conscient de son être, il la sensibilisa de façon à ce qu'elle réagisse à toute tentative éventuelle de tendance hallucinogène. En même temps, il chargea deux autres secteurs de son esprit de surveiller le sacrifié et d'étudier et analyser les intrusions mentales susceptibles de susciter un délire onirique auto-entretenu.

Puis, employant sa sensibilité télépathique naturellement extraordinaire et son entraînement Arisian, le tout couplé avec des potentialités de son Joyau, il laissa dériver dans le vide galactique d'immatériels récepteurs psychiques. Alors seulement, et c'est là que pour nous humains cela reste incompréhensible, il se relaxa. Jour après jour, alors que le *Velan* dévorait les parsecs sans destination bien définie, Worsel demeura confortablement enroulé autour de ses barreaux, l'essentiel de son esprit plongé dans un tourbillon de pensées indescriptibles, ce qui pour un Vélantian est le synonyme de notre « vie de château ! »

Soudain, après un intervalle de temps indéterminé, une pensée heurta celle du Fulgur, une pensée sous l'impact de laquelle le long corps sinueux de Worsel se tendit d'un seul coup, faisant perdre aux barres parallèles qui lui servaient de couche leur symétrie. Des Suzerains ! C'était l'irrésistible appel télépathique des Suzerains de Delgon, le paralysant chant de sirène de ces monstres sadiques...

Son équipage n'avait encore rien ressenti, bien sûr. D'ailleurs, il n'éprouverait rien à vrai dire, car, dans le cas contraire, cela le rendrait plus qu'inutile dans l'affrontement qui se préparait car nul parmi les membres de l'équipage n'était en mesure de résister à l'appel des Suzerains en chasse. Worsel lui, le pouvait mais il était le seul à le pouvoir.

« Branchez tous vos écrans psychiques », ordonna-t-il mentalement. Puis, avant même que l'ordre ait pu être obéi : « Ordre annulé. »

La case soigneusement isolée de son cerveau venait de lui révéler qu'il ne s'agissait pas d'un banal raid de Delgonians mais qu'il s'agissait bien plutôt de quelque chose de plus important, de véritablement primordial.

Mêlé et surimposé à cet irrésistible chant des sirènes des Delgonians que les Vélantians au fil des siècles n'avaient que trop appris à connaître le Fulgur nota ce dont il était en quête : des hallucinations ! Mettre son équipage à l'abri sous la protection d'un écran psychique ne servirait de rien, même en faisant montre en la matière de la plus grande astuce, et il en allait de même pour lui. Les Suzerains partout dans l'univers savaient qu'il existait un Fulgur Vélantian qui était mentalement leur maître et bien que leur haine à son encontre fût incommensurable, la crainte qu'il leur inspirait était encore plus grande. C'est pourquoi, bien que pour un Suzerain le Vélantian soit sa proie favorite, à la première intimation d'une capacité de résistance les monstres cesseraient aussitôt leurs émissions télépathiques et se hâteraient de faire disparaître jusqu'aux dernières mailles de leur gigantesque filet mental pour se terrer dans leur repaire toujours merveilleusement dissimulé et rigoureusement indétectable.

C'est pourquoi Worsel permit à l'influence ennemie de prendre le contrôle non seulement de l'ensemble des cerveaux de son équipage mais aussi de la fraction non protégée du sien. Puis, furtivement, si insidieusement qu'aucun des esprits affectés ne put en discerner les modifications, l'échelle des valeurs se modifia et le sens de la réalité s'estompa.

La loyauté se dilua, ainsi que l'esprit de corps. Les liens de famille et l'orgueil de la race perdirent tout sens. Les notions de Civilisation, de Patrouille Galactique, dégénérèrent en principes creux et vides avant de sombrer dans l'oubli. Puis, pour remplacer toutes ces puissantes motivations s'y substitua le besoin irrésistible et pour chaque Vélantian le moyen de satisfaire ses désirs les plus chers et les plus ardents. Chaque membre de l'équipage contemplait, hypnotisé, un écran d'observation individuel sur lequel se matérialisaient ses pulsions conscientes ou inconscientes. D'ordre bassement physique et charnel ou strictement spirituel ou intellectuel, ces penchants importaient peu aux Suzerains qui agissaient de telle sorte que chaque victime puisse voir ce qui lui tenait le plus à cœur. A cela, pour tous s'ajoutait le sentiment que pour toucher au bonheur suprême il fallait mettre le cap sur une planète dont les coordonnées furent transmises aux pilotes du *Velan* qui exécutèrent inconsciemment les ordres reçus, ce qui en toute hypothèse de cause fut préférable car leurs compagnons les auraient mis en pièces au premier signe de rébellion.

Et Worsel, surveillant la fraction affectée de son cerveau et la voyant accepter ces hallucinations sans la moindre réserve, ne put qu'admirer très sincèrement et en connaisseur le talent artistique des Suzerains. Il se réjouissait intérieurement.

Aucun humain ou para-humain ne peut réellement comprendre le fonctionnement d'un cerveau Vélantian. Un Tellurien, avec de l'entraînement, peut avec plus ou moins de réussite apprendre simultanément deux choses à condition qu'il s'agisse de sujets de routine. Pour mener à bien un travail tant soit peu original, il doit s'y concentrer et n'y parvient qu'en se limitant à la tâche en cours. Un Vélantian par contre peut fixer simultanément son attention sur une demi-douzaine d'objets aussi étrangers fussent-ils entre eux et, du fait du nombre de ses bras, de ses mains et de ses yeux, il est en mesure d'effectuer un nombre de manipulations assez effarant et parfaitement indépendantes.

Cependant le Vélantian n'est pas doté d'une personnalité multiple, comme si l'on avait mis six ou huit têtes humaines sur un même corps. Il n'existe aucune tendance à la schizophrénie chez cette race. Une seule et unique personnalité contrôle cet esprit pseudo-compartimenté et aucun ordre contradictoire ne saurait y être donné. Bien que doté d'une relative autonomie de pensée et du contrôle de certaines actions, les divers « compartiments » du cerveau Vélantian ne composent qu'une seule et unique personnalité.

Worsel avait mentalement progressé bien au-delà de ceux de sa race. Il était à la fois différent et unique. La perception du besoin d'isoler certaines « cases » de son cerveau afin de parvenir à les dissocier complètement de son ego était l'une des raisons lui ayant permis d'accéder, le seul de son espèce, au rang de Surfulgur.

F2 Worsel, alors, détaché et froid, observa le déroulement des opérations. Bien mieux, lui aussi de son côté, il suscita des hallucinations. Sous la férule télépathique des Suzerains, il était censé demeurer immobile, le regard vissé sur un écran d'observation imaginaire, en train d'assister à on ne sait quelles bacchanales ! C'est pourquoi, à travers la portion de son cerveau contrôlée par les Delgonians s'arrangea-t-il pour donner l'impression à ceux-ci que son attitude était bien celle prévue. En fait, cependant, son corps se déplaçait dirigé par son indomptable volonté, et s'affairait à préparer le prochain atterrissage.

Car Worsel n'ignorait pas que ses adversaires étaient redoutables. Il savait que ceux-ci réduisaient leurs risques au strict minimum. Compte tenu de l'armement et de la taille du *Velan,* il était certain que le croiseur ne serait pas autorisé à se poser à proximité même de la caverne des Suzerains si ceux-ci pouvaient l'éviter. La tâche du Fulgur consistait à faire atterrir le puissant vaisseau non seulement près de l'antre des Delgonians mais devant l'entrée même du repaire.

Le croiseur fonça vers la planète piège puis, parvenu quasiment à destination, repassa en vol normal et se prépara à atterrir. A peine posé, ses sas s'ouvrirent et l'équipage en jaillit en masse avant de prendre son vol vers sa destination finale. C'est alors que Worsel, Grand Maître ès hallucinations, se mit intensément et diligemment à l'ouvrage.

Aussi, quoi qu'il soit demeuré aux commandes du *Velan* au lieu de rejoindre le vol fou des Vélantians ensorcelés au-dessus d'un paysage inconnu et bien que le croiseur ait repris l'air pour suivre les fugitifs, ni l'ennemi contrôlant la portion du cerveau concédée par Worsel, ni ses séides ne se rendirent compte de ce qui se passait réellement. Au niveau de la partie contrôlée de son esprit, Worsel volait à tire-d'aile avec ses camarades vers l'abattoir qui les attendait tandis que pour les Suzerains le *Velan,* déserté et vide, reposait inerte, sur le sol rocailleux. Ceux-ci eurent même l'impression au fur et à mesure de l'approche de leurs victimes et à travers eux, de voir le croiseur diminuer de taille et disparaître derrière l'horizon !

Tout cela relevait d'une véritable acrobatie mentale car nécessitant une synchronisation parfaite avec les impulsions émanant des Delgonians pour ne pas être détectable. Worsel, cependant, était un expert. Il s'était attelé à cette tâche non avec la crainte d'échouer mais avec l'envie quasi irrépressible d'en découdre physiquement avec les ennemis héréditaires de sa race.

Les reptiles volants piquèrent vers le sol et tandis qu'un filet de camouflage imitant des éboulis s'escamotait, découvrant une ouverture au flanc de la montagne, Worsel d'un seul coup de réacteurs se rapprocha des fuyards et les engloba dans une zone de défense psychique inviolable. Le contrôle des Suzerains sur leurs victimes s'évanouit brutalement. Les Vélantians, réalisant immédiatement ce qui venait de se passer, regagnèrent précipitamment leur vaisseau. Ils se bousculèrent aux sas avant de regagner leurs postes de combat. Les portes blindées de la caverne s'étaient aussitôt refermées mais les monstres ne disposaient pas d'écrans capables de résister aux projecteurs du

Velan et bientôt leurs défenses cédèrent. Les bastions, leurs barrières énergétiques et une bonne portion du flanc de la montagne se volatilisèrent avant de se transformer en une rivière de lave dévalant les pentes du massif montagneux. Au milieu des vapeurs surchauffées, les Vélantians en armure de combat se lancèrent à l'assaut.

Les Suzerains, cependant, avaient beaucoup appris et la caverne, bien que merveilleusement camouflée, était défendue à la fois matériellement et mentalement. Les assaillants trouvèrent devant eux portails blindés et murailles de force derrière lesquels étaient massés les défenseurs en armure qui, psychiquement contrôlés par les Delgonians, se battirent avec l'impitoyable férocité de robots qu'ils étaient. Néanmoins, malgré tous leurs efforts, les Suzerains ne pouvaient endiguer l'avance des forces de la Patrouille. Les projecteurs lourds semi-portables crachaient leur flot de destruction et tout au long de l'étroit tunnel d'accès les combats au corps à corps faisaient rage. Éclairés par les lueurs des décharges énergétiques s'écrasant sur des écrans défensifs, les Vélantians poursuivaient leur progression. Un par un ou en groupe, les défenseurs furent anéantis et les forces de la Civilisation, passant pardessus les cadavres, continuaient leur avance, débouchant finalement dans la caverne. Sus aux Suzerains ! Ces Suzerains qui, des siècles durant et générations après générations, avaient décimé leur race, torturant jusqu'à la mort les Vélantians pour se repaître de leur élan vital que leurs corps déchirés ne pouvaient plus longtemps retenir !

Worsel et son équipage jetèrent au loin leurs Delameters car ce n'est qu'en cas d'absolue nécessité qu'un Vélantian emploie une arme énergétique contre un Suzerain, car il est trop en rage à sa seule vue pour l'utiliser valablement. Il faut également ajouter qu'à une véritable folie homicide s'ajoute une peur innée du Delgonian, de l'être qui a dévoré des milliers de ses ancêtres. Face à cette crainte s'oppose une haine d'une telle intensité qu'aucun humain ne peut même l'imaginer, une haine que pouvait partiellement apaiser l'explosion d'une violence incontrôlée à l'égard de l'ennemi héréditaire. Pour les Vélantians, lentement démembrer l'adversaire, sentir sa vie s'éteindre sous les coups qu'on lui portait, constituait une suprême jouissance.

Aussi n'est-il guère souhaitable d'entrer dans les détails de l'affrontement. Il y avait là une bonne centaine de Delgonians, combattants d'autant plus dangereux qu'ils étaient acculés et que sur le plan de la force physique ils n'avaient rien à envier aux Vélantians puisque les deux races étaient fort proches d'apparence l'une de l'autre. Aussi, bien des membres de l'équipage de Worsel périrent-ils mais comme ils étaient plus de quinze cents et qu'à peine la moitié pouvait tenir dans la caverne, il en restait tout à fait suffisamment aux commandes du croiseur. Worsel prit soin d'épargner le commandant de la base zwilnik. Le combat terminé, les Vélantians enchaînèrent sur un chevalet de torture leur unique prisonnier afin de l'immobiliser. C'est alors que, résistant à grand peine à la tentation de mettre en action l'effroyable machine, Worsel abaissa son écran psychique, entoura de sa queue le plus proche pilier, et s'installa face à son prisonnier. Huit yeux bizarrement pédonculés ondulèrent tandis que le Fulgur cherchait à percer les défenses télépathiques de son vis-à-vis.

« Je pourrais utiliser ceci, ou cela », exalta Worsel en manipulant leviers et manettes et en faisant se tendre les liens maintenant le captif qui se tortillait sous les décharges douloureuses. « Cependant, je n'en ferai rien, pour le moment... Je me contenterai d'absorber tout ce que vous savez tant que vous serez encore sain d'esprit. »

C'est alors que débuta silencieusement le face à face, le cataclysmique conflit de volontés.

Comme on a déjà eu l'occasion de le dire, Worsel avait pourchassé et tué bon nombre de Suzerains. Pourtant, il les avait exterminés comme de la vermine à coups de bombes ou de rayons, de griffes ou de queue. Mais il y avait bien vingt ans qu'il n'avait pas lutté esprit contre esprit avec un Suzerain, pas depuis que Nadreck de Palain VII avait capturé vivant le chef de ceux qui avaient choisi leurs proies parmi les filles du matriarcat d'Hélène tout en guerroyant depuis Lyrane II contre les forces de la Civilisation. Par ailleurs, il ne s'était jamais lancé dans un duel psychique à mort avec un Delgonian sans avoir à proximité une aide disponible, que ce soit celle de Kinnison ou d'un autre Fulgur.

Mais dorénavant Worsel n'avait plus besoin d'aide et brûlait d'impatience de se mesurer avec son détenu. Son corps était aussi rigide que le sol sur lequel il reposait. Tout son être, tout son cerveau compartimenté se concentrait afin de venir à bout des défenses mentales du commandant de la base qui, lui, savait fort bien qu'il n'avait à attendre nulle pitié de son adversaire.

Le Joyau de Worsel s'illumina progressivement, son

chatoiement polychrome éclairant d'une lumière pulsatile la caverne. Demeurant sur le qui-vive et à l'affût de la moindre contre-attaque, le Vélantian lança décharges après décharges d'énergie psychique sur le Suzerain, enveloppant l'esprit du monstre d'un champ de striction. Il intensifia son assaut, enserrant de plus en plus l'esprit du Suzerain, en une étreinte impitoyable et irrésistible. Le Delgonian était battu. Lui qui n'avait jamais rencontré d'esprit étranger supérieur au sien savait qu'il était battu. Il n'ignorait pas qu'il affrontait ce Fulgur semi-fabuleux, ce Vélantian auquel nul de sa race ne pouvait s'opposer. Il se rendait parfaitement compte qu'il allait devoir subir le sort qu'il avait infligé à tant d'autres : une mort lente et hideuse. Sachant tout cela, cette sombre certitude le fit flancher.

Il y a un vieux dicton qui affirme que le brave ne meurt qu'une fois mais le lâche plus de mille. Le Suzerain, tout au long de ce combat immobile mourut moralement si souvent que la chose en devint pénible. Cependant, il se battit. Son cerveau était puissant et agile et il employa dans sa défense toutes les ruses et tous les « trucs » dont il avait le secret. Ce fut en vain. Le Fulgur enfonça progressivement ses défenses, s'insinuant de plus en plus profondément dans son esprit malgré tous les efforts du Delgonian et, petit à petit, ce dernier devait s'incliner.

« Cette station se trouve ici... cet état-major est là... je suis ici pour... causer le maximum de pertes au commerce interstellaire... comme aux forces de la Patrouille Galactique et à la Civilisation sous toutes ses manifestations... » admit à regret le Suzerain au fur et à mesure que la pression exercée par Worsel devenait plus intolérable mais de tels aveux, malgré leur caractère coercitif, ne suffisaient pas au Fulgur.

Worsel voulait avoir accès à la somme globale des connaissances de son captif et rien d'autre n'était de nature à le satisfaire. Aussi poursuivit-il sans relâche ses attaques jusqu'à ce que les défenses du Delgonian se soient totalement effondrées et que les circonvolutions de son cerveau et les méandres de son esprit lui soient devenus livre ouvert. Sa victoire acquise et prenant à peine le temps de narguer sa victime, Worsel en passa au crible les souvenirs conscients et inconscients — puis liquida le monstre.

A bord de son croiseur filant maintenant vers une destination bien définie, Worsel passa en revue tout ce qu'il venait d'apprendre. Il n'était nullement surpris de constater que son prisonnier ignorait tout de l'existence d'éventuels échelons supérieurs de la hiérarchie de Boskone et du fait qu'il obéissait à des ordres. Depuis le temps, cette technique lui était familière et les psychologues de Boskone étaient de si habiles opérateurs qu'il était vain de chercher à dénicher les pulsions subconscientes surajoutées. Ce que les Suzerains cherchaient à faire était cependant fort clair. Cet avant-poste avait causé de considérables dommages au trafic spatial. Vaisseaux après vaisseaux avaient été déviés de leur course et contraints à se poser sur cette planète. Une partie des astronefs avait été alors détruite, les autres vidés de leur machinerie et de leur chargement comme s'ils avaient rencontré de classiques pirates. Certains même avaient été renvoyés quasiment intacts. Pourtant, ni les passagers ni les équipages n'échappaient indemnes bien que seulement dix pour cent d'entre eux aient péri du fait des abominables traitements que leur avaient infligés les Delgonians.

Le commandant de la base lui-même s'était posé la question de savoir pourquoi on ne leur avait pas laissé la latitude de tuer tous leurs captifs car la soif inextinguible d'élan vital qui les dévorait était impossible à rassasier. Il savait seulement que quelqu'un avait limité leurs carnages à dix pour cent de l'effectif des prisonniers.

Worsel eut un sourire de fauve à cette pensée tout en admirant la maîtrise des psychologues capables d'imposer de telles limitations à des esprits aussi rétifs.

Les quatre-vingt-dix pour cent restants avaient servi de « jouets » aux Suzerains, procédure beaucoup moins satisfaisante pour eux mais presque aussi funeste pour les victimes quant à leurs personnalités propres car nulle parmi elles ne conserva le moindre souvenir de ce qui s'était passé ou de ce qu'elle avait été auparavant. Toutes n'étaient pas devenues complètement ou partiellement folles mais toutes avaient été profondément changées, sinistrement transformées... Néanmoins, chaque Suzerain s'était efforcé de faire preuve d'originalité dans les modifications perverses de caractère infligées à ses proies afin que sur terre, sur mer ou dans l'espace, rien de semblable ne soit susceptible d'être rencontré et lorsqu'on connaît les diaboliques capacités de ces monstres en ce domaine...

Worsel analysa cela et bien d'autres choses puis décida de mettre le cap sur le Maëlstrom Infernal. La planète qu'il venait de quitter n'avait rien de commun, malgré ses monstrueux habitants, avec ce lieu mystérieux et redouté.

Il était maintenant certain de connaître la nature de ce gouffre diabolique : il ne pouvait s'agir que d'un repaire de Suzerains et de rien d'autre. Or, en tant qu'exterminateur patenté des Delgonians des deux Galaxies et compte tenu de la puissance de feu de son équipage, on pouvait d'ores et déjà considérer l'antre de ces monstres comme « nettoyé » !

C'est juste à ce moment-là que lui parvint un message télépathique d'une surprenante clarté :

« Worsel ? Ici Constance. Que deviens-tu, cher vieux reptile ? »

Chapitre III

Kinnison écrit un opéra de l'espace

Chacun des Surfulgurs disposait des mêmes données et des mêmes faits à partir desquels il lui était possible d'échafauder des théories et de tirer des conclusions. Ils avaient partagé leurs expériences, leurs découvertes, leurs déductions et inductions et discuté en détail, en communion mentale complète, des différentes facettes du problème de Boskone. Cependant, la méthode d'approche et l'endroit choisi pour attaquer différaient pour les quatre paladins de la Civilisation. Kimball Kinnison, porté par nature sur l'assaut direct, savait néanmoins utiliser des moyens détournés pour arriver à ses fins, comme l'on a déjà eu l'occasion de le voir. Il préférait les indices francs et sans ambiguïté aux phénomènes obscurs et sans signification apparente et plus l'affaire était claire, plus il était content.

C'est pourquoi présentement il faisait route vers Antigan 4, dernier endroit en date où s'étaient produits des phénomènes à la fois outrageants pour la raison et caractéristiques du climat de violence qui tendait à s'instaurer dans les deux Galaxies. Kim n'en savait pas très long car la demande d'enquête lui était parvenue non par Joyau mais par les voies administratives ordinaires. On souhaitait qu'il dirige les investigations consécutives à l'assassinat présumé du Président planétaire.

Tandis que sa vedette dévorait les parsecs, le Fulgur Gris repassait dans son esprit les aspects les plus évidents de l'actuelle vague de crimes, vague dont l'ampleur d'ailleurs croissait. Un fait ressortait de tout cela, celui de la répartition géographique des méfaits actuellement enregistrés. Les systèmes solaires de Thrale, Vélantia, Tellus, Klovia et Palain n'étaient pas affectés par le phénomène. Or, ces systèmes regorgeaient de Fulgurs et servaient de Q.G. aux activités des Fulgurs. Il semblait bien que la densité du banditisme soit inversement proportionnelle au nombre de Fulgurs se trouvant à proximité. D'une façon ou d'une autre, ceux-ci et tout particulièrement les Surfulgurs constituaient un barrage efficace contre les agissements délictueux. Cela bien sûr avait toujours été le cas mais en l'occurrence ce fait n'était pas sans intérêt.

Lorsqu'il parvint à destination, cette notion se confirma. La planète était en ébullition. L'activité générale y paraissait pratiquement paralysée. La loi martiale avait été déclarée et les rues étaient désertes, à l'exception de patrouilles d'hommes en armes. Les rares passants filaient d'un air furtif et inquiet, le regard cherchant à surveiller toutes les directions à la fois.

« Très bien, Wainwright, allez-y, crachez le morceau ! » ordonna Kinnison d'un ton sec, tandis qu'escorté des officiers de la Patrouille, il se rendait au Capitole Planétaire, à bord d'une voiture isolée psychiquement des curieux. « Il y a beaucoup trop de mystère dans cette affaire.

— Oui, Monsieur », et Wainwright expliqua ce qui s'était passé. La situation se détériorait insensiblement depuis des mois. Rien de spectaculaire, certes, mais une accumulation de petits faits : accroissement de la criminalité, augmentation des disparitions, multiplication des enlèvements. Les forces de police petit à petit s'étaient trouvées débordées. Pour compliquer les choses, on les avait classiquement accusées d'incompétence et de vénalité. Des libelles et des tracts incendiaires furent distribués, dont l'origine demeurait obscure. Les détectives les plus habiles se révélèrent incapables de relever la moindre piste depuis les papetiers jusqu'aux imprimeurs. Ces appels enflammés ne visaient à rien moins qu'à réclamer le départ des forces de la Patrouille et le recouvrement de l'indépendance planétaire et, du fait du climat tendu qui régnait, ces manifestes ne tardèrent pas à briser le moral de la population.

« Puis, pour couronner le tout, apparut sur tous les murs de ce monde un beau matin, un avis annonçant qu'à minuit, le 34 Dréel — vous connaissez notre calendrier, n'est-ce pas ? — le Président Renwood disparaîtrait. On nous laissait deux semaines de délai, sans nul doute pour nous jeter un défi... » Wainwright, parvenu à ce point de son récit, s'arrêta.

« Eh bien ! Poursuivez. Je sais bien que votre Président a disparu. Comment cela s'est-il passé ? Pourquoi ce secret ? Quelles précautions aviez-vous prises ?

— Si vous insistez, il me faudra bien sûr vous le dire. Mais je préférerais ne pas avoir à continuer. » Wainwright était devenu écarlate. « Vous ne me croiriez pas. Je ne le croirais pas moi-même si je ne m'étais trouvé là. Il serait préférable de laisser notre vice-président vous conter lui-même, en présence du ministre des Finances et des autres présents cette nuit-là, ce qui s'est passé.

— Hum... ouais... je vois. » Le cerveau de Kinnison bouillonnait. « C'est pour cela que personne n'a voulu me donner de détails ? Vous avez tous craint mon incrédulité et les soupçons qui ne manqueraient pas de me venir en tête... » Il s'arrêta et songea « Hypnotisme » mais arrêta là ses cogitations pour ne pas conclure gratuitement. Même si cela était, il n'y avait aucun intérêt à clamer son opinion sur la place publique, du moins pour le moment.

« Ce n'est pas de la crainte, Monsieur, mais la certitude que vous ne me croiriez pas. »

Une fois parvenus au siège du Gouvernement, ils se rendirent non au bureau du Président mais dans les sous-sols du département des Finances, où se trouvait la chambre forte la plus inviolable de la planète. Là, les plus hauts dignitaires de la planète expliquèrent à Kinnison tant verbalement que mentalement ce qui s'était déroulé en ces lieux mêmes.

Ce jour fatidique, tout travail avait été suspendu et aucun visiteur n'avait été admis à pénétrer dans la zone critique. Nul n'avait obtenu l'autorisation de rencontrer Renwood, à l'exception de ses vieux et loyaux collaborateurs dont l'honnêteté ne pouvait être mise en doute. Aéronefs et astronefs remplissaient le ciel. Des troupes dotées d'armement lourd et de blindés patrouillaient autour de la Présidence. Cinq minutes avant minuit, Renwood, escorté par quatre hommes des services secrets pénétra dans la chambre forte dont les portes furent refermées derrière eux par le ministre des Finances en personne. Tous les membres du Cabinet assistèrent à la scène, ainsi que le peloton de gardes soigneusement sélectionnés qui se trouvait là. Néanmoins lorsque le Grand Argentier rouvrit les portes, cinq minutes après minuit, les cinq hommes avaient disparu. Depuis aucune trace d'eux n'avait pu être relevée, malgré toutes les recherches entreprises.

« Et chaque mot de ce que vous venez d'entendre est vrai. C'est la pure VÉRITÉ ! » clamèrent en chœur inconsciemment les ministres à l'esprit du Fulgur.

Durant tout le récit, Kinnison avait sondé cerveau après cerveau à la recherche d'une quelconque trace de chirurgie mentale. Il ne découvrit strictement rien de suspect. Aucun indice incitant à songer à de l'hypnotisme n'était non plus décelable. L'événement s'était déroulé exactement comme on venait de lui dire. Convaincu de ce fait, son regard se voila d'appréhension et il utilisa son sens de la perception globale pour passer au crible, centimètre carré après centimètre carré les parois de la chambre forte, les systèmes d'alarme et de sécurité ainsi que l'ensemble des circuits électriques. Tout fonctionnait normalement et rien n'avait été trafiqué.

Le soleil de ce système, malgré sa relative petitesse, était très ardent et le monde, le quatrième, en était assez éloigné, bien au-delà de la limite de Cardynge. Un tube hyperspatial, un corridor extra-dimensionnel... Bien sûr, par tous les démons de l'espace, il ne pouvait s'agir que de cela. Kinnison encaissa douloureusement le coup. Pour la première fois, le Fulgur Gris accusa son âge et au-delà.

« Je sais ce qui s'est passé. » Sa voix était calme mais farouche tandis qu'il s'adressait à un auditoire sceptique et protestataire. « Je sais aussi comment cela a été fait mais c'est tout !

— Comment ? demandèrent-ils tous pratiquement d'une seule voix.

— Un tube hyperspatial. » Et Kinnison se mit en devoir d'expliciter ses propos du mieux qu'il pouvait.

« Mais que peut-on faire pour y remédier ? » interrogea le ministre des Finances abasourdi devant ces explications fondamentalement incompréhensibles pour un non-mathématicien.

« Absolument rien, annonça paisiblement Kinnison. Ce qui est fait est fait ! Dites-moi un peu ce que devient la lumière d'une lampe lorsqu'on l'éteint. Ce corridor ne laisse pas plus de traces et il existe des milliers de planètes dans cette Galaxie, tout autant dans la Seconde et l'on a dénombré des milliards d'univers-îles dans notre univers.

Or, les univers coexistent au sein du plenum cosmique hyperdimensionnel comme des pages au sein d'un livre. Aussi pouvez-vous ainsi vous rendre compte que nos chances de retrouver le Président Renwood et ses ravisseurs sont-elles pratiquement nulles... » Le ministre parut désemparé.

« Voulez-vous insinuer qu'il n'existe aucune parade à ce genre d'agression ? Cela va-t-il donc pouvoir se poursuivre impunément ? Cette planète va être frappée de folie au fil des jours ! Bientôt nous allons tous devenir des maniaques...

— Oh non ! Je n'ai jamais dit cela. » La tension se dissipa. « J'ai simplement dit qu'en ce qui concernait votre Président et ses gardes du corps tout espoir était exclu. Ce type de tube hyperspatial est détectable dès qu'il est opérationnel. Ce qu'il vous faut, c'est une paire de Fulgurs Rigelians ou Ordoviks. Je veillerai à ce que vous les obteniez. Une fois qu'ils seront là, je doute que l'ennemi récidive. » Il n'ajouta pas, ce qui était pourtant l'aveuglante vérité, que l'ennemi irait frapper ailleurs, là où ne se trouverait pas de Fulgurs aptes à repérer l'intangible structure d'une sphère de force extra-dimensionnelle.

Déçu, le Fulgur reprit l'espace. Cela devenait éprouvant de voir les choses se passer chaque fois qu'il n'était pas là avec l'impossibilité une fois sur place, d'une intervention efficace. Ce système d'attaque surprise dans le dos ne laissait guère d'espoir de parvenir à une riposte valable. Mais ces méditations moroses ne le menaient nulle part et il lui fallait impérativement réussir à lever une piste sérieuse.

Toutes les voies d'approche classiques étaient exclues, de cela il était certain. Les Boskonians qui dirigeaient ces opérations n'étaient pas des débutants ! Aucun des exécutants ne révélerait quoi que ce soit d'intéressant sinon les lieux et dates retenus par ses supérieurs dont on ignorerait tout. D'ailleurs, les conférences que tiendraient les Zwilniks seraient aussi discrètes et protégées que possible. Que faire ?

Facile. Capturer un gros bonnet la main dans le sac. Il se sourit à lui-même. Plus facile à dire qu'à faire... Cependant, ce n'était pas irréalisable. Les Boskonians n'étaient pas des surhommes et n'avaient pas de capacités supérieures aux siennes. En se mettant à leur place, comment combinerait-il un coup s'il était un Zwilnik ? Il avait une incontestable expérience dans ce domaine. Existait-il des types de crime révélant des techniques similaires à celles qu'en son temps il avait lui-même utilisées ?

En ce qui le concernait, il avait un penchant marqué pour l'action directe et l'attaque en force. Mais au besoin, il savait agir de l'intérieur. Or, du fait de l'incontestable supériorité en armement de la Patrouille, particulièrement dans la Première Galaxie, l'ennemi se devait de détruire par la subversion plutôt que par l'action directe les structures de la Civilisation. Comment s'y prenait-il ? Il ne disposait pas de Fulgurs. Il s'interrompit dans son raisonnement. Comment pouvait-il en être certain présentement ? Fossten le renégat Arisian... Inutile de se leurrer, Fossten en avait peut-être su sur le Joyau tout autant que Mentor lui-même. Peut-être également avait-il mis sur pied une organisation dont Mentor ignorait jusqu'à l'existence. Ou bien ce dernier, jugeant qu'il serait bon pour un certain benêt de Fulgur Gris de découvrir cela par lui-même, n'en avait-il rien dit. Parfait.

Il contacta télépathiquement le Vice-Coordinateur Maitland qui avait maintement l'entière responsabilité du poste préalablement tenu par Kinnison, avant que celui-ci n'ait repris du service actif. « Cliff ? Kim. Je viens d'avoir une idée », et il explicita rapidement le résultat de ses cogitations. « Il est possible que je me trompe mais nous avons intérêt à vérifier de toute façon. Dis à nos gars de relever dans tous les lieux mal famés des deux Galaxies tout ce qui pourrait se rapporter à des activités douteuses de la part de Fulgurs. Si jamais l'un d'eux recueille des informations en ce sens, que l'on m'en avise d'urgence. Bien compris ?... Merci. »

Posé sous cet angle, le problème d'Antigan IV se présentait très différemment et Renwood pouvait très bien être, non un patriote et une victime mais un saboteur. Le coup du tube hyperspatial n'était en définitive qu'une mise en scène dont les seules victimes auraient été les gardes du corps du Président. Renwood, ou celui qui se faisait appeler ainsi, ayant atteint son objectif qui était de saper le moral de tout un monde, pouvait très bien être allé ailleurs poursuivre ses néfastes manœuvres. Cela était diaboliquement habile et la conclusion spectaculairement théâtrale de l'opération méritait une mention spéciale. Le mécanisme mis au point rappelait par bien des aspects ce qu'il avait lui-même accompli lorsqu'il était devenu Tyran de Thrale. Il lui fallait simplement admettre que Boskone disposait d'agents tout aussi capables que ceux de la Civilisation car c'eût été pure stupidité de sa part de nier à l'adversaire la capacité de monter des coups tout aussi habiles que les siens avaient pu l'être en leur temps.

Où cela le menait-il ? Sur Radelix, par Klono ! Un globe de bonne taille, important mais sans plus, d'implantation humaine et où jusque-là les troubles enregistrés étaient d'ordre mineur. Il n'y avait là-bas que peu de Fulgurs et leur chef, Gerrond, pour un membre de ce corps d'élite, n'était pas des plus brillants et par trop enclin à se fier au sacro-saint règlement... Il lui fallait d'urgence mettre le cap sur Radelix.

Il s'y rendit donc, mais pas à bord de l'*Indomptable* ni dans sa tenue de cuir gris. Il s'était transformé en un écrivain à la recherche de couleur locale pour sa prochaine saga galactique et c'est un nommé Sybly Whyte qui débarqua d'un luxueux paquebot de l'espace sur Radelix. Ce pseudonyme cachait l'une des fausses identités les plus inattaquables de la Patrouille et le passé de cet auteur fictif défiait toute enquête éventuelle. Le fait que cet individu soit d'une curiosité déplacée correspondait parfaitement à l'image que l'on avait de ce type de personnage et sa soif d'apprendre faisait partie des qualités requises pour sa profession.

Aussi Sybly Whyte visita-t-il Radelix d'un pôle à l'autre. Son voyage d'études pouvait paraître quelque peu désordonné et sans but bien précis mais on était susceptible de rencontrer l'écrivain, son carnet à couverture rouge à la main, n'importe où, et n'importe quand. Il visitait les astroports, grimpait à bord des cargos du vide, perdait au jeu de petites sommes dans tous les bistrots fréquentés par les matelots de l'espace. D'un autre côté, il s'était insinué dans la haute société locale et s'ingéniait à se faire inviter à toutes les manifestations mondaines quelque peu huppées. Il se rendit rapidement insupportable auprès des politiciens, des banquiers, des commerçants, des seigneurs de la haute finance et de tout ce qui appartenait au « gratin » de Radelix.

Pour rester fidèle à son personnage, Kinnison se mit en devoir d'écrire véritablement un roman qui par la suite fut acclamé comme le chef-d'œuvre de Sybly Whyte. Le Fulgur devant sa machine, tirait péniblement à la ligne lorsque le premier indice sérieux lui parvint.

Un voyant lumineux jaune s'alluma sous l'écran de son vidéophone et une sonnerie discrète l'avisa qu'un message radiotélévisé important allait être diffusé sur toute la planète. Kinnison-Whyte abaissa un interrupteur et le visage sévère du Grand Prévôt apparut sur l'écran.

« Je vous demande toute votre attention, disait l'image, chaque citoyen de Radelix est prié de noter la source des libelles et tracts révolutionnaires qui sont distribués un peu partout sur notre monde. Nos policiers ne peuvent être partout mais vous autres, citoyens, l'êtes. Nous espérons grâce à votre aide que cette menace à la paix planétaire et à la sécurité de tous pourra être conjurée avant de devenir vraiment alarmante, ce qui nous évitera d'avoir à décréter la loi martiale. »

Ce message, qui pour les Radeligians ne revêtait pas d'importance particulière, était plus que significatif pour Kinnison. Il en conclut qu'il ne s'était pas trompé et avait raison à cent pour cent. Il savait d'avance ce qui allait se passer et ne se faisait aucune illusion sur les possibilités d'action tant de la police de Radelix que de l'ensemble de ses habitants. Rien, à part un détachement de Fulgurs, n'était en mesure d'enrayer le processus en cours. Or, une intervention de la Patrouille risquait fort de déboucher sur une impasse car rien n'assurait que l'on aboutirait de la sorte à capturer les véritables responsables. Aussi était-il exclu que le Coordinateur donnât l'alarme.

Qu'il puisse agir utilement avant l'épilogue forcément théâtral de l'intervention zwilnik dépendait de bien des facteurs. Il lui fallait procéder à une enquête approfondie afin de déterminer quelle était la cible visée et son affiliation éventuelle à Boskone. Si l'ennemi, comme il paraissait probable, se préparait à jouer un scénario déjà bien rodé, c'était à l'évidence le Président qui était visé. Si Kinnison ne réussissait pas à identifier les responsables à temps, il lui faudrait laisser les choses se dérouler jusqu'à la disparition finale et pour Whyte, apparaître à ce moment précis risquait d'attirer sur l'écrivain une publicité parfaitement superflue. A cet instant crucial, il lui faudrait s'être forgé une réputation qui le rende en fait invisible aux yeux de tous, tout en étant là. Aussi se mit-il à l'œuvre pour achever les aventures de Qadgop le Mercotan et de la belle Cynthia.

Chapitre IV

Nadreck de Palain VII à l'œuvre

Pour parvenir à comprendre ce qui va se dérouler, il nous faut revenir vingt ans en arrière, au moment de la fameuse entrevue sur la sombre Onlo entre le monstrueux Kandron et son supérieur direct dans les affaires de Boskone, le terrible Alcon, Tyran de Thrale, vers la fin de laquelle Kandron suggéra que sa propre base avait peut-être subi les insidieuses manipulations de Soleil Alpha :

« Voulez-vous insinuer qu'il est possible que vous ayez été envahi et vos défenses sondées sans que cela ait laissé de trace ? » Alcon frissonna en songeant à cette éventualité.

« Certainement, répliqua froidement Kandron. Bien que personnellement je ne pense pas que cela soit vrai, je me dois néanmoins de ne pas en écarter l'éventualité. Ce que la science peut inventer, la science peut la neutraliser. Ce n'est pas Onlo et moi qui sommes l'objectif prioritaire mais bien Thrale et vous, comme vous le savez sans doute, et tout spécialement vous.

— Vous avez peut-être raison. Mais, faute de connaître l'identité réelle de Soleil Alpha et les méthodes qu'il a employées pour accomplir ce qu'il a accompli, toute spéculation est parfaitement vaine. » C'est à ce moment-là qu'Alcon interrompit la discussion et s'en retourna pratiquement aussitôt sur Thrale.

Après le départ du Tyran, Kandron poursuivit sa méditation et les conclusions auxquelles il aboutit ne lui plurent guère. Il était incontestable que l'objectif premier de la Patrouille, c'était Alcon et Thrale. Mais, ce but atteint, était-il raisonnable de penser que lui et Onlo seraient épargnés ? Non. Fallait-il derechef attirer l'attention d'Alcon sur ce point. Certainement pas. Si Alcon, après tous les avertissements reçus, n'avait pas compris le danger qu'il courait, sa mort ne serait pas une grande perte ! Et si le Tyran préférait rester sur place et se battre, c'était son affaire… Kandron n'avait pas l'intention de prendre le moindre risque quant à son extrêmement précieuse existence.

Devait-il également prévenir ses propres gens ? Mais comment pourrait-il le faire ? Tous étaient des combattants chevronnés et aguerris et aucun avertissement ne les ferait se battre plus farouchement pour défendre leur planète et leurs vies qu'ils n'étaient déjà disposés à le faire. Par ailleurs, insister sur une invasion toute hypothétique et fuir devant un ennemi imaginaire risquait fort de nuire à son crédit.

Non. En tant que personnage important dans la hiérarchie de Boskone, sa sphère d'influence allait bien au-delà d'Onlo. Il allait faire en sorte d'être appelé ailleurs et observerait de loin ce qui se passerait. Si rien ne se produisait durant les prochaines semaines, il reviendrait alors de sa tournée d'inspection et tout irait bien.

Il passa scrupuleusement en revue les défenses d'Onlo et avertit à plusieurs reprises ses officiers d'être sur leurs gardes et de se méfier de tout lors de son absence, hélas ! inévitable. Puis, il s'envola, escorté par une flotille de croiseurs dont les équipages d'élite avaient été choisis par ses soins et mit le cap sur un refuge soigneusement inconnu de tous et préparé de longue date. Depuis sa retraite, par le canal de ses observateurs et divers appareils de guet, il surveilla ce qui se passait. Thrale tomba, puis Onlo. La Patrouille triomphait. Alors, appréciant l'étendue du désastre avec la froide passivité des êtres de sa race, Kandron lanca certains signaux et l'un de ses supérieurs entra en contact avec lui. Il lui fit un rapport complet et tous deux eurent une longue discussion. Puis, Kandron reçut des ordres qui devaient l'occuper pour plus de vingt années telluriennes.

Il savait maintenant qu'Onlo avait été invisiblement envahi par le biais quelconque d'un tour de passe-passe mental quasiment incroyable et franchement incompréhensible. Onlo était tombé sans qu'aucun de ses défenseurs n'ait pu activer la plus petite de ses fabuleuses machines de guerre. La façon dont l'ennemi était venu à bout de Thrale était par contre suffisamment évidente. C'était du travail typiquement humain, l'ouvrage de Fulgurs d'origine tellurienne, peut-être même l'œuvre de ce Fulgur si souvent associé aux agissements de Soleil Alpha.

Mais Onlo ! Kandron en personne avait veillé à la mise sur pied d'un réseau de pièges infranchissables tout au long de ses lignes de communication et il en connaissait l'efficacité. C'était toujours lui qui avait fait installer les écrans défensifs et les zones de blocage mental. Il devait néanmoins reconnaître que l'ennemi avait remonté l'écheveau pourtant inextricable de ses lignes de communication et franchi ses défenses sans déclencher la moindre alarme.

Tout cela était évident et Kandron consacra toutes les facultés de son formidable esprit à déterminer qui pouvait être à l'origine de ce désastre. Il reconstitua ainsi le portrait mental de l'individu qui, selon toute probabilité, n'était autre que Soleil Alpha. Le portrait qu'il s'en traça correspondait parfaitement à Nadreck de Palain VII et à l'usage de ce Soleil Alpha ainsi défini Kandron se mit en devoir de dresser des pièges un peu partout dans les deux galaxies. Ceux-ci parviendraient ou ne parviendraient pas à éliminer le Fulgur mais, en la matière, ce n'était pas la rapidité de sa mort qui primait mais le fait que Soleil Alpha ne puisse en aucun cas remonter jusqu'aux plus hauts échelons de Boskone.

Puis, après avoir donné des ordres en conséquence, il s'attela à la gigantesque tâche de réorganiser les fragments survivants de l'empire de Boskone en une force capable de mettre à bas la Civilisation.

Aussi n'est-il pas étonnant que durant plus de vingt ans Nadreck de Palain VII n'eut guère progressé dans son travail d'enquêteur. Il passait son temps à échapper de justesse d'une mort violente à une autre. En fait ce n'est qu'en déployant des prodiges de ruse, de férocité et d'habileté qu'il parvint à demeurer en vie. De temps à autre, il réussissait bien à marquer un point mais était le plus souvent sur la défensive. Chaque piste qu'il suivait débouchait subtilement mais infailliblement sur un piège, chaque opération qu'il montait aboutissant, figurativement ou même trop souvent littéralement, à un cul de sac rempli de projecteurs semi-portables prêts à l'envoyer dans l'autre monde.

Année après année, Nadreck devint progressivement conscient qu'un ennemi invisible et indétectable mais puissant, s'acharnait à bloquer toutes ses initiatives et à se débarrasser de lui. Au fur et à mesure que s'accumulaient les indices, il devint pour Nadreck une quasi-certitude que l'entité hostile s'opposant à lui n'était autre que Kandron.

Lorsque Kit prit l'espace pour sa première mission et que Kinnison appela en consultation Nadreck, le Palainian, habituellement réticent et peu loquace, était prêt à parler. Il raconta au Fulgur Gris tout ce qu'il savait, soupçonnait et déduisait de l'existence de Kandron, l'ex-chef d'Onlo.

« Kandron d'Onlo ! » explosa Kinnison dont la violente réaction mentale fit littéralement bouillir le sub-éther. « Par les tripes de Klono ! Et vous m'annoncez tranquillement que Kandron vous avait échappé là-bas et que vous le saviez. Mais pourquoi n'avoir rien fait pour le retrouver ? Pourquoi n'en avoir rien dit à quiconque ? Ça ne doit pas aller fort !

— Certes, mais pourquoi agir sans nécessité ? » Nadreck restait de glace devant la fureur du Tellurien. « Mon intellect n'est guère brillant et mes capacités sont modestes. Cependant, à l'époque, il était clair que Kandron n'avait par lui-même aucune sorte d'importance. Ma tâche consistait à réduire Onlo, et je l'avais mené à bien. Que Kandron à ce moment-là se soit trouvé là-bas ou non ne changeait rien à la chose. Kandron, en tant qu'individu, c'est un tout autre problème. »

Kinnison jura d'abondance puis, à force de volonté, parvint à retrouver son calme. Nadreck n'était pas humain et il était vain de vouloir le juger à partir de critères humains ou para-humains. Il était fondamentalement différent et totalement incompréhensible. Il était d'ailleurs bon pour l'humanité qu'il en soit ainsi car si les Palainians avaient eu, en sus de leurs diaboliques capacités, les qualités propres des humains, c'est à eux et non aux Telluriens que fût revenu le contrôle de la Civilisation.

« Mais Kandron m'a gêné dans mes activités depuis des années et maintenant que vous aussi, vous vous intéressez à ses agissements, il est devenu un facteur qu'on ne peut plus négliger », poursuivit imperturbablement Nadreck, qui ne pouvait pas plus saisir le point de vue du Tellurien que ce dernier celui du Palainian. « Aussi, avec votre permission, je vais repartir et tuer ce Kandron.

— Voles-y vite, petit bonhomme, soupira sur un ton acide Kinnison. Bonne chasse ! »

Pendant que se tenait cette conférence, Kandron, dans son repaire, se réjouissait de la façon dont il s'y était pris pour bloquer toutes les initiatives de Nadreck de Palain VII qui était, selon toute probabilité, le redouté et redoutable Soleil Alpha de la Patrouille Galactique. Le Fulgur, certes, était toujours en vie et le demeurerait sans doute jusqu'au jour où Kandron lui-même trouverait le temps de s'occuper en personne de son élimination car c'était un opérateur de première force mais qui ne présentait plus de véritable menace maintenant qu'il était identifié et connu. Or, il y avait des problèmes plus urgents comme il y en avait toujours eu depuis la chute de Thrale. Le Plan révisé se déroulait sans anicroche et dès qu'il aurait réglé l'énigme de cet humain... Les Ploorans avaient suggéré... était-il concevable, après tout, que Nadreck de Palain ne soit pas celui qui avait été, durant de si longues années, Soleil Alpha ? Que le facteur humain soit en définitive... ?

Par le biais d'un sens mystérieux, Kandron sut que le moment était venu pour lui d'entendre ses collaborateurs spécialistes des affaires humaines. Il convoqua télépathiquement l'un d'eux qui se hâta d'accourir.

« Ce mystérieux élément humain, demanda d'un ton sec Kandron, je suppose que vous ne venez pas m'annoncer qu'il a été résolu ?

— Désolé, votre Suprématie, mais vous avez hélas ! raison, répondit l'arrivant. Le piège d'Antigan IV avait été monté spécialement à son intention et calculé en fonction d'un homme dont vous nous aviez défini la personnalité. La chose était-elle alors trop patente ? Ou alors pas assez claire pour l'appâter ? Cela tient peut-être tout simplement au fait que la Galaxie étant immense, il n'apprit que trop tard ce qui se passait là-bas. Pour notre prochaine tentative, quel degré de publicité faudra-t-il lui accorder et quel niveau de répétition est-il souhaitable d'adopter ?

— La technique employée sur Antigan était parfaite, décida Kendron. Il n'apprit sans doute pas ce qui se déroulait là-bas ou nous l'aurions capturé. C'est un agent remarquable, dont le camouflage tient à une mise en vedette tellement évidente que l'on ne s'avise de sa présence que trop tard. Aussi, à part un improbable coup de chance, ne parviendrons-nous pas à nous emparer de lui avant qu'il n'ait agi. Il nous faut persévérer jusqu'à ce que ce soit lui qui vienne à nous. En fait, que nous nous emparions de lui maintenant ou dans cinq ans, cela n'a guère d'importance. Cela doit simplement être fait et il est heureux que la nécessaire destruction de la Civilisation à partir de ses propres mondes nous donne l'occasion de le prendre au piège.

» Quant à renouveler ailleurs l'opération Antigan, ça ne me semble guère souhaitable... mais, attendez ! En définitive cela serait peut-être préférable quand même. La répétition trahit certes un esprit inférieur mais si l'on parvenait à convaincre de cela notre ennemi humain, ça n'en serait que mieux. Continuez donc à agir comme par le passé et tenez-moi informé des éventuels développements de la situation. Souvenez-vous que je le veux vivant, afin que nous puissions dépouiller son esprit de tous les secrets qu'il peut contenir. En quittant cette pièce, oubliez mon existence et les liens de subordination qui nous unissent jusqu'à ce que j'oblige votre cerveau à s'en souvenir. Allez ! »

L'être s'en fut et Kandron se mit en devoir de faire ce pour quoi il était le plus doué. Il regrettait, bien sûr, de ne pouvoir se consacrer à l'élimination de Nadreck ou à la capture de cet énigmatique Fulgur humain qui était, ou n'était pas, ce maudit Soleil Alpha, car ces tâches lui eussent causé bien du plaisir. Mais pour que réussisse le Grand Plan, et un échec était exclu, il y avait bien des problèmes plus prioritaires à résoudre ! Chaque Boskonian devait faire son devoir et l'affaire du Palainian et de son complice supposé était accessoire. La mission de Kandron consistait à susciter et développer certains types de psychose collective, domaine où il excellait. Ce travail de spécialiste ne contribuerait pas peu à la chute de la Civilisation, aussi l'Onlonian s'y consacra-t-il avec son habituelle minutie. Tout le restant pouvait attendre.

Kandron voyagea vite et loin et partout où il passait se répandaient comme une traînée de poudre les symptômes de l'épidémie la plus terrible que la Civilisation ait eu à affronter et qu'aucun médecin ou psychiatre ne parvenait apparemment à maîtriser.

Pendant ce temps, le Surfulgur Nadreck, ayant décidé de retrouver et d'exterminer l'ancien dictateur d'Onlo, s'attela à sa mission avec son tempérament à la fois placide et méticuleux. Il ne fit nul effort pour essayer de localiser son adversaire ou d'en suivre la piste. Cela lui paraissait à la fois inutile, stupide et ce qui était pire, inefficace. Il lui fallait plutôt essayer de déterminer, à un moment donné dans le futur, où allait se trouver Kandron, et l'y attendre là.

A cet effet, Nadreck recueillit une masse fantastique de données concernant les événements et phénomènes évoqués lors de la discussion des quatre Fulgurs. Il en analysa chaque élément, cherchant à déterminer ce qui relevait à l'évidence de l'action directe de son adversaire. Ce fut sans surprise qu'il en vint à la conclusion que les méfaits de l'Onlonian étaient légions.

A partir de cas précis, Nadreck passa au crible de l'analyse statistique les événements anormaux ayant affecté le bon fonctionnement des structures gouvernementales des planètes d'un vaste secteur de la Galaxie. En effet, vu le volume d'espace considéré, toutes les secousses politiques d'ampleur planétaire n'avaient, en définitive, guère été remarquées par la Civilisation mais, lorsqu'on en faisait le compte, on restait effrayé par l'importance globale du phénomène. Nadreck, cependant, était constitutionnellement incapable d'être effaré, révolté ou épouvanté. Cette réaction d'horreur qu'aurait eue toute créature dotée d'un minimum de compassion n'était pour le Palainian qu'un intéressant mais assez simple problème de psychomathématiques.

Aussi, après avoir passé au crible chacun des épisodes écoulés et l'avoir replacé dans son contexte spatio-temporel, il se dirigea à partir de ces extrapolations vers la planète la plus susceptible de recevoir dans un futur proche la visite de Kandron.

Ce globe, étant habité par des humanoïdes, était de climat chaud et ensoleillé et son atmosphère riche en oxygène. Nadreck le détesta d'emblée puisque son idéal en la matière était strictement à l'opposé. Heureusement, il n'avait pas à atterrir, du moins jusqu'à l'arrivée de Kandron et le fait que sa proie, comme lui-même, était un être à sang glacé en rendait le repérage extrêmement simple.

Nadreck mit sa vedette indétectable en orbite éloignée autour de la planète, de façon à s'assurer un minimum de confort et installa une série d'écrans de détection extrêmement sensibles. Il était plus que probable que le flot de personnes arrivant et partant de ce monde était constitué uniquement de créatures à sang chaud respirant l'oxygène et tout individu ne correspondant à ces caractéristiques serait obligatoirement Kandron. De ce fait, ses écrans de détection auraient une tâche extrêmement simplifiée puisqu'il leur faudrait distinguer entre deux types d'êtres aussi dissemblables. Il ne restait plus au Fulgur qu'à attendre le signal de ses veilleurs électroniques lui annonçant la venue de Kandron ou que l'écoulement du temps lui indique que l'Onlonian ne se rendrait pas sur ce globe.

Étant un mathématicien, Nadreck savait parfaitement que des conclusions fondées sur une extrapolation sont toujours sujettes à caution. Il n'ignorait pas que la probabilité de la venue de Kandron était inférieure à cent pour cent. Néanmoins, ayant fait tout ce qu'il pouvait faire, il attendait avec l'inhumaine patience propre à sa race.

Jour après jour, et semaine après semaine, la vedette tourna autour de la planète et de son énorme et brûlant soleil. Durant ce périple, le voyageur solitaire étudia. Il analysa plus finement encore les données en sa possession et détermina les mesures à prendre au cas où sa tentative, à l'instar de bien d'autres, se terminerait par un échec.

Chapitre V

L'enlèvement d'un Président

Kinnison l'auteur travailla courageusement à son roman épique chaque fois qu'il était susceptible d'être surveillé et suffisamment en toutes circonstances pour dissiper d'éventuels soupçons. En fait, il s'échina tout autant que Sybly Whyte, un écrivain notoirement fantasque, avait jamais pu le faire. En dehors de ses interviews avec personnalités et petit peuple, il assista consciencieusement aux réunions d'écrivains ce qui lui permit de maudire copieusement ses héros pour leur manque de coopération avec leur créateur. Il sympathisa tout spécialement avec une corpulente confrère dont les feuilletons contant les exploits (particulièrement peu réalistes) d'un Fulgur Gris avaient un succès considérable et s'étaient vendus à plus de vingt millions d'exemplaires pour leurs dix premiers titres.

De la sorte, Kinnison donna une incontestable consistance à son personnage, ce qui lui permit d'enquêter un peu partout sans anicroche et sans attirer sur lui l'attention. Il parvint ainsi à déterminer la méthode mise au point par Boskone pour miner Radelix après avoir ravagé Antigan IV.

Son premier soin fut de passer au crible le cerveau du Président Planétaire. Cela lui demanda du temps mais il y parvint. Malgré un examen impitoyable et minutieux, cela ne donna rien. Il ne découvrit nulle trace de suggestion post-hypnotique ou de chirurgie mentale. Il fit alors procéder à une étude rétrospective de l'intéressé mais le passé du Président ne recelait rien de douteux. L'ennemi n'attaquait donc pas de l'intérieur. Sa première hypothèse était donc fausse. L'invasion et le sabotage provenaient du dehors. Comment ?

Les tracts se succédaient, plus virulents les uns que les autres. Ils semblaient surgir du néant ou du moins aucun vaisseau n'était signalé à proximité de la planète après chaque lâcher de libelles. Mais cela n'avait rien de surprenant. Grâce à la propulsion aninertielle, n'importe quel astronef pouvait être à des parsecs de distance lorsque les appels à la révolte toucheraient le sol. De toute façon, qu'il s'agisse d'un tube hyperspatial ou d'une fusée, la méthode en elle-même n'avait nul intérêt et seuls comptaient les résultats. Or, ceux-ci étaient disproportionnés par rapport à leur cause apparente. Cette littérature subversive devait bien sûr avoir quelque effet mais servait essentiellement d'écran à la réalité. Aucun tonnage d'une prose aussi anonyme qu'incendiaire ne pouvait causer une démoralisation générale de cette ampleur.

Des associations plus ou moins farfelues se créèrent un peu partout, ayant comme but l'apologie de la dictature ou la défense de l'anarchie. Des cultes bizarres virent le jour, prêchant l'amour libre et annonçant la fin du monde. La Société des Auteurs n'échappa pas à ces secousses et, compte tenu de l'importance numérique de ses membres et de leur personnalité affirmée, se scinda en une douzaine de « clans » opposés.

Kinnison rejoignit celui qui prêchait le rejet de toutes les valeurs reconnues et ce, non en tant que leader, mais comme simple sympathisant. Il ne se cantonnait quand même pas dans le rôle du mouton de Panurge mais restait suffisamment en retrait pour ne pas perdre le bénéfice de la relative invisibilité que lui conférait son statut actuel. C'est à partir de cette place aux premières loges qu'il put suivre la métamorphose progressive des esprits et étudier ce qui en était la cause.

Lorsque vint son tour, Kinnison se prépara à la bataille. Il s'attendait à devoir affronter une puissante mentalité et n'aurait pas autrement été surpris de se trouver face à face avec un autre Arisian fou se dissimulant derrière une zone de contrainte hypnotique. En réalité, ce qu'il rencontra, il ne l'avait nullement prévu : ce n'était qu'un banal psychiatre Radeligian. L'individu, certes, était habile mais était hors d'état d'influer sur l'esprit de quiconque se rebellait. Aussi le Fulgur Gris n'eut-il aucune peine à apprendre tout ce que savait l'émissaire de Boskone tout en laissant ce dernier convaincu que Sybly Whyte était dorénavant le type voulu de propagandiste.

L'ennui, c'est que l'homme ne savait pratiquement rien. Cet aspect des choses, pour prévisible qu'il fût, posait à Kinnison trois problèmes. Est-ce que les échelons supérieurs prenaient personnellement contact avec un tel menu fretin ou bien lui donnait-on des instructions avant de le lâcher dans la nature ? Devait-il garder le contrôle de ce Radeligian jusqu'au moment où il lui serait possible de le savoir ? S'il demeurait maître du psychiatre jusqu'au moment où un responsable en vérifierait l'activité, avait-il la capacité et les moyens de ne pas être repéré ? C'était difficile à dire et il était de toute façon préférable de jeter un œil alentour auparavant. Il regagna sa vedette et prit l'espace.

Du haut du ciel, il quadrilla sur des milliers de kilomètres la surface de Radelix, allant d'un pôle à l'autre et parcourant l'équateur. Partout il retrouva la même situation. La planète était littéralement truffée d'agitateurs ce qui l'amena à une conclusion amère. Il ne pouvait exister aucune communication directe entre le centre de décisions et un aussi grand nombre de saboteurs. Ces gens avaient dû recevoir des consignes du style « la réussite ou la mort ! » et le résultat individuel de leurs efforts importait peu aux promoteurs réels de cette campagne. A titre expérimental, Kinnison fit emprisonner quelques-uns des leaders. Rien ne se produisit.

Finalement, la loi martiale fut décrétée mais cette mesure n'aboutit qu'à faire entrer dans la clandestinité les divers mouvements subversifs, en en accentuant le caractère désespéré et violent. Le crime impuni proliféra, le meurtre devint un élément du train-train quotidien et l'équilibre psychique de la population en fut irrémédiablement affecté. Kinnison, comprenant maintenant qu'aucune piste menant à un quelconque responsable ne lui serait accessible avant l'apothéose finale, observa d'un œil désolé la poursuite du viol de la planète.

Le Président Thompson et le Fulgur Gerrond envoyèrent message après message à la Base n° 1 et à Klovia, afin de demander du secours. La réponse à toutes leurs suppliques fut la même. La question avait été soumise au Grand Conseil Galactique et au Coordinateur. Tout ce qui pouvait être fait l'avait été. Aucune autre précision ne pouvait être donnée sinon que, compte tenu du désordre régnant actuellement dans la Galaxie, il était préférable pour chaque monde de faire le maximum pour résoudre seul ses problèmes.

Les événements s'accélérèrent pour culminer en un final atroce. Gerrond convoqua le Président dans la chambre d'un hôtel de passe, et là, le regard fixé sur les aiguilles d'un boîtier posé sur ses genoux, il lui annonça :

« Je viens juste d'apprendre quelque chose d'étonnant, M. Thompson, Kinnison est ici, sur Radelix, depuis des semaines.

— Quoi ! Kinnison ! Où est-il ? Pourquoi n'a-t-il pas... ?

— Oui, Kinnison. Kinnison de Klovia. Le Coordinateur en personne. Je ne sais pas où il est ou a été. Je ne le lui ai pas demandé. » Le Fulgur eut un bref sourire. « Je ne me le suis pas permis. Il a discuté longtemps avec moi de la situation. Je suis encore tout époustouflé...

— Pourquoi n'a-t-il pas stoppé ce qui se passe ? demanda le Président. Ou bien ne peut-il pas s'y opposer ?

— C'est ce que je dois vous expliquer. Il ne pourra agir qu'à la toute dernière minute, m'a-t-il annoncé.

— Mais pour quelle raison ? Je vous le dis, si la situation actuelle peut être redressée, il faut le faire, quel qu'en soit le prix !

— Un instant ! aboya Gerrond. Je sais bien que vous êtes bouleversé et je n'apprécie pas plus que vous le fait de voir Radelix ainsi déchiré mais vous n'ignorez pas que le Coordinateur Galactique Kimball Kinnison est de tous les hommes le mieux placé pour décider de la conduite à tenir. En outre, sa décision est sans appel et sera exécutée...

— Bien sûr ! s'excusa Thompson. Je suis exténué... mais voir ma planète en un tel état, nos institutions, le travail de siècles entiers détruit, des millions de vies perdues... perdues en vain...

— Nous n'en arriverons pas là si chacun remplit convenablement le rôle qui lui sera assigné. Et vous, Monsieur, vous aurez un rôle de premier plan.

— Moi ? Comment ?

— Êtes-vous au courant de ce qui s'est passé sur Antigan IV ?

— Pourquoi ? Non... Je me souviens que là-bas aussi il y avait eu des troubles mais...

— C'est bien cela. C'est pourquoi les choses doivent aller à leur terme. Aucune planète ne se soucie particulièrement des autres mais Kinnison a la charge de toutes. Si nous mettons un terme maintenant à nos troubles, cela n'aboutira qu'à voir le foyer insurrectionnel de Radelix transféré purement et simplement sur d'autres mondes mais si nous laissons les choses suivre leur cours jusqu'à la conclusion prévue par l'adversaire il existe de bonnes chances pour liquider pour de bon la question.

— Mais qu'est-ce que cela a à voir avec moi ? Que puis-je personnellement faire ?

— Beaucoup. Le dernier acte de la tragédie d'Antigan IV, l'événement qui transforma ce globe en une planète de maniaques, ce fut l'enlèvement du Président

Planétaire Renwood, qui fut sans doute assassiné, puisque aucune trace de lui n'a pu être retrouvée.

— Oh ! » Les mains du vieil homme se crispèrent puis se détendirent. « Je veux bien... à condition que Kinnison soit quasiment certain que ma mort lui permettra...

— Ça n'ira pas jusque-là, Monsieur. Le Coordinateur fera en sorte que tout s'arrête avant. Lui et ses compagnons — je ne sais pas de qui il parle — ont repéré tous les agents ennemis et prendront simultanément soin d'eux. Je pense que Boskone annoncera à l'avance la date et l'heure de votre enlèvement. C'est ainsi que cela s'est déroulé sur Antigan :

— Malgré la Patrouille ?

— Certes. Même au cœur de notre Base Principale, il pourrait en aller de même. Le Coordinateur est d'avis que cela reste du domaine du possible mais il garde en réserve un atout qu'il ne jouera qu'à la dernière extrémité. C'est d'ailleurs la raison qui m'a amené à vous donner rendez-vous ici en me confiant ce détecteur d'un modèle très spécial. Il est persuadé que les bases locales de la Patrouille ne sont pas à l'abri des yeux et des oreilles indiscrets.

— En ce cas... que peut-il... » Le Président se tut.

« Tout ce que je sais c'est qu'il me faut vous faire revêtir un certain type de spatiandre et vous mener à mon bureau personnel quelques minutes avant l'heure fixée par l'ennemi pour votre enlèvement. Puis, à H moins deux, les gardes et moi quitterons la pièce et enfilerons le corridor à un pas suffisamment rapide pour nous trouver juste en face de la salle n° 24 une minute avant l'heure fatidique. Il nous faut répéter la manœuvre jusqu'à ce que le minutage en soit parfait. J'ignore ce qui se passera alors mais quelque chose se passera. »

Le temps s'écoula. L'infiltration boskoniane prit de l'ampleur, suivant en cela un plan soigneusement préétabli. Il devenait de plus en plus évident que Radelix prenait le chemin d'Antigan IV. Mais cela n'était vrai qu'en surface. Chaque vaisseau atterrissant sur la planète y laissait au moins un passager qui ne réembarquait point. Certains étaient minces et sveltes, d'autres petits et gros. Il y avait des jeunes et des vieux, des blafards et des bronzés par les rayonnements de l'espace. Tous néanmoins avaient un point commun, c'était ce regard d'aigle que trahissaient leurs yeux impénétrables. Ces hommes s'occupaient uniquement de leurs tâches respectives, ne se souciant en rien les uns des autres.

De nouveau, Boskone manifesta le mépris en lequel il tenait la Patrouille en indiquant à l'avance l'instant exact de l'enlèvement du Président Planétaire Thompson. De nouveau, l'heure fixée était minuit.

Le Vice-Amiral Gerrond, Fulgur en charge de Radelix, était, comme Kinnison se plaisait à le souligner, un peu trop à cheval sur le règlement et ne parvenait pas à croire que sa base était aussi vulnérable que le prétendait le Coordinateur. Celui-ci, en effet, qui savait que les défenses classiques étaient parfaitement inopérantes, ne les avait même pas mentionnées. Gerrond, incapable d'accorder créance à une telle notion, avait de son propre chef décrété la mobilisation générale de toutes les forces à sa disposition.

Les permissions avaient été suspendues. Chaque détecteur, chaque projecteur, chaque arme offensive ou défensive avait ses servants sur le pied de guerre. Toute la garnison était sur le qui-vive. Et Gerrond, bien qu'en lui-même redoutant quelque attaque non décrite dans les manuels d'État-Major, demeurait persuadé que lui et ses hommes suffiraient à faire face.

A minuit moins deux, le Président en armure de combat et son escorte quittèrent le bureau de Gerrond. Une minute plus tard ils s'apprêtaient à franchir le seuil de la pièce spécifiée. Une bombe explosa derrière eux et des hommes en armes surgirent en hurlant d'un couloir. Tout le monde s'arrêta et se retourna pour voir ce qui se passait. Kinnison lui-même, dans sa cachette, s'assura que l'observateur invisible, au centre de son indiscernable hypercercle tridimensionnel, faisait de même.

Kinnison surgit de la salle 24, lança un bref message télépathique d'explication au Président qu'il propulsa dans le bureau où celui-ci se retrouva entouré par une cohorte de Fulgurs dotés d'un équipement que l'on n'était pas accoutumé à trouver dans les bases de la Patrouille. La porte se referma derrière le Coordinateur et Kinnison se tenait là où Thompson était auparavant, engoncé dans le même spatiandre que celui que portait le Président. L'échange n'avait duré que quelques secondes.

« Parfait. Gerrond, vous et vos gars, dégagez ! ordonna mentalement le Surfulgur. Le Président est sain et sauf. Je prends le commandement. Demi-tour immédiat que nous puissions utiliser notre matériel ! »

Les hommes qui n'étaient pas en tenue de combat s'égaillèrent tandis que la porte de la salle 24 s'ouvrait à la volée et demeurait béante. Des armes ouvrirent le feu depuis les pièces adjacentes et les couloirs proches. L'hyper-cercle, qui n'était en fait que l'extrémité d'un corridor hyper-spatial, parut prendre une certaine consistance et devenir presque visible.

La matérialisation, néanmoins, ne fut pas complète. Ce n'était que par un intense effort de concentration visuelle que l'on pouvait distinguer comme une vague brume circulaire plus ténue qu'un voile de mariée. Les hommes à l'intérieur du couloir extra-dimensionnel n'apparaissaient que comme des stries et aucun détail n'était perceptible. Il était même difficile de dire si l'ennemi se trouvait ou non à bord d'un vaisseau. Au lieu d'une matérialisation complète, le seul objet qui prit une apparence de solidité fut une masse noire qui descendit droit sur Kinnison, une sorte d'épais filet agrémenté de crochets.

Les Delameters de Kinnison crachèrent un même faisceau d'énergie destructrice et dévorante. En vain. La nasse était constituée de fibres de dureum, cette substance incroyablement dense et réfractaire d'origine synthétique et qui est le seul corps qui puisse matériellement exister à la fois dans l'espace normal et dans le pseudo-espace du corridor hyperspatial. Le Fulgur brancha le neutralisateur d'inertie de son armure et chercha à prendre son vol mais cette manœuvre aussi avait été prévue. Les ingénieurs de Boskone bloquèrent toutes ses tentatives de fuite et le filet se referma sur sa proie. Des projecteurs semi-portables furent alors mis en batterie mais on aurait tout aussi bien pu les laisser où ils étaient car leurs pinceaux annihilateurs s'avérèrent incapables de rompre la trame du filet de dureum et traversèrent sans causer le moindre dommage les envahisseurs insubstantiels sur lesquels ils étaient braqués. Kinnison fut hissé à bord du vaisseau boskonian dont les occupants prirent progressivement à ses yeux une consistance croissante au fur et à mesure qu'il était arraché à l'espace normal pour plonger dans le couloir extra-dimensionnel.

Tandis qu'autour de lui le pseudo-espace devenait réalité, la base au-dessous s'estompa puis disparut totalement. Kim n'ignorait pas qu'aux yeux de ses compagnons il s'était purement et simplement volatilisé. Le vaisseau à bord duquel il se trouvait était pourtant bien réel, tout comme ses ravisseurs.

Le filet s'ouvrit, laissant choir ignominieusement le Fulgur sur le plancher. Des tracto-rayons lui arrachèrent des mains ses Delameters toujours en action, sans se soucier de savoir si ce faisant, on ne lui arrachait pas également les mains. Tracto et repulso-rayons le remirent sur pied et le plaquèrent contre la paroi métallique de la pièce, le maintenant totalement immobilisé.

Furieux, il utilisa son arme finale, ce mini-projecteur conçu par Worsel et construit par Thorndyke qui engendrait, sous le contrôle mental de son possesseur, des vibrations fatales à la structure moléculaire des neurones du système nerveux. Rien ne se produisit. Il essaya d'explorer, grâce à son sens de la perception globale, son environnement mais se trouva bloqué dans ses investigations dès qu'il parvint à une cinquantaine de centimètres de distance des humanoïdes qui l'entouraient. Il se calma alors et réfléchit à sa situation. Une illumination se fit dans son esprit, dont les conclusions ne furent pas sans lui causer un choc brutal et direct.

Ce n'était pas pour un malheureux civil que l'ennemi s'était entouré d'un tel luxe de précautions. Les Présidents étaient généralement des gens âgés, physiquement faibles et sans pouvoirs mentaux particuliers. Non, tout ce qui venait de se dérouler correspondait à un plan soigneusement monté par un haut dignitaire de Boskone. La ruine d'un monde était certes un objectif intéressant mais cela n'avait pas été le seul.

Quelqu'un, doté d'un solide cerveau et qui ne plaisantait pas était en train de s'attaquer aux quatre Surfulgurs. Or, si Nadreck, Worsel, Tregonsee et lui-même venaient à disparaître, ce serait un incontestable coup dur pour la Patrouille.

Mais il n'était pas encore battu. Il leur fallait apprendre tout ce qu'ils ignoraient de lui : ses méthodes, ses supérieurs éventuels, ses diverses missions. C'est la raison qui les avait conduits à le capturer vivant tout comme en son temps il l'avait fait pour différents responsables boskonians. Ils découvriraient vite que tant que Kimball Kinnison serait en vie, il resterait aussi dangereux qu'un tigre.

Le capitaine, ou le personnage en charge de l'opération, allait le faire chercher, c'était tout vu ! Il voudrait savoir qui il avait capturé afin de pouvoir faire son rapport. A un moment ou à un autre quelqu'un commettrait une négligence car une vigilance de tous les instants est impossible à maintenir longtemps et Kinnison ne laisserait pas passer l'occasion, si minime fût-elle.

Mais ses ravisseurs ne le conduisirent point au capitaine.

Ce fut au contraire celui-ci, accompagné par une demi-douzaine de séides sans armure de combat, qui vint s'enquérir de sa capture.

« Parle, mon vieux et parle vite ! » ordonna sèchement le Boskonian dans le sabir caractéristique du haut-espace, tandis que les soldats en armure quittaient la pièce. « Je veux savoir qui tu es, ce que tu es, ce que tu as fait jusque-là et tes liens avec la Patrouille. Aussi parle, si tu ne veux pas que je te fasse écarteler avec mes tracto-rayons, armure ou pas ! »

Kinnison ne prêta nulle attention aux propos de son vis-à-vis mais l'attaqua mentalement de toutes ses forces. En vain, l'assaut fut bloqué. Ce sagouin lui aussi était doté d'un écran psychique l'englobant de la tête aux pieds.

Il nota la présence d'un interrupteur à la hanche du capitaine, ce qui était bien pratique en cas d'urgence. Si seulement il pouvait bouger, ce serait si simple ! S'il l'avait pu, il aurait essayé d'amener un des hommes de l'escorte à bousculer légèrement son commandant afin de débrancher l'écran, ou aurait fait en sorte que le capitaine s'assoie trop près du bras d'un fauteuil. Pourquoi n'y avait-il pas à bord une mascotte, un quelconque animal, ou même un insecte...

Chapitre VI

Tregonsee, Camille et « X »

Le Surfulgur Tregonsee de Rigel IV ne se précipita pas dans l'espace à la recherche de Boskone suite à l'appel de Kinnison. La hâte n'entrait pas dans les habitudes de Tregonsee. Il savait le cas échéant agir vite mais avant d'en arriver là il lui fallait savoir exactement où, comment et pourquoi intervenir.

Il conféra donc avec ses trois collègues, leur communiqua tous les renseignements en sa possession, et contribua à faire la synthèse des données fournies par tous les quatre. Cette synthèse plut tellement aux autres qu'ils s'empressèrent de se mettre au travail mais, Tregonsee, lui, n'en était pas satisfait. Il ne parvenait pas à visualiser logiquement un ensemble cohérent à partir des éléments disparates d'enquête dont il disposait. C'est pourquoi, tandis que Kinnison se penchait sur la tragédie d'Antigan VI, Tregonsee se contenta de s'asseoir ou plutôt de demeurer debout et immobile, réfléchissant. Lorsque Kinnison se rendit sur Radelix, il n'avait pas encore bougé et poursuivait ses cogitations.

Finalement, il se décida à convoquer un assistant pour l'aider à penser. Il avait le plus grand respect pour les jugements de Camille Kinnison qu'il estimait, en dehors des Arisians, l'entité intellectuellement la plus capable des deux Galaxies. Il avait participé à l'éducation des cinq enfants des Kinnison et en Camille avait trouvé un tempérament assez proche du sien. Possédant un plus grand sens des valeurs que les autres Surfulgurs, lui seul avait réalisé que depuis longtemps les élèves avaient dépassé leurs professeurs et c'est une preuve supplémentaire de son équanimité que le fait chez lui ne suscita pas de rancœur mais de l'étonnement. Quels étaient les dons de ces extraordinaires enfants du Joyau, il l'ignorait mais il savait que tous, et en particulier Camille, avaient des capacités extraordinaires.

Dans le cerveau de l'adolescente, il percevait des profondeurs insondables, des prolongements et des visions qu'il avait peine à saisir. Il n'essaya d'ailleurs jamais d'empiéter sur l'esprit de la jeune fille et respecta scrupuleusement l'intimité psychique des enfants Kinnison, se contentant de recevoir ce que ceux-ci voulaient bien lui communiquer. Il essaya bien, intérieurement, de les faire entrer dans ses classifications personnelles mais il finit par se rendre à l'évidence, cette ambition était et demeurerait vaine. Aussi accepta-t-il de bonne grâce la situation comme l'on accepte les innombrables mystères de Dame Nature. Des quatre Surfulgurs, Tregonsee fut sans doute celui qui s'approcha le plus de la vérité mais même lui ne suspecta jamais l'existence des Eddoriens.

Camille, aussi calme et réservée que sa jumelle Constance était exubérante, rangea sa vedette dans les vastes soutes du vaisseau Rigelian et rejoignit Tregonsee au poste de pilotage.

« Tu crois donc, si j'ai bien compris, que papa s'est mis le doigt dans l'œil et que ses déductions ne sont pas fondées ? demanda mentalement l'arrivante, après un bref bonjour. Ça ne me surprend pas. Je suis du même avis. Il a sauté un peu vite aux conclusions. Mais tu sais, ça lui arrive souvent.

— Ce n'est pas exactement ce que je voulais dire.

Cependant, il me semble, répliqua calmement Tregonsee, qu'il ne possédait pas suffisamment de données pour affirmer que Renwood d'Antigan était en cheville avec Boskone. C'est de ce point que je souhaite d'abord discuter avec toi. »

Camille se concentra. « Fondamentalement, je ne vois pas très bien quelle importance cela peut avoir, décida-t-elle finalement. Cela suggère une différence dans les méthodes, non dans le but final de l'opération. Intéressant mais sans portée pratique. Il est virtuellement certain, dans les deux cas, que derrière tout cela se trouve Kandron d'Onlo ou une autre entité et qu'il faut détruire le primum movens de l'offensive de Boskone.

— Bien sûr, ma chère, mais c'est seulement la première différence. *Quid* de la seconde ou de la troisième ? La logique prévaut toujours. Nadreck, ne se souciant que de Kandron, n'a étudié et compilé que la geste kandronesque. Il pourra sans doute et même certainement éliminer l'Onlonian. Néanmoins, il n'est nullement certain que cela suffira à restaurer l'ordre. En fait, suite à mon étude préliminaire de la question, je parierai volontiers que les aspects les plus importants et les plus dangereux de l'offensive de Boskone n'en seront pas affectés. Aussi, présentement, je souhaiterais que nous ignorions les découvertes de Nadreck et examinions à nouveau l'ensemble des données disponibles.

— Je ne me risquerais pas à parier contre toi ! » Camille se mit à mordiller sa lèvre inférieure. « D'accord. Il est possible que Renwood ait été un citoyen loyal. Passons en revue les arguments pour et contre... »

Ils entrèrent en un contact psychique si intime que les pensées de chacun ne pouvaient être traduites en paroles. Ils demeurèrent de la sorte non pendant quelques minutes, ce qui eût suffi à épuiser un cerveau ordinaire, mais durant quatre solides heures et, à la fin de la conférence, ils avaient abouti à quelques conclusions expérimentales.

Kinnison avait toujours prétendu qu'il n'existait aucune possibilité de repérer la source d'un couloir hyperspatial lorsque celui-ci avait cessé d'exister. Il y avait des millions de planètes dans les deux Galaxies. Il coexistait un nombre énorme, peut-être même infini, d'univers parallèles au sein desquels le corridor extradimensionnel avait pu déboucher. Sachant tout cela, Kinnison en était venu à la conclusion que la probabilité était quasiment inexistante d'une investigation fructueuse dans ce domaine.

Tregonsee et Camille, partant des mêmes prémisses, parvinrent à un résultat totalement différent. La multiplicité des espaces contigus était indiscutable mais les habitants d'un continuum donné étaient adaptés à celui-ci et ne pouvaient songer à la conquête permanente d'un autre. Aussi était-il vain de considérer les cosmos étrangers. La Civilisation n'avait qu'un ennemi et un seul, Boskone, dont peut-être Kandron était le chef suprême.

Pourquoi n'était-il pas possible de remonter jusqu'à lui ? Parce que ce « X », qui était ou n'était pas l'Onlonian, n'opérait pas depuis une base fixe en se contentant de recevoir les rapports de ses subordonnés. Une analyse approfondie et logique démontrait que « X » faisait le travail lui-même et se déplaçait de système solaire en système solaire pour accomplir sa funeste besogne. Ces psychoses collectives affectant des garnisons entières, ces manifestations planétaires d'Hystérie entraînant la chute des gouvernements, ne pouvaient être l'œuvre d'un esprit ordinaire. De toute la Civilisation, seul Nadreck de Palain VII avait les mêmes capacités. Était-il raisonnable de croire que Boskone avait en ses rangs plusieurs cerveaux de cette envergure ? Non. « X » était seul ou presque.

Qui était-il vraiment ? Était-il possible de le déterminer ? Avec quelques données supplémentaires c'était faisable. Leurs esprits entrèrent en rapport avec Worsel, Nadreck et Kinnison ainsi qu'avec le chef du Département « Statistiques » de la Base n° 1.

L'analyse exhaustive finale montra qu'il y avait au moins deux entités et uniquement deux probablement dirigeant les activités globales de Boskone. Ils ne firent aucun effort pour en découvrir l'identité. Ils se contentèrent de transmettre à Nadreck le résultat de leurs réflexions.

« Je m'occupe de Kandron, répliqua d'un ton indifférent le Palainian. Je n'ai pas à savoir si d'autres entités du même rang agissent également contre nous. Cela n'a rien à voir avec l'affaire en cours. Votre information est intéressante et peut, éventuellement, se révéler utile, c'est pourquoi je vous en remercie. Mais ma présente mission est de trouver et d'éliminer Kondran d'Onlo. »

Tregonsee et Camille se mirent alors à la recherche de ce « X », de ce responsable des manifestations d'hystérie planétaire, de psychoses collectives et de visions hallucinatoires. Ils visitèrent les dernières planètes ainsi frappées, dans l'ordre chronologique d'apparition des troubles. Ils étudièrent, lentement mais sûrement, chaque cas, aucun des deux ne se doutant que derrière « X » se trouvait Ploor et au-delà de Ploor, Eddore.

Ayant examiné le dernier monde ainsi frappé, ils ne firent aucun effort pour tenter de déterminer celui qui serait la prochaine victime des agissements de « X ». Ils se séparèrent et allant de mondes en mondes, partirent en quête du premier signe d'une quelconque activité subversive. Tregonsee était devenu un magnat de l'industrie en retraite, consacrant ses dernières années à la visite de la Galaxie, et Camille une jeune tellurienne en vacances. Les troubles escomptés firent finalement leur apparition. Tregonsee et Camille accoururent, chacun de son côté, commençant son enquête. La ligue de la Pureté Planétaire semblait être le foyer du mouvement, aussi tous deux décidèrent-ils d'assister à un meeting de cette organisation. Ce fut une erreur. Tregonsee aurait dû rester à bord de sa vedette, derrière un solide écran psychique.

En effet, Camille était parfaitement inconnue. Bien plus, son cerveau était éminemment stable et son esprit, de niveau 3, était tel qu'aucune entité d'un niveau inférieur ne pouvait forcer ses défenses, ou, ayant échoué, s'apercevoir de la chose. Tregonsee, quant à lui, était connu dans toute la Civilisation. Il n'arborait pas son Joyau, bien sûr, mais son apparence physique faisait de lui automatiquement un suspect. Pire, il lui était impossible de dissimuler, à un esprit aussi acéré que celui de « X » le fait que son cerveau n'était décidément pas celui d'un gentleman Rigellian en retraite.

Aussi, d'emblée Camille avait-elle su que la méthode employée n'était pas la bonne. Elle avait bien essayé de le faire comprendre à Tregonsee mais pour faire changer d'avis le Surfulgur dont la détermination était légendaire, il lui aurait fallu révéler des choses qui devaient à toujours lui rester cachées.

Aussi, lorsque « X » parcourut mentalement l'assemblée réunie, il cessa tout contact dès qu'il eut repéré un esprit de niveau 2. Camille eut à peine le temps d'agir. Elle synchronisa sa pensée avec celle de l'envahisseur, commença à l'analyser, et tenta de remonter à sa source d'émission. Elle n'eut pas le loisir d'aboutir pleinement mais put cependant situer l'émetteur. Lorsque l'influence étrangère eut disparu, elle contacta télépathiquement Tregonsee et tous deux quittèrent en toute hâte la salle.

Filant dans l'espace, en suivant la piste de « X », le cerveau de Tregonsee était littéralement en ébullition et

Camille y lisait comme dans un livre ouvert. Elle rougit d'un air embarrassé car, bien évidemment, elle savait rougir sur commande.

« Je ne suis pas la moitié de la super-femme que tu imagines », dit-elle. Cela était vrai, de ce côté-ci d'Arisia du moins. « Tu es si célèbre, vois-tu, et je ne le suis pas. Pendant qu'il t'étudiait, j'ai eu une fraction de seconde pour réagir. Tu ne l'as pas eu.

— C'est peut-être vrai. » Bien que Tregonsee n'eut pas d'yeux, la jeune fille savait qu'il l'examinait psychiquement, sans d'ailleurs chercher à forcer son cerveau. Elle abaissa ses défenses à un point tel qu'il crut que celles-ci n'existaient plus. « Tu as pourtant des pouvoirs incompréhensibles et extraordinaires... mais étant la fille de Kimball et Clarissa Kinnison...

— C'est cela, sans doute. » Elle se tut, puis, en veine soudaine de confidence, poursuivit : « J'ai là dans ce crâne quelque chose, je pense, mais je ne sais ce que c'est ni qu'en faire. Dans cinquante ans, peut-être, finirai-je par comprendre... »

Cela était assez proche de la vérité et servit à redonner confiance en lui à Tregonsee : « Quoi qu'il en soit, la prochaine fois, je tiendrai compte de ton opinion, quand tu voudras bien me la donner...

— Compte là-dessus ! J'adore donner des conseils. » Elle se mit à rire fort naturellement. « Mais la prochaine fois, je pourrais tout aussi bien avoir tort. »

Puis, afin d'apaiser définitivement les soupçons du rusé Rigellian, elle se dirigea vers le poste de pilotage et vérifia leur trajectoire. Ensuite, elle brancha tous les détecteurs du bord, les orientant sur la trajectoire estimée du fugitif. Elle plastronna quelque peu lorsqu'elle accrocha au rayon-traceur un lointain vaisseau dans la zone de ses recherches. Cette attitude visait à la rabaisser dans l'esprit de Tregonsee.

« Tu penses donc que " X " est à bord de cet astronef ? demanda-t-il tranquillement.

— Probablement que non. » Elle ne pouvait pas se permettre de forcer sur son rôle de petite écervelée car s'il était possible de tromper un moment un Surfulgur, mieux valait ne pas aller trop loin en la matière. « Mais cela devrait nous permettre de recueillir des indices intéressants.

— Il est pratiquement certain que " X " n'est pas à bord de cet appareil, conclut Tregonsee. En fait, tout cela n'est peut-être qu'un piège. Nous devons néanmoins prendre les dispositions nécessaires pour éventuellement l'intercepter. »

Camille acquiesça et l'officier-radio du croiseur entra en contact avec la plus proche base de la Civilisation. Loin au devant du vaisseau fugitif, se déployant en un arc de cercle centré sur sa trajectoire, de rapides destroyers de la Patrouille s'apprêtèrent à l'encercler. Les heures passèrent et, ce qui était prévisible, le croiseur lourd de Tregonsee rattrapa inexorablement le supposé boskonian.

La proie ne modifia en rien sa course. Elle fonçait droit sur les appareils de la Patrouille. Tracto et repulso-rayons s'amarrèrent à sa coque et ne suscitèrent aucune réaction. L'étrange astronef ne repassa pas en vol normal, ne brancha aucun écran et n'activa aucun projecteur. Il ne répondit à aucun signal. On le passa de la proue aux réacteurs au faisceau-sondeur, fouillant chaque compartiment. Il n'y avait à bord nulle trace de vie.

Les joues de Camille s'empourprèrent et ses yeux se mirent à briller. « On a été eus, oncle Trig et dans les grandes largeurs ! » s'exclama-t-elle et son chagrin n'était pas feint. Elle n'avait pas escompté un tel fiasco !

« Premier round pour " X ", dit Tregonsee qui, sans aucune affectation, avait conservé un calme olympien. Nous allons faire demi-tour et reprendre l'affaire où nous l'avons laissée. »

Ils ne discutèrent même pas de la façon dont « X » leur avait échappé car, après coup, cela devenait évident. Il y avait eu au moins deux vaisseaux dont l'un était totalement indétectable, et protégé par un écran mental impénétrable. C'était à bord de celui-là, qu'à un moment donné, « X » avait pris le large à leur insu, tandis qu'ils coursaient le leurre.

« X » était hors d'atteinte.

« X » était loin d'être un idiot.

Chapitre VII

Catherine veille au grain

Ce matin-là, Catherine, mince et élégante dans son ensemble noir, entra en sifflotant gaiement dans la cuisine pour prendre son petit déjeuner. Passant devant un miroir, elle modifia au-dessus de son œil gauche l'inclinaison de son insolente petite toque noire de façon à être encore plus provocante, puis tournoyant devant le miroir, elle admira sa silhouette, les deux mains posées sur ses hanches. Elle respirait la joie de vivre.

« Catherine... lui reprocha gentiment Clarissa Kinnison. Ne joue pas tant les exhibitionnistes, ma chérie. » En dehors des moments de crise, l'élément féminin du clan Kinnison utilisait systématiquement le langage parlé, pour ne pas en perdre l'habitude...

« Mais pourquoi donc ? C'est rigolo... » La grande jeune fille se pencha et embrassa sa mère sur le lobe de l'oreille. « Tu es à croquer, maman, tu sais. Je t'adore... Ah ! des œufs et du bacon. Je meurs de faim. »

La mère considéra d'un air quelque peu envieux la plus âgée de ses filles dévorer sans se soucier de sa ligne ni de sa digestion. Elle ne parvenait pas plus à comprendre ses enfants qu'une poule qui aurait involontairement couvé des canards et cette comparaison était d'autant plus exacte qu'elle s'approchait de la réalité à un point tel que jamais Clarissa ne le soupçonna. Mais elle n'ignorait pas, cependant, non sans quelque regret, qu'elle ne comprendrait jamais pleinement ses rejetons.

Elle n'avait pas protesté ouvertement devant le régime imposé à son fils Christophe depuis sa plus tendre enfance. Cela était nécessaire. Il était inconcevable que Christophe ne soit pas un Fulgur et pour qu'un homme puisse devenir Fulgur, il fallait lui inculquer tout ce qu'il pouvait absorber. Elle était par contre heureuse que ses quatre autres enfants soient des filles. Des filles, ça ne devient pas Fulgur ! Elle, qui avait connu et enduré si longtemps le fardeau que représentait cette charge, veillerait à ce qu'il n'en aille pas de même pour ses jumelles. Épouse à la féminité incontestable, elle avait lutté avec l'énergie du désespoir pour faire de ses filles des répliques d'elle-même et elle avait échoué.

Elles se refusaient à jouer à la poupée ou à fréquenter les autres petites filles. Elles préféraient importuner télépathiquement les Fulgurs de passage à la maison, au grand dam de leur mère, et appréciaient par-dessus tout la présence des Surfulgurs, chaque fois que l'un des quatre se trouvait là. Au lieu de jouets, les jumelles s'occupèrent avec des moteurs atomiques et des planeurs puis ensuite se passionnèrent pour des vedettes et autres engins spatiaux. Au niveau de l'enseignement, c'est avec l'encyclopédie galactique qu'elles apprirent à lire. Elles étaient parfois toutes à la maison mais jamais on ne savait à quoi s'en tenir sur leur présence ou leur absence éventuelle et cela désespérait un peu leur mère.

Mais elles n'étaient en aucun cas indifférentes vis-à-vis de leurs parents. Elles aimaient leur mère avec une intensité et une profondeur incommensurables. Elles s'efforçaient de lui éviter de s'inquiéter et demeuraient en contact avec elle où qu'elles aillent, d'un bout à l'autre des deux Galaxies. Bien plus, elles la tenaient informée complètement, du moins à ce qu'il paraissait, de leurs activités. Vis-à-vis de leur père et de leur frère, régnait ce même climat d'amour et d'affection qui les baignait toutes quatre. Elles se comportaient toujours de façon irréprochable et aucune n'avait manifesté le moindre intérêt pour un quelconque membre du sexe opposé, ce qui, s'il faut dire toute la vérité, était ce que Clarissa considérait comme parfaitement incompréhensible.

Non. La seule chose qui chagrinait Clarissa, c'était le fait que depuis leurs premiers pas, ses filles avaient clairement fait comprendre qu'elles n'entendaient en aucun cas être sous la dépendance de qui que ce soit.

Catherine termina son petit déjeuner et sourit brièvement à sa mère. « Désolée, maman, mais il faudra bien que tu comprennes que nous sommes irrécupérables. » Ses yeux, qui ressemblaient étrangement à ceux de Clarissa, à l'exception de la couleur, s'embrumèrent tandis qu'elle poursuivait : « Je suis sincèrement désolée que nous ne puissions pas être ce que tu voudrais que nous soyons. Nous avons toutes essayé mais, rien à faire. Ça doit tenir à ce qu'il y a là-dedans. » Et elle désigna sa tempe de son index. « Appelle cela du fatalisme si tu veux, mais j'ai la conviction que nous sommes destinées à accomplir un jour une tâche dont aucune d'entre nous n'a jusque-là la moindre idée. »

Clarissa pâlit. « Voici des années que cette idée me travaille... mais j'ai toujours eu peur d'en parler ou même d'y penser. Vous êtes nos enfants, à Kim et à moi... si jamais il y eut un mariage prédestiné, ce fut bien le nôtre... et Mentor alors nous avait dit que notre union était indispensable... » Elle se tut et à ce moment précis fut sur le point d'entrevoir toute la vérité et jamais plus n'en fut si près. Cependant, la réalité était trop vaste pour que son esprit pût s'en accommoder. Clarissa poursuivit : « Mais,

Catherine, si c'était à refaire et même sachant ce que je sais aujourd'hui, je n'hésiterais pas...

— Bien sûr, maman et c'est bien compréhensible, l'interrompit sa fille. N'importe quelle fille ferait de même. Le jour où je rencontrerai un type de la classe de papa, je l'épouserai aussitôt même si pour cela il me faut arracher les yeux de Karen et scalper Camille et Constance. Mais, en parlant de papa, que penses-tu de cette histoire de Radelix ? »

Toute trace de légèreté disparut alors de leurs propos.

« Je ne sais trop, avoua Clarissa d'un ton plein de sous-entendus. Et toi ?

— Idem et pourtant j'aimerais bien comprendre. » A cet instant précis, la voix de Catherine n'était plus celle d'une adolescente mais plutôt de l'ange vengeur. « Comme le dit toujours Christophe, je donnerai mon bras et ma jambe droite pour parvenir à savoir ce qui est derrière tout cela. J'ai bien envie d'aller faire un saut par là-bas.

— Vraiment ? Tant mieux car j'avais moi-même l'intention d'y aller malgré les instructions de ton frère, bien que ne voyant pas très bien à quoi j'aurais pu être utile... si tu penses que c'est là la mission qui t'est assignée, fais tout ce qui est en ton pouvoir, ma chérie, pour lui permettre de me revenir !

— Bien sûr, maman ! » Catherine dut lutter contre le flot d'émotions en provenance de sa mère. « Mais je ne crois pas qu'il s'agisse de cela, ou du moins, je n'ai pas maintenant le moindre pressentiment. Et ne t'inquiète pas, c'est mauvais pour le teint et ça donne des rides. Je vais jeter un coup d'œil discret et te tiendrai au courant. Au revoir. »

Catherine prit l'espace à bord de sa vedette indétectable et mit le cap sur Radelix. Parvenue à destination, elle commença secrètement ses investigations. Elle apprit rapidement l'état réel de la situation, mais, malgré ses déductions, ne parvint pas à avoir une vue globale des événements, Cependant, une chose était claire présentement. En tant qu'entité de troisième niveau, il n'était pas indispensable qu'elle se trouvât à l'origine du corridor hyperspatial pour y pénétrer car si les communications entre l'intérieur du couloir et l'espace environnant étaient tout aussi impossibles qu'entre ses deux extrémités, le phénomène ne tenait pas à la structure propre de la paroi mais à la nature de l'interface. C'est pourquoi, sachant d'avance à quoi s'attendre, elle prit ses dispositions et eut le temps de résoudre le problème.

Elle observa l'enlèvement de Kinnison. Elle ne pouvait strictement rien y faire. Il n'était pas question d'intervenir directement car c'eût été mettre en péril les fondations mêmes de la Patrouille Galactique. Lorsque le vaisseau de Boskone eut disparu, cependant, elle s'insinua dans le corridor et se lança à la poursuite des ravisseurs. Sa vedette était pratiquement bord à bord avec le croiseur ennemi et Catherine attendait l'instant propice à une intervention qui puisse passer pour le fait d'un heureux hasard. Elle n'ignorait pas que ceux qui avaient capturé son père avaient pris en compte toutes les facultés de celui-ci et ne lui laisseraient aucune chance.

Aussi était-elle prête. Lorsque Kinnison se concentra sur l'interrupteur commandant l'écran psychique du capitaine, il n'y avait, bien sûr, ni mascotte de bord, ni insectes disponibles mais le capitaine pouvait décider de s'asseoir. Aussi la jeune fille lança-t-elle un faisceau télépathique sur une longueur d'onde dont ni le Zwilnik ni le Surfulgur ne soupçonnaient l'existence. Elle s'empara en un instant de l'esprit du pirate. Celui-ci se laissa tomber dans un fauteuil et, comme l'avait si ardemment désiré Kinnison, ce faisant s'approcha d'un peu trop près de l'accoudoir. L'interrupteur de l'écran psychique se releva et aussitôt Catherine se retira du cerveau du capitaine. Elle était à peu près certaine que son père attribuerait la chose à un coup de chance. Elle était tout aussi sûre que son père maintenant allait reprendre le contrôle de la situation et que présentement il ne risquait plus grand-chose. Elle ralentit l'allure de sa vedette et laissa l'écart entre les deux vaisseaux croître sensiblement mais demeura néanmoins à proximité pour le cas où elle devrait derechef jouer les « deus ex machina ».

Dès l'instant où son écran cessa de le protéger, Kinnison s'empara de l'esprit du capitaine. Il s'apprêtait à donner des ordres et à s'emparer méthodiquement du croiseur mais le premier contact avec le cerveau captif l'obligea à changer immédiatement ses plans. Au lieu de parler, il bondit vers le tableau de commande des rayons qui le maintenaient immobilisé.

Il n'était que temps car d'autres avaient remarqué ce qui venait de se produire et le déclic de l'interrupteur n'était pas passé inaperçu. Tous les membres de l'équipage avaient été mis en garde contre ce que pourrait tenter le prisonnier. Alors que le capitaine plongeait vers les commandes son plus proche voisin dégaina et lui logea tranquillement une balle dans la tête.

Le choc du projectile et la mort de l'esprit qu'il avait sous contrôle secouèrent indiciblement le Fulgur gris. C'était un peu comme s'il avait été lui-même tué. Néanmoins, grâce à son indomptable volonté, il tint le coup et obligea le corps du mort à faire trois pas et les mains du cadavre coupèrent l'alimentation énergétique des projecteurs le maintenant plaqué contre la paroi de la pièce.

Libre ! Il se précipita vers le tableau de commande des tracto et repulso-rayons mais il n'était pas le seul. Les autres aussi s'y ruaient pour la même raison. Kinnison arriva le premier, d'extrême justesse et parvenu au but, il brandit son poing.

Ce qu'un poing gainé de dureum et propulsé par les muscles d'un Kinnison peut faire à un crâne d'homme se trouvant sur son chemin ne nécessite pas d'explications détaillées. Disons simplement que la tête éclate comme un fruit trop mûr. Pivotant lestement, si l'on considère la gêne qu'entraînait pour le Fulgur son armure, il balança un grand coup de botte. Son pied s'enfonça jusqu'à la cheville dans le ventre de son adversaire. Deux autres coups aussi irrésistibles éliminèrent deux autres opposants. Les deux derniers tentèrent désespérément de prendre la fuite. Mais Kinnison à ce moment-là avait rebranché les projecteurs et lorsqu'un homme a été projeté par un faisceau de D2P sur une cloison métallique il ne reste plus qu'à aller chercher une serpillère et une éponge.

Kinnison récupéra ses Delameters, les rebrancha sur le générateur de son scaphandre et fit l'inventaire. Jusque-là, ça allait... Mais, à bord de cette baille, il y avait certainement d'autres Zwilniks. Il était urgent de savoir combien car certainement bon nombre d'entre eux étaient en train d'enfiler des armures tout aussi résistantes que la sienne.

Pendant ce temps, Catherine, à bord de sa vedette, trouvait qu'en fin de compte, ça n'allait pas trop mal et admirait sans restriction les prouesses de son père. Elle n'avait rien d'une frêle orchidée et en tant que Fulgur de niveau 3 n'avait aucune compassion pour les ennemis de la Civilisation. Elle aurait utilisé les projecteurs avec aussi peu de pitié que le Fulgur Gris. Elle aurait pu dire à Kim ce qu'il lui fallait faire, et aurait même pu lui suggérer à son insu mais, au prix d'un héroïque effort sur elle-même, elle s'en abstint. Elle allait le laisser agir à son gré tant que cela serait possible.

Le Fulgur Gris, grâce à son sens de la perception globale, inventoria le vaisseau. Il y avait vingt hommes à bord, ce n'était donc pas un gros appareil. Il y en avait dix, en armure de combat, en poupe, six à la proue, également en scaphandre lourd et quatre, en tenue normale, dans la salle de pilotage. Cette salle était le vrai point noir. Il allait nettoyer l'arrière avant toute autre chose. Il se mit en quête d'une hache de combat en dureum. Il devait y en avoir à bord... Oui, voilà... Il les soupesa et prit celle qui lui paraissait la mieux équilibrée. Il emprunta la coursive principale se dirigeant vers le carré des officiers dont il ouvrit la porte à la volée.

Une fois à l'intérieur, son premier soin fut de détruire le panneau des interphones avec ses Delameters. Cela retarderait l'envoi éventuel de renforts. Le poste de pilotage, pour le moment du moins, ne pouvait deviner qu'un homme seul s'apprêtait à captiver leur vaisseau. Son second, toujours à l'aide de ses Delameters, fut, sans se soucier des jets énergétiques qui s'écrasaient en vain sur son armure, de souder la porte d'accès du carré à son chambranle. Puis, rengainant ses pistolets, il brandit sa hache et se mit au travail. Il songea un instant qu'il serait bien agréable d'avoir présentement avec lui van Buskirk, ce vétéran du corps à corps, mais lui-même n'avait jamais été particulièrement maladroit dans le maniement de la hache d'abordage. Heureusement pour lui, par ailleurs, les Boskonians n'avaient pas de haches dans leur carré, cette arme lourde et difficile à utiliser n'était employée qu'en cas d'urgence et ne faisait pas partie de la panoplie habituelle des Zwilniks.

Le premier adversaire, pour se protéger leva instinctivement son Delameter. Lorsque la lame courbe s'abattit, avec toute l'énergie que pouvait mettre le Fulgur, elle n'en fut même pas ralentie mais fit deux morceaux de l'arme de poing.

Par contre, le revêtement en dureum du gant du scaphandre tint bon et la hache et la main du pirate heurtèrent simultanément le casque. Le Boskonian s'écroula dans un grand fracas mais à part un bras fracturé et quelques contusions, il n'avait rien de bien sérieux. Mais aucune armure susceptible d'être utilisable par un homme ne peut être entièrement faite de dureum. Aussi Kinnison, inversant son arme, visa-t-il soigneusement le joint d'articulation entre le corps et la tête du scaphandre de son adversaire. Le bec recourbé de la hache transperça crâne et cerveau avant d'aller buter sur le revêtement de dureum de l'autre côté de l'armure.

Maintenant, ils se ruaient tous sur lui, non seulement avec des Delameters mais avec des barres de fer, des clefs anglaises, des matraques et tout ce qui leur tombait sous la main. Parfait, son spatiandre en supporterait bien d'autres. Tout au plus parviendraient-ils à le bosseler mais ils n'arriveraient pas à le perforer. Appuyant solidement son pied sur le casque de sa victime, il en arracha de force le bec de sa hache, labourant chair, métal et os et se remit à frapper, frapper, frapper...

Il se fraya un chemin jusqu'à la porte d'accès que deux des Zwilniks cherchaient à libérer pour s'enfuir. Ceux-ci échouèrent et de ce fait en moururent. Un couple de Boskonians, pris de panique, abandonna le combat pour tenter de se cacher, les autres poursuivant désespérément la lutte. Mais, pour survivre, le Patrouilleur n'avait qu'une seule voie possible qui passait par l'anéantissement complet de ses adversaires. Il ne pouvait laisser aucun survivant derrière lui, susceptible de brancher dans son dos un projecteur semi-portable dont même son armure ne supporterait pas le feu, malgré ses écrans.

Lorsque la sinistre besogne fut achevée, Kinnison, le souffle court, se reposa brièvement. C'était le premier véritable combat auquel il avait participé depuis vingt ans et pour un col blanc, un croulant, un Coordinateur par surcroît, il ne s'en était pas trop mal sorti, à son humble avis. Bien sûr, ç'avait été dur mais, s'il manquait un peu de souffle, physiquement il tenait bien le coup, jusque-là du moins.

Et Catherine, à distance respectueuse, qui surveillait imperceptiblement les pensées de son père, fut d'emblée d'accord avec celui-ci. Sans avoir, ni elle ni ses sœurs, de fixation sur leur père, elles savaient très bien de quelle trempe était fait l'auteur de leurs jours.

Kinnison libéra la porte et employa derechef son sens de la perception globale pour sonder les alentours. Il revint sur ses pas. Les sagouins de la salle de pilotage mijotaient quelque chose mais il ne parvenait pas à savoir quoi. Deux d'entre eux s'affairaient devant les interphones du réseau intérieur de communication, cherchant sans doute à apprendre ce qui s'était passé dans le carré des officiers. Peut-être pensaient-ils que leurs ennuis étaient terminés. Mais en ce cas, pourquoi n'avaient-ils pas risqué une reconnaissance ? Les deux autres travaillaient à on ne sait quoi, ... la peste soit de ces écrans enveloppants ! Tant pis... Ils avaient appelé les hommes de proue en renfort et ceux-ci approchaient. Il était préférable de les affronter dans cette coursive que dans une salle car, là, ils seraient plus faciles à manier.

Catherine, qui surveillait de près le déroulement des opérations à bord du croiseur de Boskone, se mordillait les lèvres. Fallait-il le prévenir, ou le prendre télépathiquement en charge ? Non... Elle s'y refusait pour le moment. Son père devinerait bien sans elle le piège que représentait la salle de pilotage. Quant à elle, malgré toutes ses capacités, il lui était impossible de visualiser clairement la menace qui, obligatoirement, planait sur eux à l'extrémité du tube hyperspatial, extrémité vers laquelle se ruait le vaisseau de Boskone...

Kinnison alla à la rencontre des six Zwilniks et les élimina. Ce ne fut pas aussi facile que pour ceux du carré de l'équipage car ils avaient été avertis et arrivèrent eux aussi équipés de haches spatiales mais finalement Kinnison ne s'émerveilla même pas d'avoir survécu au prix seulement de blessures superficielles. Il avait attendu l'ennemi à un endroit où celui-ci ne pouvait avancer qu'à un de front et son expérience inégalée de tout l'arsenal des armes spatiales avait fait le reste. A aucun moment il n'eut le sentiment d'une intervention extérieure au niveau du fonctionnement des cerveaux habituellement agiles des gens de Boskone.

Il était confiant, combatif et nullement épuisé lorsqu'il se pencha sur le problème des hommes retranchés dans le poste de pilotage. Il y avait là-bas un équipement redoutable et la partie allait être dure...

Catherine, aux commandes de sa vedette, crispait les poings et grinçait des dents. C'était mauvais, très mauvais et ça allait encore empirer. Rattrapant le croiseur, elle se mit à jurer de façon fort peu féminine.

Ce pauvre cher idiot, n'allait-il pas enfin se rendre compte que le temps lui était définitivement compté ?

Pour la première fois de sa vie, elle fut envahie par un incoercible sentiment d'indécision, ce qui, pour un Fulgur de niveau 3, est un phénomène plutôt rarissime. Elle voulait prendre la situation directement en main mais, en ce cas, comment pourrait-elle s'y prendre, par les enfers de Palain, pour dissimuler son intervention ? Il n'y avait pas de solution viable...

Chapitre VIII

Fulgurs Noirs

Mais l'esprit de Kinnison, bien que plus lent et beaucoup moins capable que celui de sa fille, était néanmoins sûr. Les quatre Boskonians du poste de pilotage étaient à l'abri de tout assaut mental et il était vain d'espérer bénéficier d'un coup de veine analogue à celui qu'il venait d'avoir. Ils étaient tous quatre engoncés dans une armure et disposaient d'armes automatiques lourdes et de projecteurs semi-portables. Solidement retranchés, ils se préparaient à livrer un combat strictement défensif, sachant que le temps jouait pour eux et qu'une fois la traversée du tube achevée, le Fulgur n'aurait pas la moindre chance de s'en sortir. Équipés des armes mobiles de bord les plus puissantes et étant quatre contre un, ils jugeaient certainement que la situation leur était favorable.

Kinnison en jugeait tout autrement. Puisque les méthodes psychiques étaient hors de question, il allait utiliser ce qui lui tomberait sous la main et ce vaisseau, compte tenu de la nature de sa mission, avait dû emporter toute une cargaison d'armes que les quatre pirates n'avaient certainement pas eu le temps de piéger toutes. Peut-être même trouverait-il des bombes anti-matière.

Installant un écran anti-rayon sondeur, il se mit à faire l'inventaire de l'armement portable. Si l'adversaire se décidait à lui tomber dessus, tant mieux... Chacun ignorait ce que mijotait l'autre mais le premier Boskonian se risquant à abaisser son écran psychique mettrait un point final à l'affrontement en cours. Il ignora plusieurs engins de mort obligeamment laissés en évidence, car il était évident qu'ils avaient été trafiqués. Il se dirigea vers le magasin d'armes où il ne découvrit aucune bombe à conversion de masse mais trouva par contre en profusion un armement semblable à celui dont disposaient les hommes retranchés dans le poste de pilotage. Les fusils mitrailleurs étaient tout particulièrement attrayants avec leur combinaison d'un laser et d'une arme automatique. Les projecteurs semi-portables, avec leurs écrans multiples, n'étaient pas non plus sans intérêt. Kinnison traîna, en plusieurs fois, deux semi-portables et un fusil mitrailleur dans la salle attenante au poste de pilotage. Il les disposa de façon à ce que les commandes du croiseur ne se trouvent pas dans leur ligne de mire.

Ce qui donna à Kinnison sa chance c'est que l'ennemi avait braqué ses propres projecteurs uniquement sur la porte d'accès du poste de pilotage. Apparemment il n'avait pas envisagé la possibilité d'une attaque de flanc à travers une paroi d'acier de plusieurs centimètres d'épaisseur. Le Fulgur ne savait pas si sa manœuvre était réalisable suffisamment rapidement pour lui permettre de prendre à revers les Zwilniks avant que ceux-ci n'aient eu le temps de remettre convenablement en batterie leurs armes lourdes. De toute façon, il allait bien voir... Ça serait à coup sûr tangent et Kim eut un sourire de fauve en disposant son arsenal de façon à être le plus efficace possible.

Il dirigea le tir de ses projecteurs sur un point situé à un mètre environ au-dessus du plancher et sur un autre un peu plus bas puis y ajouta le faisceau laser de son arme mixte car aucun apport énergétique supplémentaire n'était à dédaigner. Les écrans défensifs étaient branchés et Kinnison s'abrita derrière le bouclier de dureum de son arme automatique. Il s'était assuré préalablement qu'il n'allait pas manquer de munitions.

Deux cercles lumineux apparurent sur la paroi, se mirent à rougeoyer, à devenir rouge vif puis jaune avant de se fusionner en un ovale incandescent. Le métal se mit à fondre, lentement et comme à regret au début puis l'acier se volatilisa de plus en plus rapidement sous l'effet du déluge d'énergie se déversant sur lui. La cloison céda !

La première brèche apparut en ligne droite entre l'orifice du fusil mitrailleur de Kinnison et celui de l'une des armes automatiques des pirates. Dès que la percée fut devenue visible, l'arme du Fulgur fit entendre son staccato rageur. Les hommes de Boskone, en voyant la paroi s'embraser, avaient instantanément compris ce qui se passait et s'efforçaient désespérément de réaligner leur arsenal pour pouvoir faire face à l'attaque de l'homme de la Patrouille tout en se protégeant derrière les boucliers de dureum de leurs mitrailleuses. Ils y étaient presque parvenus. Kinnison n'eut dans son viseur que le renflement d'une armure mais ce fut suffisant. L'énergie cinétique du flot de projectiles percutant le scaphandre de combat arracha l'homme de son abri et c'est presque en plein vol qu'il fut truffé de balles. Deux sèches rafales liquidèrent les semi-portables et leurs servants car, comme on a déjà eu l'occasion de le préciser, ce type de projecteur n'était pas prévu pour encaisser le feu de l'arme qu'employait Kinnison.

Cela ramenait l'affrontement à un combat singulier, arme automatique contre arme automatique et le Fulgur n'ignorait pas qu'un tel engagement pouvait s'éterniser. Il disposait cependant d'un avantage majeur. Se trouvant plus près de la paroi, il lui était loisible d'abaisser plus le canon de son arme que le Boskonian, ce qu'il fit. Il visa systématiquement l'affût adverse et celui-ci, qui n'était pas conçu pour subir une telle punition ne tarda pas à faiblir. Sous le feu du Fulgur, les champs magnétiques avant cédèrent et Kinnison, ne pouvant atteindre ceux de derrière, pilonna systématiquement le haut du bouclier de dureum de son antagoniste. Sous l'impact terrifiant de ce déluge d'acier, les attaches magnétiques devenues inopérantes se soulevèrent et l'arme tout entière se souleva, bloquée qu'elle était par ses champs postérieurs qui l'empêchaient de glisser en arrière. Désarçonné, le Zwilnik fut cueilli en vol par Kinnison, ce qui termina la bataille.

Catherine poussa un soupir de soulagement. Aussi loin que sa « vue » pouvait porter, le corridor était toujours vide. « Bravo, papa ! applaudit-elle intérieurement. Maintenant, j'espère qu'il va comprendre qu'il lui faut faire demi-tour en vitesse, avant que ne se manifeste quelqu'un de Boskone qui le prenne en chasse ! »

Kinnison, lui, était persuadé ne courir aucun danger tant qu'il naviguerait dans le tube hyperspatial mais n'avait nulle intention de se retrouver seul en plein milieu d'une base ennemie. C'est pourquoi son seul souci consistait à regagner le plus promptement possible l'espace normal, aussi, dès qu'il en eut fini avec ses ravisseurs, se précipita-t-il vers le poste de pilotage pour inverser la marche des réacteurs.

Derrière lui, Catherine effectua un demi-tour précipité et conduisit la retraite. Elle quitta le corridor extradimensionnel un peu « avant » la Base, ce terme exprimant de façon parfaitement inadéquate la chronologie de sa manœuvre. Elle incita un des officiers de Radelix à lancer un ordre d'évacuation générale de la forteresse de la Patrouille puis, invisible, observa le déroulement des événements. Elle savait que son père ne pouvait quitter le « tube » qu'à son extrémité et qu'il lui faudrait se matérialiser à l'intérieur même des bâtiments.

Kinnison, aux commandes du croiseur de Boskone, stoppa son appareil au seuil même de l'espace normal, dans cette zone intermédiaire où rien, à l'exception du dureum, n'a de consistance, que ce soit dans l'espace normal ou au sein du couloir extradimensionnel.

Il avait réfléchi à la façon dont il allait débarquer. L'astronef, certes, était relativement petit mais son diamètre dépassait quand même de beaucoup celui de n'importe lequel des couloirs du bâtiment. Par ailleurs, planchers et parois étaient épais et renfermaient une bonne quantité d'acier tandis que la coque du vaisseau elle-même était en alliage métallique. Il n'avait jamais assisté à la matérialisation d'un métal dans un autre et franchement, même dans son armure de la Patrouille, il n'avait pas l'intention de se trouver à proximité lorsque la chose se produirait. En outre, il y avait à bord un stock d'explosifs, des piles atomiques et tout ce qu'il fallait pour engendrer un vortex atomique incontrôlable.

Aussi avait-il installé une télécommande de fortune le reliant à la manette principale de mise en marche des réacteurs. Les moteurs coupés, il laissa tomber le plus bas possible l'échelle de coupée en dureum, puis, réactivant à distance les générateurs de la fusée, il se prépara à plonger vers un sol qu'il ne parvenait même pas à distinguer. Il ne ressentait pas non plus la pesanteur de Radelix mais pensait pouvoir prendre suffisamment d'élan pour franchir l'interface du corridor.

La traversée de cette interface se révéla être plus coriace que prévu et tandis que la nef de Boskone disparaissait il atterrit, non dans un roulé-boulé réglementaire, mais bien plutôt comme un tas de ferraille qu'on laisserait choir, avec l'accompagnement sonore que l'on imagine. A part quelques bleus et contusions supplémentaires, il ne fut pas blessé.

Dès qu'il eut repris ses esprits, il se releva d'un bond et se mit à aboyer des ordres.

« Mettez-moi en batterie tracto et repulso-rayons, cisailles énergétiques et projecteurs lourds ! Grouillez-vous ! » Il savait maintenant à qui il avait à faire et voulait s'assurer qu'en cas de retour offensif de l'ennemi, celui-ci soit convenablement accueilli.

Et Catherine qui surveillait la scène, eut un sourire. Son père était un vieux renard mais survolté comme il l'était il ne se servait pas de son cerveau en imaginant que Boskone puisse avoir idée de renouveler sa tentative de rapt. Si quelque chose devait surgir du corridor, toutes les précautions prises à son encontre seraient à coup sûr vaines.

Serait-ce une menace de nature physique ou mentale ? Mentale à coup sûr. Mais qui pouvait avoir les facultés nécessaires pour mener à bien une telle intervention ? Comment allait-on s'y prendre ? Et surtout, comment allait-elle pouvoir s'y opposer ?

Les sourcils froncés, elle se livra à une intense méditation. Jamais elle n'avait pensé avec une telle intensité et plus elle réfléchissait, plus la situation lui paraissait obscure. Pour la première fois de sa jeune et brillante existence elle se sentit faible, désemparée et impuissante. Ce fut à ce moment-là que Catherine Kinnison devint adulte.

Le tube hyperspatial s'évanouit et elle laissa échapper un profond soupir de soulagement. ILS, quels qu'ils fussent, n'ayant pas réussi à capturer Kinnison, ne se décidaient pas cette fois à se lancer à sa poursuite. Peut-être pour eux le jeu n'en valait-il pas la chandelle ? Non. Ce n'était pas cela. Sans doute n'étaient-ils pas prêts, mais la prochaine fois...

Mentor d'Arisia lui avait dit fort brutalement, la dernière fois qu'elle l'avait vu, de revenir le consulter lorsqu'elle réaliserait qu'elle n'était pas universelle. Au fond d'elle-même, à l'époque, elle n'avait pas cru que ce jour viendrait. Cependant il était aujourd'hui venu.

« Mère ! » Elle lança un appel télépathique vers Klovia la lointaine. « Je suis sur Radelix. Tout va bien. Papa vient de faire de la chair à pâtée d'une flopée de Boskonians. Il est en pleine forme. Avant de rentrer, je vais me payer une petite balade. A bientôt ! »

Kinnison monta la garde de façon intermittente durant quatre jours après la disparition du corridor hyperspatial et pendant toute cette période il ne réfléchit guère à ce qu'il serait bon de faire ensuite.

Devait-il continuer à incarner le personnage de Sybly White ? Il n'avait pas été absent suffisamment longtemps pour que cela soit remarqué et rien ne reliait l'auteur à Kimball Kinnison. Si véritablement il avait su ce qu'il lui restait à faire, une autre fausse identité eût peut-être été préférable. Mais, tant qu'il lui faudrait fouiner un peu partout, White était sa meilleure couverture.

Les jours s'écoulèrent sans incident notable et l'inaction pesait de plus en plus au Coordinateur qui se rongeait les sangs à essayer d'imaginer ce que mijotait Boskone.

Puis, un jour, au milieu du cafard ambiant, parvint un message de Maitland.

« Kim ? Tu m'as demandé de t'appeler dès qu'une affaire

douteuse se présenterait concernant un Fulgur. Je ne sais s'il s'agit ou non de cela. Le type en cause est sans doute et même très probablement cinglé. Conklin, qui me l'a signalé, ne peut se prononcer. Et moi, à partir du rapport de Conklin, non plus. Veux-tu expédier là-bas un agent spécial, ou y aller toi-même ?

— Je m'en charge », décida instantanément Kinnison. Si ni Maitland, ni Conklin, tous deux Fulgurs Gris, ne pouvaient trancher, il était parfaitement inutile d'envoyer quelqu'un d'autre. « Où et qui ? »

— Planète : Ménéas II. Elle est assez proche d'où tu te trouves présentement. Cité : Menesteles, 116-3-29, 45-22-17. Endroit : Au bon port, à l'angle des Rues de l'or et du saphir. Individu : un nommé Eddie.

— Merci. Je vais vérifier. » Maitland ne fournit aucune explication complémentaire et Kinnison n'en voulait d'ailleurs pas. Il appartenait au Coordinateur, puisqu'il prenait en main l'affaire, de se faire une opinion par lui-même et sans idées préconçues.

Sybly White, donc, son carnet de reporter à la main, s'en alla visiter le bistrot en question sur Ménéas II. C'était un établissement très ordinaire, qui ne rappelait en rien le café chic de Bominger ou le flamboyant et célèbre *Repos du Mineur* d'Euphrosyne.

« Je voudrais parler à un nommé Eddie, annonça l'auteur à succès en consommant une bouteille de vin. On m'a indiqué qu'il avait vécu des aventures spatiales dignes de figurer dans mon prochain roman.

— Eddie ! Foutaises... » Le barman éclata d'un rire rauque. « Cette " larve " de l'espace ! On s'est fichu de vous, mon vieux. Ce n'est rien d'autre qu'un paumé, un raté de mineur de l'espace... Vous savez ce que sont ces types-là. Nous les laissons vider les crachoirs et ramasser les mégots. Eddie, nous le gardons parce que, dans son genre, il est plutôt un marrant. A peu près toutes les heures, il pique sa crise et ça fait rigoler les clients. »

L'attitude de boy-scout de White ne se démentit point et son visage ne trahit en rien la réaction intime de Kinnison aux propos cyniques du barman. Pourtant, Kinnison, par son expérience personnelle, savait parfaitement ce qu'étaient les « larves » de l'espace et ce qui transformait ainsi les hommes travaillant dans le vide. Néanmoins, et bien que le renseignement ne lui fût pas nécessaire, il demanda :

« Où est présentement cet Eddie ?

— C'est lui, là-bas, dans le coin. De la façon dont il se tient, il ne va pas tarder à avoir sa crise. »

La pitoyable apparence d'homme s'approcha en traînant les pieds, accepta d'emblée de s'asseoir à la table de White et but avec empressement le verre qu'on lui offrait. Puis, comme si le breuvage eût été un catalyseur, son corps décrépit se tendit et ses traits commencèrent à se déformer.

« Des chats-aigles ! » hurla-t-il, les yeux blancs et révulsés, la respiration stertoreuse. « Des flopées de chats-aigles ! Il y en a des milliers ! Ils vont me déchiqueter. Et le Fulgur ! C'est lui qui les lance sur moi ! Ah, aah !... » Ses cris devinrent inintelligibles et il chuta sur le plancher. Puis, pris de convulsions, il essaya l'impossible tour de force de protéger simultanément avec ses mains ses yeux, son nez, sa bouche et sa gorge.

Sans se soucier des badauds qui s'agglutinaient, Kinnison s'insinua dans l'esprit malade d'Eddie. Il eut une réaction de recul devant l'énormité des abominations qu'il y découvrit. Puis, tandis que White prenait consciencieusement des notes, Kinnison contacta télépathiquement Klovia.

« Cliff. Je suis sur place. J'ai recueilli toutes les données sur Eddie. Conklin et toi, qu'en pensez-vous ? Vous êtes bien d'accord que c'est ce Fulgur qui est le nœud de l'affaire ?

— Évidemment. Tout le restant, c'est le délire d'un fou. Mais le fait est qu'il n'existe pas et ne peut exister des Fulgurs comme il les dépeint. C'est, à notre avis, ce qui nous amène à croire qu'il s'agit d'un malade mental. Nous t'avons appelé parce qu'il y avait là une chance sur un million de quelque chose de sérieux. Désolés de t'avoir fait déranger pour rien mais tu nous avais demandé une certitude...

— Inutile de vous désoler. » La pensée de Kinnison trahissait une détermination farouche comme jamais Clifford Maitland ne lui en avait connu. « Eddie n'est pas une simple “ larve ” de l'espace. Voyez-vous, il y a un point que seul moi connaissais. Avez-vous remarqué la femme en arrière-plan ? Elle n'a qu'une place mineure dans les souvenirs d'Eddie...

— Maintenant que tu m'en parles, oui. Trop estompée et trop peu typée pour constituer une piste valable. La plupart des gens de l'espace ont une ou plusieurs femmes à l'esprit en permanence. Pour moi, cela ne veut rien dire.

— C'est ce que je penserais moi aussi, si cette femme en était une. Mais ce n'est pas le cas, c'est une Lyraniane...

— UNE LYRANIANE ! » l'interrompit Maitland. Kinnison pouvait presque sentir le cerveau de son assistant qui s'emballait. « Ça complique tout... Mais par tous les démons de l'espace, Kim, est-il possible que cet Eddie se soit posé sur Lyrane ? Et en ce cas, comment a-t-il fait pour en repartir vivant ?

— Je n'en sais rien, Cliff. » Kinnison réfléchissait furieusement. « Mais ce n'est pas tout, pour compliquer le tableau, cette femme, je la connais personnellement. C'est la responsable de l'aéroport qui a essayé avec tant d'ardeur de me tuer durant tout mon séjour sur Lyrane II.

— Hum...m...m... » Maitland essaya d'assimiler cette précision particulièrement déroutante. « Ça voudrait dire que cette histoire de Fulgur est vraie, alors. Suffisamment vraie, du moins, pour justifier une enquête, bien que je me refuse à croire que l'un d'entre nous ait pu dérailler à ce point. » Maitland avait de la peine à ne pas se laisser guider par ses convictions. « Tu t'en charges, alors ?

— Oui. Du moins, je vais essayer. Il y a peut-être des gens plus qualifiés que moi pour ça. Je les mettrai là-dessus. Merci, Cliff. A bientôt. »

Il entra ensuite en communication avec sa femme et après une brève embrassade psychique, il lui conta l'histoire. « Aussi, ma jolie, conclut-il, ton souhait de reprendre du service va se trouver comblé. Même si je le voulais, je ne pourrais te tenir à l'écart. Préviens les filles, prends ton Joyau et au boulot !

— D'accord. » Clarissa se mit à rire et sa joie fut perçue par Kinnison. « Merci, mon amour ».

Alors, et alors seulement, Kimball Kinnison, maître thérapeute, consacra derechef son attention sur ce qui gisait sur le plancher. Mais, lorsque White referma son carnet et quitta le bistrot, l'épave humaine dormait paisiblement. Plus tard, suffisamment longtemps après son passage, les crises d'Eddie s'estomperaient sans que l'on puisse établir un lien entre cela et le passage de l'écrivain. Bien mieux, Eddie sain d'esprit reprendrait l'espace et deviendrait ce qu'il n'avait jamais été jusque-là : un mineur de l'espace chanceux et accompli.

Les Fulgurs paient toujours leurs dettes, même aux araignées et aux vers.

Chapitre IX

Une éducation arisiane

Son aventure dans le corridor hyperspatial avait beaucoup appris à Catherine Kinnison. Réalisant ses carences et sachant comment y remédier, elle fila de toute la puissance de ses réacteurs vers Arisia. Contrairement aux Surfulgurs, elle ne ralentit même pas en approchant de la planète mais, comme quelqu'un sûr d'être le bienvenu, se contenta d'envoyer un bref message télépathique d'identification.

« Ah ! La jeune Catherine. De nouveau vous êtes à l'heure. » Pouvait-on ou non déceler un trace d'émotion ou d'affection dans cette pensée ? « Atterrissez comme de coutume. »

Elle mit au neutre les commandes de sa vedette et les puissants rayons sustentateurs de la machinerie de l'astroport prirent en charge l'appareil. Durant ses visites précédentes, elle n'avait jamais douté de la réalité de l'environnement. Cette fois, elle remit tout en question. Atterrissait-elle vraiment ou non ? Elle étudia son propre esprit jusqu'en son tréfonds afin de s'assurer qu'elle en était toujours bien le maître. Aucun doute, tel était bien le cas et elle était effectivement en train de se poser.

Le sol qu'elle foulait était bien réel, de même que l'aéroglisseur téléguidé qui la mena de l'astroport à sa destination habituelle, un bâtiment sans prétention dans les jardins d'un immense hôpital. Le chemin recouvert de gravier, les massifs de fleurs et leurs senteurs à la fois douces et caractéristiques, tout cela aussi était réel.

Ayant franchi la porte d'entrée à déclenchement automatique, Catherine se dirigea vers le confortable bureau de Mentor, pièce aux murs couverts de livres et qu'elle connaissait bien. Et là, derrière son grand bureau, toujours semblable à lui-même, se tenait l'Arisian. Il lui rappelait un peu son père mais en plus âgé, en nettement plus âgé... On lui donnait quatre-vingt-dix ans bien qu'il n'en parût que soixante. Cette fois, cependant, elle voulut sonder psychiquement l'entité se trouvant devant elle et reçut le choc de sa vie. Sa pensée fut stoppée net, non par une force mentale supérieure, mais par un écran psychique apparemment banal et son moral qui n'était déjà pas fameux donna des signes évidents de fléchissement.

« Est-ce que tout ceci, vous y compris, êtes réels ou non ? finit-elle par demander en une bouffée d'exaspération. Si vous ne l'êtes pas, je vais devenir folle !

— Ce que vous venez de tester, moi inclus, est réel, pour le moment et selon ce que vous entendez par réalité. Votre esprit, à son présent stade de développement, ne saurait être trompé sur des sujets aussi élémentaires.

— Mais avant, ce ne l'était pas, n'est-ce pas ? Ou bien ne voulez-vous pas me répondre là-dessus ?

— Comme cette connaissance est de nature à affecter votre croissance mentale, j'y répondrai. Effectivement, rien n'était réel. C'est la première fois que votre vedette s'est posée vraiment sur Arisia. »

La jeune fille, épouvantée, eut une réaction de recul. « Vous m'aviez dit de revenir lorsque je m'apercevrai de mes lacunes, fut-elle contrainte à avouer. Or, c'est ce que j'ai vu lors de mon passage dans le corridor hyperspatial. Mais ce n'est que maintenant que je m'aperçois qu'en fait, je ne connais strictement rien. Est-ce vraiment utile, Mentor, de poursuivre mon éducation ? conclut-elle amèrement.

— Extrêmement utile, lui assura-t-il. Votre développement a été éminemment satisfaisant et votre état mental actuel à la fois nécessaire et suffisant.

— Eh bien, je veux bien être... » Catherine s'interrompit avant de jurer grossièrement et fronça les sourcils. « Que faisiez-vous donc de moi, du temps où j'étais persuadée tout savoir ?

— J'entraînais la puissance de votre esprit, lui annonça-t-il. La puissance à l'état brut, la pénétration et le contrôle du raisonnement. La profondeur et la rapidité de votre jugement et tous les autres facteurs avec lesquels vous êtes déjà familière.

— Mais alors, que restait-il ? Je sais qu'il existe bien d'autres aspects mais je ne parviens pas à les imaginer.

— L'ampleur, répliqua gravement Mentor. Chacune de ces qualités doit être accrue jusqu'à englober la totalité du domaine de la pensée. Ni les mots ni les pensées ne peuvent expliquer clairement ce que cela signifie. Il nous faut recourir à la technique de la fusion mentale. Cela ne saurait, jeune fille, être accompli au sein de votre esprit adolescent actuel, aussi pénétrez sans hésitation dans le mien. »

Ce qu'elle fit et après moins d'une minute de ce terrible

contact elle s'effondra, inerte et désarticulée, sur le plancher du bureau.

L'Arisian, immobile et impassible, la contempla jusqu'à ce qu'elle eut repris connaissance.

« Ça... grand-père Mentor, ça a été... » Ses yeux se mirent à papilloter et elle secoua vigoureusement sa tête afin de récupérer. « Ça a été un fameux choc...

— Oui, reconnut-il. Et bien plus que vous ne pouvez l'imaginer. De toutes les entités de la Civilisation vous et votre frère êtes les seuls que cette expérience n'ait pas tués instantanément. Vous connaissez maintenant le sens du mot " ampleur ". Vous voici prête pour votre dernière séance d'instruction durant laquelle je m'efforcerai de vous mener, autant que mes capacités me le permettent, sur le chemin de la connaissance.

— Mais cela voudrait dire... cela impliquerait que... Mais mon esprit ne peut être supérieur au vôtre, Mentor ! Rien ne pourrait l'être. C'est franchement impensable !

— Mais vrai, mon enfant, néanmoins. Pendant que vous récupérez de ce qui n'était que le début de votre éducation, je vais vous expliquer certains points jusque-là demeurés obscurs. Vous savez depuis longtemps bien sûr, que tous les cinq vous n'êtes pas des enfants ordinaires. Vous avez su bien des choses sans avoir eu jamais à les apprendre. Vous vous exprimez sur toutes les longueurs d'onde de la pensée. Vos sens de la perception, du toucher, de l'ouïe, de la vue sont si parfaitement intégrés que vous avez la possibilité de percevoir toutes les manifestations vibratoires possibles dans toutes les dimensions envisageables. En outre, et bien que cela ne vous ait sans doute pas paru extraordinaire, puisque ce n'est pas évident, vous différez de vos congénères par certains points. Vous n'avez jamais manifesté le moindre signe de maladie, pas même un mal de tête ou une carie dentaire. Vous n'avez pas vraiment besoin de sommeil. Les vaccinations chez vous ne " prennent " pas. Aucun microorganisme, aussi virulent soit-il, aucun poison, aussi puissant qu'il soit...

— Arrêtez, Mentor, dit dans un spasme Catherine qui blanchissait à vue d'œil. C'est là quelque chose que je ne puis supporter. Voulez-vous insinuer, alors, que nous sommes totalement inhumains, au sens propre du terme ?

— Avant de rentrer dans cette discussion, il y a plusieurs points que je voudrais évoquer. Nous autres, Arisians, par notre visualisation de l'avenir, nous avons déterminé dès le départ, bien avant que n'apparaissent les signes de leur chute, les périls qui menaçaient les civilisations à visée galactique. Il y eut par exemple celle d'Atlantis. J'étais personnellement concerné et néanmoins je n'ai pu empêcher son écroulement. » Mentor maintenant manifestait une émotion réelle et sa pensée était devenue amère et désenchantée.

« Non que j'aie eu l'espérance d'en enrayer l'effondrement, reprit-il, car depuis bien des cycles nous savions que la suppression de la force s'opposant à nous passait par le développement d'une race qui nous soit supérieure sur tous les plans.

Des lignées furent sélectionnées dans chacune des quatre races les plus prometteuses de ce que vous appelez la Première Galaxie et nous nous sommes efforcés au fil des millénaires, par des croisements appropriés d'en améliorer les qualités et d'en éliminer les faiblesses. Votre connaissance de la génétique suffit à vous convaincre de l'ampleur de la tâche entreprise. Votre père et votre mère étaient le stade pénultième de cette évolution contrôlée, aussi n'est-il pas étonnant que vous possédiez des gènes vous mettant au-dessus de l'ensemble de la race humaine. C'est pourquoi, bien qu'en apparence parfaitement humaine, sur tous les points importants vous l'êtes encore beaucoup moins que moi.

— Ce qui veut dire exactement quoi ? » fulmina Catherine et derechef elle tenta mentalement en vain de déterminer ce qui se cachait derrière l'écran psychique de l'Arisian.

« Plus tard, jeune fille, plus tard. Cette connaissance vous viendra à la fin de votre éducation, non au début !

— C'est bien ce que je craignais. » Elle contempla l'Arisian d'un air désespéré. Malgré tous ses efforts elle ne parvenait qu'à grand-peine à maîtriser ses larmes. « Vous êtes un monstre et je suis ou vais bientôt en être un pire... Un Monstre qui devra vivre seul un millicr d'années... Pourquoi ? Pourquoi Mentor faut-il que ce soit à moi qu'une pareille chose échoit ?

— Calmez-vous, mon enfant. Ce choc, bien que sévère, s'estompera. Vous n'avez rien perdu et beaucoup gagné.

— Gagné ! Foutaise... » La pensée de la jeune fille était chargée d'amertume et de mépris. « J'ai perdu mes parents car je serai encore une gamine lorsqu'ils mourront. Toute possibilité de vie normale m'est interdite. Je veux aimer, avoir un mari et des enfants et jamais je ne les aurai. Même sans cela, je n'ai jamais rencontré un homme qui m'attirât, et maintenant je ne puis plus m'attacher à personne. Je ne veux pas vivre un millier d'années, Mentor, et surtout seule... » La pensée de Catherine trahissait son profond désespoir.

« Le temps est venu de mettre un terme à ce raisonnement fumeux et puéril. » Mentor cependant manifestait une réprobation mesurée. « Votre réaction est naturelle mais vos conclusions sont entièrement fausses. Un seul instant de raisonnement sérieux vous montrera que vous n'avez actuellement aucun besoin d'un conjoint, que ce soit sur le plan physique, émotionnel, intellectuel ou psychique.

— C'est vrai..., reconnut-elle, tout étonnée. Mais les autres filles de mon âge...

— Exactement, coupa d'un ton sec Mentor. En vous comparant à un adulte de la race " Homo sapiens ", vous jugez sur un standard faux. En fait, vous n'êtes qu'une adolescente et non une adulte. Le jour venu, vous aimerez un homme avec une intensité et une profondeur que présentement il vous est impossible d'imaginer.

— Mais cela ne résout pas le problème de mes parents. » Catherine commençait à récupérer. « Je puis, bien sûr, me vieillir artificiellement mais je les aime profondément et maman aura le cœur brisé si elle s'aperçoit que ses gamines deviennent toutes des vieilles filles.

— Sur ce point également, vous pouvez vous rassurer. Je prends soin de ce problème. Kimball et Clarissa, sans savoir d'où leur en vient la certitude, n'ignorent pas que votre cycle de vie sera prodigieusement plus long que le leur. Ils savent tous deux qu'ils ne connaîtront pas leurs petits-enfants. Soyez cependant assurée, jeune fille, qu'avant de passer de ce monde dans l'autre, dont j'ignore d'ailleurs tout, ils auront la joie de savoir que tout ira bien en ce qui concerne leur descendance, bien que, pour la Civilisation, la lignée Kinnison paraîtra s'éteindre avec vous cinq.

— S'éteindre ? Que voulez-vous dire par là ?

— Vous avez un destin bien précis, dont la nature est pour le moment hors de portée de votre esprit. Sachez simplement que les quarante ou cinquante prochaines années passeront en un instant par rapport à la durée de votre existence totale. Mais maintenant, le temps presse. Vous avez maintenant complètement récupéré et nous devons poursuivre. C'est la dernière leçon que vous aurez à supporter de ma part. A la fin de la présente session, vous serez en mesure de supporter une fusion psychique complète avec moi avec autant de facilité que vous la pratiquez avec vos sœurs. Au travail ! »

Catherine supporta et survécut à divers traitements éprouvants et sortit de l'épreuve avec un esprit dont la puissance et l'ampleur sont aussi aisées à expliquer que la théorie de la relativité générale à un chimpanzé !

« Bien sûr, tout cela résulte d'un forçage et n'a rien de naturel », reconnut gravement l'Arisian alors que la jeune fille se préparait à le quitter. « Vous êtes des millions d'années en avance sur votre espèce. Vous réalisez, cependant, la nécessité d'une telle procédure. Vous comprenez aussi qu'à partir de maintenant je n'ai plus à vous faire de cours déterminés. Je resterai à votre disposition en permanence, prêt à répondre à vos appels. Je vous aiderai en cas de crise mais dorénavant, sur un plan général, votre développement personnel est entre vos mains. »

Catherine frissonna. « Je m'en rends bien compte et ça me flanque une frousse bleue... et tout particulièrement ce conflit imminent dont vous m'avez si vaguement parlé. J'aurais aimé en savoir un peu plus là-dessus, afin de m'y préparer !

— Jeune fille, c'est impossible. » Pour la première fois de sa vie, Catherine eut le sentiment que Mentor d'Arisia hésitait. « Il est certain que nous sommes dans les temps mais, du fait que les Eddorians ont des esprits à peine inférieurs aux nôtres, si même ils le sont, il existe bien des aspects de ce futur conflit dont nous ne pouvons être sûrs et vous donner des conseils erronés entraînerait d'irréparables dommages. Vous apprendrez seulement, par une source extérieure à moi, qu'il existe une planète baptisée Ploor, un nom qui aujourd'hui n'est pour vous qu'un symbole creux. Allez maintenant Catherine, et bon travail ! »

Catherine s'en alla, sachant que l'Arisian lui avait dit tout ce qu'il souhaitait lui dire. En fait, il lui avait révélé beaucoup plus qu'elle ne l'avait espéré et cela la glaçait jusqu'à la moelle des os de penser qu'elle, qui les avait toujours considérés comme des sortes de demi-dieux, dorénavant allait devoir agir à leur niveau et peut-être même au-dessus ! Tandis que sa vedette filait vers Klovia, Catherine lutta avec elle-même pour essayer de faire de sa nouvelle personnalité un tout aussi bien intégré qu'auparavant. Elle n'y avait pas encore vraiment réussi lorsqu'elle capta une pensée.

« Au secours ! Je suis en difficulté du fait de mon

vaisseau. Une entité recevant cet appel et possédant l'outillage nécessaire voudrait-elle me venir en aide ? Ou bien, disposant d'un astronef suffisamment puissant, me prendre en remorque jusqu'à la planète où je dois me rendre d'urgence ? »

Catherine sortit brutalement de sa transe introspective. Cette pensée était émise sur une longueur d'onde inusitée et telle qu'aucun esprit humain ordinaire n'aurait pu l'intercepter. La phraséologie, bien que particulière, dénotait à l'évidence un cerveau de très haut niveau. Elle accusa réception du S.O.S. étranger et s'efforça de localiser l'appareil en perdition. Parfait, ce n'était pas trop en dehors de sa route. Elle mit le cap sur l'épave, aligna sa vitesse intrinsèque sur celle du croiseur à la dérive et tenta de le sonder. Elle se heurta à un écran de blocage enveloppant toute la coque de la nef ! Pour elle, ce n'était pas un obstacle sérieux mais si la créature persistait à croire le contraire, cela la regardait...

« Eh bien, qu'attendez-vous ! » la pensée du naufragé s'impatientait. « Approchez, que je puisse vous prendre à mon bord.

— Pas encore, coupa sèchement Catherine. Coupez votre écran que je puisse voir à quoi vous ressemblez. Je dispose d'un équipement adapté à de nombreux milieux mais je dois savoir quel est le vôtre et comment m'équiper avant de monter à bord. Vous remarquerez que mes écrans sont tous abaissés.

— Bien sûr. Excusez-moi. Je croyais que vous étiez l'un des nôtres. » Et là, suivit la pensée correspondant à un nom imprononçable : « Car aucune des races inférieures n'est en mesure de capter directement nos pensées. Pouvez-vous faire en sorte de me rejoindre avec vos outils ?

— Oui. » L'éclairage utilisé par l'étranger était particulièrement dangereux, 98 % de son rayonnement se situant au-delà du visible. Les rampes lumineuses n'étaient rien d'autre qu'un faisceau atomique mais on n'y notait que peu de rayonnement gamma et quelques rares neutrons. Catherine était convaincue de pouvoir s'en accommoder en s'engonçant dans son armure chauffante et en s'équipant d'un casque de plastique dur pratiquement opaque.

Transbordée en souplesse d'un vaisseau à l'autre grâce à un tracto-rayon, Catherine en profita pour observer d'un peu plus près son interlocuteur. Cela se rapprochait quelque peu d'un Dhilian, pensa d'abord la jeune fille. Elle avait devant elle un être physiquement redoutable, au corps éléphantesque soutenu par quatre courtes pattes trapues, aux énormes épaules et aux bras impressionnants. La tête, quasiment fixe, était constituée par un dôme, mais la ressemblance s'arrêtait là. La créature n'avait qu'une seule tête abritant son cerveau, tête par ailleurs dépourvue d'yeux. On ne notait ni bouche, ni orifices respiratoires, ni trompe. Quant à la peau !

C'était pire que celle d'un rhinocéros, pire même que celle d'un Martien... La jeune fille n'avait jamais rien vu de pareil. C'était une véritable carapace souple et épaisse, renfermant des structures cellulaires où se trouvait un mélange liquide-gaz qui sans nul doute constituait un isolant thermique plus efficace que la peau elle-même.

« R-T-S-L-Q-P » Elle classifia aisément jusqu'au sixième paramètre la bizarre entité, puis fronça les sourcils et s'interrogea sur le choix d'un septième : S ? R ? T ? Sans doute R...

« Je perçois que vous avez les outils nécessaires. » C'est ainsi que la créature accueillit Catherine dans le poste de pilotage de son curieux astronef. « Je peux vous indiquer ce qu'il y a à faire, si...

— Je sais ce qui ne va pas. » Elle démonta un panneau des commandes, travailla habilement à l'aide d'une paire de pinces, de clefs et d'un fer à souder et en dix minutes, la réparation fut effectuée. « Je ne comprends pas qu'un individu aussi intelligent que vous, et qui en sait manifestement suffisamment pour faire lui-même des réparations de cet ordre, s'éloigne autant de son monde natal, seul sur un aussi petit vaisseau, sans le moindre outil. Des circuits qui grillent cela arrive, vous savez...

— Pas sur les vaisseaux des... » De nouveau Catherine enregistra ce symbole incompréhensible. Elle nota également l'étranger qui se drapait dans sa dignité offensée. « Nous autres, les élus, vous devriez le savoir, n'accomplissons aucun travail matériel. Nous réfléchissons. Nous donnons des ordres. Les autres les exécutent convenablement ou subissent les conséquences de leur indiscipline. C'est la première fois depuis neuf cycles complets de quatre saisons qu'une telle chose advient et ce sera la dernière. La punition que j'infligerai au mécanicien coupable en sera garante. Il paiera sa négligence de sa vie...

— Oh ! Un peu de calme ! protesta Catherine. Ce n'est quand même pas une question de vie ou de...

— Silence ! lui fut-il sèchement ordonné. Il est intolérable qu'une créature des ordres inférieurs ose se permettre...

— Silence vous-même ! » Devant l'intensité psychique de la riposte, l'entité fit une grimace, au propre comme au figuré. « J'ai fait ce boulot peu ragoûtant puisqu'il était évident que vous étiez incapable d'en venir à bout. Je n'ai pas élevé de protestation devant votre attitude d'acceptation implicite car certaines races sont ainsi faites et n'y peuvent rien. Mais si vous insistez pour vous placer cinq échelons au-dessus de moi dans l'échelle de l'évolution je vais cesser de jouer les bons samaritains et passer aux actes. Je n'attends pour cela que votre signal. Si vous êtes prêt, allons-y ! »

L'étranger, pris au dépourvu, lança un coup de sonde mental qui fut bloqué net à quarante centimètres de distance du scaphandre de la jeune fille. Était-ce ou non une femelle de l'espèce humaine ? Non. Aucun être humain n'avait jamais ou n'aurait jamais un esprit de cette envergure.

« J'ai commis une grave erreur, reconnut poliment la Chose, en pensant que vous n'êtes pas au moins mon égal. Voulez-vous, je vous prie, m'en excuser ?

— Certainement mais à condition que vous ne récidiviez point. Par ailleurs, je n'aime toujours pas votre idée de torturer à mort un mécanicien pour une histoire comme celle-là... » Elle se mit à réfléchir intensément tout en mordillant sa lèvre inférieure. « Peut-être existe-t-il un moyen. Où vous rendez-vous et quand devez-vous vous y trouver ?

— Je regagne mon monde natal », expliqua télépathiquement le naufragé en en indiquant les coordonnées, « et je dois y être d'ici deux cents heures galactiques.

— Je vois, dit Catherine en hochant la tête. C'est dans le domaine du possible, si vous me promettez de ne pas vous venger de votre mécanicien et il m'est facile de savoir si vous tiendrez ou non parole.

— Je n'ai qu'une parole mais que comptez-vous faire en cas de refus de ma part ?

— En ce cas, vous parviendrez à destination d'ici environ cent mille ans, sous forme de statue de glace, car je détruirai votre Bergenholm, souderai vos sas à votre coque et installerai à l'extérieur un générateur d'écran psychique dont l'alimentation assurera une durée de fonctionnement de plusieurs siècles. C'est à vous de choisir !

— Je vous promets de ne faire de tort en aucune façon à

ce mécanicien. » Après cette véritable reddition, l'entité ne protesta même pas lorsque Catherine s'insinua dans son cerveau pour s'assurer de sa bonne foi.

Enthousiasmée par cette conquête aisée d'un esprit qu'auparavant elle eût été incapable d'envahir et préoccupée par la remise en ordre de son propre esprit aux facultés considérablement accrues, pourquoi la jeune fille se serait-elle souciée de savoir si les méandres de la personnalité de son interlocuteur de rencontre recelaient des facettes justifiant une enquête plus poussée ?

Regagnant sa propre vedette, elle se débarrassa de son scaphandre et prit le large. En un sens, cela valut mieux pour sa tranquillité d'esprit qu'elle n'intercepta point le message en direction de la lointaine Ploor lancé sur bande étroite à partir du vaisseau qu'elle venait de dépanner.

« ... mais il ne s'agissait certainement pas d'une femelle humaine. Je n'ai pu obtenir de contact psychique. Cela pouvait très bien être l'un de ces maudits Arisians en personne. Mais comme je n'ai rien fait qui puisse éveiller ses soupçons, j'ai pu facilement m'en débarrasser. Avertissez-en tout le monde ! »

Chapitre X

Constance se joue de Worsel

Tandis que Catherine Kinnison s'affairait entre le tube hyperspatial et Arisia et que Camille et Tregonsee pistaient le mystérieux « X », Constance elle non plus ne chômait pas. Bien qu'étendue sur le dos, immobile et relaxée, elle travaillait comme jamais elle ne l'avait fait. Depuis longtemps, elle avait branché le pilote automatique de sa vedette indétectable dont la trajectoire était sous le contrôle strict du hasard. Puis, sans plus se soucier de sa destination, elle lança une sorte de filet télépathique qui ratissait l'espace jusqu'à l'extrême limite de ses prodigieuses capacités. A l'instar de Worsel, elle n'écartait rien spécifiquement mais se contentait d'augmenter ses connaissances déjà vastes. Réceptive à cent pour cent, ne tenant compte que des impulsions de son cerveau, elle catalogua, enregistra, analysa chaque être avec lequel elle entrait accidentellement en contact. Elle balaya mentalement des milliers de systèmes solaires et des millions d'entités contribuèrent plus ou moins à l'enrichissement de son savoir. Soudain lui parvint quelque chose qui la sortit de sa léthargie physique : une giclée de pensées sur une longueur d'onde psychique où l'on n'enregistrait habituellement rien. Elle se secoua, se leva et allumant une cigarette alaskanite, se prépara un bol de café.

« Voilà qui, je pense, est important, se dit-elle. Je ferai bien de m'y mettre tant que cela est frais ! »

Elle contacta télépathiquement Worsel.

« Worsel ! Ici Constance. Cher vieux serpent, que se passe-t-il par chez toi ? lui lança-t-elle.

— Comme si tu ne le savais pas ! répliqua le Vélantian. Voilà un moment que je ne t'ai vue. Veux-tu me rejoindre ?

— J'accours. »

Avant de monter à bord du *Velan,* elle régla son régulateur d'accélération sur 980 centimètres. Souple, résistante et robuste, elle n'appréciait pas pour autant les atroces accélérations dont se délectaient les Vélantians.

« Que penses-tu de cette manifestation mentale ? lui demanda-t-elle en guise de bonjour. Ou bien t'amusais-tu trop pour l'avoir enregistrée ?

— Quelle manifestation ? » Puis, après les explications de Constance : « J'étais occupé, je ne m'amusais pas...

— Quelqu'un qui ne te connaîtrait pas aurait pu croire le contraire, affirma sarcastiquement la jeune fille. Ce type de pensée est important, à mon avis, et bien plus que tes démêlés avec les Suzerains... J'ai intercepté ce message télépathique en haut de bande. » Et elle illustra son propos.

« Vraiment ? » et Worsel, malgré la mutité congénitale de son espèce, donna l'impression de vouloir siffler d'étonnement. « Et à quoi ressemblent-ils ?

— VWZY à peu près à coup sûr, déclara Constance. Des créatures multipèdes avec un exosquelette épineux ou quelque chose de ressemblant. Leur monde m'a paru froid, sinistre, désertique mais non glacé. J'ai eu l'impression d'un Palainian à sang chaud, si tu comprends ce que je veux dire. Sur le plan intellectuel, un être très évolué, extrêmement précis et organisé. Pas de structure sociale de type urbain. Une étoile naine jaune typique. Est-ce que cela te rappelle quelque chose ?

— Non. » Worsel réfléchit intensément durant plusieurs

minutes, ainsi d'ailleurs que Constance. A ce moment ni l'un ni l'autre ne savait que l'être décrit par la jeune fille n'était autre qu'un habitant de la redoutable Ploor, sous son apparence physique automnale !

« Cela effectivement peut être important, reconnut Worsel. Nous ferions bien d'étudier ce problème ensemble.

— D'accord. » Ils s'accordèrent sur la longueur d'onde enregistrée. « A nous de jouer ! »

Les deux compagnons se transformèrent en récepteurs psychiques ultra-sensibles. Ils interceptèrent une vibration ténue, et strictement incompréhensible, qui, dès le premier contact, s'évanouit. Elle disparut avant même que Constance, avec ses réflexes quasi instantanés, n'ait pu faire autre chose que de relever la direction générale d'où provenait l'émission. Le message en lui-même demeura indéchiffrable à tous deux.

Ce phénomène était en lui-même incroyable et le long corps sinueux de Worsel se contracta convulsivement tandis qu'il explorait de toutes ses forces mentales le vide. Finalement, ne découvrant rien, il se relaxa.

« N'importe quel Fulgur, où qu'il se trouve, est en mesure de décrypter une pensée, aussi brouillée et alambiquée soit-elle, affirma-t-il télépathiquement à Constance. De même, j'ai toujours réussi à localiser le lieu d'émission des pensées que j'interceptais, mais, dans le cas présent, tout ce que j'ai pu apprendre c'est que cela provient en gros de quelque part par là. Es-tu parvenue à faire mieux ?

— Guère mieux, je le crains. » Si ce phénomène surprenait Worsel, pour Constance la secousse fut encore plus rude. En effet, la jeune fille connaissait l'étendue de ses pouvoirs et elle se dit à elle-même, et à l'insu du Vélantian : « Ma fille, tu peux inscrire celle-là dans le grand livre de tes bourdes ! »

Malgré l'absence de renseignements précis, le *Velan* mit le cap sur la zone de provenance supposée de l'émission mystérieuse. Jour après jour, ils ratissèrent mentalement et méthodiquement un énorme volume d'espace. Ils ne découvrirent pas ce qu'ils cherchaient mais tout autre chose.

« Qu'est-ce donc ? » demanda Worsel au télépathe tremblant qui lui faisait son rapport.

« Je ne sais pas, Monsieur. Ça ne provient pas de cette longueur d'onde particulière, c'est bien en dessous. Certainement pas un Suzerain, mais quelque chose de tout aussi hostile.

— Un Eich ! s'exclamèrent simultanément Worsel et Constance. Bien sûr, il était certain que nous ne pouvions croire les avoir tous anéantis avec la destruction de Jarnevon, mais, jusque-là, personne n'en avait signalé... Où se trouvent-ils ? Passez-moi une carte... C'est Novena IX... Très bien... Worsel, prépare tes batteries. Ça serait bien si nous parvenions à capturer leur chef vivant, mais c'est sans doute trop espérer... »

Le Vélantian, bien qu'il ait donné aussitôt les ordres voulus, était intérieurement quelque peu désarçonné. La fille de Kinnison en effet ne paraissait pas avoir le moindre doute quant à l'issue du combat qu'elle proposait, mais n'avait jusque-là jamais rencontré un Eich face à face. Worsel, tout comme le Coordinateur, les avait affrontés directement et Kimball Kinnison n'était pas sorti victorieux de la rencontre, tant s'en fallait ! Cependant, cela s'était passé sur Jarnevon, au cœur d'une de leurs plus puissantes forteresses et ni Worsel ni Kinnison n'avaient eu la moindre idée de ce qui les attendait.

« Comment vas-tu t'y prendre ? demanda joyeusement Constance qui bouillait d'impatience. Quel est ton plan ?

— Ça va dépendre de leur puissance de feu. S'il s'agit d'une base implantée depuis longtemps, il ne nous restera plus qu'à prévenir La Forge et poursuivre notre mission. Si, comme cela paraît le plus probable, puisque personne n'en a signalé jusque-là l'existence, il s'agit d'une installation récente, nous agirons par nous-mêmes. Nous allons bientôt savoir de quoi il retourne.

— Très bien. » Et un sourire fugitif se dessina sur le visage malicieux de Constance. Voilà bien des mois que sous la houlette de Mentor elle s'était entraînée à « manipuler » mentalement le Vélantian et le moment était venu de passer de la théorie à la pratique.

C'est ainsi que le Vélantian, tout grand maître qu'il fût en matière d'hallucinations, se retrouva sous le contrôle de sa compagne de Klovia sans qu'il ait pu en prendre conscience, Constance ayant employé un canal psychique dont le Fulgur ignorait jusqu'à l'existence. Quant à l'équipage, la tâche fut beaucoup plus aisée et la jeune fille en prit le contrôle sans la moindre anicroche. Il en alla de même avec l'infortuné Eich, lorsque le *Velan*, s'étant suffisamment approché de son objectif, put s'assurer qu'il s'agissait effectivement d'une base en cours de construction autour d'un vaisseau de ligne de Boskone. A l'exception du commandant, les Zwilniks au sol moururent tous instantanément et Constance, plus tard, regretta amèrement sa décision de mener l'opération en solo.

Mais le croiseur ennemi était en lui-même une forteresse redoutable. Sous l'impact de ses batteries les Vélantians virent jusqu'à l'écran de coque de leur appareil s'embraser et passer au violet. Puis, les puissants projecteurs secondaires du *Velan* virent leur énergie s'écraser en vain sur les écrans du Boskonian et il leur fallut recourir à l'inconcevable puissance de feu des projecteurs primaires pour parvenir à réduire l'astronef adverse. Toute cette partie de la bataille était bien réelle. Les instruments de bord et les enregistreurs pouvaient être trafiqués mais il était impossible de simuler l'emploi des projecteurs primaires et l'accumulation des carcasses de réflecteurs l'accompagnant. D'ailleurs, il était impensable d'épargner ce vaisseau de ligne, avec la base en cours d'édification qui l'entourait.

Aussi, dès que le feu des batteries principales du *Velan* eut réduit au silence les projecteurs de l'Eich et transformé les fortifications zwilniks en un lac de lave fumante, les servants des rayons-aiguilles se mirent en devoir de détruire sélectivement tous les postes de commande secondaires du gigantesque vaisseau immobilisé qui fut bientôt définitivement hors de combat. A ce moment-là, Worsel et son équipage de vétérans eurent l'impression de débarquer, en armures de combat et écrans psychiques branchés, pour se lancer dans un de ces corps à corps dont tous raffolaient. Le Fulgur et ses deux lieutenants s'attaquèrent au capitaine boskonian et après une lutte terrible, au cours de laquelle les trois Vélantians furent tous plus ou moins blessés ou brûlés, ils parvinrent à prendre le dessus et à transférer leur captif dans le poste de commandement du *Velan*. Cette partie du combat fut, elle, bien réelle, ainsi que l'anéantissement total du vaisseau de Boskone alors même que l'on transférait son capitainc à bord du croiseur de la Patrouille.

C'est alors que Constance était occupée à se retirer le plus discrètement possible du cerveau de Worsel que l'inattendu survint qui la prit totalement par surprise. Le contrôle du capitaine captif lui fut arraché avec autant de facilité que l'on arrache une baguette des mains d'un bambin et au même instant elle dut faire face à un assaut psychique d'une violence telle qu'aucun Eich n'eût pu en être à l'origine !

Si son esprit avait été libre, elle aurait pu réagir efficacement mais il ne l'était. Il lui fallait conserver la complète maîtrise de Worsel car elle n'ignorait pas les conséquences dramatiques d'une erreur dans ce domaine. Pour l'équipage, le problème était moindre car personne ne soupçonnerait l'utilisation d'un processus de stase mentale si celle-ci était suffisamment brève pour ne pas se remarquer sur les montres de bord. Cette procédure, cependant, exigea quelques millisecondes et le retrait en bon ordre du cerveau de Worsel lui prit un temps précieux. Aussi, avant qu'elle ne puisse faire autre chose que de protéger à la fois elle-même et le Vélantian de l'attaque de ce mystérieux et puissant inconnu, celui-ci s'évanouit complètement lui laissant pour toute consolation le cadavre du capitaine captif.

Worsel et Constance se regardèrent mutuellement, incapables pendant plusieurs secondes de prononcer la moindre parole. Le Vélantian, se souvenait avec précision de ce qui s'était passé jusqu'au moment où leur prisonnier, acquis de haute lutte, était mort dans des circonstances incompréhensibles. La jeune fille, elle, réfléchissait désespérément, cherchant à trouver une explication irréfragable à ce qui venait de se dérouler. C'est Worsel lui-même qui lui évita cet effort.

« Il est certes vrai, commenta télépathiquement le Fulgur, qu'un esprit suffisamment puissant peut, par la simple force de sa volonté, détruire l'enveloppe de chair qui l'abrite. Jamais jusque-là, en ce qui concerne les Eichs, je n'avais songé à une telle éventualité mais l'expérience que ton père et moi avions eu d'eux sur Jarnevon fait qu'il est incontestable que ceux-ci possédaient des esprits de l'envergure voulue... et le combat d'aujourd'hui ayant eu un côté strictement physique n'était pas de nature à nous éclairer sur le sujet... Je me demande si une manœuvre de ce genre peut être bloquée ? Peut-être, si nous avions su intervenir à temps... ?

— Tu as sans doute raison », reconnut Constance qui arborait son sourire le plus engageant en guise de préparation à l'énoncé de la plus grande série de mensonges éhontés de sa longue carrière. « Et je ne crois pas que l'on puisse empêcher cela... Du moins, je n'ai pu y parvenir. Je m'étais insinuée dans son cerveau une fraction de seconde avant toi et juste à ce moment-là... » et elle claqua éloquemment ses doigts bien que Worsel soit constitutionnellement sourd, « plus vite encore que cela, tout était fini... Avant que tu ne m'en parles, je n'y avais pas songé mais tu es dans le vrai, il s'est suicidé pour ne pas nous révéler ce qu'il savait. »

Worsel qui, par nature, était le moins apte des cinq Surfulgurs à comprendre ce qu'étaient réellement les Enfants du Joyau ne devina jamais, sur-le-champ ou plus tard, la vérité.

Constance, lorsque le *Velan* eut repris sa course, se retira dans sa cabine mais ce ne fut pas pour y dormir mais pour y méditer. S'agissait-il du même intellect que celui dont elle avait si récemment capté un message ? Il lui était impossible d'en décider faute de données suffisantes. La première pensée avait été inconsciente et de ce fait même hautement révélatrice mais la seconde fois il s'agissait seulement d'une arme dont la mortelle efficacité la faisait encore frémir. Cependant, l'esprit avec lequel elle était entrée en contact était parfaitement capable de produire la décharge mentale qu'elle avait encaissée. Si tel était le cas, ce problème méritait une étude exhaustive et prioritaire et elle s'y était si bien prise qu'elle avait gâché toutes ses chances dans ce domaine. Elle prit néanmoins la décision de se confier à quelqu'un, au risque de passer pour une tête d'oiseau... Il lui fallait obtenir l'avis de quelqu'un de compétent. Christophe ? Non. Ce n'était pas qu'elle redoutât que son frère ne lui administre moralement une bonne paire de claques, ce qui eût été hautement justifié, mais elle ne voyait pas l'intérêt de se confier à un individu dont les capacités n'étaient guère supérieures aux siennes, si même elles l'étaient...

Mentor ? A cette seule idée, elle eut un frisson. Elle le contacterait bien immédiatement, en dépit des conséquences que cela risquait d'entraîner pour elle-même mais rien ne prouvait qu'une telle décision puisse se révéler utile. Il ne se moquerait pas d'elle comme Christophe mais du haut de sa grandeur la laisserait mijoter dans son jus, sans rien faire pour l'aider.

« Malgré votre appréciation puérile et grossièrement exagérée de la situation, jeune Constance, vous avez en un sens raison. » Et la pensée de l'Arisian résonna comme un coup de tonnerre dans son crâne. « Vous vous êtes mise vous-même dans le pétrin, à vous de vous en sortir. Un point positif cependant, je m'aperçois qu'enfin, vous commencez à penser vraiment bien que trop rarement. » A cet instant précis, Constance Kinnison quitta l'enfance.

Chapitre XI

Nadreck capture un piégeur

N'importe quel Fulgur humain ou para-humain aurait été épouvanté par la solitude de Nadreck durant sa longue veille. Pratiquement tous auraient juré vigoureusement et amèrement lorsqu'ils auraient été contraints d'admettre que l'être qu'ils avaient si longtemps attendu ne viendrait pas visiter le monde autour duquel ils tournaient.

Mais l'inhumain Nadreck ne se sentait pas seul et abandonné. En fait, un tel mot n'existait pas dans le vocabulaire de sa race et ne s'y trouvait même rien d'approchant. Grâce à son étude approfondie des mœurs de la galaxie, il avait une vague idée de ce qu'un tel sentiment était susceptible d'être mais il lui était impossible de le comprendre vraiment. Aussi ne fut-il pas le moins du monde désappointé lorsque Kandron n'apparut point. En fait, il demeura en embuscade jusqu'au moment où il devint mathématiquement certain à près de cent pour cent que sa proie ne se présenterait pas. Alors, aussi paisiblement que s'il avait consacré une demi-heure à son repas, le Palainian abandonna son poste et mit le cap sur la destination prévue en cas d'échec de sa première tentative.

La recherche d'autres indices s'avéra longue, ardue et monotone mais le monstrueux et patient Nadreck s'acharna jusqu'à ce que ses efforts soient récompensés. En fait, on ne pouvait pas vraiment parler d'indice car il s'agissait d'un fragment intercepté d'instructions zwilniks, fragment qui trahissait l'inimitable « patte » de Kandron. Le Palainian n'attendait rien d'autre. Kandron lui-même ne commettrait pas d'erreur. Des fuites passagères du fait de matériel défectueux devaient forcément se produire un jour ou l'autre mais les émetteurs de Kandron ne seraient ni souvent ni longtemps pris en défaut.

Nadreck, cependant, se trouvait prêt. Des séries d'écrans de détection particulièrement sensibles avaient été mis en batterie par ses soins depuis des semaines et il disposait de tout un arsenal de rayons traceurs, de pièges à radiations et d'engins divers et variés, tous conçus pour localiser un émetteur éventuel. Les détecteurs standards restèrent bien sûr muets car il était bien évident que l'appareillage onlonian était tout aussi peu détectable par des techniques courantes que celui employé par Nadreck. Tandis que la vedette du Palainian suivait la trajectoire potentiellement la plus probable, cinquante instruments délicats logés dans sa proue ratissèrent tout le secteur d'espace à l'aide d'un réseau immatériel de forces au travers duquel ne serait pas passé un micrométéorite.

C'est ainsi que l'appareil boskonian, une vedette complètement indétectable, fut localisé et dans l'instant transpercée par trois rayons traceurs modifiés. Nadreck alors passa en vol normal et se mit en devoir de calculer la course de sa victime. Il se rendit vite compte que le vaisseau suivait une trajectoire totalement imprévisible, car sous le contrôle d'un pilotage automatique basé sur le hasard. Là encore il s'agissait d'un piège.

Nadreck, après vingt et un ans d'événements plus ou moins similaires, ne s'en émut guère. Il avait eu parfaitement conscience, dès le départ, que la fuite relevée pouvait être aussi bien volontaire qu'accidentelle. A aucun moment il n'avait sous-estimé les capacités de Kandron. Le tout était de savoir si dans le futur, à un moment ou à un autre, l'Onlonian sous-estimerait les siennes. Il avait l'intention d'aller jusqu'au bout, persuadé qu'il était de pouvoir retourner contre l'ennemi le piège que celui-ci lui tendrait.

Nadreck suivit trajectoires insensées après trajectoires insensées jusqu'au moment que le Palainian savait devoir arriver où la vedette zwilnik maintint sa course sur plus de parsecs que ne pouvait le justifier le simple hasard. Le Fulgur savait ce que cela signifiait : l'appareil retournait à sa base pour révision et réapprovisionnement. C'était exactement ce qu'il attendait car cet avant-poste de Boskone l'intéressait bien plus que la nacelle. Or, ce port d'attache, en toutes circonstances, ne laisserait pas échapper la moindre bouffée de radiations détectables. Aussi Nadreck pista-t-il le petit vaisseau zwilnik avec un luxe de précautions qu'il est inutile de décrire. Il s'attendait à tout instant à déclencher une alarme et à encaisser une bordée d'énergie. C'était même là une condition nécessaire pour obtenir des renseignements valables sur la disposition des écrans défensifs de l'ennemi. Par contre, pour Nadreck, il était impératif que, lorsque se déclencheraient ces décharges énergétiques, il se trouvât ailleurs. Ce qu'il accomplit avec sa froide efficacité analysant les données enregistrées par ses appareils lors du bref contact ayant déclenché le tir des projecteurs boskonians.

Si peu orthodoxe et si fugace avait été l'approche de

Nadreck que le personnel de la base désormais condamnée n'avait pu savoir avec certitude si un visiteur s'était effectivement présenté. De toute façon, la seule explication logique pour l'ennemi, c'était que l'éventuel intrus avait été réduit, lui et son vaisseau, en vapeur. Néanmoins, Nadreck attendit et, comme on a pu le voir, c'est un art où il excellait. Il patienta jusqu'à ce que s'apaise la recrudescence de vigilance consécutive à son raid et lorsque la routine eut repris ses droits le Fulgur entra en action.

D'abord, il agit avec la plus extrême lenteur. Il fit progresser son trépan énergétique au rythme d'un millimètre par heure. Celui-ci était synchronisé avec l'écran et si bien isolé qu'il ne pouvait déclencher d'alarme qu'à un niveau de réactivité très au-dessous de celui où un détecteur était susceptible de se manifester.

Écran après écran, Nadreck poursuivit, insoupçonné, son approche prudente et méthodique du dôme principal. Il découvrit une petite base dont la garnison était constituée, comme on pouvait s'y attendre, des rescapés d'Onlo. C'était pour la plupart la lie de leur race et ils étaient la proie des passions les plus vives et les plus viles. Pour maintenir la cohésion du personnel tout au long des interminables tours de garde, un psychothérapeute avait été adjoint au Commandant. Lorsque Nadreck apprit qu'il n'existait qu'un seul dôme habité, il fut tenté de rire pour autant qu'un Palainian, pour qui cela est impossible, puisse en éprouver l'envie. Le psychologue, bien sûr, s'abritait derrière un écran psychique multiplex, comme tous les autres membres de la base mais cela ne gênait guère Nadreck et le Fulgur, grâce à la structure quadridimensionnelle de son corps, se retrouva vite installé dans l'esprit de l'Onlonian.

Celui-ci connaissait tout des faiblesses du personnel car sa tâche consistait justement à faire en sorte que celles-ci n'interfèrent pas avec la bonne marche générale du service. Il lui fallait donc en permanence veiller à entraver les antagonismes et les haines. Nadreck s'ingénia au contraire à les stimuler. Chaque Onlonian se mit à détester son voisin et la haine envahit les esprits au point de devenir le sentiment prédominant de toute la garnison. Chacun ne rêvait plus que d'assouvir l'exécration qu'il éprouvait pour ses compagnons. La crainte s'installa, minant le moral et chassant raison et bon sens. Nadreck manipulait son monde avec son habituelle efficience glacée. Comme s'il jouait d'un orgue satanique il excitait un nerf là, une synapse ici et ailleurs titillait un penchant meurtrier, de telle sorte que bientôt, à l'exception du Commandant, la base se trouva au bord de l'explosion. Extérieurement, rien n'apparaissait de son action car, sous l'impitoyable férule de Boskone, tous savaient ce que coûtait une infraction ouverte à la discipline. Cependant le moment vint où les passions submergèrent la logique. Un des monstres trébucha, cognant au passage son voisin. Cette bousculade involontaire fut le détonateur car l'Onlonian heurté prit le geste, dans son esprit enfiévré, pour une tentative délibérée d'assassinat. Un radiant indûment détenu cracha la mort et le présumé offensé se réjouit si intensément de l'élimination de son congénère qu'il sentit à peine le jet d'énergie mettant un terme à son existence. L'incident fit tache d'huile et bientôt tout le personnel de la base se mit à s'entretuer. Les pistolets aboyèrent brièvement, les couteaux et les épées se mirent de la partie, et des masses d'armes improvisées s'abattirent sur des cibles présélectionnées. Nadreck, qui s'était depuis longtemps retiré de l'esprit du psychologue chronométra impassiblement la durée du massacre, depuis la mort du premier Onlonian jusqu'au dernier soupir de l'ultime survivant. Seul demeurait le Commandant, enfermé dans son poste de commandement fortifié. Quatre-vingt-quinze secondes... Du bon travail... Le responsable de la base, dès qu'il lui parut point trop malsain de sortir de son sanctuaire, se précipita pour enquêter. Surpris et totalement décontenancé et démoralisé par ce qu'il vit alors, il devint une proie facile pour le Palainian. Nadreck envahit son esprit et l'explora secteur après secteur. Il découvrit, sans en être bien surpris, que ce numéro 1 ne savait rien de bien intéressant.

Nadreck ne détruisit pas la base mais installa un petit instrument dans le bureau privé de l'officier. Puis il prit l'espace à bord de sa vedette, en compagnie de son captif. Il immobilisa son prisonnier non avec des chaînes mais en sectionnant purement et simplement les troncs des principaux nerfs moteurs. Puis il s'appliqua à étudier, presque neurone après neurone, l'encéphale de l'Onlonian. Un maître était passé par là, sans doute Kandron lui-même. Il n'existait pas la moindre trace d'intervention psychique et le stimulus susceptible d'activer le cerveau du Zwilnik restait mystérieux. Tout ce que le Fulgur apprit, c'est que le Commandant de la Base avait pour instructions de protéger celle-ci de toute forme d'intrusion et de maintenir en quasipermanence une vedette dans l'espace environnant, sous le contrôle d'un pilotage automatique reposant sur le hasard, tout en organisant de temps à autre la fuite volontaire de certains signaux.

Même après cet examen au microscope, il ne sut rien de plus de Kandron, d'Onlo ou de Thrale ni de tout autre organisme de Boskone. Nadreck, bien que perplexe, demeura imperturbable. Ce piège pouvait à coup sûr être retourné contre son instigateur. En attendant qu'un certain appel lui parvienne par le canal du relais qu'il avait installé dans la Base, il se mit en devoir d'explorer les planètes de ce système.

Durant son périple, une pensée frappa son Joyau, émise par Karen Kinnison, l'une des rares créatures à sang chaud pour laquelle il avait un semblant de respect.

« Occupé, Nadreck ? demanda-t-elle, comme si elle venait juste de le quitter.

— En gros, oui. En détail et présentement, non. Y a-t-il un problème mineur pour lequel je puisse être d'une quelconque utilité ?

— Ça n'a rien de mineur, tant s'en faut ! J'ai reçu le plus curieux appel au secours que l'on puisse imaginer. Sur une bande étroite, tout tout en haut. Ça donnait à peu près ça... Connais-tu une race qui pense sur cette longueur d'onde ?

— Je ne crois pas. » Il réfléchit un moment. « Non, je n'ai jamais rien rencontré d'analogue.

— Moi non plus. Ce n'était pas vraiment un S.O.S. mais un message destiné à une race bien déterminée, que l'on peut qualifier de type Z.

— Une espèce adaptée à des températures de l'ordre du degré au-dessus de zéro absolu, pour ce que tu m'en dis ?

— Oui. Plus ou moins comme toi. » Karen se tut, se concentrant pour tenter de visualiser une image intelligible malgré ses limitations d'être tridimensionnel. « On aurait dit une sorte d'Eich. Son aspect réel m'est demeuré flou et vague... amorphe... indéfinissable... J'aurais bien aimé que tu captes cette pensée !

— Moi aussi, car c'est fort intéressant. Mais explique-moi, puisque cet appel était directif et non diffusé, comment se fait-il que tu l'aies capté ?

— C'est l'aspect le plus bizarre de cette affaire. » Nadreck sentit la jeune fille se concentrer de nouveau. « J'ai eu l'impression soudain que cela provenait de partout à la fois. Jamais je n'ai rien ressenti de pareil. Naturellement, j'ai cherché à découvrir la source de l'appel mais avant même que j'aie pu déterminer seulement d'où cela en gros provenait, ça se modifia sans vraiment disparaître. Je ne pouvais plus rien déchiffrer et j'en suis restée pantois ! » Elle s'interrompit puis reprit : « J'ai eu l'impression que brusquement, d'une façon ou d'une autre, l'échange télépathique baissait de ton, si l'on peut dire. Puis bientôt tout s'évanouit sans me laisser la possibilité d'un relevé valable. Je ne parviens pas à m'expliquer clairement car c'est impossible mais j'ai fait de mon mieux pour que tu réussisses, le cas échéant, à en tirer quelque chose...

— Je suis vraiment désolé d'avouer que cela m'est impossible. »

Bien qu'il se soit agi là d'un type de pensée caractéristique des êtres quadridimensionnels et que Nadreck, compte tenu de sa formation arisiane poussée aurait bien pu reconnaître, il n'en fut rien car il était constitutionnellement impossible au Palainian de consacrer une partie de son attention à une autre tâche qu'à celle en cours. C'est pourquoi aussi bien lui que Karen Kinnison n'apprirent que bien longtemps après que la jeune fille avait été en contact avec l'un des monstrueux habitants de la planète Ploor, bastion des ennemis de la Civilisation !

« C'est bien ce que je craignais, reconnut-elle télépathiquement. Ça ne fait que rendre la chose plus importante. Je pense qu'il te faut abandonner ce que tu as en train pour m'aider à aller jusqu'au bout de cette histoire !

— Je suis sur le point d'éliminer Kandron et rien dans l'Univers ne peut être plus important que cela, affirma tranquillement Nadreck. Tu as vu ce que j'ai là ?

— Oui. » Karen étant en liaison mentale avec le Fulgur était bien sûr au courant de l'existence d'un captif mais il ne lui était pas venu à l'idée de parler de ce monstre. Lorsqu'elle avait à faire avec Nadreck, contrairement à toutes les habitudes de son sexe, elle manifestait tout aussi peu de curiosité que le froid et insensible Fulgur. « Puisque tu sembles tant tenir à ce que je te pose la question, pourquoi le gardes-tu vivant, si l'on peut dire ?

— Parce qu'il est mon lien direct avec Kandron. » Si Nadreck de Palain VII a jamais pu être taxé d'exultation morbide, ce fut bien à ce moment-là ! « C'est une créature de Kandron, placé ici par son maître pour m'éliminer. Le cerveau de Kandron seul détient la clé du bloc mental m'empêchant d'accéder aux souvenirs de mon prisonnier. Un jour, dans une seconde ou dans quelques années, Kandron utilisera cette clé pour savoir ce que devient son agent. La pensée de Kandron activera le réémetteur que j'ai placé dans le dôme et le cerveau toujours en vie de mon captif sera alors libéré de la contrainte hypnotique qui lui est imposée. Cependant, compte tenu que je me trouverai à bord de ma vedette et non dans la base elle-même, il m'est impossible de m'éloigner d'ici. Tu vois donc que c'est à toi de me rejoindre et non le contraire.

— Non. Il n'en est pas question ! répliqua d'un ton décisif Karen. Je ne me sens pas le droit d'abandonner un problème aussi prometteur avec pour toute perspective la joie de rester en orbite à me tourner les pouces pendant les dix prochaines années... Cependant je peux jusqu'à un certain point te comprendre. Quand il se passera quelque chose, si jamais cela doit être le cas, fais-moi signe et j'accours ! »

La liaison s'interrompit sans autre forme de procès. Nadreck alla de son côté et Karen du sien. Pourtant, elle n'eut pas le loisir d'aller aussi loin qu'elle le désirait. Elle était présentement en train de tenter de retrouver la trace de son mystérieux inconnu lorsqu'elle enregistra une pensée qui ne pouvait provenir que de son frère ou d'un Arisian. C'était Christophe...

« Salut, petite ! Qu'est-ce que tu deviens ? As-tu grandi un peu ? » Le chaud et affectueux contact avec son frère lui alla droit au cœur.

— Quelle question ! Je suis maintenant une grande personne !

— Ne monte pas sur tes grands chevaux, Karen. Il y a une raison à ma question. Il me faut en être sûr. » Toute trace d'ironie dissipée, il la passa à un crible mental impitoyable. « Ma foi, pour une gamine, ce n'est pas trop mal. Tu devrais t'en tirer sans histoire de ce que j'ai à te confier, et lorsque viendra le Grand Jour, sans doute seras-tu fin prête...

— Arrête ton cirque, Christophe », aboya-t-elle et elle lui lança une violente décharge mentale que Christophe parut encaisser aussi aisément que par le passé. « De quoi s'agit-il ? Quel genre de boulot veux-tu encore me refiler ? Je suis sur un coup pour le moment et je viens de refuser à Nadreck de l'aider. Je ne vois pas pourquoi je ne ferais pas de même avec toi !

— C'est impératif ! » La pensée de Christophe était inflexible. « Maman va devoir aller sur Lyrane II. Il y a de fortes chances pour qu'elle soit confrontée là-bas à quelque chose qu'elle ne sera pas en mesure de contrôler. Impossible d'intervenir à distance, sans quoi je m'en serais chargé et il n'est pas question pour moi d'aller en personne sur cette planète. Voici mon dilemme. Tu peux maintenant comprendre pourquoi tu es toute désignée pour cette tâche. Allez ! Exécution !

— Je n'irai pas ! ragea-t-elle. Je n'ai pas le temps. Je suis trop occupée. Pourquoi ne demandes-tu pas aux autres ?

— Elles ne conviendraient pas, expliqua-t-il patiemment. Dans ce cas précis, c'est la dureté qui est de rigueur comme tu peux le voir par toi-même.

— Dureté ! Mon œil ! ironisa-t-elle. Pour manœuvrer Ladora de Lyrane ? Elle se prend pour une dure à cuire, je sais bien, mais...

— Écoute, espèce de tête de linotte ! coupa d'un ton venimeux Christophe, tu fais exprès de brouiller la question. Tu sais très bien que j'ai raison mais il suffit que ce soit moi qui te demande un coup de main pour que tu recommences à jouer les têtes de mule...

— Enfants ! Taisez-vous et écoutez ! » Tous deux rougirent violemment lorsque Mentor s'interposa soudain. « Certains parmi nous commencent à désespérer de vous mais ma visualisation de votre développement demeure favorable. Modeler des caractères de votre trempe, cela est indispensable mais ce n'est pas une mince tâche. Christophe, venez immédiatement me rejoindre sur Arisia. Karen, je vous suggère d'aller sur Lyrane et d'y faire ce qui vous paraîtra nécessaire.

— Je n'irai pas. J'ai toujours à régler cette histoire ! » Et Karen défiait même l'ancien sage Arisian.

« Cela peut et doit attendre. Je vous le dis solennellement, si vous ne vous rendez pas maintenant sur Lyrane, vous n'obtiendrez jamais le moindre indice vous permettant de découvrir ce que vous cherchez présentement. »

Chapitre XII

Kalonia devient sujet d'intérêt

Christophe Kinnison mit le cap sur Arisia, furieux. Pourquoi diable ses sœurs n'avaient-elles pas un bon sens correspondant à leur Q.I. ? Pourquoi n'avait-il pas de frère ? Il en voulait spécialement à Karen qui manifestait un entêtement puéril à courir après des chimères alors que le job proposé était réellement important. S'il avait été Mentor, il lui aurait mis un peu de plomb dans la cervelle. Lui-même une fois s'était mis en tête de le faire et il se sourit à lui-même en se remémorant ce qui s'était passé. Avant même qu'il ait pu mettre son projet à exécution, Mentor lui avait passé un savon de première. La prochaine fois qu'ils se rencontreraient physiquement, il se contenterait de la secouer comme un prunier, jusqu'à ce que ses dents s'entrechoquent. En y songeant, lui qui n'avait jamais encore rencontré un Valérian à qui il ne puisse en moins de deux minutes faire toucher le sol des deux épaules, il se dit que compte tenu des bagarres qu'il avait eues avec ses sœurs, si celles-ci avaient été d'une étoffe ordinaire, on les eût retrouvées en tas, tous les os fracturés. Or, dans leurs matches amicaux, aucune n'avait jamais eu ne serait-ce qu'un bleu ! Il fallait donc qu'elles soient d'une nature différente de l'humanité courante. Ses pensées prirent un nouveau cours. Ces gamines décidément étaient spéciales et en y réfléchissant, il s'en était rendu compte dernièrement mais sans en tirer de conclusion particulière. Lorsqu'on dansait avec d'autres filles, on avait l'impression de tenir dans ses bras des êtres en pâte à modeler. En définitive, ses sœurs au physique comme au mental, c'était autre chose...

Aussi, Christophe approcha Arisia l'esprit à la fois tourmenté et dubitatif. Il franchit les dispositifs de protection sans même ralentir ou s'annoncer. Passant en vol normal, il lutta avec sa vedette pour la mettre sur une orbite dont la trajectoire soit en permanence à l'intérieur de la sphère protectrice des écrans d'Arisia. Le jeune Kinnison connaissait la nature des barrières énergétiques et la raison de leur existence. Il savait parfaitement que pour Mentor la distance n'était pas un problème et que les leçons que celui-ci pouvait être amené à donner étaient tout aussi efficaces à un million de parsecs de distance qu'en tête-à-tête. La cause unique de son déplacement en personne tenait à l'existence des Eddorians dont l'esprit était sans doute aussi capable que celui des Arisians. Le seul endroit de tout l'Univers macro-cosmique où l'on soit certain d'être à l'abri de la curiosité de l'Ennemi Ultime, c'était Arisia.

« Le temps est venu pour vous, Christophe Kinnison, de recevoir votre dernière leçon de ma part », lui annonça sans préambule Mentor, dès que le jeune homme eut vérifié son orbite.

« Oh, déjà ? J'ai cru que vous m'aviez convoqué pour me réprimander, à la suite de mon accrochage avec Karen, cette idiote !

— Cet incident ne mérite d'être pris en considération que pour illustrer les difficultés inhérentes à la mise en condition d'esprits tels que le vôtre, tout en leur laissant leur libre arbitre. En venant ici, vous avez fait un parfait résumé de la situation à l'exception d'une seule donnée.

— Quoi ? Qu'ai-je donc oublié ? J'ai tout passé en revue !

— Vous êtes parti du principe que, dans vos discussions avec vos sœurs, vous avez toujours raison et que vos conclusions étaient par définition exactes, contrairement aux leurs...

— Mais, nom d'un chien ! C'est pourtant vrai. Vous avez bien envoyé Karen sur Lyrane ?

— Lors de toutes vos disputes, vous avez eu raison dans environ la moitié des cas, lui répliqua Mentor.

— Mais que penser de leurs accrochages permanents ?

— Avez-vous été témoin d'un seul ?

— Euh... Non, à vrai dire. » La surprise de Christophe était complète. « Mais puisqu'elles se délectent à me contrarier, elles doivent...

— Ça ne coule pas de source et ce pour une très bonne raison, dont nous pouvons d'ailleurs débattre immédiatement car cela fait partie de l'éducation qu'il vous reste à recevoir. Vous savez déjà que vos sœurs sont très typées les unes par rapport aux autres. Apprenez-donc, jeune, que chacune a été spécifiquement orientée pour être si pleinement différente de ses sœurs qu'il est impossible qu'un conflit s'élève entre elles, faute de motif.

— Hum !... » Il fallut au jeune homme un moment pour digérer la nouvelle. « Alors comment se fait-il que *toutes* me tombent dessus pour la moindre bricole ?

— Cela aussi, est regrettable mais inévitable. Chacune de vos sœurs a un rôle déterminant et colossal à jouer dans le futur. Les Fulgurs, nous autres les Arisians, tous contribueront mais la plus grande part de la tâche vous reviendra, à vous et surtout aux filles. Il vous faudra coordonner l'action de vos sœurs et parer aux attaques des points faibles grâce à votre indomptable détermination et à vos ressources mentales, tout en assurant à l'ensemble un fonctionnement harmonieux. En outre, s'ajouteront à titre supplétif les faibles forces d'Arisia, celles des Fulgurs, la

Patrouille et tout ce que nous pourrons alors employer et dont il vous reviendra là encore de diriger les efforts.

— Par les griffes de Klono ! » Chris était comme un poisson hors de l'eau. « Ou croyez-vous donc que je vais trouver les capacités pour une telle mission ? Quant à coordonner l'action des gamines, c'est hors de question ! Il suffira que j'ose une suggestion et elles oublieront la bataille pour me tomber dessus à bras raccourcis ! Non... Ce n'est pas vrai ! Plus les choses iront mal et plus elles feront front.

— Exact. Il en sera toujours de même. Maintenant, jeune, que ces faits vous ont été exposés, explicitez-les-moi à titre d'exercice préliminaire !

— Je crois comprendre. » Christophe réfléchit intensément. « Les gamines ne se bagarrent pas entre elles car leurs centres d'intérêt ne se chevauchent pas, par contre, avec moi, dont l'activité mentale recouvre la leur, c'est tout le contraire. Avec les autres êtres pensants, ni elles ni moi n'avons l'occasion de nous chamailler car nous avons toujours raison et nos interlocuteurs le savent, excepté avec les Palainians et les races analogues dont le processus de pensée est complètement différent. Ainsi, Karen jamais ne s'accroche avec Nadreck. Lorsque celui-ci déraille, elle le laisse faire et poursuit son chemin. Mais entre elle et moi... Il nous faudra apprendre à nous modérer, je suppose... » Et sa pensée s'estompa.

« Les manifestations de l'adolescence, à l'approche de l'âge adulte, se dissiperont. Continuons notre travail.

— Mais attendez une minute ! protesta Chris. Cette histoire de coordination, c'est franchement délirant... Je n'y parviendrai jamais. Je ne suis encore qu'un gosse. D'ici un bon millénaire je serais peut-être prêt !

— Il vous faut être prêt, répliqua sur un ton inexorable Mentor. Et lorsque le jour viendra, vous le serez. Maintenant, entrez en communion mentale complète avec moi. »

Il est vain de répéter par le menu le déroulement d'une éducation arisiane, d'autant plus que le compte rendu le plus minutieux d'un seul détail important serait franchement incompréhensible. Lorsque finalement Christophe fut prêt à quitter Arisia, il paraissait beaucoup plus âgé et plus mûr et se sentait intérieurement encore plus vieux qu'il ne semblait. L'échange de propos final mérite cependant d'être rapporté :

« Christophe, vous n'ignorez maintenant plus rien de la vérité, avouait Mentor. L'origine de votre lignée et sa raison d'être vous ont été exposées. Vous représentez l'aboutissement de bien des existences de labeur. C'est avec satisfaction que je constate que tout ce travail n'a pas été inutile.

— Vous voulez parler de celui de notre race. » Chris était quelque peu embarrassé mais néanmoins un point le préoccupait encore. « Papa a rencontré et épousé maman, d'accord mais pour les autres ? Tregonsee, Nadreck et Worsel ? Eux aussi sont les pénultièmes de lignées aussi anciennes que la nôtre. Vous autres, Arisians, vous avez décidé que la race humaine était la plus apte, aussi aucun des autres Surfulgurs n'a jamais rencontré son complément féminin. J'ai l'impression que trois d'entre vous, bien qu'ils ne soient pas directement touchés, doivent trouver la pilule amère...

— Ah ! Jeune, je suis en vérité très heureux que vous posiez cette question ! » La pensée de l'Arisian trahissait une incontestable jubilation. « Vous n'avez alors à aucun moment rien remarqué de curieux concernant ce que vous connaissez sous le nom de Mentor d'Arisia ?

— Pourquoi ? Comment aurais-je pu ? Ou pourquoi aurais-je dû ?

— Le moindre relâchement de notre part, aussi bref eût-il été, aurait nui à notre synchronisation et révélé à des mentalités de votre niveau que ce que vous connaissiez sous le nom de Mentor ne correspondait pas à une seule entité mais à quatre ! Nous avons œuvré individuellement sur chacune des quatre lignées primordiales mais lorsque nous en sommes arrivés au stade pénultième ou final, il nous a fallu agir en tant que « fusion psychique ». Pour votre bon développement, il nous fallait être certain que chacun d'entre nous détenait les données intégrales de vos personnalités respectives. Bien qu'il ne soit guère important pour la bonne exécution de notre tâche de vous laisser dans l'ignorance de la nature réelle de Mentor, le fait d'y être parvenu, surtout maintenant que vous êtes devenus adultes, démontre que notre travail a été celui d'un bon professionnel ! »

Chris siffla entre ses dents car il savait ce que signifiait un tel exploit et il n'y avait pas de mots pour exprimer son admiration.

« Mais vous allez continuer à être Mentor, n'est-ce pas ? demanda le jeune homme.

— Oui, car l'heure de vérité n'a pas encore sonné, comme vous le savez.

— Parfait. Vous prétendez que je suis adulte. Je ne le suis point. Vous insinuez que je vous suis supérieur dans bien des domaines. S'il ne s'agissait pas de quelque chose d'aussi sérieux, j'aurais tendance à me tordre de rire...

— Il y a du vrai dans ce que vous avancez. Que vous soyez aujourd'hui adulte n'implique pas que vous ayez atteint la plénitude de vos moyens, mais simplement que vous êtes dorénavant capable d'utiliser effectivement les pouvoirs que vous possédez et apte à en acquérir d'autres, encore plus importants.

— Mais quels sont-ils ? demanda d'un ton excédé Christophe. Ça fait des millions de fois que vous m'avez ressassé cette histoire et je n'y comprends rien de plus qu'auparavant !

— Il vous faudra développer vos propres pouvoirs, déclara d'un ton définitif Mentor. Votre esprit est potentiellement plus capable que le mien. Avec le temps, vous en viendrez à me connaître complètement mais la réciproque ne sera jamais vraie. Pour un cerveau inférieur, mais équilibré, toute tentative d'endoctrination d'un cerveau supérieur même immature, cela revient à couler ce dernier dans un moule trop petit causant ainsi des dommages irréparables... Vous possédez pouvoirs et connaissances. Il vous faudra les développer par vous-même à l'aide de techniques qu'il vous restera à perfectionner et à propos desquelles je n'ai nul conseil à vous donner.

— Mais vous pouvez sûrement me donner des indications ! plaida Chris. Je ne suis encore qu'un gamin et ne sais ni où et comment commencer ! »

Sous le regard mental ébahi de Chris, Mentor se divisa en quatre êtres réunis entre eux par un réseau de pensées si complexes et si rapides qu'elles en étaient inidentifiables. Les quatre structures psychiques fusionnèrent de nouveau et Mentor reprit la parole :

« Je ne peux indiquer le chemin à suivre que de la façon la plus générale. Nous avons décidé, cependant, de vous suggérer quelque chose ou plus exactement d'illustrer notre propos. Pour nous, le test le plus fiable de la connaissance, c'est le degré de visualisation du Tout Cosmique. La science, comme vous le savez, constitue un tout. La vraie clé du savoir et de la puissance réside dans l'élucidation des raisons sous-jacentes à l'enchaînement des événements. Si l'univers obéit à un déterminisme absolu, dès le premier instant tout ce qui allait s'ensuivre était fixé pour l'éternité. Nous savons maintenant que cette théorie n'est pas défendable. D'un autre côté, tout faire reposer sur le hasard c'est nier l'existence des lois naturelles régissant le cosmos. Aussi la vérité doit-elle se situer entre les deux. Au niveau macroscopique règne la causalite, au niveau microscopique l'incertitude, le tout en accord avec les lois mathématiques de la probabilité. C'est dans la région intermédiaire que réside le plus grand problème, au niveau, disons, de l'interface. La validité d'une théorie réside dans l'exactitude des prédictions qui sont rendues possibles par son emploi et nos plus grands penseurs ont démontré que la précision et la globalité d'une visualisation du Tout Cosmique varient linéairement en fonction de la finesse de définition des composants de l'interface. Une connaissance complète de cette zone indéterminée signifierait un pouvoir infini et une visualisation statistiquement parfaite. Aucune de ces choses cependant ne sera jamais réalisée car l'acquisition d'un savoir infini exige un temps infini. Voici tout ce que j'avais à vous dire. Si vous y réfléchissez vraiment, cela devrait suffire.

» Il est sans doute naturel, en raison de ce que vous venez d'endurer, de considérer le problème d'Eddore comme d'une difficulté insurmontable. Cependant, en réalité, cela ne l'est pas comme vous pourrez vous en rendre compte d'ici à quelques semaines, lorsque vous aurez remis un peu d'ordre dans vos idées. »

Le dialogue télépathique s'interrompit. Chris d'un pas chancelant regagna sa vedette et s'installa aux commandes. Pour un type dont l'éducation était censée être terminée, il avait une impression de complet désarroi. Il avait demandé un conseil et qu'avait-il reçu en réponse ? Une dissertation philosophique sur la nature profonde de l'univers. Jusqu'à ce qu'il ait pu discerner vers où Mentor voulait l'orienter, tout cela ne lui était guère utile. Il avait emmagasiné une masse de nouvelles connaissances mal digérées et il lui faudrait du temps et du sommeil pour les assimiler vraiment.

C'est au repos, relaxé sur sa couchette, que Chris vit enfin les morceaux du puzzle se mettre en place. Les Zwilniks ordinaires, tout le menu fretin ne posait pas de problème. Les Suzerains de Delgon, les Kalonians, hum... il ferait bien de se pencher sur leur cas. Les Eichs et Kandron étaient plus ou moins neutralisés. « X » était en de bonnes mains et Camille avait été avisée de regarder où elle mettait les pieds. Une planète nommée Ploor, par tous les enfers de Palain, qu'avait bien voulu dire Mentor par là ? De toute façon, cet élément du puzzle ne s'intégrait nulle part, pour le moment. Cela laissait Eddore et à cette pensée le Fulgur eut des frissons dans le dos. Pourtant, cette tâche lui revenait indiscutablement, Mentor le lui avait bien fait sentir. Tout ce que les Arisians avaient échafaudé depuis plusieurs millions d'années visait Eddore. Ils l'avaient choisi pour mener l'ultime campagne et coordonner l'assaut final. Mais comment un homme pouvait-il espérer mener à bien cette tâche sans rien connaître de l'ennemi ? Comment en apprendre plus sur l'ennemi ? La seule façon d'en savoir plus, c'était d'aller en reconnaissance sur place. Fallait-il alerter les filles ? Non. Chacune avait déjà largement de quoi faire à développer pleinement sa propre personnalité. Plus il y réfléchissait, plus il devenait évident que le premier pas à faire sur le chemin de son développement mental passait par un raid éclair sur le monde abritant l'ennemi juré de la Civilisation.

Il bondit hors de sa couchette, modifia la trajectoire de son appareil et lança un message télépathique à son père.

« Papa ? Je revenais d'Arisia lorsqu'une idée m'est passée par la tête dont je voulais discuter avec toi. C'est à propos des Kalonians. Que sais-tu d'eux ?

— Qu'ils sont bleus...

— Ce n'est pas ce que je voulais dire !

— Bien sûr. Il y a eu Helmuth, Jalte, Prellia, Crowninshield... Sur le coup, c'est à peu près tous ceux auxquels je songe... Tous des responsables de haut rang et des agents remarquablement capables si j'ose dire... Mais tout cela, c'est de l'histoire ancienne... Un moment... Peut-être y en a-t-il un autre qui a fait parler de lui plus récemment : le Fulgur d'Eddie. Le seul point clair des souvenirs d'Eddie, c'était le Joyau car le mineur n'était guère porté sur l'observation systématique des centaines de types qu'il fréquentait. Mais à propos de ce Fulgur, il me semble qu'il y avait quelque chose de spécial... Je vais essayer de te transmettre l'image que j'en avais recueillie... » Les deux hommes étudièrent la silhouette vague fichée dans l'esprit du Fulgur Gris. « Ne dirais-tu pas qu'il s'agit d'un Kalonian ?

— Exact. Cependant je ne m'avancerai pas au-delà. Mais le Joyau, l'as-tu vraiment examiné ? Du fait des circonstances, il apparaît très clairement.

— Certainement ! Il est faux sous tous ses aspects, couleur, contexture, aura et rythme. Ce Joyau n'est certainement pas d'origine Arisiane. Il provient donc de

Boskone. C'est indiscutable et c'est bien ce que je craignais.

— Et tu as doublement raison, car ce point est lié directement avec ce qui m'a fait t'appeler tout à l'heure et que tout le monde, toi et moi compris, semble avoir négligé. Si les Kalonians nous sont familiers, je n'ai jamais entendu parler de leur planète. Pour moi, il est plutôt surprenant de constater que la somme totale de mes connaissances sur Kalonia se résume à six ou sept noms de Zwilniks de haut rang dont six existaient avant ma naissance. » Chris sentit son père en rester bouche bée.

« Effectivement. Je ne me souviens pas non plus avoir appris grand-chose sur Kalonia jusque-là, avoua finalement Kimball. Mais je te parie que j'ai tous les renseignements que tu voudras d'ici un quart d'heure.

— Et moi je te parie à cent contre un que ça demandera plutôt quinze jours. D'ailleurs, si je fais appel à toi, c'est que tu es le seul à pouvoir rassembler éventuellement des renseignements, bien que je ne veuille pas avoir l'air de donner des ordres à un Fulgur Gris », plaisanta le jeune homme car cette formule était presque un rituel dans la famille Kinnison. « J'oserai prudemment suggérer qu'il y a peut-être un rapport direct entre ce monde pratiquement ignoré et certains des faits qui nous échappent concernant Boskone.

— Prudemment, toi ! » Le Coordinateur éclata de rire. « Comme un Kamikaze ! Je fais rechercher immédiatement les coordonnées de Kalonia. Quant à ton pari, j'aurais honte de prendre ainsi ton argent mais tu ne connais pas les talents de nos archivistes. Je prétends que d'ici moins de cinq jours en temps universel, tu auras tes renseignements. Dès que je les ai, je te préviendrai. Entre-temps, souviens-toi que tu es mon fils préféré.

— Eh bien, de mon côté je dois bien avouer que tu es un père convenable ! Je le dirai à maman la prochaine fois qu'elle voudra divorcer pour me donner un autre père ! »

Cet échange de propos badins cachait mal l'attachement de ces deux êtres.

« Bon vol, père.

— Bon vol, fils. »

Chapitre XIII

Clarissa reprend du service comme Surfulgur

Des milliers d'années devaient s'écouler avant que Christophe Kinnison ne parvienne à visualiser, à partir de la contemplation d'un fait ou d'un objet, l'Univers entier auquel celui-ci appartenait. Il ne pouvait même pas préparer dans le détail son raid en franc-tireur sur Eddore avant de disposer de toutes les données disponibles concernant Kalonia, celles-ci étant indispensables à sa visualisation de l'Empire de Boskone. Un facteur inconnu, Ploor, brouillait déjà suffisamment les cartes mais deux auraient rendu impossible une visualisation même générale.

De toute façon, il avait une tâche supplémentaire à accomplir avant de s'attaquer à Eddore et en attendant les renseignements sur Kalonia, c'était le meilleur moment pour le faire. C'est pourquoi il s'adressa télépathiquement à sa mère :

« Hé ! Première Dame de l'Univers ! C'est ton fils aîné qui voudrait te parler. N'as-tu rien d'urgent en train présentement ?

— Non, Christophe. » Et le petit rire caractéristique de Clarissa restait toujours aussi communicatif et plein de joie de vivre. « Et même si j'étais occupée, tu sais bien que cela ne changerait rien. Il me semble percevoir quelque chose de sérieux sous ton persiflage. Raconte-moi tout...

— En ce cas, fixons-nous plutôt un rendez-vous, suggéra le jeune homme.

— Nous sommes à proximité l'un de l'autre, je pense, et plus près que nous ne l'avons jamais été depuis un bon moment. Où te trouves-tu exactement ?

— Oh ! Parfait ! » Elle indiqua mentalement ses coordonnées à son fils. Elle ne dissimula pas sa joie de revoir physiquement son aîné. Elle n'avait pas espéré le serrer dans ses bras avant la fin du conflit avec Boskone...

« Très bien. Maintiens ta trajectoire et ta vitesse, je serai auprès de toi d'ici quatre-vingt-trois minutes. Entre-temps, il serait tout aussi bien de cesser de communiquer, même par l'entremise du Joyau...

— Pourquoi, Chris ?

— Rien de bien défini, ce n'est qu'un pressentiment... »

Les deux vedettes se rapprochèrent l'une de l'autre,

passèrent en vol normal, alignèrent leur vitesse intrinsèque respective puis, repassant en phase aninertielle, s'amarrèrent, l'appareil du jeune homme adoptant la trajectoire originelle de la nacelle de Clarissa.

« Hello, maman ! dit Christophe au vidéophone. Je pourrais bien sûr te rejoindre mais il serait préférable que tu viennes plutôt à bord car j'ai monté tout un appareillage spécial que je ne tiens pas à perdre de vue. D'accord ? » Il brancha tandis qu'il parlait l'un des appareils qu'il avait monté et installé lui-même : un générateur d'écran psychique du type le plus perfectionné pour l'époque.

« Bien sûr ! » Elle fut soulevée du sol dans la chaleur de l'embrassade qui s'ensuivit.

« C'est merveilleux, maman, d'enfin te retrouver ! » Les mots comme la pensée étaient inadéquats ! La voix de Kit était quelque peu rauque et ses yeux n'étaient pas entièrement secs.

« Oui. C'est véritablement inespéré », reconnut-elle, logeant sa tête rousse au creux de l'épaule de son grand fils. « Le contact mental est mieux que rien mais cela, c'est parfait ! » Clarissa et Chris avaient toujours été très proches l'un de l'autre. Après la joie des retrouvailles, il fallut derechef songer aux choses sérieuses.

« Mais dis-moi, tu n'as pas fait ce détour uniquement pour embrasser ta vieille mère, même si cela lui a fait un plaisir énorme ?

— Comme toujours, tu as raison. » Christophe perdit son sourire. « Je voulais parler avec toi de Lyrane et du boulot que tu es censé y faire.

— Pourquoi ? demanda-t-elle. Sais-tu quelque chose de spécial ?

— Malheureusement, non. » Le froncement de sourcils de Chris lui rappela irrésistiblement l'air renfrogné de Kim lorsque tout n'allait pas à son gré. « J'ai des soupçons, des pressentiments, et pas même une conjecture solide. Mais j'ai pensé... je me suis demandé... » Et il s'arrêta, embarrassé comme un gamin, puis d'un seul coup poursuivit : « Ne vois-tu pas d'inconvénient à ce que nous discutions de choses qui te sont strictement personnelles ?

— Tu sais bien que non, mon fils. » Contrairement à l'habitude, la question de Chris était ambiguë et peu claire mais Clarissa dissipa toute imprécision. « Je ne vois aucun aspect de ma vie ou de la tienne qui soit trop intime ou personnelle pour ne pouvoir en discuter avec toi. Qu'en penses-tu ?

— Tu as raison, mais il s'agit de quelque chose de différent. En tant que femme, tu es pour moi la plus sensationnelle qui ait jamais vécu ! » Cette affirmation calme ne supportait aucune contestation dans l'esprit du jeune homme et Clarissa en ressentit une vive émotion. « En tant que Fulgur Gris, tu planes au-dessus du lot. Mais, pour être pleinement une Surfulgur… au cas où tu te trouverais un jour face à quelque chose de trop explosif… et je… enfin toi…

— Tu veux m'expliquer par là que je risque de ne pas être à la hauteur un de ces jours ? demanda-t-elle tranquillement. Mais j'en suis parfaitement consciente et admettre une évidence n'est pas de nature à me traumatiser. Ne m'interromps pas, s'il te plaît » tandis que Chris voulait protester. « En fait, c'est pure effronterie de ma part que d'accepter d'être classée parmi les Fulgurs, surtout lorsque l'on sait ce qu'exige l'obtention d'un Joyau et les qualités requises pour le porter. Tu n'ignores pas que je n'ai rien fait pour le gagner, que c'est sur un plateau d'argent qu'il me fut donné. Je ne suis pas digne d'être l'une des vôtres et tous les vrais Fulgurs le savent bien, Chris !

— Crois-tu sincèrement qu'on t'aurait attribué un Joyau si tu en avais été indigne ?

— Ma foi… je n'ai jamais envisagé la chose sous cet angle-là… sans doute que non. » Clarissa perdit de sa mine sombre. « Mais je ne vois toujours pas pourquoi…

— C'est suffisamment clair, tu es née avec ce que les autres ont eu à trimer dur pour avoir, l'interrompit le jeune homme, et tu as des capacités qu'aucune femme jamais n'a eues !

— Excepté les filles, bien sûr, corrigea Clarissa d'un air demi-absent.

— Excepté les gamines, voulut bien reconnaître Chris. Moi qui sais, je peux te garantir que les autres Fulgurs ont pu constater l'étendue de tes dons. De plus, tous sont certains que les Arisians ne fabriquent pas un Joyau pour quelqu'un qui n'en soit pas digne. C'est d'ailleurs en fait la raison de ma venue. Il ne s'agit pas de ton incompétence mais simplement du fait qu'il te manque certaines facultés qui te sont maintenant fort accessibles. Tu es en réalité une Surfulgur, maman, et je ne voudrais pas que tu te lances dans une mission de première grandeur sans l'équipement psychique voulu, d'autant plus que celui-ci est à ta portée. Tu n'as jamais voulu te rendre sur Arisia pour suivre un stage d'entraînement de second niveau, pourtant

Mentor t'aurait arrangé ça en quelques heures. Pourquoi ne veux-tu pas y aller avec moi tout de suite ?

— Non ! NON ! » Clarissa protesta vigoureusement. « Jamais ! C'est impossible même d'y songer, Christophe !

— Je ne comprends pas. » Le jeune homme était décontenancé. « Maman, tu en trembles !

— Je sais, mais ne peux m'en empêcher. Voilà la raison. Mentor est la seule chose dans tout l'Univers dont j'ai véritablement peur. Je peux parler de lui sans avoir vraiment la chair de poule mais à la seule idée de me trouver face à lui, je suis morte de frousse.

— Je vois... ça ne m'étonne pas outre mesure. Est-ce que papa est au courant ?

— Oui, il n'ignore pas que j'ai peur des Arisians mais il ne se rend pas compte comme toi à quel point ceux-ci me terrifient. Kim ne parvient pas à me considérer comme lâche ou pleurnicheuse. Et je ne veux pas que l'idée lui en vienne aussi, je t'en prie, ne lui en parle jamais !

— Bien sûr. De toute façon, si j'avais le malheur d'évoquer la question, il me foudroyerait sur place ! Franchement d'ailleurs, ton autoportrait me paraît complètement stupide ! Ce dont tu souffres, ma chère mère, c'est d'une banale fixation et si l'on peut y remédier...

— Impossible ! coupa-t-elle sèchement. Je m'y suis essayée de temps à autre, et avant même que tu ne sois né. Quoi qu'il en soit, il s'agit de quelque chose de profond. J'ai su depuis le début que Kim ne m'avait pas infligé le traitement complet, cela lui était impossible, et j'ai tenté à maintes reprises de me persuader d'aller sur Arisia ou au moins de contacter Mentor, mais, Chris, je ne peux pas, je ne peux absolument pas...

— C'est compréhensible ! » reconnut Christophe. Ce que ressentait sa mère, ce n'était ni plus ni moins qu'une peur viscérale. En fait, c'était plus que de la peur : de la révulsion... La réaction d'une créature éminemment féminine devant une monstruosité mentale qui n'avait pas eu la moindre impulsion sexuelle depuis des milliers d'années. Elle ne pouvait ni analyser ni comprendre ce sentiment mais c'était là quelque chose d'aussi immuable et inextirpable que l'élan vital de l'espèce.

« Mais il existe une autre possibilité, si tu n'as pas peur de moi, bien sûr !

— Quelle question ! » Ses yeux s'écarquillèrent. « Vous autres les enfants et particulièrement toi, vous êtes tellement au-delà de nous... ce qui est d'ailleurs normal... Mais Chris, réellement, tu peux ? »

Kit régla une partie de son esprit sur une longueur d'onde ultra-courte : « Mentor, je connais la technique mais voudrais d'abord être sûr que j'agis correctement ?

— Jeune, vous êtes dans la bonne voie et le moment est venu où votre intervention est nécessaire.

— Ensuite, je n'ai jamais rien fait d'analogue et c'est ma mère. Si je commets une erreur, je ne me le pardonnerais jamais. Voulez-vous m'observer et veiller à ce que je ne me trompe pas ?

— Il en sera comme vous le demandez.

— Oui, maman. » Christophe répondit à la question de sa mère dans la foulée : « A condition, bien sûr, que tu sois prête à y mettre du tien. Me laisser pénétrer dans ton esprit n'est pas suffisant. Il te faudra verser des larmes de sang et tu auras l'impression d'être écartelée sur un chevalet de torture Delgonian.

— Que cela ne t'inquiète pas, Christophe ! déclara d'une voix vibrante et passionnée sa mère. Si tu savais à quel point j'aspirais à cela. Je collaborerai de toutes mes forces !

— J'en suis sûr. Et afin que tu ne t'imagines pas que je joue au Grand Chef, je préfère t'avouer que c'est Mentor qui m'a montré comment m'y prendre et m'a ordonné d'intervenir sur toi !

— Mentor !

— Mentor, reconnut Christophe. Il savait que pour toi sur le plan psychologique c'était parfaitement impossible de collaborer avec lui mais qu'avec moi il en irait tout autrement. »

Clarissa réagit à ce propos comme il était prévisible qu'elle le fit et, afin de lui laisser le temps de se ressaisir, le jeune homme poursuivit :

« Mentor savait aussi, tout comme toi et moi, que bien qu'il t'effraie tu es pleinement consciente de ce qu'il est et représente pour la Civilisation. Je te raconte tout cela pour que tu sois assurée que je ne suis pas un gosse qui veut jouer à l'homme.

— Chris, cette notion ne m'a jamais effleuré l'esprit ! » Et Clarissa arbora son sourire espiègle et serra les mains de son fils.

« C'est peut-être une idée excellente que ce contact purement physique. Eh bien, malgré ma frousse, je suis aussi prêt qu'il est possible de l'être. Assieds-toi avant de t'effondrer et fais-moi signe quand tu seras parée.

— Très bien, Chris, allons-y ! »

Le jeune homme pénétra dans l'esprit de sa mère et dès le premier impact la Fulgur Rousse retint son souffle, se raidit et faillit hurler de douleur. Ses mains serrèrent comme dans un étau celles de son fils. Elle avait cru savoir à quoi s'attendre mais la réalité était bien différente. Elle avait déjà souffert auparavant. Sur Lyrane II, bien qu'elle ne l'ait jamais raconté à quiconque, elle avait été blessée, brûlée et battue. Elle avait mis au monde cinq enfants mais là, elle avait l'impression que l'on s'attaquait systématiquement aux points les plus sensibles de sa personne.

Chris, poursuivant sa tâche sans pitié, maintenant qu'elle était commencée, fit ce qu'il avait à faire avec une dextérité incomparable. Il ouvrit l'esprit de sa mère comme jamais celle-ci n'avait pu pensé que cela soit possible. Il savait parfaitement ce qu'il lui infligeait puisqu'il avait tout récemment eu droit à un traitement analogue mais il ne s'interrompit pas pour autant avant que son intervention soit menée à bien. Alors, travaillant de concert, ils trièrent, classifièrent et cataloguèrent...

Ayant ainsi tout vérifié et revérifié, Clarissa s'aperçut qu'elle connaissait les moindres recoins et méandres de son esprit y compris ceux qui jusque-là lui étaient demeurés inaccessibles. Dorénavant, tout ce qu'avait appris ou enregistré son cerveau serait instantanément et sans effort à sa disposition. C'est alors et seulement alors que Christophe évacua l'esprit de sa mère.

« Ne m'as-tu raconté que je ne manquais que de quelques capacités, Chris ? » Clarissa se leva en chancelant et s'épongea le visage. « Je suis un véritable épouvantail... Je ferai mieux de m'en aller et de...

— Tu as raison, maman. Je ne suis pas moi-même au mieux de ma forme. Un bon bifteck me fera du bien. En veux-tu un ?

— Oh ! Comment peux-tu songer à manger en de telles circonstances ?

— De la même façon que tu penses à te maquiller et te peigner, je suppose. A chacun ses réactions. Mais il faut que je file !

— Un instant. J'ai un tas de questions à te poser concernant ces réseaux et autres trucs... Comment doit-on les employer ?

— Désolé, mais il te faudra mettre au point tes propres techniques. Tu le sais d'ailleurs très bien...

— En un sens, oui. Mais j'espérais réussir à te convaincre de m'aider un peu. J'aurais dû me douter que c'était inutile. Mais, dis-moi, tous les Fulgurs ont-ils des cerveaux comme ça ?

— Diable, non ! Ils sont d'un niveau proche de celui où tu te situais auparavant et encore pas toujours... En dehors, bien sûr, de papa, Worsel, Tregonsee et Nadreck compte tenu de leurs capacités, ils sont plus ou moins semblables à toi, dans le cadre de leurs caractéristiques raciales propres. De toute façon, pour juger d'un Fulgur, il suffit de photographier son Joyau, c'est le reflet exact de la totalité de son esprit. Tu as observé celui de papa, bien sûr ?

— Oui, il est trois fois plus gros que les Joyaux ordinaires, y compris le mien, et beaucoup plus fin et brillant.

— Tu veux dire qu'il était. Regarde un peu le tien maintenant. »

Elle ouvrit son sac, y plongea la main et son visage refléta le plus complet étonnement. Jamais elle n'avait jusque-là vu un tel Joyau. Il était trois fois plus gros que le sien, au moins sept fois plus complexe et dix fois plus chatoyant.

« Mais, il n'est pas à moi ! hoqueta-t-elle. Ça doit être...

— Réfléchis un peu, belle enfant, lui conseilla Christophe. Tu as changé et ton Joyau a suivi, comprends-tu ?

— Bien sûr, je n'y avais pas pensé, c'est vrai... Laisse-moi contempler le tien, Christophe. Je ne t'ai jamais vu le porter depuis que tu es sorti de Wentworth.

— Pourquoi pas ! » Il plongea sa main dans l'une de ses poches. « Je te ressemble, de ce côté du moins, car je n'apprécie pas les gens qui veulent en imposer. »

Son Joyau étincelait à son poignet. Il était d'un diamètre plus important que celui de Clarissa et plus épais. Sa contexture était plus fine et sa couleur plus vive et comme plus solide. Tous deux étudièrent un bon moment les deux gemmes puis Chris s'empara de la main de sa mère pour rapprocher leurs deux poignets.

« C'est bien ça, exhala-t-il. Aucun doute... C'est bien ça... Aussi sûr que Klono a griffes et dents !

— Qu'y a-t-il ? Que vois-tu ? demanda-t-elle.

— Je vois la raison pour laquelle je suis ce que je suis et si les filles avaient des Joyaux ils seraient strictement identiques. Tu te souviens de celui de papa ? Regarde les caractéristiques dominantes du tien, tu remarqueras qu'on les retrouve intégralement dans le mien. Efface ces caractéristiques de mon Joyau et tu retrouves celui de Kimball Kinnison, avec les petites variantes qui font que je ne suis pas une copie de mon père mais un individu avec sa personnalité. Je te parie à cent contre un que cela tient au fait d'avoir un Fulgur comme géniteurs de chaque côté. Rien d'étonnant à ce que nous soyons quelque peu bizarres. Je ne sais s'il faut être pour ou contre...

— N'essaye donc pas d'être drôle, lui reprocha sa mère. Si ça devait aboutir à des gens comme tes sœurs et toi, moi je serais à cent pour cent pour. Mais je vois que tu as hâte de filer. Je ne te retiendrai pas plus longtemps bien que ce que tu m'as révélé sur les Joyaux soit fascinant. Pour le restant, Chris, merci et bon vol...

— Toi de même, maman ! » Il serra une dernière fois sa mère dans ses bras pour l'embrasser vigoureusement puis ils se quittèrent.

La Fulgur Rousse craignait de ne pas avoir le temps voulu pour mettre un peu d'ordre dans ses pensées avant d'arriver sur Lyrane II mais étant une bonne ménagère, elle y parvint cependant. Mieux, maintenant que son cerveau tournait nettement plus vite, elle eut même le loisir de passer en revue ses activités précédentes sur ce monde, afin de déterminer la ligne de conduite à suivre présentement. Elle allait laisser croire que ses facultés psychiques en étaient au même point que par le passé. Hélène était bien gentille mais les autres, et tout particulièrement la directrice de l'aéroport étaient de véritables poisons. Elle allait commencer en douceur, en veillant cependant à ne pas se mettre dans le pétrin comme la dernière fois.

Elle traversa l'atmosphère de Lyrane et s'arrêta très haut au-dessus de la cité dont elle se souvenait si bien...

« Hélène de Lyrane ! » Elle lança un appel télépathique clair et puissant. « Ce n'est pas votre nom, je sais, mais nous n'en connaissons pas d'autre... »

Elle s'interrompit, les nerfs tendus à se rompre. Était-ce ou n'était-ce pas la pensée d'Hélène, bloquée par un écran de contrôle avant qu'elle n'ait pu prendre forme ?

« Qui êtes-vous, étrangère et que voulez-vous ? » Telle fut la pensée qui lui parvenait, d'une personne assise derrière le bureau qui avait été celui d'Hélène.

Clarissa dévisagea mentalement son interlocutrice et eut l'impression de reconnaître ce visage. Ses nouveaux dons fonctionnèrent instantanément et tous les détails de sa première rencontre lui revinrent aussitôt à l'esprit.

« Fulgur Libre Clarissa, anciennement de Sol III. Je me

souviens de vous, Ladora, bien qu'à l'époque vous n'ayez été qu'une enfant lors de mon passage. Vous souvenez-vous de moi ?

— Oui, et je vous répète : que voulez-vous ? » La voix n'avait rien perdu de son hostilité.

« Je souhaiterais parler à votre prédécesseur, si cela est possible.

— C'est impossible. Il n'est plus de ce monde. Partez immédiatement ou nous ouvrons le feu.

— Réfléchissez encore, Ladora, lui conseilla-t-elle d'un ton calme et assuré. Votre mémoire n'est pas défaillante au point d'avoir oublié l'*Indomptable* et sa puissance de feu. »

— Je m'en souviens parfaitement. Vous pouvez vous entretenir avec moi de ce que vous vouliez discuter avec notre précédente Sœur Aînée.

— Vous n'ignorez pas l'invasion boskoniane d'antan. Nous soupçonnons l'ennemi de vouloir renouveler sa tentative de conquête de votre galaxie et avons le sentiment que ce monde est, d'une façon ou d'une autre, impliqué dans l'opération. Je suis venue pour enquêter sur place.

— Nous mènerons nous-mêmes les investigations voulues, répondit sèchement Ladora. Nous insistons pour que vous et tous les autres étrangers restiez à l'écart de ce globe !

— Vous prétendez enquêter sur un problème d'ampleur galactique ? » En dépit d'elle-même, Clarissa ne put s'empêcher de faire sentir son incrédulité. « Si vous me le permettez, j'atterrirai seule. Dans le cas contraire, je fais appel à l'*Indomptable* et nous débarquerons en force. C'est à vous de choisir.

— Atterrissez seule, alors, si vous devez atterrir, céda à contre-cœur Ladora. Posez-vous sur l'aéroport principal.

— Juste à portée de vos batteries ? Non, merci. Je ne suis ni invulnérable ni immortelle. Je me poserai où bon me semblera. »

Ce qu'elle fit. Durant sa dernière visite, elle avait eu toutes les peines du monde à obtenir un minimum de coopération de la part de ces têtes de mules de la Matriarchie mais ce coup-ci elle se heurtait d'emblée à un refus quasi fanatique de fournir la moindre aide. Personne en aucune façon ne la molesta mais toute pensée, même la plus amicale, était systématiquement stoppée par un bloc mental complet. Chacun se faisait un devoir de l'ignorer complètement et elle en était quelque peu désorientée. Un soir, devant son miroir, elle affirma d'un ton furieux et péremptoire : « Il m'est facile de venir à bout de leur blocage psychique et par les tripes de Klono, si cela doit continuer, c'est ce que je ferai ! »

Chapitre XIV

Kinnison-Thyron, trafiquant de drogue

Lorsque Kimball Kinnison reçut l'appel de son fils, il se trouvait à Ultra-Prime, la fantastique base de la Patrouille sur Klovia et s'apprêtait à monter à bord de son croiseur. Il s'arrêta sur place. Bien que sur son visage ou dans son regard rien ne se soit manifesté, le lieutenant auquel il était en train de parler avait été à plusieurs reprises le témoin intéressé des échanges télépathiques des Fulgurs et savait qu'en général il s'agissait de quelque chose d'important. Aussi ne fut-il pas surpris lorsque le Coordinateur fit demi-tour et se dirigea vers une sortie de l'astroport.

« Annulez les préparatifs de vol. En définitive, je ne prendrai pas l'espace d'ici quelque temps, expliqua brièvement Kinnison. Je n'en sais pas plus dans l'immédiat. »

Un flotteur vint le prendre qui le conduisit vers le cube d'acier et de verre qui abritait ses bureaux. Il enfila un corridor après avoir emprunté une porte anonyme.

« Salut Phyllis, le patron est là ?

— Mais c'est le Coordinateur Kinnison. Oui, Monsieur... » La secrétaire, tout époustouflée, appuya sur un bouton et une porte s'escamota, celle du bureau privé de son adjoint.

« Eh, Kim. Déjà de retour ? » Le Vice-Coordinateur Maitland montra lui aussi quelque surprise tandis qu'il se levait de derrière la massive table de travail et serrait cordialement la main de son vieil ami. « Parfait. Tu reprends le manche ?

— Certainement pas. Je viens juste de commencer. Je suis passé par là uniquement pour utiliser ton écran. Tu disposes bien d'un communicateur longue distance libre ?

— Bien sûr. Si la ligne n'était pas libre, il serait facile d'y remédier rapidement.

— L'Interstellaire ? » Kinnison appuya sur une touche. « Voulez-vous avoir l'obligeance de me passer Thrale, la

Librairie Planétaire. Demandez la bibliothécaire en chef : Nadine Ernley. Liaison par vidéophone s.v.p. »

La demande était si inhabituelle qu'elle suscita l'étonnement et la curiosité générale. En effet, le Coordinateur n'avait d'entretiens personnels pratiquement qu'avec des Fulgurs, et encore le plus souvent qu'avec des Fulgurs Libres. Il était rarissime qu'il utilise des moyens classiques de communication. Lorsque le contact fut établi, des murmures étouffés et des piaillements trahirent l'excitation régnant à l'autre bout de la ligne.

« Mme Ernley vient dans un moment, Monsieur, annonça l'opératrice.

— Oh ! C'est le Fulgur Gris en personne ! » Partout sur Klovia, Thrale, Tellus et bien d'autres mondes encore, les mots « Fulgur Gris » sans autre précision, n'avaient qu'une seule signification.

« Pas Le Fulgur Gris !

— Ce n'est pas possible !

— Mais si, c'est lui. Je le connais. Je l'ai déjà rencontré une fois !

— Tais-toi ! Il va t'entendre !

— Branchez donc la vision. Si nous avons quelques instants, autant faire connaissance », suggéra Kinnison et sur son écran apparut un essaim de brunes et de blondes en effervescence. « Salut, Madge. Désolé de ne pas vous connaître toutes mais je me ferai un devoir de vous rencontrer avant longtemps, je pense. Ne partez pas car vous êtes toutes dans le coup. » La responsable de la Bibliothèque Centrale accourait au pas de course. « Bonjour, Nadine ! Il y a une éternité qu'on ne s'est vus. Vous vous souvenez de la masse de documents que vous m'aviez rassemblée à l'époque ?

— Je m'en souviens, Monsieur. » Quelle question ! Comme si Nadine Ernley, née Hostetter, pouvait oublier le rôle qu'elle avait tenu dans ce fameux colloque des cinquante-trois plus grands savants de toute la Civilisation ! « Je m'excuse mais, lorsque vous avez appelé, j'étais aux archives.

— Ah ! je suppose qu'il nous faut tous travailler de temps à autre. La raison pour laquelle je vous ai appelée est sérieuse et c'est une tâche difficile que j'ai à vous confier, à vous et à votre équipe. Ça risque d'être encore pire que la dernière fois. Je veux tous les renseignements que vous pourrez me dénicher concernant une planète nommée Kalonia et ce dans les plus brefs délais. Ce qui complique la chose c'est que je n'ai jamais entendu parler de ce globe et qu'à ma connaissance personne n'en sait plus que moi. Il se peut que ce monde existe sous un million d'autres noms mais nous n'en connaissons aucun. Voici tout ce que je peux vous fournir comme données, résuma-t-il et il conclut : Si vous parvenez à me la situer en moins de cinq jours en temps universel, je vous garantis, pour vous, Nadine, une larme d'étoile de Manarkan et pour vos filles un bracelet-montre à leur goût qu'elles pourront choisir chez Brenler. Ce boulot est important et mon fils Christophe m'a parié qu'il était irréalisable en un pareil laps de temps !

— Repassez-moi l'Interstellaire. » Et lorsqu'il eut le responsable local : « J'attends un appel dans les prochains jours d'une des bibliothécaires d'ici. Lorsqu'il se produira, quel que soit l'heure ou le jour, et où que je me trouve, cet appel aura priorité absolue sur tout. Terminé. » L'écran s'éteignit et la clameur qui s'ensuivit à la Bibliothèque Centrale témoignait de la satisfaction générale.

« Si vous voulez gagner vos montres, les filles, au boulot ! Arrêtez tous les travaux en cours terminés ou non et libérez les ordinateurs. Madeleine, tu pourrais commencer par interviewer Lanion et l'autre. Non, je ferai mieux de m'en charger moi-même car tu connais mieux que moi l'Encyclopédie Galactique. Passe en revue toute la section « Anglais » de l'ouvrage à partir de la lettre K et si tu relèves le moindre indice, aussi faible soit-il, suis-le sans hésiter. Betty, analyse sémantiquement ce terme de Kalonia afin d'en rechercher les synonymes éventuels sur Thrale comme sur les autres mondes de Boskone. Mets là-dessus une demi-douzaine de techniciens sur des intégrateurs analogiques. France, tu te charges de l'étude de Prellin et de Bronseca. Jeanne, Léonie et France, vous passez au crible Jalte, Helmuth et Crowninshield. Élisabeth, tu es notre meilleure linguiste. Essaie de sensibiliser un technicien à la phonétique du mot Kalonia dans chacune des langues que tu connais ou que nous sommes susceptibles de déchiffrer, tout en passant et repassant les enregistrements magnétiques en notre possession des diverses réunions de Boskone. Combien restent disponibles ? Pas assez... Il va nous falloir nous surpasser dans l'épluchage de cette liste des principaux mondes zwilniks... »

C'est ainsi que la bibliothécaire en chef Ernley organisa une recherche auprès de laquelle celle de l'aiguille dans la meule de foin n'était que plaisanterie. Et ses filles travaillèrent d'arrache-pied. Aussi, quatre jours et trois heures plus tard, Kinnison reçut son appel en priorité absolue. Kalonia n'était désormais plus le monde du mystère.

« Joli travail, les filles ! Mettez-moi tout ça sur bande. Je vais venir le prendre. »

Il quitta précipitamment Klovia. Comme Chris n'était pas dans les parages et qu'un rendez-vous était impossible, il l'informa télépathiquement des renseignements recueillis. Lorsqu'il débarqua sur Thrale, il remit à Nadine sa larme d'étoile, l'une des plus belles pierres des collections de Cartiff, puis distribua à ses aides ce que chacune avait préalablement choisi. Puis il reprit l'espace.

Une fois dans le haut espace, il étudia la bande magnétique et demeura assis, la mine sombre. Cela n'avait rien d'étonnant que Kalonia soit demeuré inconnu de la Civilisation durant plus de vingt ans. Le document qu'il avait là devant lui renfermait une masse considérable de données mais c'était le résultat de l'épluchage systématique de plus de huit cents millions de fiches appartenant aux archives de Boskone sur Thrale. La Civilisation en général croyait que Thrale avait abrité les échelons supérieurs de l'empire de Boskone et que les conflits existants n'étaient que résiduels et consécutifs à l'élan acquis. Kinnison et ses collègues avaient bien des doutes mais n'avaient jamais été en mesure de prouver que Thrale recevait des ordres de plus haut. Le Fulgur Gris savait maintenant que Thrale n'avait jamais été l'échelon suprême, pas plus d'ailleurs que Kalonia. L'information fournie par la bande qu'il venait d'entendre, par sa brièveté et sa sobriété autant que par ses incidents le démontrait sans contestation aucune. Thrale et Kalonia n'étaient pas sur le même échelon de la hiérarchie zwilnik. Aucune de ces planètes ne donnait d'ordres à l'autre et en fait ces deux mondes avaient fort peu à voir ensemble, Thrale dirigeait l'activité d'un demi-million de planètes et Kalonia en faisait grosso modo autant mais les sphères d'influence de ces deux globes se recoupaient fort rarement.

Sa conquête de Thrale, acclamée par tous comme un succès décisif, ne l'avait en fait que très peu rapproché de la solution du problème essentiel. Il lui était sans doute possible de conquérir Kalonia de la même façon mais où cela le mènerait-il ? Nulle part... Il n'existerait pas plus de liens visibles entre Kalonia et les hautes sphères de Boskone qu'il n'y en avait eu sur Thrale. Par tous les démons de l'Univers, comment allait-il devoir s'y prendre ?

Une analyse complète de la situation lui révéla qu'il n'existait qu'une seule méthode utilisable. Dans l'un des enregistrements datant de vingt et un ans et traduit pour la première fois par Élisabeth, la bibliothécaire-linguiste, l'un des participants mentionnait au passage que les nouveaux Fulgurs Kalonians se débrouillaient bien, ce que confirmaient deux autres voix. C'était tout. Cela cependant risquait d'être suffisant puisqu'il était éminemment probable que le Fulgur d'Eddie soit un Kalonian et que même un Fulgur Noir savait d'où il tenait son Joyau... A l'idée de tenter de visiter l'équivalent boskonian d'Arisia, il eut momentanément un pincement au cœur. L'invasion ou même l'approche physique directe serait bien sûr impossible mais toute planète, y compris Arisia, était destructible. Ce monde, si on réussissait à le situer, serait anéanti. Il lui fallait le dénicher, c'était sans nul doute ce que Mentor depuis toujours avait souhaité lui voir faire ! Mais comment ?

Dans ses précédentes entreprises contre Boskone, il avait incarné un riche oisif, un rôdeur d'astroport, un mineur de l'espace et bien d'autres personnages. Aucune de ses identités précédentes ne serait utilisable sur Kalonia et c'était en outre piètre technique que de se répéter surtout à ce stade des opérations. Pour justifier son apparition sur Kalonia il lui faudrait jouer le rôle d'un truand ni trop insignifiant ni trop important de façon que l'on puisse lui fabriquer des antécédents convenables dans un laps de temps raisonnable. Il serait parfait dans le rôle d'un Zwilnik, trafiquant de drogue aux stocks intéressants.

Ayant choisi son mode d'action, le Fulgur Gris passa plusieurs appels. Il s'entretint d'abord longuement avec Christophe, puis contacta le capitaine de son vaisseau personnel, l'*Indomptable,* lui donnant des ordres précis. Il héla ensuite le Vice-Coordinateur Maitland et certains autres Fulgurs Libres qui occupaient des postes clés à la brigade des Narcotiques, à celle de la Police Judiciaire, à la brigade criminelle, au service de la Navigation interstellaire, et au département des Relations publiques. Finalement, après dix solides heures de travail, il engloutit un repas pantagruélique et dit à Clarissa, qu'il avait appelée en dernier, qu'il allait dormir au moins une semaine durant...

C'est ainsi que le nom de Bradlow Thyron commença à émerger de l'anonymat de la foule galactique. Pendant sept à huit ans, le personnage avait figuré sur le bas de la liste des personnes recherchées par la Patrouille Galactique. Maintenant, celui-ci était en train de se propulser vers le haut de ce gotha du crime. Ce dangereux Zwilnik et son sinistre équipage avaient été poursuivis par les forces de la loi d'un bout à l'autre de la Galaxie. Pendant quelques mois, on avait même cru que Bradlow Thyron avait été rayé de l'espace. Maintenant, cependant, on avait l'absolue certitude qu'il opérait dans la Seconde Galaxie, lui et son gang d'égorgeurs. Tous étaient recherchés pour piraterie caractérisée, meurtres, trafic de drogue et assassinats prémédités. Du point de vue de la Patrouille, la chasse s'avérait difficile car les cartographes ne possédaient que des atlas stellaires très partiels de la Seconde Galaxie dont la plupart des planètes étaient sous la coupe de Boskone.

C'est pourquoi tout cela demanda un certain temps mais finalement parvint à Kinnison le message qu'il attendait si impatiemment. Un gros bonnet zwilnik, spécialiste du trafic de la drogue, un nommé Harkleroy, sur la planète Phlestyn II, ville de Nelto, correspondait parfaitement aux spécifications requises. Il s'agissait d'un individu à la fois ni trop proche ni trop éloigné de Kalonia. Kinnison, ayant depuis longtemps appris d'un mineur de l'espace le sabir de la région, était prêt à agir.

D'abord, il s'assura que l'*Indomptable* serait là quand on aurait besoin de lui. Puis, assis aux commandes de sa vedette, il s'adressa par les voies de communication classiques au Boskonian.

« Harkleroy ? J'ai une proposition à vous faire qui vous intéressera. Où et quand pouvez-vous me recevoir ?

— Qu'est-ce qui vous fait croire que je puisse avoir envie de vous voir ? » aboya une voix et l'écran montra un visage grossier et vicieux. « Qui es-tu, vermine ? »

— Mon identité ne vous regarde pas et si vous ne vous décidez pas à la fermer un peu je vais venir vous faire ravaler vos paroles ! »

Ces propos sur le coup mirent en rage le Zwilnik mais en quelques secondes il reconnut Bradlow Thyron, ce que nota aussitôt Kinnison. Ce pirate pouvait se permettre de répliquer à quiconque et c'était parfaitement dans son personnage.

« Je ne vous ai pas reconnu d'emblée. » Harkleroy s'excusa presque. « Il est vrai que nous pourrions conclure des affaires ensemble. Qu'avez-vous de disponible ?

— Cocaïne — Héroïne — Bentlam — Haschisch — Nitrolabe — à peu près tout ce qu'un être à sang chaud peut désirer. Cependant, le gros lot, c'est deux kilos de thionite pure.

— De la thionite ! Deux kilos ! » les yeux du Phlestan brillaient. « Où et comment vous l'êtes-vous procurée ?

— J'ai demandé au Fulgur de Trenco de me les préparer spécialement.

— Vous ne voulez pas parler, n'est-ce pas ? » Kinnison voyait clairement travailler le cerveau d'Harkleroy. On pourrait toujours faire causer Thyron plus tard. « De toute façon, tel que ça se présente, nous pourrions nous entendre. Venez me rejoindre.

— D'accord, mais écoutez-moi bien. » Et les yeux du Fulgur fixèrent durement ceux du Zwilnik. « Je sais parfaitement ce que vous mijotez et je vous préviens d'avance de vous en abstenir si vous tenez à la vie. Vous savez que ce n'est pas le premier monde sur lequel je débarque et si vous avez tant soit peu de cervelle vous ne devez pas ignorer qu'une foule de petits malins ont essayé de me doubler — or, je suis toujours là. Aussi, regardez où vous mettez les pieds ! »

Le Fulgur se posa et se dirigea vers le bureau personnel de Harkleroy engoncé dans ce qui paraissait être une fort ordinaire, bien qu'un peu volumineuse, armure de combat. Mais ce scaphandre n'était pas plus ordinaire qu'il n'était léger. C'était une véritable centrale énergétique avec un blindage en dureum de 6/10. Kinnison ne marchait pas vraiment dans cet équipage et commandait en fait une batterie de micromoteurs développant 2000 CV de puissance réelle. Sans assistance, il aurait été incapable de soulever ne serait-ce qu'une de ses jambes.

Comme il s'y était attendu, tous les gens qu'il rencontra étaient protégés par un écran psychique. Un haut-parleur se mit à vociférer dès qu'il pénétra dans le hall d'entrée du bâtiment abritant les bureaux d'Harkleroy, lui intimant l'ordre de s'arrêter immédiatement. En effet, les rayons-sondeurs des Zwilniks étaient bloqués à une distance d'un bon mètre de son armure.

« Halte ! Abaissez vos écrans ou nous vous grillons sur place !

— Quoi ! Ne faites pas l'enfant, Harkleroy. Je vous ai prévenu que je prendrai mes précautions. Ou je viens comme je suis ou je vais ailleurs discuter avec quiconque saura se comporter en homme pour obtenir ce qui l'intéresse. Auriez-vous peur ? N'avez-vous donc pas assez de projecteurs pour me neutraliser éventuellement ? »

Les sarcasmes de Thyron portèrent leurs fruits et le visiteur fut autorisé à poursuivre son chemin. Lorsqu'il entra dans le bureau d'Harkleroy, il nota que le Zwilnik avait la main posée à proximité d'un interrupteur dont l'abaissement commandait sans aucun doute le tir de ses hommes de main. Ils supposaient donc qu'il avait la drogue sur lui ou à bord de sa vedette. Il fallait agir vite.

« Je m'humilie devant vous, puisque c'est la formule à laquelle vous tenez, n'est-ce pas ? » ricana Kinnison, sans même incliner la tête d'un millimètre.

Le doigt de Harkleroy s'approcha du bouton fatidique.

« *Indomptable !* Entrez en action ! » aboya Kinnison.

La main, l'interrupteur et une partie du bureau d'Harkleroy se volatilisèrent sous le feu de Kinnison. Des ouvertures se dévoilèrent dans les murs de la pièce et projecteurs et armes automatiques entrèrent en action. Kinnison bondit vers le bureau et le tir se ralentit puis s'arrêta lorsqu'il eut réduit à l'impuissance le Boskonian. Un bref jet d'énergie transforma le générateur d'écran psychique du Zwilnik en une masse de métal en fusion. Harkleroy hurla à ses tueurs de reprendre leur tir mais avant qu'une balle ou un rayon n'ait transpercé le captif, Kinnison apprit l'essentiel de ce qu'il recherchait.

Ce sagouin avait entendu parler des Fulgurs Noirs. Il ne savait pas d'où provenaient les Joyaux mais n'ignorait rien des modalités de choix des postulants. Bien plus, il connaissait personnellement un de ces Fulgurs, un nommé Melasnikov qui résidait à Cadsil, sur Kalonia III.

Kinnison fit demi-tour et se replia. L'alarme avait été donnée et l'ennemi faisait venir un matériel lourd de qui même son armure ne pourrait le mettre à l'abri. Mais l'*Indomptable* atterrissait déjà réduisant en poussière cinq blocs d'immeubles, ce faisant. Tandis que le croiseur se stabilisait, le Fulgur Gris protégé par son armure commença à se frayer un chemin vers l'extérieur. Pendant ce temps, à la tête d'un bataillon de Valérians équipés de leurs terribles haches de combat et de projecteurs semi-portables, le commandant Van Buskirk débarqua et chercha à effectuer la jonction avec Kinnison.

Chapitre XV

Thyron suit une piste

Mètre après mètre, Kinnison se fraya un chemin au long des corridors jonchés de cadavres. Sous le feu des projecteurs adverses, ses écrans défensifs s'embrasèrent mais tinrent bon. Une pluie de projectiles s'écrasa sur le revêtement de dureum de son scaphandre mais là aussi, en vain. Ses adversaires immédiats, compte tenu des propriétés du dureum, ne pouvaient l'atteindre, mais les projecteurs mobiles que l'on s'efforçait en toute hâte de lui opposer viendraient à coup sûr à bout de sa défense. Il avait cependant sur l'ennemi un avantage considérable, il possédait le sens de la perception globale qui était refusé aux Zwilniks. Il pouvait les voir tout en restant invisible, il lui suffisait de maintenir en permanence un mur entre eux et lui jusqu'à ce qu'il parvienne à rejoindre la protection des écrans établis par Van Buskirk et ses Valérians. Si une porte était là, disponible, il l'empruntait, sinon il passait directement à travers les parois.

Les Valérians se battaient furieusement, se rapprochant rapidement. Du fait de leur taille, de leur poids et de leurs muscles habitués à lutter contre une pesanteur trois fois supérieure à celle de Tellus, dire qu'ils se battaient était un doux euphémisme car le plus chétif des hommes de Van Buskirk était en mesure, sous 1 G de gravité, de sauter à plus de quatre mètres de haut, engoncé dans son scaphandre-armure. Ils maniaient avec une inhumaine dextérité leur terrible et lourde hache spatiale. Le résultat de leurs efforts était épouvantable à contempler. Les Valérians étaient les plus terribles spécialistes du corps à corps ayant jamais existé et pour une espèce intelligente normalement évoluée, il faut bien reconnaître, aussi incroyable que cela paraisse, qu'ils éprouvaient un plaisir certain à ce type d'affrontement. Les Valérians rejoignirent le Fulgur Gris qui luttait toujours et lui firent un rempart de leurs corps.

« Eh... Vermisseau Tellurien ! » lança télépathiquement le Commandant Pierre Van Buskirk à son vieil ami, tout en frappant en cadence d'estoc et de taille. « On s'amuse bien, n'est-ce pas ?

— Salut, Buskirk, espèce de babouin géant ! répliqua mentalement Kinnison. Je crois que j'ai bien fait de penser que l'on pourrait avoir besoin de toi et de ton équipe mais maintenant, replions-nous en vitesse ! »

Pour les Valérians, cet ordre de retraite sonnait mal, même après un raid couronné de succès, mais la manœuvre fut exécutée à la perfection. En quelques minutes, tous les survivants, et les pertes avaient été extraordinairement faibles, se retrouvèrent à bord de l'*Indomptable.*

« Vous avez récupéré ma vedette, Franck. » C'était une affirmation et non une question qui s'adressait au jeune Fulgur se trouvant dans le poste de pilotage.

« Oui, Monsieur. L'ennemi, comme vous l'aviez prévu, rassemble ses forces à toute allure. Aucune manifestation d'hostilité jusque-là. » D'un signe de tête, il montra l'un des écrans d'observation du tableau de bord où l'on pouvait voir un ciel constellé d'astronefs.

« Pas de Pilonneur ?

— Jusque-là, nous n'en avons détecté aucun, Monsieur.

— Très bien. Mes ordres premiers demeurent. Si vous repérez un Pilonneur, exécutez l'opération Maîtrise. Prévenez chacun qu'au cas où se déclencherait cette opération cela me mettrait automatiquement et instantanément hors de course mais que jusque-là c'est moi qui donnerais les ordres. Quant à ce que ceux-ci seront, je n'en ai pas la moindre idée, c'est à eux là-haut de jouer... »

Comme si cette dernière phrase avait servi de signal, le haut-parleur se mit à transmettre un flot de paroles inintelligibles pour un non-Fulgur, flot au milieu duquel on ne pouvait saisir que le nom de « Bradlow Thyron ». Ce nom seul suffisait cependant à expliquer les raisons de l'attentisme des Kalonians qui avaient entendu à maintes reprises vanter les mérites de ce pirate intransigeant et de son fabuleux croiseur. Kinnison était personnellement convaincu d'ailleurs que le vaisseau intéressait l'adversaire beaucoup plus que lui-même.

« Je ne vous comprends pas ! aboya le Fulgur Gris dans le sabir local qu'il avait si récemment assimilé. Parlez dans le jargon du coin !

— Très bien. Je vois que vous êtes effectivement Bradlow Thyron, comme nous en avions été informés. Que signifie cette insolente attaque ? Rendez-vous ! Désarmez vos hommes, ôtez-leur leur armure, et sortez en bon ordre de votre astronef ou nous vous pulvérisons sur place ! C'est le Vice-Amiral Mendonai qui vous parle...

— Je vous présente mes respects. » Kinnison-Thyron ne ricana pas vraiment et il inclina imperceptiblement la tête mais ne bougea pas et ne fit rien pour obéir à des ordres aussi péremptoires. Bien au contraire :

« Qu'est-ce que c'est que cette foutue planète ? demanda-t-il d'un ton exaspéré. J'arrive ici pour contacter cet abruti de Harkleroy car un de mes amis m'avait dit que c'était le caïd du coin et que ce que j'avais à proposer risquait de l'intéresser. Je le préviens clairement, l'idiot, que j'ai déjà roulé ma bosse et que s'il essaie de me doubler, il s'en repentira ! Et qu'est-ce qui m'arrive ? En dépit de tous mes avertissements, il veut jouer au petit soldat et je suis obligé de le liquider. Je n'ai fait que ce qui aurait dû être fait depuis longtemps ! Et ne voilà-t-il pas que vous et votre flottille de barcasses vous accourez comme si j'avais accompli un mauvais coup ! Pour qui vous prenez-vous ? Qu'est-ce qui vous autorise à vous mêler d'affaires strictement privées ?

— Ah ! Voici une version des événements qui m'était inconnue ! » L'image s'ajouta à la voix et sur l'écran apparut un Kalonian typique, bleu, froid, cruel et vigilant. « Vous prétendez qu'Harkleroy avait été prévenu ? Vous en êtes certain ?

— Et comment ! Demandez donc aux sbires qui se trouvaient avec lui à ce moment-là. La plupart doivent être encore vivants et ils en ont été témoins. »

L'écran s'obscurcit et le haut-parleur se remit à résonner d'un langage inconnu. Le Fulgur savait que le Commandant de la flottille interrogeait effectivement les survivants de l'entourage du Zwilnik. Les Kalonians allaient voir se confirmer les propos de Thyron.

« Vous m'intéressez. » Les propos du Boskonian redevinrent soudain intelligibles pour l'ensemble des témoins. « Nous ne parlerons plus de Harkleroy car l'imbécillité entraîne toujours sa propre récompense et la question des dommages matériels est présentement sans grand intérêt. D'après ce que j'ai pu apprendre de vous, vous n'avez jamais appartenu à cette soi-disant Civilisation. Je sais par ailleurs que vous n'appartenez pas et n'avez jamais appartenu à nos forces. Comment avez-vous réussi à survivre ? Pourquoi opérez-vous en solitaire ? »

— Comment, c'est facile à expliquer : en faisant en sorte d'avoir toujours une longueur d'avance sur le voisin comme je l'ai fait avec votre copain et en ayant l'intelligence de recourir à de bons ingénieurs qui installent sur mon croiseur tout ce qui a pu être imaginé par d'autres, tout en y ajoutant ce à quoi ils ont pu rêver. Pourquoi, c'est tout aussi simple. Je ne fais confiance à personne. Jusque-là, ça s'est révélé payant. Je suis toujours en vie et d'attaque. Ceux qui ont été trop confiants sont morts...

— Je vois. Primitif, mais efficace. Plus je vous étudie, plus j'en viens à penser que vous pourriez représenter pour nous un apport intéressant...

— Rien à faire. Mendonai », l'interrompit Kinnison qui secoua négativement la tête de façon fort expressive. « Je n'ai jamais accepté d'ordres de quiconque, ce n'est pas maintenant que je vais commencer !

— Vous vous méprenez, Thyron ! » Le Zwilnik était étrangement patient et beaucoup trop tolérant. « Je ne pensais pas à vous en tant que simple exécutant mais bien en qualité d'allié indépendant, agissant de concert avec nous dans certaines affaires mutuellement avantageuses.

— Telles que ? » Kinnison se permit de marquer pour la première fois une apparence d'intérêt. « Maintenant, vous commencez à parler raisonnablement mais là-dedans, qu'y-a-t-il pour moi ? Je n'ai pas l'habitude de travailler au rabais !

— Ça ne sera pas le cas ! Avec les capacités que vous venez de démontrer et l'appui de nos énormes moyens, vous gagnerez plus avec nous en une semaine que ce que vous amassiez seul en un an...

— Ouais... Des gens comme vous adorent rendre de tels services à des individus de mon genre... Qu'escomptez-vous tirer de ma collaboration ? »

Kinnison était quelque peu surpris, et s'adressa télépathiquement à son jeune adjoint qui se tenait toujours devant les écrans de détection.

« Tenez-vous sur vos gardes, Franck. Il essaie de gagner du temps. Je suis sûr qu'il attend des pilonneurs.

— Jusque-là, rien à l'horizon, Monsieur.

— Nous entendons bien nous aussi y gagner, admit diplomatiquement le pirate. Ainsi, à titre d'exemple, il y a certains aspects de votre vaisseau qui pourraient, et j'insiste sur le conditionnel, qui pourraient intéresser les ingénieurs de nos chantiers spatiaux. Je me suis aussi laissé dire que vous disposiez de batteries de projecteurs primaires particulièrement performants. Nous pourrions d'ailleurs dès maintenant discuter de tout cela et il me serait agréable que vous me laissiez voir sur votre écran autre chose que votre visage, au demeurant sympathique.

— Et si je vous disais non. Ce que j'ai ici est mon affaire et le restera.

— Est-ce ainsi que vous concevez la coopération ? » La voix de l'amiral demeurait calme et posée mais le ton recelait une menace non voilée.

« Coopération, mon œil ! répliqua sans hésiter ce coupe-jarret de Bradlow Thyron. « Si vos propositions se révèlent concrètement payantes, peut-être consentirai-je à vous montrer un truc ou deux, mais certainement pas avant ! »

Le visage de Mendonai s'assombrit. « Je suis lasse de cette histoire. Après tout, vous ne valez sans doute pas la peine que je perde ainsi mon temps. Je puis tout aussi bien vous liquider maintenant que plus tard. Vous savez comme moi que j'en ai les moyens.

— Pas possible ! ricana cette fois ouvertement Kinnison. Ne faites pas l'enfant. Comme je l'avais déjà dit à ce fou de Harkleroy, ce n'est pas la première planète sur laquelle je me pose et ce ne sera pas la dernière. Et ne vous avisez pas d'appeler des pilonneurs », ajouta le Fulgur en voyant la main du Boskonian se rapprocher imperceptiblement d'une rangée de boutons, « car si vous vous y risquez, j'ouvrirai immédiatement le feu !

— Quoi ! Vous oseriez ? » La surprise de Zwilnik était évidente mais la main s'immobilisa.

« Et comment ! Les destroyers qui constituent votre flottille ne m'inquiètent en rien mais je ne peux ni ne veux affronter des pilonneurs et ne crains pas de vous l'avouer car vous le savez probablement déjà. Il n'est pas en mon pouvoir de vous empêcher de les appeler mais écoutez-moi bien, car il m'est facile de les distancer : vous ne serez plus de ce monde quand il me faudra filer. En effet, votre vaisseau sera le premier que je volatiliserai en prenant le large. Et si le restant de vos bailles a le malheur de tenter de m'arraisonner, avant que vos pilonneurs n'approchent suffisamment, je prendrai le temps d'en désintégrer deux ou trois douzaines. Maintenant, si vous avez un cerveau du style de celui d'Harkleroy, allez-y ! »

C'était l'impasse. Kinnison n'ignorait rien de ce qu'il souhaitait voir l'adversaire entreprendre mais il lui était interdit de faire même la moindre suggestion. L'amiral, à l'évidence, était partagé entre deux envies. Il n'osait pas ouvrir le feu sur ce formidable croiseur, au renom fabuleux. Même s'il parvenait à le détruire, une telle décision était impensable, à moins, bien sûr, que l'annihilation du gigantesque astronef ne relègue au rang de légende celle de son invulnérabilité et son invincibilité ce qui serait un argument de poids pour la cour martiale qui ne manquerait pas d'être réunie. Cependant, il redoutait que les rumeurs concernant le croiseur ne soient exactes à voir l'indiscutable mépris avec lequel Bradlow Thyron considérait les forces de Boskone le menaçant et son aveu sans ambages concernant son souci d'éviter l'engagement avec des unités le surclassant. Finalement, cependant, le Boskonian s'avisa d'un fait qui ne cadrait pas avec ses déductions.

« Si vous êtes aussi forts que vous le prétendez, pourquoi n'ouvrez-vous donc pas dès maintenant les hostilités ? interrogea-t-il d'un ton sceptique.

— Parce que je n'y tiens pas. Servez-vous donc un peu de votre cervelle ! » Cela se présentait mieux. Mendonai avait orienté la discussion sur un terrain où le Fulgur disposait de quelques possibilités de manœuvre. « J'ai dû quitter la Première Galaxie parce que le coin devenait trop brûlant pour moi et dans la Seconde, je ne dispose d'aucunes relations. Vous autres, vous avez besoin de certains produits dont je dispose et inversement. Aussi, si vous le souhaitez, avons-nous la possibilité de commercer avantageusement tous deux. Comme je vous l'ai expliqué, c'est la raison qui m'a amené à voir Harkleroy. J'aimerais bien avoir l'occasion de traiter avec vous mais j'ai déjà été échaudé et j'ai besoin de garanties solides avant de courir le moindre risque. Me comprenez-vous ?

— Parfaitement. L'idée est bonne mais la mise en pratique en sera difficile. Je pourrai vous donner ma parole, à laquelle, je puis vous l'assurer, je n'ai jamais manqué.

— Ne me faites pas rire ! répondit sur un ton de défi Kinnison. Accepteriez-vous donc la mienne ?

— Le cas est différent. Cependant votre objection n'est pas sans valeur. Que penseriez-vous de nous référer à une Haute Cour de Justice ? Je vous apporterai une assurance écrite du Tribunal de votre choix.

— Hum... » et le Fulgur Gris refusa. « Je ne connais pas un Juge qui n'obéisse aux ordres d'en haut et les gens de robe sont les pires canailles de tout l'Univers. Il vous faudra trouver mieux, l'ami.

— Bien. Alors, que diriez-vous d'un Fulgur ? Vous connaissez ces types-là, n'est-ce pas ?

— Un Fulgur ! » Kinnison parut s'étouffer. Il secoua vigoureusement la tête. « Êtes-vous totalement cinglé ou croyez-vous que je le sois ? Pour connaître les Fulgurs, je les connais. Ceux-ci m'ont chassé de la Première Galaxie. Pourquoi donc pensez-vous que je suis ici !

— Vous songez aux Fulgurs de la Civilisation et particulièrement aux Fulgurs Gris. » Mendonai paraissait se réjouir de la fureur de son interlocuteur. « Les nôtres sont différents, entièrement différents. Ils ont au moins les mêmes pouvoirs mais les utilisent de tout autre manière. Ils travaillent avec nous. En fait, ils ont liquidé bon nombre de Fulgurs Gris ces derniers temps.

— Vous voulez dire qu'il pourrait, par exemple, ouvrir nos esprits l'un à l'autre, pour que nous puissions nous assurer mutuellement qu'il n'y a pas de coup fourré dans l'air ? En connaissez-vous un personnellement ?

— Exactement, c'est bien ce qu'il ferait et j'en connais un. Il s'appelle Melasnikov. Il a son bureau sur Kalonia III, tout près d'ici. Cela vous convient-il ?

— Ne vous excitez pas. Ça peut peut-être marcher, si l'on trouve une procédure d'approche convenable. Je suppose que lui et vous n'accepteriez pas de me rencontrer en plein espace ?

— Évidemment ! Vous ne vous y attendiez quand même pas ?

— Cela ne serait pas très intelligent de votre part. Puisque je veux me faire une place par ici, je suppose qu'il me faut faire une partie du chemin. Vous dites à vos appareils de s'écarter. Mon vaisseau prendra position directement au-dessus du bâtiment de votre Fulgur. Je descendrai à bord de ma vedette et vous rejoindrai, équipé de mon armure de combat. Je vous préviens d'avance que mon armure n'est pas là pour la parade !

— Je ne vois à cela que des inconvénients mineurs. » Le Boskonian s'efforçait sincèrement de trouver un terrain d'entente. « Le Fulgur vous ouvrira nos cerveaux, que vous puissiez vous rendre compte que nous n'avons nulle intention d'appeler des pilonneurs à la rescousse tant que durera notre conférence.

— Vous verrez alors que vous n'avez pas intérêt à le faire, annonça Kinnison avec un sourire de loup.

— Que voulez-vous insinuer ? demanda Mendonai.

— Je dispose de suffisamment de bombes à bord pour vitrifier cette planète et mes gars les largueraient à la moindre alerte. Je suis contraint de prendre quelques risques pour pouvoir traiter avec vous mais je les réduis au minimum en vous prévenant que s'il m'arrivait quelque chose, vous n'auriez pas longtemps à vivre. Votre Fulgur et tous les autres êtres vivants de ce monde y passeraient ! Et tout cela ne vous donnerait guère d'indications sur l'équipement particulier du croiseur. Aussi suis-je persuadé que vous ne tenterez rien...

— Très juste. » Malgré sa dureté naturelle, Mendonai ne put s'empêcher de frémir. « Vos suggestions quant aux méthodes d'approche me paraissent satisfaisantes.

— Parfait. Êtes-vous prêt ?

— Nous sommes prêts.

— Alors, appelez votre Fulgur et montrez le chemin. »

Chapitre XVI

La Fulgur Rousse toute de gris vêtue

Karen Kinnison était préoccupée. Elle qui avait toujours été sûre d'elle-même éprouvait depuis quelques semaines une sorte d'agressivité se manifestant par des accès incontrôlables d'un entêtement borné. Bien pire, c'était uniquement à l'égard de son frère que ce côté rétif de son caractère s'extériorisait. Elle s'entendait parfaitement avec ses sœurs et les inévitables petits accrochages entre elles ne l'avaient jamais vraiment traumatisée. Mais chaque fois que se croisaient leurs chemins, le frère et la sœur se heurtaient avec une violence à la fois idiote et incompréhensible car les liens unissant les cinq rejetons Kinnison étaient beaucoup plus solides que ceux régissant les rapports entre frères et sœurs ordinaires.

Elle ne voulait pas se bagarrer avec Christophe car elle avait une sérieuse affection pour lui. Elle aimait tout autant entrer en communion mentale avec lui que d'être sa partenaire au bal, leurs corps et leurs esprits étant en complète harmonie. Si elle avait été à la place de son frère, elle aurait administré une correction qui... ou bien même lui...

A cette idée, elle sentit un froid mortel l'envahir. Même Christophe ne pouvait... Malgré son extraordinaire volonté, son frère s'y casserait les dents... Eh bien, il n'y avait qu'une personne, ou plutôt une entité qui parviendrait à remédier à son présent état d'esprit ! Peut-être en mourrait-elle mais il était impensable pour elle de continuer à réagir de la sorte sans pouvoir se contrôler. Ou se trouvait-elle présentement par rapport à Lyrane et Arisia ?

Parfait... Un petit crochet vers le monde de Mentor ne la rallongerait pas trop.

Elle se trouva bientôt dans le bureau de l'Arisian et lui exposa son problème :

« Mes bagarres avec Chris, c'était déjà suffisamment embêtant, conclut-elle, mais lorsque je me mets à vous défier, Mentor, il est grand temps que l'on intervienne. Pourquoi mon frère ne m'a-t-il pas dressée un peu ? Vous l'avez convoqué en laissant sous-entendre que sa formation était inachevée, pourquoi n'en avez-vous pas fait de même avec moi, afin de me mettre un peu de plomb dans la cervelle ?

— Christophe avait à votre sujet reçu certaines instructions auxquelles il a obéi. Je ne vous ai pas contactée, pas plus que je ne vous ai ordonné de venir car une telle attitude se serait révélée inopérante. Votre esprit, jeune. Karen, est unique. L'une de ses caractéristiques essentielles est son indomptabilité. Peut-être serait-il possible de le briser mais aucune méthode n'existe qui puisse le faire plier. Aussi dès le départ était-il évident que rien ne pouvait être fait pour endiguer les manifestations intempestives de cet aspect de votre tempérament. Il fallait que ce soit vous qui vous rendiez compte que votre maturité psychique était insuffisante. Il serait vain de ma part de vous cacher que votre éducation n'a pas toujours été pour moi une partie de plaisir. Je ne parlais pas dans le vide en vous disant que le développement mental de vous cinq avait été une tâche harassante. Par contre, je peux aussi vous avouer que la récompense est à la mesure des efforts accomplis lorsque je vous vois, l'un après l'autre, au moment voulu, venir recevoir le complément final de votre formation.

— Alors, vous voulez dire qu'il n'y a rien en fait qui cloche chez moi ? » Malgré sa dureté naturelle, Karen se mit à trembler lorsque la tension mentale qui la taraudait cessa. « Il était donc prévisible que j'agisse ainsi ? Je peux le dire à Christophe tout de suite ?

— Inutile. Votre frère a compris que votre comportement actuel ne serait que transitoire. Il saura bien vite que ce stade est dépassé. En réalité, il n'était pas prévu que vous vous comportiez de la sorte mais vous ne pouviez vous en empêcher. A partir de maintenant, cependant, vous aurez la complète maîtrise de votre esprit. Pour le moment, jeune Karen, fusionnez mentalement avec moi ! » Ce qu'elle fit et quelques heures plus tard s'achevait son éducation « formelle ».

« Il y a cependant quelque chose qui me travaille, Mentor, avoua-t-elle avant de remonter à bord de sa vedette. Êtes-vous bien certain que vous ne pouvez, ou ne voulez rien m'enseigner de plus ? Dire que je me sens incompétente est encore en dessous de la vérité...

— Pour un esprit de votre capacité et de votre ampleur, au stade actuel de son développement, un tel sentiment est inévitable. Personne, excepté vous-même, ne peut y remédier. C'est une consolation peut-être très relative mais dorénavant votre avenir est entre vos mains. Comme je l'ai déjà annoncé à Christophe et Catherine et l'annoncerai très prochainement à Camille et Constance, vous venez de subir votre dernière session de formation arisiane. Je reste bien sûr à votre disposition à tout instant pour vous aider, vous guider ou éventuellement vous renforcer mentalement en cas de besoin mais vous ne recevrez plus ici le moindre enseignement. » Karen quitta Arisia et mit le cap sur Lyrane, l'esprit en désarroi. Le temps normal de trajet était de loin trop court, aussi réduisit-elle sa vitesse et effectua-t-elle un long crochet afin de mettre un peu d'ordre dans ses idées avant d'atterrir.

Lorsqu'elle se posa sur Lyrane II, elle avait, contre toute apparence, reprit son visage de gamine sans souci et elle se jeta avec impétuosité dans les bras de sa mère.

« Maman, tu es sensationnelle, c'est merveilleux de te retrouver en chair et en os !

— Dis donc. As-tu fini de te payer ma tête ? » Clarissa venait tout juste de s'accoutumer à travailler en tenue d'Ève, suivant en cela la coutume Lyraniane.

« Ce n'est pas de cela que je voulais parler, et tu le sais très bien », protesta Karen. « Tu devrais avoir honte, à ton âge, de chercher encore les compliments ! » Ignorant les protestations de Clarissa : « Toute plaisanterie mise à part, tu es très bien comme ça et je nous trouve parfaites ensemble. J'ai, bien sûr, un avantage sur toi, c'est que cela ne m'a jamais dérangé de porter ou non des vêtements. Comment te débrouilles-tu ?

— Pas trop bien mais il n'y a pas longtemps que je suis ici. » Oubliant sa nudité, La Fulgur Rousse fronça les sourcils. « Je n'ai pas trouvé Hélène et ignore la cause de son départ des affaires. Je ne parviens pas à déterminer si je dois appliquer certaines pressions aux endroits stratégiques ou attendre encore. La Nouvelle Sœur Aînée,

Ladora, est, c'est-à-dire... Ah ! la voici qui vient. J'en suis heureuse et vais te la présenter. »

Si Ladora était contente de rencontrer Karen, elle ne le manifesta en tout cas pas. Pendant quelques instants, les deux femmes se dévisagèrent et se jaugèrent. Tout comme celle qui l'avait précédée, Ladora était grande, merveilleusement proportionnée, les traits harmonieux mais durs et la peau satinée. Mais, et cela entraîna la fureur de la nouvelle Sœur Aînée, la jeune arrivante n'avait rien à lui envier, bien au contraire. Aussi, presque instantanément la Lyraniane lui décocha-t-elle une ruade mentale particulièrement vicieuse et ce pour éprouver la plus grande surprise de sa vie.

Ladora en effet n'avait pu encore évaluer valablement les capacités de cette quasi-personne de Sol III mais de la façon très humble dont elle agissait, cette Clarissa ne devait pas disposer de dons particuliers. Aussi son rejeton, plus jeune et moins expérimentée, devait-elle être une proie facile.

Mais la décharge psychique de Ladora, malgré son extrême violence, ne perça même pas les défenses les plus extérieures de la victime présumée et la riposte en retour fut d'une telle intensité que le bloc mental soigneusement érigé par la Lyraniane fut mis en pièces en un instant. Intérieurement, la contre-attaque de Karen causa une douleur intolérable à la Matriarche qui essaya en vain de hurler. Il lui était en effet impossible de commander aux muscles de son visage ou de son corps. Le bref aperçu qu'elle avait pu avoir de l'aspect de l'étrangère trahissait une furie si noire qu'elle, qui jamais n'avait craint personne, découvrit soudain le sens du mot peur.

« Je suis vivement tentée, juste pour m'amuser, de secouer un peu ce qui vous sert de cervelle ! » Et Karen s'efforça de transformer la fureur incoercible qui l'animait en une simple colère. « Mais puisque cette fichue planète est son affaire, je ne veux pas m'en mêler car elle me passerait un savon de première et ça lui est déjà arrivé. » Elle se calma visiblement. « En définitive, vous n'êtes pas le mauvais cheval dans votre genre mais je suppose que vous ne pouvez vous empêcher d'être comme vous êtes. Aussi peut-être ferais-je bien de vous prévenir, pauvre folle, puisque vous n'avez pas la jugeotte nécessaire pour vous en rendre compte, que vous êtes en train de jouer avec le feu si vous persistez à la traiter de la sorte. Continuez encore un peu et vous souhaiterez n'être jamais née. Elle ne bronchera pas jusqu'au moment où elle explosera mais je peux vous dire qu'en fonction de son âge elle est dix fois plus dure et plus coriace que moi. Or, ce qu'elle fait aux gens lorsqu'elle pique sa crise, je ne souhaite pas le voir derechef et c'est un sort que même un serpent ne mérite pas. Une chose à sa décharge, cependant, après coup elle est régulièrement désolée. Elle va même parfois jusqu'à assister à l'enterrement et insiste pour payer les funérailles ! »

Sur ce mensonge éhonté, Karen embrassa sa mère et lui dit adieu. « Je t'ai prévenue que je ne pouvais rester qu'une minute car j'ai un type à voir. J'ai fait un crochet d'un million de parsecs pour pouvoir t'embrasser, mais ça en valait la peine. Bon vol, maman ! »

Elle s'éclipsa et ce fut une mère aux yeux humides et non une Fulgur qui se tourna vers la Lyraniane complètement désorientée. Clarissa n'avait rien perçu de ce qui venait de se dérouler, Karen y ayant soigneusement veillé.

— « Ma fille », expliqua d'un ton léger Clarissa, autant pour elle-même que pour Ladora. « L'une des quatre. Quatre enfants absolument merveilleuses. Je m'étonne toujours qu'une femme comme moi, avec un tempérament aussi borné et capricieux, ait pu avoir des rejetons aussi doux et affectueux ! »

Et Ladora de Lyrane, dépourvue comme toutes ses compatriotes du moindre sens de l'humour, prit la déclaration au pied de la lettre, tirant les conclusions qu'impliquaient les termes doux et affectueux quant à ce que la fille de son interlocutrice venait de lui faire subir, ce qui la fit frémir.

« Comme vous le savez, j'ai beaucoup hésité à vous apporter, comme vous le souhaitiez, ma collaboration active à votre enquête », reconnut Ladora, tandis que les deux femmes, traversant les pistes se dirigeaient vers l'aire de stationnement des véhicules automobiles. « D'un côté se pose le problème de la sécurité et même de l'existence de notre race, de l'autre la possibilité que vous ayez raison en prétendant que la situation continuera à se dégrader si nous ne faisons rien. Aussi ma décision n'a-t-elle pas été facile à prendre. » Ladora avait abandonné son air condescendant et détaché et était franchement épouvantée. Elle avait jusque-là essayé de gagner du temps dans l'espoir qu'arriveraient dans l'intervalle les renforts qu'elle avait demandés. « Je n'ai pu à ce jour qu'effleurer votre esprit. Voulez-vous me permettre, sans vous en offenser, d'en tester la nature intime avant de me décider définitivement ? » Et en posant la question, Ladora tenta de toutes ses forces de sonder psychiquement l'étrangère.

« Non. » Le faisceau mental de la Matriarche se heurta à une barrière qui lui parut ressembler exactement à celle rencontrée chez Karen. Sur tout Lyrane, personne jamais n'avait possédé de telles défenses. Ladora n'avait jamais vu... mais si, elle avait déjà connu pareille chose, voici bien des années, alors qu'elle n'était qu'une enfant, lorsque, dans la grande salle du Palais, ce maudit mâle, Kinnison de Tellus... ! Tellus... Sol III ! Clarissa de Sol III, alors, n'était pas une quasi-personne mais une FEMELLE — la femelle de Kinnison — et une créature qui, si elle ressemblait physiquement à une personne, était en fait une monstruosité aux réactions et aux capacités imprévisibles ! Ladora temporisa.

« Excusez-moi. Je ne voulais pas m'introduire dans votre esprit contre votre volonté, s'empressa-t-elle d'expliquer. Mais votre attitude rend très difficile pour moi toute coopération et je ne peux encore vous faire la moindre promesse. Que désirez-vous de moi en priorité ?

— Je veux avoir un entretien avec votre prédécesseur, une personne du nom d'Hélène. » Étrangement revigorée par la brève rencontre avec sa fille, ce n'était plus Mme Kimball Kinnison que la Lyraniane avait en face d'elle, c'était un Fulgur Gris, un Surfulgur qui décida que puisque restaient vains tous les appels à la raison et à la logique, il ne restait plus qu'à employer la manière forte. « D'ailleurs, je compte l'interviewer tout de suite et non dans un vague futur, lorsque vous jugerez bon de m'y autoriser. »

Ladora lança un ultime appel au secours et mobilisa toutes ses facultés pour affronter l'adversaire. Aussi fort et déterminé que fut son esprit, celui de Clarissa l'était encore plus. Les structures mentales défensives de la Lyraniane furent détruites avant même d'être dressées et son esprit fut contrôlé dans sa totalité par l'arrivante. Les secours accoururent, en vain... Les capacités nouvelles de Clarissa n'avaient pas été orientées vers un usage guerrier mais donnaient cependant à celle-ci une assurance irréfragable et elle manifestait dans les moments difficiles une férocité à l'égard des ennemis de la Civilisation qui ne le cédait en rien à celle de l'inhumain Nadreck.

La tête haute, tendue et prête, la Fulgur Rousse s'immobilisa un instant, encaissa sans broncher tout ce que les belliqueuses Lyranianes étaient capables de lui décocher psychiquement. Bien plus, elle riposta généreusement et plus d'un assaillant périt. Puis, maintenant son bloc mental, elle se dirigea en courant vers le plus proche assemblage de câbles et de toiles qui constituaient le nec plus ultra local en matière de vol aérien, accompagnée par sa captive, rétive mais impuissante.

Clarissa, d'expérience, savait que les Lyranianes ne disposaient d'aucun armement moderne, offensif ou défensif. Cependant, elles possédaient une assez bonne artillerie sur le pourtour de l'aéroport principal et elle espérait tandis qu'elle courait qu'il lui serait possible de perturber le pointage des pièces. C'était d'ailleurs une veine que ce monde n'ait pas encore mis au point les fusées de proximité ! Heureusement, sur le petit aérodrome local où elle avait posé sa vedette il n'y avait aucune batterie anti-aérienne.

« Nous y sommes. Nous allons prendre ce triplan qui est le plus rapide des appareils de l'endroit ! »

Clarissa pouvait piloter l'avion, car étaient devenus sa propriété définitive tout le savoir et les connaissances de Ladora. Elle mit en route les bizarres moteurs de l'aéroplane et, dès qu'il eut décollé, le puissant petit appareil prit rapidement de l'altitude. Durant la manœuvre, elle consacra toute son énergie intellectuelle à réfléchir à la façon dont elle allait devoir s'y prendre avec les servants des batteries anti-aériennes. Il lui était impossible de contrôler tout le monde mais peut-être parviendrait-elle à s'emparer provisoirement des cerveaux des pointeurs, ce qu'elle fit.

De la sorte, le triplan et ses passagères sortirent-ils indemnes de l'opération. Quelques minutes plus tard, Clarissa et sa prisonnière avaient atteint leur destination. Les Lyranianes de l'endroit avaient bien été avisées de leur arrivée mais elles étaient en petit nombre et on ne leur avait pas dit que seul le recours à la force physique pouvait empêcher la quasi-personne rousse de grimper à bord de son curieux engin de l'espace.

Quelques minutes plus tard, Clarissa naviguait dans la stratosphère en compagnie de la Matriarche que la Fulgur amarra sans douceur aucune dans l'un des sièges du poste de pilotage avant d'en faire autant elle-même.

« Ne bougez pas et gardez vos pensées pour vous si vous tenez à la vie ! » ordonna-t-elle sèchement à sa captive. Puis elle ouvrit la porte d'un placard et se saisit d'un vêtement puis s'arrêta soudain. Les yeux brillants, elle considéra la combinaison de cuir gris pendue là. C'était une tenue qu'elle n'avait même jamais essayée. Devait-elle la porter ?

Elle pouvait agir efficacement vêtue ou non, bien qu'elle n'aimât point se déplacer en public dans le plus simple appareil. Dans la combinaison de cuir gris, cependant, elle serait parfaitement à l'aise en cas de coup dur. Jamais, n'était son hypersensibilité, elle n'aurait dû se poser la question de savoir s'il lui revenait de revêtir une telle tenue.

Pendant plus de vingt ans, c'était elle-même qui s'en était interdit le port. Or, avant de partir pour cette mission, c'est l'amicale des Fulgurs Gris qui lui avait adressé le vêtement qu'elle avait là devant elle, indiquant par ce geste que tous ses pairs considéraient sans restriction aucune qu'elle était digne de le porter. C'est Kit qui en dernier ressort avait levé ses derniers scrupules.

La tenue lui allait à la perfection. Peut-être la moulait-elle un peu trop mais sa silhouette ne s'était nullement empâtée avec les ans. Avec ses deux Delameters chargés à bloc et son Joyau brillant de tous ses feux à son poignet, elle se sentait prête à tout affronter et ses réflexes étaient à leur plus haut niveau. Elle lança un appel télépathique.

« Hélène de Lyrane ! Je sais que l'on vous tient prisonnière quelque part mais si l'une de vos gardiennes tente d'intercepter cet appel je lui grillerai le cerveau ! C'est Clarissa de Sol III qui s'adresse à vous. Hélène, parlez !

— Clarissa ! » Cette fois il n'y eut pas d'interférence et la réponse d'Hélène trahissait un incontestable sentiment de bienvenue. « Où vous trouvez-vous ?

— Au-dessus de votre planète et ma position est la suivante... ». Clarissa transmit ses coordonnées. « Je suis à bord de ma vedette et peux me rendre en n'importe quel endroit en quelques minutes. Ce qui est le plus important c'est de savoir où vous êtes détenue et pour quelle raison...

— Je suis enfermée sous bonne garde dans mon propre appartement. » Les Reines avaient des palais mais la Sœur Aînée de Lyrane n'en possédait point. C'était un monde où tout était strictement utilitaire. « La tour d'angle, vous vous en souvenez ? Au dernier étage. La raison de mon emprisonnement serait trop longue à vous expliquer... Je ferai bien de vous dire ce que vous devez savoir tant qu'il en est encore temps.

— Temps ? Êtes-vous en danger ?

— Oui. Il y a longtemps que Ladora m'aurait fait

exécuter si elle l'avait pu mais de jour en jour mes partisans voient leur nombre se réduire tandis que croissent ceux des Boskone. Mes gardes viennent de demander du secours et l'on vient me chercher pour m'emmener ailleurs.

— C'est ce qu'elles croient ! » Clarissa était déjà sur les lieux et avait atteint la vitesse requise pour ce qu'elle voulait. Elle piqua sur l'objectif dans le rugissement de ses réacteurs. « Pouvez-vous savoir s'il y a des batteries anti-aériennes installées à proximité ?

— Je ne crois pas qu'il y en ait. Je ne capte aucune pensée y faisant allusion.

— Parfait. Éloignez-vous de la fenêtre. »

Elle parvint à portée de tir de l'adversaire juste à temps. Plusieurs servants couraient vers leurs pièces, ils n'y parvinrent jamais. La vedette se redressa et planta comme un éperon de métal sa proue effilée à travers la fenêtre de la pièce indiquée. Les barreaux, le béton et les vitres de la geôle giclèrent en tous sens et le petit vaisseau s'immobilisa, tout son avant enfoncé dans le bâtiment. Le sas s'ouvrit et Hélène bondit à l'intérieur de la vedette tandis que Ladora en était éjectée manu militari.

« Récupérez Ladora ! demanda Hélène. Je veux la tuer de mes propres mains !

— Rien à faire, coupa Clarissa. Nous avons d'autres chats à fouetter et je sais tout du contenu de son cerveau ! »

La massive porte se referma. La vedette bondit en avant, se précipitant sur la paroi opposée qu'elle transperça. L'appareil de Clarissa, construit en alliage de beryllium, avait été conçu pour encaisser les plus sévères épreuves et il démontra ses aptitudes en la matière.

Une fois dans l'espace libre, Clarissa passa en vol aninertiel, laissant simplement branché le compensateur de gravité. Hélène se leva, s'empara de la main de Clarissa et se mit à la secouer gravement et vigoureusement. Ce geste laissa la Fulgur sans voix.

Hélène de Lyrane avait encore moins changé que la Tellurienne. C'était toujours une grande et solide femme d'un bon mètre quatre-vingts, au regard fin et décidé et qui n'avait pas pris un gramme depuis leur dernière rencontre.

— « Vous êtes seule, alors ? » En dépit d'elle-même, Hélène ne put entièrement cacher son soulagement.

— « Oui. Mon ma... Kimball Kinnison est très occupé par ailleurs. » Clarissa comprenait parfaitement le comportement de la Lyraniane qui, même après vingt ans de réflexion, et malgré son amitié pour Clarissa, ne pouvait tolérer la présence d'un mâle, qu'il s'agisse de Kim ou d'un autre...

« Il n'y a rien qui puisse nous empêcher de collaborer pleinement, déclara télépathiquement Clarissa. Ladora ne savait pas grand-chose. Il ne doit pas en aller de même pour vous. Aussi racontez-moi tout que nous décidions par où commencer ! »

Chapitre XVII

Nadreck contre Kandron

Lorsque Kandron contacta son affidé, dans cette petite base anonyme, afin de savoir si celui-ci était parvenu ou non à prendre au piège le Fulgur Palainian, le système de relais de Nadreck fonctionna si parfaitement que l'Onlonian ne se douta de rien tant l'emprise du Surfulgur sur l'esprit du captif était complète. Ultra-suspicieux comme l'était Kandron, rien n'indiquait que quelque chose d'anormal se fût passé depuis son dernier appel. Le subconscient de son séide réagit convenablement au stimulus de déclenchement, permettant ainsi à la partie consciente de l'individu de retrouver son autonomie et de répondre promptement à une série de questions pièges.

Tout cela ne put se faire que parce que le Zwilnik était encore en vie. Son moi, la structure de sa personnalité propre, existaient toujours et n'avaient pas été modifiés. Ce que Kandron ne pouvait deviner, c'est que ce moi n'était plus aux commandes de l'esprit, du cerveau et du corps de l'intéressé et que celui-ci était totalement incapable d'émettre de son propre chef la moindre pensée ou de contrôler la moindre cellule de son corps. L'ego de l'Onlonian était tout juste présent et c'était tout. C'était en fait Nadreck qui, utilisant ce moi comme guide et un peu comme transformateur impuissant, reçut la communication. Nadreck fit les réponses que l'on attendait du capitaine de la base boskoniane. Il était maintenant prêt à fournir un compte rendu aussi minutieux que faux sur les circonstances de son propre anéantissement !

Entre-temps, les traceurs spéciaux du Fulgur étaient entrés en action, déterminant la provenance et l'intensité de l'appel. Des analyseurs disséquèrent les franges du faisceau télépathique, isolant et identifiant chacun des fragments de pensée étrangers au message lui-même. Ces idées parasites constituaient en réalité le principal centre d'intérêt du Palainian. Le Surfulgur s'était rendu compte qu'aucune créature, mis à part peut-être les Arisians, n'était en mesure de réduire un message psychique à son strict contenu. Des quatre, cependant, Nadreck avait été le seul à deviner l'extrême importance de ce phénomène et il avait d'ailleurs mis au point différents dispositifs permettant de l'exploiter pratiquement.

Bien sûr, plus l'esprit était clair et puissant, moins il laissait filtrer des fragments de pensée superflus mais Nadreck savait que même le cerveau de Kandron laisserait échapper des bribes de réflexions extérieures au sujet de discussion. C'est à partir de celles-ci qu'il escomptait aboutir à une reconstitution des faits aussi minutieuse que celle d'un paléontologiste qui partant d'un fragment d'ossement recrée un animal préhistorique.

Aussi Nadreck était-il fin prêt lorsque Kandron, d'un ton dominateur et sûr de lui, lui posa sa première véritable question ;

« Je ne pense pas que vous ayez réussi à tuer le Fulgur ?

— Si, votre Suprématie. J'y suis parvenu. » Nadreck pouvait, même à distance, percevoir la réaction de surprise de Kandron qui repassait dans sa mémoire les centaines d'essais infructueux précédents. Il était évident que l'on ne pouvait taxer Kandron de crédulité.

« Faites-moi un rapport détaillé », ordonna le Zwilnik.

Nadreck s'exécuta, respectant strictement la vérité jusqu'au moment où ses tentatives de sondage avaient déclenché l'alarme boskoniane. Puis :

« Des clichés pris à ce moment-là à l'aide de rayons-espions montrent une vedette indétectable avec un seul occupant à bord, exactement comme l'avait prévu votre Suprématie. Une étude approfondie des photos de cet occupant montre d'une part qu'il était effectivement en vie au moment où elles ont été prises, et qu'il ne s'agissait ni d'une projection holographique ni d'un robot et d'autre part que ses mensurations correspondent avec précision à celles fournies par votre Suprématie comme étant celles de Nadreck de Palain VII.

» Comme votre Suprématie a elle-même calculé et vérifié la mise en place de ces projecteurs lourds, poursuivit tranquillement le Fulgur, elle sait bien que les chances pour qu'un objet quelconque, en vol normal ou aninertiel, ait pu échapper à la destruction sont infinitésimales. A titre de vérification, j'ai fait effectuer sept cent vingt prélèvements au hasard dans la zone environnant l'endroit où l'appareil a été volatilisé, afin de procéder à leur analyse. En tenant compte du temps nécessité par le processus, du phénomène de diffusion moléculaire, de la température et de la pression, ainsi que tous les autres facteurs envisageables, j'ai pu déterminer que s'était trouvée au point de convergence des faisceaux de nos projecteurs une masse d'approximativement 4678,1 tonnes. Cette valeur, votre Suprématie le remarquera, est en accord avec celle estimée pour un appareil indétectable destiné aux missions lointaines. »

Cette évaluation était en fait plus que proche de la réalité. C'était le tonnage exact de la vedette de Nadreck.

« Composition exacte ? » demanda Kandron.

Nadreck débita rapidement des colonnes de chiffres et de données. Eux aussi étaient exacts, dans les limites des inévitables erreurs d'un bon analyste. Le commandant de la base ne savait rien de tout cela mais il n'était pas impossible qu'il en allât tout autrement en ce qui concernait le redoutable Kandron. Celui-ci était maintenant persuadé que son plus implacable ennemi avait bien finalement péri mais néanmoins demeuraient chez l'Onlonian quelques vagues soupçons.

« Laissez-moi vérifier votre travail, exigea alors Kandron.

— Oui, votre Suprématie. » Nadreck le méthodique était prêt même pour cet ultime test. Par les yeux de la monstruosité qu'il avait réduite au plus total esclavage, Kandron vérifia et revérifia clichés et courbes et plus de quatre cents pages de mathématiques et de physique sans y déceler la moindre erreur.

A la fin, Kandron était prêt à accepter le fait que Nadreck enfin avait cessé d'exister. Cependant, il n'avait pas lui-même opéré et aucun cadavre ne subsistait. Ce n'était que dans le cas où lui-même aurait assisté à la mort du Palainian qu'il aurait vraiment pu croire sans restriction à son élimination définitive. Telles que les choses s'étaient passées et bien que tout se soit déroulé en parfait accord avec ses propres instructions, un certain doute, aussi minime fût-il, subsistait. C'est pourquoi :

« Modifiez votre zone de patrouille de façon à couvrir les secteurs X-174, Y-240, Z-16. Ne relâchez en rien votre vigilance à cause de ce qui vient d'arriver. » Il hésita un instant à permettre à son subordonné de l'appeler, au cas où se produirait un fait anormal, mais en fin de compte décida de n'en rien faire. « Comment se comporte votre garnison ?

— Très bien, votre Suprématie. Oui, le psychologue a fait un excellent travail. Oui, votre Suprématie... oui... oui... »

Peu de temps après la fin typiquement kandronesque de l'entretien, Nadreck avait appris tout ce qu'il désirait savoir. Il connaissait l'activité passée et présente de l'On lonian et comme, durant ces vingt dernières années, il en avait personnellement monopolisé une part importante, cela lui facilitait d'autant la vérification de la validité de sa reconstitution de la carrière du Zwilnik dans son ensemble. Il n'ignorait plus rien des systèmes de fermeture, de l'armement, des caractéristiques de la vedette de Kandron ainsi que des ingénieux mécanismes qui en interdiraient l'accès. La Vie privée de l'Onlonian n'avait plus aucun secret pour lui. Il savait également où Kandron s'apprêtait à se rendre et ce qu'il comptait y faire. En gros, il connaissait le planning d'action de son ennemi pour le siècle à venir.

Ainsi informé, Nadreck mit le cap sur la planète de la Civilisation qui constituait le prochain objectif du Boskonian. Il ne se hâta point car il n'entrait pas dans ses plans d'interférer en quoi que ce soit avec le programme de folie meurtrière et de destruction planétaire qu'envisageait Kandron. Il ne lui vint même pas l'idée de sauver ce monde tout en liquidant l'Onlonian. Nadreck étant ce qu'il était avait pour ligne de conduite intangible de ne suivre que la voie la plus sûre et la moins dangereuse pour parvenir au but. Nadreck savait que son ennemi juré mettrait son vaisseau en orbite autour du globe condamné et qu'il utiliserait une chaloupe pour le seul débarquement qu'il aurait à y effectuer en personne afin de mettre en place les réseaux de contrôle et de communications indispensables. Tant vaisseau que chaloupe étaient bien sûr indétectables mais Nadreck repéra rapidement le premier ce qui lui permit de suivre la descente de la chaloupe le moment venu. Alors, utilisant avec la plus grande prudence des rayons-sondeurs éminemment discrets, le Palainian se mit en devoir de s'introduire discrètement à bord de l'appareil boskonian, ce qui n'était pas une mince tâche !

Cet exploit à lui seul mériterait un chapitre entier car Kandron n'avait pas pour habitude de laisser son astronef sans protections. Cependant, simplement en songeant à sa propre sécurité, l'Onlonian avait involontairement livré au Fulgur les clés d'une forteresse pourtant réputée imprenable. Tandis que Kandron s'était demandé si Nadreck était ou non réellement mort et tout particulièrement lorsqu'il commença à être convaincu que tel était bien le cas, en un éclair il avait mentalement passé en revue tout un ensemble de sujets étroitement liés les uns aux autres. Était-il sage d'abandonner une partie des précautions contraignantes qu'il s'était astreint à prendre et qui depuis des années s'étaient révélées si payantes ? Et pendant qu'il y réfléchissait, il les passa inconsciemment en revue ce qui était largement suffisant pour Nadreck. Aussi les dispositifs défensifs de l'Onlonian s'avérèrent-ils inopérants. Les projecteurs destinés à carboniser les intrus ne s'activèrent point. Les sas s'ouvrirent et Nadreck poussa quelques boutons discrets qui déconnectèrent un réseau invisible d'alarmes dont la mise en route eût entraîné de fort désagréables conséquences. En réalité, Nadreck savait tout. Dans le cas contraire, il ne se fût jamais risqué dans une telle entreprise.

Dès qu'il eut pénétré dans le vaisseau de Kandron, son premier soin fut d'installer divers mécanismes de détection destinés à le prévenir au cas où le Zwilnik reviendrait à l'improviste. Puis, se mettant au travail, il emprunta les corridors de maintenance situés derrière les différents panneaux de contrôle du vaisseau. Il coupa conducteur après conducteur, modifia plusieurs boîtes de dérivation, installa de multiples circuits destinés à alimenter tout un équipement qui lui avait demandé des semaines de mise au point. Il acheva son travail sans être dérangé. Il vérifia et revérifia ses montages, s'assurant que chacun des circuits principaux de commande du croiseur passait par l'un des dispositifs de son cru. Avec un soin minutieux, il fit disparaître toute trace de son passage. Il s'en alla aussi discrètement qu'il était venu, réactivant tous les systèmes de protection mis en place par Kandron.

Kandron s'en revint, pénétra comme à l'accoutumée dans son astronef, amarra sa chaloupe et tendit un tentacule vers une rangée d'interrupteurs.

« Ne touchez à rien, Kandron », lui fut-il soudain conseillé par un télépathe aussi froid et impitoyable que lui et sur l'équivalent onlonian d'un écran de communication apparut l'être que le Zwilnik s'attendait le moins à voir.

« Nadreck de Palain VII — Soleil Alpha — Le Fulgur ! »

L'Onlonian était physiquement et psychologiquement incapable de manifester la moindre surprise mais à cet instant précis il n'en fut pas loin ! « Vous avez donc miné et piégé ce vaisseau... »

Il y eut un bref cliquetis de relais. Le Bergenholm se mit en route et l'appareil pivota sur lui-même et fonça dans l'espace sous la poussée de ses réacteurs.

« Oui. Je suis bien Nadreck de Palain VII. L'un des membres de ce groupe de Fulgurs dont l'activité collective a été attribuée par les vôtres à Soleil Alpha. Comme vous l'avez deviné, votre vaisseau est miné. La seule raison pour laquelle vous n'êtes pas déjà mort c'est que je souhaitais être certain, et cela sans faire appel aux statistiques, que c'est bien Kandron d'Onlo et non quelqu'un d'autre qui meurt.

— Quel impardonnable crétin ! » Kandron frémissait de rage impuissante. « Ah ! que n'ai-je pris personnellement la peine de vous tuer !

— Si vous aviez effectivement fait votre travail, les techniques que j'ai utilisées ici n'auraient plus lieu d'être et présentement vous ne seriez pas en danger, admit fort équitablement Nadreck. Mes capacités sont limitées, mon intellect faible mais ce qui aurait pu alors se passer ne nous intéresse pas présentement. Je suis cependant enclin à douter de la validité de vos assertions, compte tenu qu'il est indéniable que voici plus de vingt ans que vous menez campagne contre moi sans aucun succès alors qu'en six mois je suis venu à bout de vous... Mon analyse est maintenant complète. Vous pouvez désormais manœuvrer les leviers de contrôle de votre choix. Vous ne niez pas être bien Kandron d'Onlo, n'est-ce pas ? »

Aucune de ces deux créatures monstrueuses ne mentionna ou même ne songea à demander ou à faire grâce. Dans aucun de leurs deux langages n'existait de mot correspondant à un tel concept.

« Ce serait vain. Vous connaissez ma structure mentale comme je connais la vôtre... Je ne parviens pas à comprendre comment vous avez pu passer au travers de...

— Il n'est pas nécessaire que vous l'appreniez. Voulez-vous abaisser un de ces interrupteurs ou préférez-vous que je le fasse ? »

Kandron réfléchissait désespérément depuis le départ, étudiant chacun des aspects de sa présente posture. Connaissant Nadreck, il savait fort bien à quel point sa situation était désespérée. Il n'avait qu'une chance de s'en sortir et une seule, bien minime d'ailleurs : le chemin par lequel il était entré était libre et c'était l'unique voie de salut. C'est pourquoi, afin de gagner un ultime répit, il tendit l'un de ses tentacules vers le tableau de commandes tandis que rassemblant toutes les forces de sa puissante carcasse il bondissait à travers le poste de pilotage en direction de la chaloupe. Pas de chance ! Un des doigts sinueux de Nadreck était déjà enroulé autour d'un interrupteur, prêt à agir. Kandron était encore en l'air lorsqu'un relais se ferma et que quatre charges de duodec explosèrent simultanément !

Il y eut un éclair blanc aveuglant qui, en quelques microsecondes, se transforma en un énorme globe de vapeurs incandescentes. En se refroidissant du fait de son expansion au sein du vide interplanétaire la masse gazeuse perdit de sa brillance et bientôt devint invisible. Au cœur de la zone de volatilisation, Nadreck procéda à diverses mesures afin de s'assurer que ne subsistait de Kandron et du vaisseau que des particules dont le diamètre n'excédait pas cinq microns. Puis il contacta le Fulgur Gris.

« Kinnison ? Ici Nadreck de Palain VII. Je vous avise que je viens de mener à bien mon actuelle mission. J'ai liquidé Kandron d'Onlo.

— Parfait. Joli travail, camarade. Quel tableau de la situation avez-vous pu recueillir ? Il devait en savoir loin sur les échelons supérieurs de Boskone, n'est-ce pas ? Ou alors cette piste n'était-elle qu'une impasse de plus ?

— Je ne m'en suis pas préoccupé.

— Quoi ! Et pour quelle raison ? demanda Kinnison dont la pensée trahissait une évidente exaspération.

— Parce que cela n'était pas prévu dans ma mission, expliqua calmement Nadreck. Vous savez déjà qu'il est indispensable de se concentrer pour agir efficacement. Pour obtenir le minimum requis de renseignements permettant de mener à terme ma tâche, il m'a fallu orienter dans une direction déterminée et une seule l'esprit de Kandron. Il y avait bien des à-côtés à sa pensée primaire mais je ne sais si ceux-ci touchent de près ou de loin à ce facteur nouveau que vous venez d'introduire dans le problème… Non… En y réfléchissant il n'y avait rien.

— Enfer et damnation ! » explosa Kinnison qui, par un effort de volonté surhumaine parvint à se contenir. « Écoutez-moi bien, mon brave et écailleux ami, ce que nous cherchons c'est de l'INFORMATION et non une simple liquidation de l'adversaire. Enfoncez-vous bien cela dans la tête une fois pour toutes ! La prochaine fois que vous vous emparerez d'un responsable de l'envergure d'un Kandron, ne le tuez pas d'emblée. Cherchez d'abord à apprendre quels sont ses liens avec le haut état-major de Boskone, ensuite assurez-vous bien de ce qu'il ignore véritablement. C'est après cela, et seulement après que, si vous le jugez nécessaire, vous pourrez procéder à sa liquidation. La recherche de renseignements passe en priorité. Me suis-je bien fait comprendre ?

— Oui et, en tant que Coordinateur, vos instructions doivent être et seront suivies. Je vous fais seulement remarquer, cependant, que l'introduction d'une multiplicité d'objectifs dans un problème non seulement en détruit l'unité mais augmente aussi considérablement le temps nécessaire à sa solution ainsi d'ailleurs que les dangers personnellement encourus.

— Et alors ? contra Kinnison du plus calmement qu'il put. De cette façon, peut-être réussirons-nous un jour ou l'autre à trouver les bonnes réponses. Si l'on agit comme vous le faites, jamais nous n'aboutirons. Mais ce qui est fait est fait et il est inutile de pleurer sur le lait versé. Avez-vous une idée de ce que vous pourriez maintenant entreprendre ?

— Non. Je suis à votre disposition. Je ferai de mon mieux dans tout ce que vous jugerez utile.

— Je vais voir avec les autres. » N'ayant rien de constructif à proposer à Nadreck après une brève consultation télépathique, Kinnison s'adressa à sa femme.

« Hello, Kim, mon chéri ! » lui répondit sur un ton vibrant de vie Clarissa, après une brève embrassade mentale. « Je suis contente que tu m'aies appelée. Je n'ai rien de bien défini présentement susceptible de faire l'objet d'un rapport officiel mais il semblerait que Lyrane IX soit un monde névralgique... »

— Neuf ? l'interrompit Kinnison. Il ne s'agit pas de nouveau de Lyrane VIII ?

— Neuf, confirma la Fulgur Rousse. C'est une donnée nouvelle. Aussi, il se peut que j'aille faire un tour là-bas un de ces jours.

— Pas question ! lui ordonna-t-il, Lyrane IX n'est pas ton affaire.

— Et puis quoi, encore ! protesta Clarissa. Nous avons déjà discuté, Kim, de ton attitude dominatrice quant à ce que je devais ou non entreprendre.

— Et je n'ai pas eu le dernier mot, répondit en souriant

Kinnison. Mais dorénavant, en tant que Coordinateur, je fais des suggestions même aux Surfulgurs et ceux-ci en tiennent compte ou sinon... C'est pourquoi je te conseille officiellement de te tenir à l'écart de Lyrane IX car ce globe est plus glacé que le cœur d'un Palainian. Aussi n'est-ce pas ton affaire mais celle de Nadreck. Et j'ajoute ceci, si tu t'avises de désobéir, je viendrai sur place t'administrer la fessée que tu mérites.

— Oh, chic ! Ça sera drôle... » répliqua Clarissa en se trémoussant. Puis, sur un registre plus sérieux : « Je crois que pour cette fois tu as gagné. Mais tiens-moi informée.

— D'accord. Bonne chance, Chris ! » et il se tourna derechef vers le Palainian :

« ... aussi vous voyez maintenant quelle est votre tâche. Bon courage, camarade.

— J'y vais, Kinnison. »

Chapitre XVIII

Camille Kinnison, détecteur

Durant des heures, Camille et Tregonsee s'échinèrent séparément mais en vain sur le problème du mystérieux « X ». Puis, après avoir indétectablement étudié l'esprit du Rigelian d'une façon que celui-ci ne pouvait employer, Camille rompit le silence mental.

« Oncle Trig, j'arrive à une conclusion qui m'effraie. Peut-on envisager sérieusement la possibilité que ce soit le contact avec mon esprit et non avec le tien, qui ait amené " X " à s'enfuir ?

— C'est la seule hypothèse valable. Je connais les capacités de mon esprit mais je ne suis jamais parvenu à situer les limites du tien. Je crains, en ce qui me concerne, d'avoir sous-estimé l'adversaire.

— Moi aussi et j'ai eu bigrement tort. Je n'aurais pas dû, par ailleurs, essayé de te tromper même aussi peu que ce soit. Il y a des aspects de moi qu'il ne saurait être question de dévoiler à la majorité des gens, mais toi tu es différent !

— Merci, Camille, de ta confiance. J'accepte le fait que vous cinq, issus de parents Surfulgurs, êtes au-delà de mes facultés de compréhension. D'ailleurs, il semblerait que vous ne soyez pas vous-mêmes actuellement en mesure de vous assumer pleinement. Tu as cependant décidé de la ligne de conduite à suivre.

— Oh ! Je suis tellement soulagée ! Oui, j'ai une idée mais avant que nous en discutions il me faut reconnaître que je me sens incapable de résoudre le problème de " X ", faute de données suffisantes. Je suppose qu'il en va de même pour toi ?

— Je n'étais pas encore parvenu à cette conclusion mais j'accepte comme exacte ton affirmation en la matière.

— Très bien. Maintenant je sais avoir sous-estimé Mr. " X " car, quelle que soit sa nature, je suis dans la plus totale incapacité de parvenir à déchiffrer la structure de sa pensée. Je t'ai transmis tout ce que j'avais pu en capter. Je te demande de bien vouloir de nouveau analyser ce fragment de dialogue au mieux de tes aptitudes. Qu'en peux-tu tirer ?

— La même chose qu'auparavant, ce n'est qu'une simple pensée préalable à une demande d'audience et rien d'autre.

— C'est également tout ce que j'y trouve et cela n'est pas sans me surprendre. » Et l'imperturbable et paisible Camille se leva et se mit à faire les cent pas. « Cette pensée est d'une incontestable simplicité apparente mais, comme cela est en réalité impossible, la vérité est que sa texture est d'une telle finesse que je ne parviens pas à la décomposer en ses éléments constitutifs. Cela me démontre, s'il en était besoin, que je suis beaucoup moins capable que je ne le croyais. Lorsque toi, papa et les autres, arriviez à une conclusion analogue, vous vous rendiez sur Arisia, n'est-ce-pas ? J'ai décidé de faire de même.

— Cette décision me paraît éminemment raisonnable.

— Merci, oncle Trig. Je n'en attendais pas moins de toi ! Je ne suis jamais allée là-bas, tu sais, et j'ai quelque peu la frousse... Bonne route ! »

Il est superflu de raconter ce qu'endura Camille sous la houlette de Mentor. A son retour, le Rigelian l'accueillit comme si elle ne s'était absentée que quelques heures.

« Ce que Mentor m'a fait subir, même un catlat delgonian ne le mériterait pas... J'espère, cependant, que ça ne se voit pas de trop ?

— Pas du tout. » Il la scruta à la fois sur le plan physique et psychique. « Globalement, tu n'as pas changé. Sur certains points précis, cependant, tu t'es modifiée et développée.

— Oui et plus que je ne l'aurais cru possible. Je ne saurais tirer grand-chose de ma très misérable transcription de la pensée de “ X ” car me manquent tous les détails importants. Il nous faut en intercepter d'autres et, cette fois, je ne laisserai rien m'échapper.

— Mais même avec celle-là, tu as bien dû en tirer des éléments utilisables, une sorte d'image latente résiduelle ?

— A peine. C'est négligeable par rapport à ce que recelait ce message. Physiquement, je le classerai en gros dans le groupe des T.U.U.V. D'apparence, il se rapproche quelque peu des Nevians et vit sur un monde géant pratiquement totalement recouvert par l'élément liquide. Il n'y existe pas de vraies cités mais des groupes de structures provisoires à demi submergées. C'est un être d'un haut niveau mental mais cela nous le savions déjà. Normalement, il communiqua sur une longueur d'onde ultra-courte, si courte que la pensée que nous avons captée était à la limite inférieure de ses capacités télépathiques. Son soleil est un astre de bonne intensité, de classe F sur le plan du spectre et sans doute une étoile plus ou moins variable car on pouvait discerner une nette allusion à des changements climatiques dans les à-côtés du message intercepté. Mais cela est normal, n'est-ce pas ? »

Dans les limites imposées par la minceur des données disponibles, la reconstitution de Camille était parfaite et son analyse sans faille. Elle ignorait pourtant que « X » était en fait un Plooran sous sa forme printanière. N'eût été l'unique allusion de Mentor à ce monde, elle en eût totalement ignoré l'existence.

« Bien sûr. Les habitants des systèmes à soleil variable pensent que seules ces étoiles sont aptes à avoir des planètes. Tu n'es jamais parvenue à reconstituer la nature des changements climatiques ?

— Non. Et il y a pire. Je n'ai pu relever la moindre allusion à la localisation spatiale de sa planète mais cela n'a rien d'étonnant car même avec un autre message à passer au crible je n'en apprendrais sans doute guère plus !

— C'est vrai. Le terme de “ Rigel IV ” n'aurait aucun sens pour quelqu'un ignorant l'existence de cette étoile et ce n'est que lorsque je fais un effort pour renseigner des étrangers que je mentionne mon monde natal en pensant à ses coordonnées galactiques. Je suppose que pour un autochtone la localisation de sa planète natale est toujours considérée comme connue. Cela implique qu'en ce qui concerne “ X ” nous en sommes toujours au même point, à moins que tu ne sois en mesure, comme tu sembles le laisser sous-entendre, d'intercepter derechef et pratiquement à volonté d'autres de ses pensées. Veux-tu être assez gentille pour m'expliciter tout cela.

— Ce sous-entendu résulte de tes capacités, pas des miennes, affirma en souriant Camille. Il me serait impossible d'y parvenir seule, tout comme toi d'ailleurs, mais à nous deux cela ne devrait pas poser trop de problèmes. Avec ton calme imperturbable et olympien, tu es en mesure de transmettre un message télépathique à l'autre bout de l'univers et d'assurer à ton émission une stabilité impressionnante. Moi, j'en suis présentement fondamentalement incapable mais mes actuelles facultés de détection me permettent de croire que nous ne " louperons " pas " X " si nous en passons ne serait-ce qu'à quelques parsecs ! Aussi mon idée est-elle simple. Tu m'emmènes mentalement en balade tout comme Worsel le fait physiquement avec Constance. Cela devrait marcher, ne crois-tu pas ?

— A la perfection. » L'impassible Rigelian était plus que satisfait. « Accorde ton esprit sur le mien et allons-y ! Si tu n'as rien de mieux à me proposer, je te suggère de démarrer de l'endroit où nous l'avons perdu et, à partir de là, de couvrir progressivement un volume accru d'espace.

— C'est à toi de jouer. Tu sais mieux que moi ce qu'il est préférable de faire. » Tregonsee lança sa pensée dans l'espace à une vitesse telle que celle de la lumière était par comparaison négligeable.

Balayant télépathiquement une sphère de diamètre constamment croissant, le Rigelian, avec son inhumaine persévérance, aurait passé, le cas échéant, la totalité de l'univers au crible et Camille, maintenant devenue adulte, l'aurait assisté sans flancher. Cependant, grâce au réseau infiniment sensible et tenu dressé par la jeune fille en quelques heures, le contact fut rétabli, un contact infinitésimal et fugace...

« Halte ! » lança-t-elle et le puissant croiseur de Tregonsee modifia brutalement sa trajectoire et s'aligna sur l'objectif de leur quête, fonçant de toute la puissance des réacteurs.

« Vous ne vous adressez pas actuellement à lui, bien sûr, mais comment pouvez-vous être certaine qu'il n'a pas remarqué votre manège ? demanda Tregonsee.

— J'en suis certaine, répliqua la jeune fille. Je ne suis moi-même parvenue à le repérer qu'en amplifiant des milliers de fois le signal reçu. Il s'agissait d'une structure mentale quasi insaisissable, et inaccessible à l'analyse ou à l'enregistrement. Cependant, lorsque nous parviendrons suffisamment à proximité, c'est-à-dire d'ici cinq jours, il nous faudra assumer le risque d'un contact direct. Or, il est à penser que ce " X " est aussi sensitif que nous et qu'il nous détectera obligatoirement. Aussi sera-t-il nécessaire d'agir vite et de concert, en suivant un plan soigneusement préétabli. Sur le plan technique, quelles sont tes idées ?

— Je te ferai peut-être quelques suggestions par la suite mais pour le moment je t'abandonne bien volontiers le commandement. Tu as déjà un plan en tête, n'est-ce pas ?

— Seulement une ébauche. Il nous faudra en étudier les détails ensemble. Comme nous sommes tombés d'accord sur le fait que c'était mon esprit que " X " n'aimait point, ce sera à toi d'établir le premier contact.

— Bien sûr. Mais comme la pensée est un phénomène d'une instantanéité quasi absolue, es-tu sûre de pouvoir te protéger au cas où il me dominerait dès le départ ? » Si le Rigelian se souciait de son destin dans une telle hypothèse, il n'en montra rien.

« Mes écrans sont solides. Je suis à peu près certaine de pouvoir nous protéger tous les deux mais cela risque de me ralentir quelque peu et même un délai d'un bref instant peut m'empêcher de recueillir les informations dont nous avons besoin. »

Le délai de cinq jours fut consacré à la mise sur pied d'une méthode d'intervention élaborée mais qui se révéla parfaitement vaine ! Conformément au plan, Tregonsee accorda son esprit sur celui de « X » dès qu'il se trouva à portée utile. Sa tentation de jonction fut d'une extrême délicatesse mais, malgré l'excellence de la manœuvre, le Rigelian eut tout aussi bien fait d'employer toute sa puissance psychique car à peine eut-il effleuré l'esprit de l'étranger que les défenses de celui-ci s'activèrent et qu'une riposte d'une incroyable violence se déclencha. La brutalité de la décharge mentale fut telle que Tregonsee, n'eût été la présence de Camille et malgré ses prodigieuses capacités, en aurait péri sur-le-champ.

L'attaque, cependant, ne se poursuivit point, comme si l'ennemi, après avoir analysé la nature de la barrière qui s'opposait à lui, en avait conclu qu'il ne tenait pas à affronter l'entité capable de l'ériger. Il préféra tenter de se replier en bon ordre mais cela s'avéra impossible. Camille, comme elle l'avait affirmé, était prête à tout. Cependant, dès la première tentative de sa part de « tâter » les écrans de « X », ce dernier, son vaisseau et ceux qui l'accompagnaient se volatilisèrent dans un flamboiement atomique aveuglant.

Le conflit avec « X » avait duré approximativement deux micro-secondes. Karen, venue à la rescousse du fait de ses remarquables dons sur le plan défensif, demanda à sa sœur : « Eh bien, je crois que ça y est ! Je ferai mieux de m'en retourner. As-tu réussi à apprendre ce que tu voulais, Camille ?

— J'ai pu juste avant l'explosion recueillir quelques données mais pas suffisamment. Ça va être un sacré boulot de tout reconstituer à partir de ça... Un point néanmoins qui t'intéressera, ce " X " venait d'abandonner provisoirement ses missions de sabotage pour se rendre sur Lyrane IX où il avait une mission importante...

— Neuf ? demanda Karen. Ce ne serait pas plutôt huit ? Voici un moment que je surveille ce monde mais pas Lyrane IX.

— C'est neuf à coup sûr. La pensée était sans ambiguïté. Tu ferais bien d'y jeter un œil rapidement. Comment maman se débrouille-t-elle ?

— Elle se défend parfaitement et de son côté Hélène est une opératrice de première. Je n'interviens pas, je me contente de les observer. Je vais voir ce qui peut nous intéresser sur Lyrane IX. Je n'ai pas tes facultés de détection et peut-être serait-il préférable que tu m'accompagnes là-bas.

— Tu as peut-être raison. Qu'en penses-tu, oncle Trig ? » Tregonsee était d'accord. « Nous allons nous efforcer de sonder ce globe à distance mais faute d'objectif précis je risque bien de faire chou blanc avant d'être parvenue à proximité de ta Lyrane IX !

— La structure mentale fine de « X » m'est dorénavant connue et je suis en mesure de l'analyser, annonça Camille après quelques heures d'une intense concentration. « Je dispose maintenant, au lieu de souvenirs brouillés, d'images nettes mais cela ne me donne pas de précisions supplémentaires sur la localisation de sa planète natale. Je peux maintenant classifier " X " jusqu'à la dixième décimale, je connais dans le détail les caractéristiques de son cycle solaire, les variations saisonnières et les habitudes de sa race. Pour ce qui nous touche, tout cela est dépourvu d'intérêt. Je n'ai appris qu'une chose effectivement nouvelle et importante : la tâche de " X " consistait à introniser sur Lyrane IX des Fulgurs Noirs, comme l'avait prévu papa !

— En ce cas, il devait s'agir de l'équivalent boskonian d'un Arisian et de ce fait d'un membre important de la hiérarchie adverse. Je suis en fait très heureux que Karen et toi se soient chargées de lui car je n'aurais pas aimé avoir à le faire... Ton père sera très content d'apprendre qu'enfin nous avons atteint le sommet... » Camille ne prêtait attention aux cogitations du Rigelian qu'avec une fraction de son cerveau, le restant étant occupé à un dialogue avec son frère :

— « Aussi, vois-tu, Chris, il était sous contrainte subconsciente. Il devait impérativement se détruire, lui et son vaisseau, à la première attaque d'un esprit supérieur au sien. Aussi ne devait-il pas s'agir d'un Eddorian mais simplement d'un nouvel échelon intermédiaire et je n'ai pas été d'un bien grand secours.

— Mais si, Camille ! Tu as recueilli bon nombre d'informations, particulièrement concernant ce qui se passe sur Lyrane IX. Je file vers Eddore présentement et en partant de là et de Lyrane IX, nous obtiendrons forcément des résultats. Bonne chance, petite sœur ! »

Chapitre XIX

Le « Trou d'Enfer Spatial »

Constance Kinnison ne perdit pas de temps en inutiles récriminations et vaines larmes sur son compte. Réalisant enfin qu'elle n'était pas réellement compétente et étant capable de diagnostiquer avec précision ce qui lui faisait défaut, elle se rendit sur Arisia pour un traitement final. Une fois celui-ci achevé, elle se retrouva, tout comme ses sœurs et son frère, dotée d'une personnalité parfaitement intégrée.

Ses qualifications se rapprochaient bien sûr de celles de sa famille mais sa caractéristique dominante, qui la faisait s'y tendre tout particulièrement avec Worsel, tenait à ce que son esprit, comme celui du Surfulgur, était à la fois prompt et flexible et pourtant d'une extraordinaire puissance. Sa faculté essentielle, c'était d'être capable, sur une courte période, de développer une énergie mentale proprement inimaginable. De tous les enfants Kinnison, elle était la seule à posséder de véritables instincts de tueur et son armement psychique était strictement offensif.

Aussitôt que Constance eut annoncé son intention de se rendre sur Arisia, Worsel convoqua ses officiers pour discuter du « Trou d'Enfer Spatial ». La conférence ne s'éternisa point et la discussion resta paisible car il fut quasi unanimement admis qu'il s'agissait et ne pouvait s'agir que d'un autre repaire de Suzerains. Du fait que Worsel et les siens s'étaient consacrés à l'extermination des Suzerains depuis plus de vingt ans il ne leur vint même pas à l'esprit que la mission qu'ils se proposaient d'entreprendre dépassait leurs moyens.

La suite des événements leur démontra à quel point tous se trompaient ! Ils n'avaient pas à rechercher le « Trou d'Enfer » car, depuis longtemps, afin d'enrayer les terribles dommages que ce phénomène entraînait, on avait mis en place un cordon de stations automatiques dont la mission était, par leurs avertissements, d'éloigner de la zone dangereuse tous les intrus. Or, comme ces balises stellaires ne pouvaient que mettre en garde mais non empêcher l'entrée du secteur interdit, Worsel ne prêta pas la moindre attention à leurs objurgations et le *Velan* poursuivit sans hésiter sa route. Le Surfulgur estimait que son plan était soigneusement conçu. Son vaisseau était en vol aninertiel et il naviguait à une allure d'escargot selon les standards Vélantians. Chacun des membres de l'équipage était protégé par un écran psychique personnel tandis qu'une muraille énergétique analogue était prête, en cas de nécessité, à entourer de la proue à la poupe le croiseur de Worsel. Celui-ci était persuadé être paré.

Mais le Trou d'Enfer Spatial n'était pas un repaire de Suzerains. Ce volume d'espace ne contenait ni soleil ni planète et rien de matériel ne s'y trouvait. Cependant quelque chose s'y dissimulait. Aussi modérée qu'ait été la vitesse du *Velan*, elle était encore trop forte car, malgré des écrans supposés inviolables, l'astronef subit un assaut d'une incroyable férocité, un assaut que Worsel lui-même n'aurait jamais pu imaginer. Ce dernier eut l'impression que son esprit était mis en pièces avec une fureur insensée et cette impression allait s'accentuant au fur et à mesure de la progression du *Velan* dans la zone interdite.

L'écran général du croiseur s'activa automatiquement mais en vain. En dépit de sa puissance colossale, la pensée hostile qui assaillait la nef se jouait de lui car elle s'infiltrait non au travers des défenses mais par-delà celles-ci. Seul un Arisian ou un enfant du Joyau eût pu déceler et bloquer une telle invasion mentale mais aucune créature d'un niveau inférieur n'en était capable.

Worsel était rapide et solide, au physique comme au mental et il réagit juste à temps. Il lui fallut mobiliser toutes ses facultés pour conserver le contrôle de son esprit comme celui de son corps afin de faire faire demi-tour au croiseur en toute hâte. A sa grande surprise, l'agonie qu'il endurait se dissipa aussi rapidement qu'elle était apparue et disparut entièrement lorsque le *Velan* eut franchi la barrière immatérielle délimitant le secteur défendu.

Choqué, malade et chancelant, suspendu presque sans connaissance aux barres qui lui servaient de fauteuil, le Fulgur vélantian fut contraint à se ressaisir devant l'état de son équipage devenu fou furieux. Dix de ses congénères avaient fui dans le Trou d'Enfer et six de plus s'entre-déchirèrent avant que leur chef n'ait réussi à reprendre pleinement ses esprits pour stopper cette incompréhensible mutinerie. C'est alors que le maître thérapeute Worsel se mit au travail, ramenant à la raison l'un après l'autre ses matelots. Les survivants se souvinrent mais Worsel fit en sorte que leurs souvenirs soient supportables.

Il appela alors Kinnison. « ... mais il ne semblait pas y avoir le moindre côté personnel, comme on pourrait s'y attendre avec un Suzerain », conclut-il dans son bref rapport. « Cela ne parut pas se concentrer sur nous ou nous attaquer particulièrement ni nous suivre lors de notre retraite précipitée. Le phénomène paraissait varier avec la distance uniquement, peut-être d'ailleurs inversement au carré de celle-ci. Bien qu'il se soit agi de quelque chose que je n'ai jamais auparavant rencontré, je continue à penser qu'il s'agit d'un Suzerain, peut-être un genre de super-Delgonian tout comme nous sommes l'un et l'autre des Surfulgurs. Il est trop costaud pour moi présentement, comme l'étaient les Suzerains avant que nous nous soyons rencontrés. Aussi, en suivant mon raisonnement, je suis pratiquement certain qu'à nous deux nous trouverions bien le moyen d'en venir à bout. Qu'en penses-tu ?

— Bigrement intéressant et j'aurais bien aimé pouvoir te rejoindre mais je suis en plein boulot ! » répliqua Kinnison qui expliqua brièvement ce qu'il avait entrepris en tant que Bradlow Thyron et ce qu'il lui restait à accomplir. « Dès que j'en aurais terminé, j'arrive. En attendant, camarade, tiens-toi à l'écart de ce coin et trouve quelque chose d'amusant jusqu'à mon arrivée. »

Worsel suivit les conseils de son ami et après quelques jours ou quelques semaines — la notion de temps mort n'existe pas pour un Vélantian — une pensée lui parvint, émise avec une intensité désespérée par un Fulgur.

« Au secours ! Un Fulgur demande de l'aide ! Alignez-vous sur mon message et accourez... » Le message s'acheva aussi abruptement qu'il avait commencé, dans une ultime décharge psychique qui, Worsel le savait, signifiait que le Fulgur anonyme venait de mourir.

Comme cet appel lui était parvenu fort et clair malgré une émission non directionnelle, le Vélantian en avait conclu que le Fulgur en détresse devait se trouver à proximité. Bien que le S.O.S. ait été d'une rare brièveté, le Surfulgur avait réussi à en relever tant bien que mal l'origine. Le *Velan* avait aussitôt mis le cap sur l'endroit supposé du drame, fonçant de la toute-puissance de ses réacteurs, ce qui n'était pas rien et quelques minutes plus tard apparut sur les écrans du croiseur le dernier acte de la bataille en cours.

Le vaisseau de la Patrouille, désespérément surclassé, n'en avait plus que pour quelques minutes. Ses écrans étaient neutralisés et même la muraille énergétique de coque avait cédé. Des taches rougeoyantes parsemaient ses flancs, là où les faisceaux-aiguilles des Boskonians achevaient d'annihiler les dernières défenses. Tandis qu'impuissant et furieux, Worsel contemplait l'agonie de l'astronef, l'ennemi s'apprêtait à arraisonner sa proie. Mais la soudaine arrivée du *Velan* amena à abandonner précipitamment son projet. L'appareil de la Patrouille se volatilisa dans un éclair aveuglant et son vainqueur consacra tous ses efforts à prendre le large sous le couvert d'un tir de barrage d'une extrême violence. Mais pour l'équipage du *Velan,* ce n'était là que travail de routine et, sous l'effet conjugué des batteries et des missiles du croiseur, le tir ennemi demeura sans conséquence. Compte tenu de la vitesse intrinsèque du *Velan,* la nef de Boskone ne pouvait espérer le distancer. D'ailleurs, il n'existait que bien peu de vaisseaux dans les deux Galaxies capables d'échapper au dreadnought vélantian et le malheureux pirate n'était pas de ceux-ci. Au fil des secondes l'intervalle séparant les deux vaisseaux décrut. Des tracto-rayons furent lancés qui, leur but atteint, s'aggripèrent avec une implacable constance à leur objectif.

Le bref instant que nécessita le pirate pour la manœuvre de rupture des amarres énergétiques du *Velan* lui permit, comme l'avait calculé Worsel, de se trouver à hauteur du Boskonian.

— « Projecteurs primaires. Feu ! » ordonna télépathiquement le Fulgur qui n'avait nulle envie de prolonger le combat ou de prendre inutilement des risques.

Un ! Deux ! Trois ! le triple écran défensif du Zwilnik céda et vira au noir après un bref flamboiement trahissant aux zones d'impact une intolérable surcharge.

L'écran de coque lui-même, malgré sa proverbiale endurance, n'offrit guère plus de résistance et lâcha soudainement dans un éblouissement pyrotechnique, laissant à nu le métal qui instantanément s'embrasa et se volatilisa sous le déluge destructeur des batteries du *Velan.*

Une fois les réacteurs du boskonian détruits et ses projecteurs principaux réduits au silence, des tireurs d'élite se mirent en devoir de détruire l'un après l'autre les tableaux de bord des chaloupes de sauvetage à coup de rayons-aiguilles afin de réduire le pirate à l'état d'épave.

— « Arrêtez ! demanda mentalement l'un des observateurs. Le sas n° 8 est vide. Une des chaloupes a réussi à prendre le large.

— Enfer et damnation ! » ragea Worsel, à la tête de la troupe qui s'apprêtait à aborder l'ennemi et qui, comme ses matelots, ne rêvait que d'en découdre. « Relevez sa trajectoire si cela est possible !

— C'est fait. Mes faisceaux traceurs peuvent le suivre quinze minutes, vingt au grand maximum... »

Worsel réfléchit intensément. Qu'est-ce qui passait en priorité, le croiseur ou la chaloupe ? Il pencha pour le croiseur dont les ressources étaient incontestablement plus grandes et dont l'équipage dans sa majorité devait être indemne. Si on lui laissait quelque répit celui-ci serait bien capable de remettre en état un ou deux projecteurs primaires ce qui risquait de s'avérer catastrophique. Par ailleurs, il y avait là beaucoup plus de monde et même si, comme cela était probable, le capitaine boskonian s'était enfui en abandonnant son vaisseau et son équipage afin de tenter de sauver sa peau, Worsel estimait néanmoins avoir suffisamment de temps.

— « Continuez à suivre cette chaloupe, ordonna-t-il à l'observateur. Il nous faut ici tout au plus dix minutes. »

La prédiction se révéla exacte. Les Boskonians, au corps en forme de barrique montée sur de courts et épais pédoncules, ressemblaient à peu près autant à des êtres humains que leurs adversaires vélantians. Armés et cuirassés, ils se battirent avec l'énergie du désespoir. Ils étaient même parvenus avec un montage de fortune à activer un certain nombre de projecteurs semi-portables qu'ils ne purent même pas utiliser car les servants des rayons-aiguilles du *Velan* ne leur en laissèrent pas l'opportunité. Aussi tout l'engagement se réduisit-il vite à un corps à corps sauvage où seules les armes individuelles avaient leur place. En effet, malgré leur passion du combat à mort, les Vélantians n'avaient pas oublié que leur premier objectif était de recueillir des informations.

Quant à Worsel lui-même, il s'attaqua d'emblée à celui qui commandait l'équipage zwilnik. Celui-ci était entouré de deux gardes mais les tireurs d'élite du Surfulgur éliminèrent ceux-ci. Le chef boskonian, les Delameters brandis, concentrait le feu de ses armes sur Worsel qui s'arrêta brièvement afin de s'assurer du bon fonctionnement de l'écran défensif de son scaphandre de combat avant de pénétrer dans le poste de pilotage dont il referma la porte derrière lui d'une pichenette de sa queue. Il plongea alors droit sur son adversaire avec une accélération de 10 G. Le Boskonian tenta une esquive qui échoua. Le terrible choc ne tua pas le Zwilnik qui fut simplement assommé. Worsel, lui, était à peine secoué car les Vélantians sont des créatures habituées dès l'enfance à encaisser des coups qui pulvériseraient un squelette humain.

Le Surfulgur d'un double revers de sa patte cuirassée envoya voler au loin les deux pistolets qui allèrent s'écraser sur les parois métalliques. Puis, après avoir débranché tant les écrans adverses que les siens il s'attaqua au casque du Zwilnik, avec précaution d'abord, puis de toute sa vigueur. Malheureusement, cependant, celui-ci tint bon ainsi bien sûr que l'écran psychique et il n'existait aucun interrupteur extérieur. Cette armure était d'une solidité à toute épreuve !

Worsel manquait de temps mais ne pouvait traiter beaucoup plus rudement sa victime sans l'achever, si d'ailleurs, elle n'était pas déjà morte. Il lui était impossible de la transférer à bord de son croiseur et il lui fallait impérativement débrancher immédiatement cet écran. Il voyait bien comment s'articulait l'armure mais engoncé comme il l'était lui-même dans son scaphandre il ne réussissait pas à en venir à bout. Or, comme le vaisseau avait perdu son air, il lui était interdit d'ôter sa tenue étanche. Mais était-ce vraiment interdit ? Il pouvait sans doute supporter le vide régnant là suffisamment longtemps pour faire ce qu'il avait à faire. Il coupa son arrivée d'air, libéra une des plaques de protection de son scaphandre de façon à libérer quatre ou cinq de ses « mains » et, sans plus se soucier de la souffrance de ses poumons, se mit à l'ouvrage. Il démonta littéralement l'armure du Boskonian et en débrancha l'écran psychique. La créature n'était pas complètement morte. Parfait ! Cependant, elle ne savait rien, ainsi que les membres de son équipage mais... un rampant... un gros bonnet, s'était enfui. Qui ou qu'était-ce ?

— « Répondez-moi », demanda Worsel de toute la force de son esprit dont la puissance était décuplée par le Joyau, tandis qu'il explorait à toute vitesse le cerveau de son captif. « RÉPONDEZ-MOI ! »

Mais le Boskonian déclinait rapidement. Le traitement enduré et maintenant l'absence d'air se conjuguaient pour accélérer son trépas. Ses structures mentales se désintégraient de seconde en seconde. On ne distinguait plus qu'une impression floue qui sous l'aiguillon psychique impitoyable de Worsel se condensa en quelque chose qui ressemblait à un Joyau.

Un Fulgur ? Impossible, parfaitement impossible ! Mais, un instant... Kim n'avait-il pas voici quelque temps insinué qu'il pourrait bien exister des Fulgurs Noirs ?

Mais Worsel lui-même commençait à se sentir mal. Il était à demi conscient. Des taches multicolores dansaient devant ses yeux multiples. Il referma son scaphandre, rouvrit l'arrivée d'air et vacilla. Deux des Vélantians qui étaient restés en liaison mentale avec lui durant toute l'opération, accoururent à son secours, arrivant juste au moment où il avait totalement repris ses esprits.

« Que tout le monde regagne le *Velan !* ordonna-t-il. Nous n'avons plus le temps de nous amuser, il nous faut rattraper cette chaloupe ! » Puis, dès que chacun eut regagné son poste : « Liquidez-moi cette baille... Très bien... En chasse ! »

Rattraper la vedette ne présenta guère de difficultés. L'amarrer au *Velan* à l'aide d'un tracto-rayon n'exigea que quelques secondes. Malgré sa promptitude, Worsel n'y découvrit à l'intérieur que les fragments de ce qui avait dû être un Fulgur Delgonian. Celui-ci s'était fait sauter mais, du fait de la vitalité inhérente aux reptiles, il n'était pas complètement mort et son Joyau était encore traversé de pulsations lumineuses intermittentes et de plus en plus espacées. Ses structures cérébrales se décomposaient mais certaines images y étaient encore déchiffrables. Worsel étudia l'esprit moribond jusqu'à ce que toute vie en ait disparu. Puis il appela Kinnison.

« ... ainsi tu vois que je me suis trompé. Le Joyau était trop faible pour être lu mais il devait s'agir d'un Fulgur Noir. La seule pensée vraiment nette faisait allusion en termes vagues à Lyrane IX. Je suis désolé d'avoir ainsi massacré cette mission d'autant plus que j'avais une chance sur deux de tomber juste...

— Oh ! Ce n'est pas la peine de pleurer là-dessus... » Kinnison s'arrêta pour réfléchir. « De toute façon, ça n'aurait rien changé et sa réaction aurait été la même. En définitive, tu ne t'en es pas mal tiré. Tu as découvert un Fulgur Noir qui n'est pas Kalonian et tu as trouvé une confirmation de l'intérêt qu'offre Lyrane IX pour Boskone. Que veux-tu de plus ? Reste à proximité du " Trou d'Enfer " et dès que cela me sera possible, je t'y rejoindrai. »

Chapitre XX

Kinnison et le Fulgur Noir

« Les gars, décollons ! » ordonna Kinnison. Thyron et l'énorme vaisseau qui n'était autre que l'*Indomptable* soigneusement camouflé monta majestueusement dans le ciel, prenant position directement derrière le bâtiment amiral de Mendonai. Les trois écrans de protection déployés ainsi que les réseaux antisondeurs et les murailles psychiques, le croiseur de Thyron, accompagné de la flottille du Zwilnik, mit le cap vers Kalonia III. Les experts de Boskone tâtèrent les défenses de l'*Indomptable* durant le trajet et jugèrent celles-ci infranchissables. Aucune intrusion n'était possible. Le seul canal accessible passait par le communicateur de Thyron dont l'écran vidéo était si subtilement brouillé que rien de précis n'y était visible à l'exception du visage du capitaine. Convaincu finalement de la chose, Mendonai s'assit et se calma, son teint bleuté de Kalonian faisant ressortir l'aspect farouche et déterminé de son visage.

Jamais de toute son existence il n'avait été insulté aussi outrageusement mais que pouvait-il y faire ? Il ne pouvait s'attaquer physiquement à Bradlow Thyron et le fait que ce hors-la-loi ait placé aussi tranquillement et aussi impudemment son vaisseau au centre de l'escadre démontrait à l'évidence que le pirate ne redoutait rien de son escorte.

Tandis que la flottille s'éparpillait afin de passer en vol normal au-dessus de l'atmosphère de Kalonia, Kinnison se tourna de nouveau vers le jeune Fulgur.

« Un dernier mot, Franck. Je pense que tout a été prévu et un tas de gens avisés ont travaillé sur le problème. Néanmoins, l'imprévisible est toujours possible, aussi je vous transmettrai tout ce que je pourrai apprendre au fur et à mesure. Souvenez-vous de mes instructions, si je parviens à me procurer les informations voulues, il n'y a plus à se soucier de moi et votre tâche première est impérativement de ramener les renseignements recueillis à la Base. Pas d'héroïsme inutile. Est-ce bien clair ?

— Oui, Monsieur » et le jeune Fulgur ajouta, la gorge serrée : « J'espère cependant que tout ira bien...

— Moi aussi. » Kinnison souriait tandis qu'il revêtait son scaphandre cuirassé de dureum. « Les chances sont de mille contre une que ça se passe sans anicroche, c'est pourquoi j'y vais d'ailleurs. »

A bord de leurs chaloupes respectives, Kinnison et Mendonai descendirent de concert et c'est côte à côte qu'ils pénétrèrent dans le bureau de Melaniskov, le Fulgur Noir. Ce dernier lui aussi était engoncé dans une armure mais n'avait pas d'écran psychique artificiel. Avec l'énorme puissance de son esprit, il n'en avait nul besoin. Il n'en allait pas de même avec Thyron et Melaniskov s'en rendit compte instantanément.

« Abaissez votre écran, ordonna-t-il sèchement.

— Ne vous emballez pas, camarade ! répliqua Thyron. Il y a certains points de cette affaire qui ne me plaisent guère. Nous allons discuter un moment avant que je ne débranche mon écran...

— Taisez-vous, vermine. La parole n'a aucun sens, et tout particulièrement la vôtre. Ce que je veux et que j'aurai, c'est la vérité et non du verbiage. ABAISSEZ CET ÉCRAN ! ! ! »

Pendant ce temps, la jeune et charmante Catherine, qui patrouillait à proximité de Kalonia à bord de sa vedette, lança un appel.

« Christophe, Camille, Constance, Karen, êtes-vous libres... ? » Ils l'étaient présentement. « Alors soyez prêts à agir. Je suis à peu près certaine que quelque chose va se passer. Papa peut se charger de ce Melaniskov, si personne d'un échelon plus élevé n'intervient. Mais il est peu probable qu'ils laissent leurs Fulgurs sans protection.

— Exact.

— Aussi, dès que le paternel va paraître l'emporter, le protecteur interviendra, continua Catherine, et selon le niveau du renfort, je serai ou non en mesure de m'en charger toute seule. Aussi préférerais-je que vous restiez à portée dans les minutes qui viennent pour le cas où... »

L'attitude de Catherine maintenant ne rappelait plus en rien celle qui avait été la sienne lors de l'épisode du corridor hyperspatial et il était préférable pour la Civilisation qu'il en fût ainsi !

« Un instant, les filles... Je viens d'avoir une idée, annonça Christophe. Nous n'avons jamais encore travaillé en équipe depuis que nous avons terminé notre apprentissage. Peut-être serait-il temps que nous y songions ? Qu'en pensez-vous ?

— Oh, oui ! Allons-y ! Prends le commandement, Chris ! »

L'accord unanime des trois autres s'exprima quasi simultanément et, plus tard, l'acquiescement nettement moins enthousiaste de Catherine. Bien, elle aurait aimé pouvoir agir seule mais reconnaissait que le plan de son frère était meilleur.

Christophe déploya la matrice d'accueil psychique et les quatre filles s'y installèrent. Il y eut quelques secondes d'accoutumance puis les cinq Kinnison restèrent muets d'étonnement. C'était nouveau, totalement nouveau ! Chacun pensait constituer à lui seul une entité complète et croyait que le travail en groupe allait exiger certains efforts réciproques d'adaptation. Or, il n'en était rien ! C'était la perfection elle-même, une fusion comme jusque-là on la croyait impossible... C'était l'UNITÉ intégrale et complète. Aucun exercice de rodage n'était nécessaire, le doute ou l'incertitude, ne serait-ce qu'une microseconde, n'existeraient plus maintenant.

L'Unité, un phénomène face auquel manquent les mots pour le décrire ! Une conception jusque-là purement théorique issue de la communion mentale de quatre cerveaux arisians.

« U-m-n-g-n-k- » Chris eut un serrement de gorge. « Ça les enfants, c'est réellement...

— Ah ! jeunes, vous y êtes parvenus ! » Et la pensée de Mentor s'intégra sans difficulté dans le dialogue en cours. « Vous comprenez maintenant pourquoi il m'était impossible de vous dépeindre individuellement ce qu'était l'UNITÉ. C'est le moment culminant de mon ou plutôt de nos existences. Pour la première fois depuis si longtemps qu'il est vain de tenter de vous l'expliquer, nous sommes enfin sûrs de ne pas avoir vécu en vain. Mais soyez patients, ce à quoi vous aspirez adviendra bientôt.

— De quoi s'agira-t-il ? Qui ? Comment devrons-nous... »

— Il ne nous est pas permis de vous le dire. » Les quatre esprits arisians sourirent d'un même accord tandis qu'une vague de bonheur submergeait les Cinq. « Nous qui sommes à l'origine de l'UNITÉ, nous ne percevons qu'à grand-peine les limites extrêmes de ses capacités. Ce qui est certain c'est que celle-ci n'aura aucun besoin de l'aide d'esprits inférieurs comme les nôtres. C'est la plus puissante et la plus parfaite des créations que cet univers ait jamais connue. »

L'Arisian disparut et, avant même que Kimball Kinnison ait abaissé son écran psychique, une pensée indéchiffrable, étrangère et envahissante se manifesta, dont la provenance demeurait mystérieuse.

Pour aider le Fulgur Noir ? Pour étudier ce nouvel et inquiétant élément ? Ou simplement pour observer ? La seule certitude inconstestable tenait à ce que cette pensée était froidement et hautement hostile à tout ce qui touchait à la Civilisation.

De nouveau, tout se produisit d'un seul coup. La muraille mentale impénétrable de Karen s'établit non pas immédiatement mais instantanément pendant que simultanément Constance lançait une décharge psychique d'une violence et d'une puissance dont elle avait été jusque-là incapable et que Camille, avec ses dons dans le domaine de la détection et de l'analyse des signaux, synchronisait et dirigeait l'attaque que Catherine et Christophe appuyaient avec toute la détermination que leur valait leur hérédité.

Tout se passa sans effort conscient d'aucun des cinq. Les Enfants du Joyau n'étaient plus cinq individus mais une seule entité. C'était l'UNITÉ à l'œuvre, face à sa première mission. Il est parfaitement vain d'essayer de décrire ce qui se passa mais ce qui est certain c'est que le protecteur en puissance, où qu'il se soit trouvé dans l'espace ou le temps, avait définitivement cessé de penser. Les secondes passèrent. L'Unité restait sur ses gardes, attendant une riposte qui ne vint jamais.

« Bon travail, les enfants » et Chris rompit le lien immatériel de fusion mentale. Chacune des filles eut l'impression de recevoir dans le dos une grande claque fraternelle d'approbation. « Il n'y avait que celui-là, il me semble. Il devait se trouver là en mission de couverture. Dans votre genre, vous n'êtes pas mal. Vous avez vu comment on se débrouille, maintenant !

— Mais c'était trop facile, Christophe ! protesta Catherine. Beaucoup trop facile pour qu'il se soit agi d'un Eddorian. Nous n'en sommes pas là. En fait, j'ai l'impression que j'aurais pu en venir à bout à moi toute seule...

— Tu l'espères, voilà tout ! se moqua Constance. Si cette décharge a été aussi violente que je le crains, n'importe qui en l'occurrence aurait paru vulnérable. Pourquoi Chris, ne nous as-tu pas freiné un peu ? Tu es supposé être la grosse tête de l'équipe. Comme les choses se sont passées, nous ne saurons jamais la vérité. Qui était-ce, pour commencer ?

— Je n'ai pas eu le temps d'intervenir, reconnut Christophe. Nous avons tous été débordés par notre enthousiasme. La prochaine fois, si nous le souhaitons, nous pourrons ralentir un peu nos réactions. Quant à ta dernière question, Constance, tu ne frappes pas à la bonne adresse ! Camille, était-ce ou non un Eddorian ?

— Quelle différence cela fait-il ? demanda Karen.

— Sur le plan pratique, aucune. Pour compléter le tableau, si. A toi, Camille.

— Ce n'était pas un Eddorian, décida Camille. Il ne s'agissait pas d'un être de niveau arisian ou même approchant. Je suis désolée de devoir te le dire, Chris, mais il s'agit d'un autre membre de cette race de brillants intellects qui figure déjà sur la page 1 de ton petit livre noir.

— C'est bien ce que je craignais. C'est le lien qui nous manquait entre Kalonia et Eddore. Je vous parie à dix contre un que c'est un habitant de cette maudite Ploor dont Mentor m'a rebattu les oreilles. Il ne nous manquait plus que ça !

— Pourquoi cette colère, Chris ? Reformons l'UNITÉ et

liquidons ce monde une fois pour toutes. Ça sera amusant...

— Cesse de jouer les gamines ! Tu sais aussi bien que moi que Ploor est tabou. Mentor nous a dit que ce globe devait rester en dehors de nos investigations car nous apprendrions en temps voulu tout ce qui le concernait. Il ne nous reste plus qu'à faire contre mauvaise fortune bon cœur... »

Kinnison ne demandait pas mieux que d'abaisser son écran car il ne pouvait intervenir si celui-ci restait branché. Cependant il n'était pas exagérément confiant. Il savait pouvoir contrôler tout Fulgur Noir, et connaissait tout des phénomènes mentaux en général et des vertus du Joyau en particulier. Aussi n'avait-il pas négligé pour Melaniskov la possibilité de disposer de renforts à proximité dont lui Kinnison ignorait tout. Il avait menti de propos délibéré au jeune Franck à propos des chances de réussite de son entreprise. Les risques d'un échec en effet étaient en réalité plus proches de cinquante-cinquante que d'un contre un million. Néanmoins, il était très satisfait car il n'avait pas menti en disant qu'on ne devait pas hésiter à le sacrifier. L'*Indomptable* et Franck demeuraient là-haut, en plein espace car l'important c'était de ramener à la Base les renseignements que lui, Kinnison, parviendrait à recueillir. Le restant était strictement accessoire.

Il était certain de pouvoir arracher à Melaniskov tout ce que celui-ci savait dès qu'ils se seraient affrontés d'esprit à esprit. Aucune créature de Boskone, quelles que soient ses capacités, n'était en mesure de le tuer suffisamment rapidement pour l'en empêcher. Or, il transmettrait au fur et à mesure à Franck tout ce qu'il apprendrait.

Kinnison coupa son écran et il s'ensuivit un conflit de volontés qui mit en ébullition le sub-ether. Le Kalonian était l'un des plus capables et des plus coriaces de ceux de sa race et le fait qu'il croyait implicitement dans sa propre invulnérabilité décuplait son déjà considérable potentiel mental.

De l'autre côté, Kimball Kinnison était l'un des Surfulgurs de la Patrouille Galactique.

Aussi, progressivement, centimètre après centimètre, la zone défensive du Fulgur Noir se rétrécit-elle jusqu'à ne plus parvenir à couvrir même son esprit. Mais là, à la grande désolation de Kinnison, il ne découvrit quasiment rien d'intéressant.

Il n'existait chez Melaniskov aucune connaissance particulière des échelons suprêmes de Boskone ni aucune notion touchant à l'organisation d'un corps de Fulgurs Noirs. Il n'y avait que ce fait particulièrement déroutant : il avait récupéré son Joyau sur Lyrane IX. Et ce terme de récupération correspondait à une réalité car il n'avait rencontré personne là-bas durant son bref séjour sur ce monde.

Comme les deux silhouettes en armure étaient demeurées immobiles, aucun signe de la terrible bataille mentale n'avait été visible. Aussi les Boskonians ne furent-ils pas étonnés lorsqu'ils entendirent leur Fulgur Noir parler.

« Très bien, Thyron, vous avez passé l'examen préliminaire. Je sais tout ce que j'avais besoin de savoir. Je vais vous accompagner jusqu'à votre vaisseau afin d'y poursuivre mon enquête. Je vous suis. »

Kinnison s'exécuta et tandis que sa chaloupe se posait à l'intérieur des soutes de l'*Indomptable,* le Fulgur Noir s'adressa au Vice-Amiral Mandonai par le communicateur.

« Je conduis Bradlow Thyron et son croiseur aux docks de Kalonia IV où pourra être effectuée une étude exhaustive de l'astronef. Regagnez votre poste et reprenez la mission qui vous avait été confiée.

— J'obéis, votre Suprématie, mais... mais c'est moi qui ai découvert cet appareil ! protesta Mendonai.

— Exact, ricana le Fulgur Noir. Vous recevrez dans mon rapport le crédit qui vous revient pour votre action. Le fait de cette découverte, cependant, n'excuse pas votre conduite présente. Allez et considérez-vous heureux qu'à cause de cela je n'ai pas sanctionné votre intolérable insubordination.

— Je m'incline, votre Suprématie et rejoins mon poste. » Quelques instants plus tard, la flottille disparut.

Puis, tandis que l'*Indomptable* s'éloignait tranquillement de Kalonia pour retrouver le *Velan,* Kinnison derechef passa au crible l'esprit de son captif, zone après zone et cellule après cellule. C'était toujours la même chose. On en revenait à Lyrane IX ce qui demeurait incompréhensible. Comme les Boskonians n'étaient pas des surhommes et ne pouvaient avoir mis au point par eux-mêmes leurs Joyaux, il s'ensuivait que ceux-ci devaient provenir de l'équivalent zwilnik d'Arisia. A partir de là, fallait-il en conclure que Lyrane IX était celui-ci ? Ridicule ! Lyrane IX n'avait jamais été et ne serait jamais le monde natal d'une quelconque race de super-boskonians. Néanmoins, il était incontestable que c'était là que Melaniskov avait trouvé son Joyau. Bien plus, celui-ci, comme tous les Fulgurs, avait dû suivre un entraînement intensif, or il n'en conservait nulle mémoire. Quel embrouillaminis !

Toujours aux aguets, Catherine fronçant les sourcils dans un effort de concentration intellectuelle, aurait pu dissiper les doutes de son père mais elle n'en fit rien. Sa visualisation du problème commençait à prendre corps. Lyrane était hors course, ainsi d'ailleurs que Ploor. Les Joyaux provenaient indéniablement d'Eddore. Le fait que l'entraînement des Fulgurs Noirs soit subconscient amenuisait inévitablement les potentialités ultimes du Joyau, bien que les Ploorans ou les Eddorians, en raison même de leur appréciation faussée des valeurs, ne dussent pas en avoir conscience. Les Fulgurs Noirs ne constitueraient jamais une menace sérieuse.

Kinnison, après s'être acquitté de la pénible mais nécessaire tâche de réduire Melaniskov en ses atomes constitutifs, se tourna vers son adjoint.

« Prenez le commandement jusqu'à mon retour, Franck. Ça ne sera pas long. »

Et il en fut bien ainsi quoique le résultat ne correspondît en rien à ce qu'en attendait le Fulgur Gris.

Kinnison et Worsel, à bord d'une vedette en vol normal, franchirent la barrière immatérielle délimitant le Trou d'Enfer Spatial à une vitesse d'une dizaine de km/heure, puis ralentirent encore progressivement leur allure. Kinnison personnellement ne ressentait strictement rien alors qu'étant en liaison mentale avec son compagnon, il se rendait compte que celui-ci souffrait mille morts.

« Filons ! » suggéra le Fulgur Gris qui fit effectuer un demi-tour à la chaloupe. « J'ai sondé le secteur jusqu'à la limite extrême de mes possibilités et n'y ai rien trouvé. Tu en as assez, n'est-ce pas ?

— Plus qu'assez. Je n'aurais certainement pas pu en endurer beaucoup plus. »

Chacun regagna son vaisseau et de concert, le *Velan* et l'*Indomptable* mirent le cap sur Lyrane. Kinnison, d'un air sombre, faisait les cent pas sur la passerelle de commandement. Un télépathe n'aurait d'ailleurs pas trouvé grande cohérence dans ses cogitations.

« Lyrane IX... Lyrane IX... Lyrane IX... LYRANE IX... plus quelque chose que je ne parvins pas à capter et qui tue les autres êtres vivants... Par les tripes de Klono, c'est incompréhensible ! ! ! ! »

Chapitre XXI

La Fulgur Rousse sur Lyrane

L'histoire d'Hélène était à la fois brève et désolante. Des gens de Boskone, humains ou para-humains, avaient débarqué sur Lyrane II pour lancer une campagne planétaire de propagande insidieuse. Le gouvernement de Lyrane, à les en croire, devait abandonner sa politique d'isolationnisme. Le matriarcat était de loin la plus parfaite forme d'administration, aussi pourquoi la confiner à une seule petite planète alors qu'elle aurait dû se répandre dans toute la galaxie ? De la sorte, au lieu d'une seule Sœur Aînée il pourrait y en avoir des milliers, à diriger planètes et systèmes. Hélène combattit les intrus avec tous les moyens dont elle disposait. Elle méprisait les mâles de sa propre espèce et détestait ceux des autres. Sachant qu'elle représentait la seule race à sa connaissance régie par le matriarcat, elle était bien consciente que tout contact prolongé avec d'autres cultures ne pouvait qu'aboutir non au triomphe du système politique lyranian mais bien plutôt à sa chute. Elle proclama bien haut son point de vue sur la question et agit en conséquence.

A cause de la nature éminemment conservatrice de la pensée lyraniane, particulièrement chez les gens âgés, Hélène parvint sans grandes difficultés à calmer apparemment les esprits sans se rendre compte, dans sa naïveté politique, qu'en fait elle avait simplement contraint le mouvement de contestation à passer dans la clandestinité. Les jeunes, toujours promptes à la révolte, rejoignirent en force les rangs de l'opposition. De plus, même parmi les personnes d'un certain âge, nombreuses étaient celles qui, voyant toute possibilité de promotion bloquée, en venaient à prendre pour argent comptant les fallacieuses promesses des Boskonians.

Aussi, la désaffection populaire grandit-elle rapidement jusqu'au moment où une révolution de palais soigneusement montée mit un terme au mandat d'Hélène qui, emprisonnée, n'attendait plus que la mort après un simulacre de procès.

« Je vois. » Clarissa se mit à mordiller sa lèvre inférieure. « Ça n'a pas dû être drôle... Vous ne m'avez mentionné aucune personne en particulier, qui aurait pû être l'une des meneuses... C'est étrange, avec vos capacités télépathiques... Mais il y a cependant quelqu'un sur qui je voudrais bien mettre la main. J'ignore si elle était un des leaders du mouvement mais elle était en relation, d'une façon ou d'une autre, avec un Fulgur de Boskone. Je n'ai jamais su son nom. C'était la femme... la personne qui dirigeait votre aéroport lorsque Kim et moi étions...

— Cléonie ? Ma foi, je n'avais pas pensé à elle... mais au fond... oui, en revoyant ce qui s'est passé...

— Il est toujours plus facile de réfléchir à posteriori que de prévoir, dit en souriant la Fulgur Rousse. Je m'en suis moi-même rendu compte bien des fois.

— C'est ça ! C'est bien elle ! déclara d'un ton furieux Hélène. J'aurai sa peau, à cette harpie !

— Vous voyez qu'il va nous falloir démarrer notre enquête par elle. Avez-vous une idée d'où elle peut bien se trouver actuellement ?

— Je n'ai vu ni entendu Cléonie depuis déjà un moment. » Hélène se tut et réfléchit. « Si, comme j'en suis déjà quasiment certaine, c'est elle qui est derrière toute cette histoire et non cette idiote de Ladora, elle ne doit pas oser quitter notre monde très longtemps d'affilée. Quant à la retrouver, je ne vois pas très bien comment... Pouvez-vous avec votre bizarre appareil survoler quelques-unes de nos cités ?

— Certainement. Je ne vois rien sur ce monde que mes écrans et murailles énergétiques ne puissent bloquer. Pourquoi ?

— Parce que je connais divers endroits où Cléonie peut éventuellement se trouver et que si nous passons à proximité je parviendrai à la repérer malgré tous ses efforts.

— Très bien. Allons-y sans plus tarder. De quel côté nous dirigeons-nous ?

— Retournons d'abord d'où nous venons et ce pour plusieurs raisons. Cléonie n'est probablement pas là mais nous devons nous en assurer. En outre, je veux récupérer mon pistolet...

— Un pistolet ? Non. Les Delameters sont bien supérieurs. J'en ai plusieurs en réserve. » D'un seul et bref contact mental, Clarissa expliqua à la Lyraniane tout ce qu'il y avait à savoir sur cette arme de poing. La chose impressionna Hélène beaucoup plus que l'engin lui-même.

« Quel cerveau ! s'exclama-t-elle. Vous ne disposiez pas de facultés analogues la dernière fois que je vous ai vue. Ou bien alors, vous les dissimuliez mais cela ne me semble guère envisageable.

— Vous avez raison. J'ai considérablement développé mes capacités psychiques ces derniers temps. Mais, dites-moi, pourquoi diantre voulez-vous à tout prix un pistolet ?

— Pour tuer cette dinde de Ladora et ce serpent de Cléonie dès que vous en aurez fini avec elles.

— Mais pourquoi des pistolets ? Pour quelle raison ne recourez-vous pas à l'énergie mentale, comme à l'accoutumée ?

— Sauf au cas où je parviendrai à les surprendre, je ne pourrais en venir à bout de la sorte, admit très franchement Hélène. Toutes les personnes adultes sont approximativement de la même force dans ce domaine. Je suis émerveillée à la pensée qu'un si petit vaisseau soit en mesure de repousser les attaques des gigantesques croiseurs de Boskone...

— Mais il en est incapable ! Qu'est-ce qui vous fait penser qu'il le pourrait ?

— Vos propres déclarations. Peut-être vouliez-vous alors ne prendre en compte que les dangers proprement lyranians sans songer que Ladora a dû contacter Cléonie dès que vous avez eu montré les dents. Cette dernière a sûrement fait appel à un Fulgur de Boskone dont le croiseur est certainement près d'ici.

— Nom d'un chien ! Ça ne m'est pas venu à l'esprit... » Clarissa réfléchit brièvement. Inutile d'appeler Kim. Le *Velan* et l'*Indomptable* faisaient route vers le système de Lyrane de toute la vitesse de leurs réacteurs mais il leur faudrait une bonne journée pour arriver. En outre, son époux lui dirait de se terrer et de l'attendre, ce qu'elle n'avait nulle intention de faire. Elle répondit télépathiquement à la matriarche.

« Deux de nos meilleurs vaisseaux se dirigent vers nous et j'espère qu'ils seront là les premiers. En attendant, il va nous falloir faire vite et garder tous nos détecteurs branchés. De toute façon, Cléonie ne sait pas que je suis à sa poursuite. Je n'ai mentionné son existence à personne d'autre que vous.

— Ah ! Mais Cléonie n'ignore pas que je suis à ses trousses et comme vous êtes avec moi, elle pensera que nous la poursuivons de concert. Mais nous sommes maintenant suffisamment proches de notre destination. Je dois me concentrer. Tâchez de survoler la ville à basse altitude, s'il vous plaît.

— Très bien. Je vais synchroniser mon esprit sur le vôtre. Deux têtes, comme l'on dit, valent mieux qu'une ! » Clarissa acquit ainsi le signalement mental de Cléonie et passa télépathiquement la ville au peigne fin tandis qu'Hélène se préparait.

« Elle n'est pas ici, à moins qu'elle se dissimule derrière l'un de ces écrans, remarqua la Fulgur Rousse. Pouvez-vous le savoir ?

— Des écrans psychiques ! Les Boskonians en avaient un certain nombre mais aucune d'entre nous jamais n'en a disposé. Comment faites-vous pour les repérer ? Où sont-ils ?

— Un ici, deux autres là. Ils ressortent comme des taches noires sur un fond blanc. Observez-les brièvement au rayon-sondeur. S'ils ont installé aussi un dispositif anti-sondeur, il nous faudra nous poser et nous frayer de force un chemin jusqu'à eux.

— Ce sont uniquement des politiciennes, annonça au bout d'un moment Hélène. Il faudrait bien sur le plan des principes les liquider mais peut-être présentement n'en avons-nous pas le loisir. La prochaine cité à survoler se trouve au nord-est d'ici. »

Cléonie, cependant, ne se trouvait pas dans la ville suivante, ni dans bon nombre d'autres que successivement elles passèrent au crible. Pendant tout ce temps, les écrans de détection de la vedette restaient muets et les deux alliées, si semblables physiquement et si différentes mentalement, poursuivirent leur chasse.

Finalement deux choses se produisirent quasi simultanément. Clarissa découvrit Cléonie et Hélène signala un écho sur le coin gauche inférieur de l'écran radar.

« Ça ne peut être l'un des nôtres, décida instantanément la Fulgur Rousse. Il arrive d'une direction opposée. Ce sont des Zwilniks. Nous avons dix minutes, douze au plus, avant de devoir filer. Ce sera suffisant, j'espère, si nous faisons vite. »

La vedette piqua vers le sol, passant en vol normal à une altitude qui, pour un pilote normal, eût été franchement suicidaire. Elle éperonna de sa proue en bronze au beryllium le mur de façade du premier étage d'un bâtiment sinistre et presque sans ouvertures dont le béton protégerait très valablement l'appareil du tir des armes lourdes qui n'allaient pas tarder à être mises en batterie. Là, tandis que l'adversaire accourait en force sous la conduite des Lyranianes endoctrinées par Boskone, Clarissa sonda psychiquement les alentours. Cléonie s'était enfermée dans ce qui était la plus profonde cave de la bâtisse. Elle portait bien, elle aussi, un écran psychique, mais l'avait débranché un instant pour essayer de savoir ce qui se passait. Cela avait suffi. Elle s'était même apprêtée à se tuer le cas échéant mais elle déchargea pourtant son arme contre la paroi de son refuge et jeta au loin les ampoules de poison qu'elle détenait.

Jusque-là, ça allait mais comment allait-on la faire sortir de là ? La force physique était exclue. Entre-temps, tout le bâtiment se mit à trembler sous l'impact de puissantes charges explosives. Si cela continuait, elle allait être ensevelie sous les décombres sans espoir d'évasion. Cependant, puisant au tréfonds des prodigieuses ressources psychiques qui faisaient de la Fulgur Rousse ce qu'elle était, Clarissa passa au niveau supérieur. Même Hélène, qui n'était qu'à quelques mètres d'elle, ne pouvait comprendre ce qui se déroulait. Distancée sans espoir, elle ne pouvait aider sa compagne. Elle dut se contenter d'observer et d'admirer. Elle se rendait bien compte que cette étrange personne venue de Tellus, le visage blanc et en sueur, le corps tendu à se rompre, assise devant le tableau de bord de la vedette, déployait une incroyable énergie mentale. Elle voyait les bombardiers faire demi-tour ou s'écraser, les projecteurs mobiles ne jamais arriver à destination et Cléonie, malgré son formidable entêtement lyranian, se diriger vers la chaloupe. Elle assistait à la mise hors d'action des nombreuses personnes cherchant par tous les moyens à entraver la progression forcée de Cléonie et n'avait pas la moindre idée de la façon dont la Fulgur s'y prenait.

Cléonie monta à bord et Clarissa sortit de sa transe. La vedette jaillit du bâtiment en ruine, traversa en hurlant l'atmosphère et fonça vers l'espace. La Fulgur secoua sa tête, s'essuya le front et contempla l'écran radar où, dans l'angle opposé à celui où se dessinait maintenant nettement le croiseur de Boskone, on pouvait distinguer un spot lumineux, puis elle régla la trajectoire de fuite de la vedette.

« Nous nous en tirerons, je pense, annonça-t-elle. Bien que cet appareil soit indétectable, l'ennemi connaît notre direction de vol et comme il est considérablement plus rapide, il ne tardera pas à nous repérer visuellement. D'un autre côté, il a dû également repérer nos propres vaisseaux et cela m'étonnerait qu'il continue à nous poursuivre longtemps. Gardez un œil sur l'écran-radar, Hélène. Je vais essayer de déterminer ce que Cléonie sait vraiment. Et la Fulgur Rousse consacra désormais toute son activité à l'étude de sa captive. Ses yeux se mirent à briller dès que son esprit se fut accordé sur celui de la Lyraniane. Cette Cléonie était une véritable trouvaille car cette insignifiante créature savait bien des choses dont jamais un seul membre de la Patrouille n'avait entendu parler. Et Clarissa Kinnison serait la première des Fulgurs Gris à en avoir connaissance ! C'est pourquoi, prenant maintenant son temps, elle étudia dans le détail l'extraordinaire histoire dont les images se projetaient dans son cerveau.

Karen et Camille, toutes deux à bord du vaisseau de Tregonsee se dévisagèrent et eurent un bref échange télépathique. Devaient-elles intervenir ? Jusque-là, elles s'y étaient refusées mais il semblait bien qu'elles allaient devoir s'y résoudre, car la vérité complète sur le conflit avec Boskone risquait fort d'amener l'effondrement psychique de leur mère. Pourtant, Clarissa était dotée d'une stabilité mentale hors du commun et supérieure à celle de Kim lui-même. Peut-être serait-elle en mesure d'encaisser la secousse. De toute façon, elle n'en dirait rien à son mari qui, grâces soient rendues aux cieux, n'était pas du genre inquisiteur… Sans doute cependant, serait-il préférable de censurer certains faits. Les deux filles se synchronisèrent sur l'esprit de leur mère à l'insu de celle-ci et « écoutèrent » les révélations de Cléonie.

En des temps incroyablement reculés, une planète aux coordonnées incertaines perdue dans un recoin effroyablement isolé de l'espace, un monde géant tournant lentement autour d'une étoile qui se refroidissait. L'atmosphère de ce globe n'était pas composée d'air et les liquides à sa surface n'avaient rien à voir avec l'eau.

Cependant y régnait la vie avec une race déjà ancienne et asexuée. En dehors de ceux qui périssaient de mort violente physique ou mentale, les membres de cette race étaient immortels. Après quelques centaines de milliers d'années, chacun de ces êtres, ayant atteint la limite de ses capacités en matière d'acquisition de connaissances, se divisait en deux individus dotés chacun du savoir du « parent » originel mais doté en plus de nouvelles possibilités d'emmagasinement du savoir.

Durant cette même période, puisque la vie existait, la compétition pour le pouvoir se développa. Le savoir n'avait d'intérêt qu'en fonction de la fraction de pouvoir qu'il permettait de s'accaparer, au profit de l'individu, du groupe ou de la cité. Des guerres civiles d'une violence inouïe déchirèrent ce monde puis pour les survivants vint la paix. Comme il leur était impossible de s'éliminer mutuellement, ils s'unirent et dirigèrent vers l'espace leur surplus d'énergie. Par nature et par choix, ces êtres étaient attachés à leur planète natale. La collaboration entre eux leur permit vite d'étendre leur domination à leur système solaire. Il leur vint alors l'envie d'aller plus loin et de s'attaquer à des secteurs entiers d'espace puis à la Galaxie entière et au Tout Macrocosmique.

Ils se mirent de plus en plus à utiliser leur force mentale pour franchir les abîmes spatiaux et réduire psychiquement en esclavage d'autres races. Cependant il existait bien peu de mondes où leur espèce pouvait espérer prospérer, aussi durent-ils inévitablement élargir leur domaine en recourant à des voies détournées et en employant des fondés de pouvoir leur servant d'intermédiaire. C'est ainsi que fut mise sur pied toute une structure de type pyramidale qui couvrit un nombre croissant de mondes et que se créa l'empire de Boskone.

Bien qu'ayant rapidement constaté que dans cet univers, leur asexualité était pratiquement unique, ces créatures n'en demeurèrent pas moins persuadées de la supériorité de leur méthode de reproduction par rapport à celle des êtres bisexués. Leur but était de contraindre ce cosmos-ci à l'adopter, aussi recherchèrent-ils comme assistant direct une race dont les mœurs se rapprocheraient au maximum des leurs. Ce fut chez les Kalonians qu'ils trouvèrent leur bonheur, ces humanoïdes ayant des femelles dont la seule fonction était d'assurer la perpétuation de l'espèce.

Maintenant que ces créatures avaient appris l'existence du matriarcat de Lyrane, elles avaient l'espoir d'avoir enfin découvert l'agent de liaison parfait entre elles et les mondes de leur empire car, à leurs yeux, le genre importait peu. Les Lyranianes, en effet, cherchaient depuis des siècles à parvenir à se débarrasser des mâles et en quelques générations, avec un peu d'aide, elles y réussiraient. A ce moment-là, la race parfaite de fondés de pouvoir serait enfin découverte.

L'histoire ne fut pas contée aussi directement et clairement par Cléonie qui ne l'avait pas vraiment bien assimilée. Clarissa comprit bien vite que cette race mystérieuse était celle qui tirait les ficelles de Boskone et le rôle assumé par les Kalonians dans la structure zwilnik lui apparut enfin clairement.

« Je vous livre cette histoire, avait dit sur un ton glacial le Fulgur Kalonian à Cléonie, non de ma propre initiative mais parce que je le dois. Je vous hais tout autant que vous me haïssez. Néanmoins, afin que votre race puisse courir sa chance, je dois vous emmener faire un petit voyage et tâcher, si possible, de faire de vous un Fulgur. Venez avec moi. » Rongée par la jalousie et l'ambition et aussi, puisque toute la vérité doit être dite, pressée par un Eddorian, Cléonie obéit.

Il n'est pas utile d'insister sur les horreurs et les atrocités que comportèrent ce voyage dont Eddie, le mineur de l'espace, ne fut qu'un des épisodes mineurs. Il suffit de préciser que Cléonie était une excellente recrue pour Boskone, qu'elle apprit vite et passa tous les tests avec succès.

« C'est tout, lui annonça alors le Fulgur Noir, et je suis bien heureux d'en avoir fini avec vous. Vous recevrez le moment voulu le message vous indiquant quand vous rendre sur Lyrane IX pour y toucher votre Joyau. Filez et j'espère que le premier Fulgur Gris que vous rencontrerez vous fera avaler son Joyau !

— J'en ai autant à votre disposition, riposta Cléonie. D'ailleurs, quand ma race vous aura supplanté dans le rôle qui est maintenant le vôtre, je me chargerai moi-même de vous faire ravaler vos paroles !

— Clarissa ! Clarissa ! Voulez-vous venir un moment, s'il vous plaît ! » La Fulgur Rousse revint brutalement sur « terre ». Hélène s'adressait télépathiquement à elle depuis plusieurs secondes sans aucun résultat. L'image du

Velan occupait maintenant la moitié de l'écran d'observation.

Quelques minutes plus tard, Clarissa et son équipe se retrouvèrent à bord de l'*Indomptable* dans les appartements particuliers de Kinnison. Il y eut de brèves et chaleureuses retrouvailles mentales, les démonstrations physiques viendraient plus tard. Worsel les interrompit.

« Excuse-moi, Kim, mais les secondes sont comptées. Ne ferions-nous pas mieux de nous séparer ? Tu te charges de la situation par ici, en fonction des renseignements recueillis par Clarissa et moi je prends en chasse ce maudit Boskonian. Il s'enfuit à toute vitesse.

— D'accord, camarade. » Et le *Velan* disparut.

« Tu te souviens bien sûr d'Hélène, Kim. » Kinnison hocha affirmativement la tête et fit un clin d'œil complice à sa femme qui s'était exprimée à haute voix. La Lyraniane, cherchant à masquer son dégoût, tendit à moitié sa main vers l'homme mais la retira aussi promptement qu'elle l'avait fait vingt ans plus tôt lorsqu'elle s'aperçut qu'on ne la lui prenait pas. « Et celle-ci, c'est Cléonie, la garce dont je t'ai déjà parlé. Tu la connaissais déjà, d'ailleurs.

— Ouais. Elle n'a guère changé, c'est toujours la même peste ! Si tu as ce que tu veux, nous ferions bien de...

— Kimball Kinnison, je demande la mort de Cléonie ! » l'interrompit Hélène d'un ton passionné. Elle s'était emparée d'un des Delameters de Clarissa et mettait en joue sa victime lorsqu'elle eut l'impression d'être saisie dans un étau.

— Désolé, beauté. » La pensée du Fulgur Gris était déterminée. « Mais les petites filles ne jouent pas à de tels jeux. Excuse-moi, Gris, de marcher sur tes plates-bandes. A toi de trancher !

— Tu en es bien d'accord, Kim ?

— Oui. C'est ton affaire, à toi de la régler à ta guise.

— Même si je décide de la laisser filer ?

— Bien sûr. Que pourrais-tu faire d'autre ? Embarque-la à bord d'une chaloupe de sauvetage. Je montrerai même à cette drôlesse comment la piloter.

— Oh, Kim... Merci...

— Quartier-maître ! Ici, Kinnison. Vérifiez la chaloupe n° 12 et mettez-la à l'espace. Je la prête à Cléonie de Lyrane II. »

Chapitre XXII

Raid de Christophe sur Eddore

Le jeune homme avait depuis longtemps décidé qu'il lui revenait personnellement d'aller en reconnaissance sur Eddore. C'était là une tâche qui lui incombait en propre. Il en avait d'ailleurs avisé un certain nombre de personnes mais ne se hâtait pas de conclure sa mission. En effet, une tentative de cette envergure exigeait de pouvoir y consacrer intégralement son attention et jusque-là trop de facteurs inclassables étaient venus perturber sa concentration. Cependant, sa visualisation de l'avenir lui annonça enfin une période d'environ deux semaines de temps libre, ce qui lui parut suffisant. Il n'était nullement certain d'être à la hauteur et Mentor se refusait à le rassurer sur ce point. Il n'y avait donc qu'une seule façon de le savoir : essayer. En cas d'échec, il ne lui resterait plus qu'à se replier et remettre à plus tard une autre tentative.

Les filles, bien sûr, voulaient l'accompagner.

— « Écoute, chris, ne fais pas ta tête de cochon ! » avait commencé Constance dans une discussion qui se termina par la dernière dispute violente de leur longue existence. « Allons-y ensemble. Ça sera un excellent banc d'essai de l'Unité...

— Non. Désolé, Constance, mais ce n'est pas plus dans le programme aujourd'hui que la dernière fois que nous en avons discuté, répondit-il calmement.

— Nous étions déjà en désaccord la dernière fois ! coupa d'un ton rageur Catherine, et pour une fois je ne serai pas de ton avis. Rien ne t'oblige à y aller aujourd'hui. En fait, tu ferais mieux d'attendre un peu. De toute façon, Chris, je te préviens que si tu persistes à vouloir y aller seul, nous te suivrons toutes individuellement.

— Cesse de jouer à l'enfant, Cath, lui conseilla-t-il. Prends conscience de la situation. C'est l'un des deux seuls endroits de l'Univers où il est impossible d'agir à distance et, avant que vous ne m'ayez rejoint, ma tâche sera déjà accomplie. Aussi, que vous soyez ou non d'accord, quelle importance ? J'y vais maintenant et j'y vais seul. Mettez-vous bien cela dans vos jolies têtes ! » Il finit, après une âpre dispute, à les convaincre, Karen y compris, de la justesse de ses vues et tandis que sa vedette franchissait les derniers parsecs le séparant de son but, il termina son analyse de la situation.

Il possédait toute l'information disponible sur Eddore et cela était pitoyablement maigre, insuffisant et contradictoire. Il savait tout de la version lyraniane de l'idée que Ploor se faisait d'Eddore... Ploor qui devait constituer le chaînon manquant entre Kalonia et Eddore et dont il ignorait jusqu'à l'emplacement dans l'espace et le temps !

Pourtant, ses sœurs et lui avaient fait le maximum, aidés en cela par de nombreux archivistes qui avaient découvert, sans que cela paraisse surprendre beaucoup le jeune Fulgur, qu'aucune mention d'Eddore nulle part n'existait.

Aussi avait-il dû s'appuyer sur des hypothèses, déductions et extrapolations ne lui donnant pas entièrement satisfaction. Il ne pouvait se baser sur rien d'indiscutable. Mentor l'avait fort objectivement prévenu que la chose tenait à la puissance même du cerveau Eddorian. Cet état de fait n'était pas de nature à enthousiasmer Chris au moment où il s'apprêtait à effectuer son raid sur Eddore compte tenu de l'incertitude où il se trouvait quant à ce qu'il pouvait s'attendre à rencontrer là-bas.

Lorsqu'il approcha de l'amas stellaire où se situait Eddore, il réduisit quasiment à zéro sa vitesse. Il savait qu'un écran extérieur englobait toute la région. Cependant, le positionnement, le type et le nombre des écrans intermédiaires le séparant de son but lui restaient inconnus. Or, la nature et l'emplacement de ces défenses faisaient partie de ce qu'il voulait apprendre.

Son réseau mental de détection à longue portée étant à son minimum de puissance, lorsque le contact s'établit, rien ne se déclencha. Il stoppa aussitôt sa vedette dont il coupa les moteurs.

Christophe Kinnison, clé de voûte de l'UNITÉ, disposait d'outils et d'équipements dont même Mentor d'Arisia n'avait qu'une vague idée et dont, du moins l'espérait-on, les Eddorians n'en avaient aucune... Le Fulgur fit appel aux ressources insoupçonnées de son cerveau, choisit ses outils et se mit à l'ouvrage.

Il réactiva avec une lenteur calculée son réseau psychique de détection, jusqu'à ce qu'il puisse tout juste percevoir la structure de la barrière se dressant devant lui. Il ne tenta pas de l'analyser véritablement, sachant que toute tentative suffisamment sérieuse pour y parvenir déclencherait automatiquement une alarme. L'analyse viendrait plus tard, lorsqu'il aurait réussi à savoir si le générateur de cet écran était artificiel ou vivant. Il longea la muraille immatérielle lentement et soigneusement. Il en étudia toute une section, s'acharnant à en repérer les zones de jonction et la façon dont elle était conçue. Avec des précautions infinies, il matérialisa une sonde synchronisée sur la structure éminemment complexe de l'écran et l'insinua grâce à l'une des voies d'alimentation de celui-ci vers le générateur. Un mécanisme... Tout comme les Arisians, les Eddorians ne dispersaient pas leurs effectifs au niveau des avant-postes. Un camouflage strictement analogue en nature à l'obstacle qui s'offrait à lui enveloppa la vedette qui se fondit imperceptiblement dans l'écran au point d'en devenir partie constituante. Ce camouflage bientôt glissa de la proue à la poupe de la vedette qui avança progressivement jusqu'à se retrouver de l'autre côté. L'écran, inchangé, se trouvait derrière l'astronef !

Chris respira profondément et se relaxa. Cela ne prouvait pas grand-chose. Nadreck en avait fait tout autant pour liquider Kandron. Le moment décisif viendrait plus tard mais cela avait constitué un excellent entraînement.

C'est avec le cinquième écran, qui constituait la défense rapprochée d'Eddore que vint la minute de vérité. Les précédents, bien que de complexité et de sensibilité croissantes, n'avaient posé que des problèmes analogues au premier car ils étaient engendrés par de simples générateurs. Le cinquième cependant offrait une tout autre difficulté car à son origine se trouvait un cerveau vivant et redoutable. L'Eddorian serait sensible à toute déformation de la forme de l'écran comme à toute interférence. Or, la vedette ne pouvait le franchir qu'en le déformant. Plus grave encore, un réseau de détecteurs visuels et électromagnétiques avait été mis en place, qui ne laisserait pas un microbe passer ! Étaient déployés là pilonneurs, forteresses spatiales et croiseurs avec leur accompagnement de projecteurs, mines, torpilles atomiques et autres engins de destruction. Cet arsenal se trouvait-il sous la dépendance directe de l'Eddorian ? Non...

Les responsables étaient Kalonians pour la plupart qui n'entreraient en action qu'au signal du Gardien mais cependant ceux-ci avaient néanmoins la latitude d'intervenir en cas de besoin. Ce dispositif était remarquablement efficace et bigrement dur à forcer ! Il allait devoir recourir aux zones de contrainte, il n'y avait rien d'autre à faire.

Choisissant l'une des forteresses du vide les plus énormes du voisinage et qui contrôlait un vaste secteur d'écran, il insinua son esprit dans celui de plusieurs des officiers chargés de l'observation. Lorsqu'il les abandonna quelques minutes plus tard, il savait qu'aucun de ceux-ci ne réagirait au cas où sonnerait l'alarme qui ne manquerait pas d'être déclenchée au moment où sa vedette franchirait l'écran. Pourtant, les Kalonians se seraient indignés à l'idée que l'on puisse prétendre qu'ils n'étaient pas parfaitement normaux et vigilants. Cependant, quels que soient les voyants qui s'allumeraient, les ordres qui jailliraient des haut-parleurs, les images que montreraient les écrans de détection, au niveau de leur conscience, rien ne se produirait.

Restait l'Eddorian. Pour Chris, dans l'état actuel de son développement, il était hors de question de contrôler complètement un tel esprit. Une zone partielle d'asservissement, néanmoins, pouvait être établie et le cerveau du jeune Kinnison avait été spécifiquement développé pour réussir l'impossible. C'est ainsi que le Gardien, sans s'en rendre compte, fut la victime d'une attaque de cécité partielle qui ne dura que la fraction de seconde nécessaire à la vedette pour traverser l'écran.

Christophe Kinnison, enfant du Joyau, se trouvait maintenant au sein de la sphère de défense ultime d'Eddore. Des éons durant, les Arisians avaient œuvré en vue de permettre un jour cela. Il n'ignorait pas que son séjour devait par nécessité être bref, quelle que soit la moisson de renseignements qu'il ait pu recueillir. Même si Mentor n'avait pas insisté sur ce point, il aurait été de lui-même évident. Tant qu'il ne ferait rien, il était à l'abri mais dès qu'il allait tant soit peu fouiner il deviendrait détectable et n'importe quel Eddorian le repérerait inévitablement. Il était réduit à ses seules ressources face à un nombre indéterminé d'entités parmi les plus impitoyables et les plus puissantes que l'Univers ait jamais connues. Ni les Arisians ni les gamines ne pouvaient dorénavant lui venir en aide.

Pendant un bon moment, il perdit courage. Ses chances de réussite étaient vraiment par trop minimes ! Il était effrayé et pour la première et dernière fois de son existence la crainte lui glaçait les os... Il avait la bouche sèche et les doigts tremblants. Jusqu'à son dernier jour, il se souvint de l'instant où cette peur lui susurra qu'il n'avait qu'à faire demi-tour et à s'en aller aussi discrètement qu'il était venu. Rien ne l'en empêchait. Qui donc s'en soucierait ? Les Arisians... qu'ils aillent au diable ! S'il se trouvait dans ce pétrin, c'était de leur faute. Ses parents ? Ils ne savaient rien de l'enjeu réel et ne s'en soucieraient donc pas. Les filles ?... C'était une autre histoire !

Elles avaient fait des pieds et des mains pour le dissuader de tenter seul ce raid et il les avait rabrouées en conséquence. S'il revenait bredouille et la tête basse, comment allaient-elles le prendre ? Elles sauraient immédiatement ce qui s'était passé et si un jour la Patrouille et la Civilisation devaient succomber, il n'aurait rien à dire pour sa défense. Il ne voulait ni de leur mépris ni de leur pitié condescendante. Et puis, que penserait-il de lui-même ? Rien à faire. Reculer était impensable. De toute façon, les Eddorians ne pouvaient le tuer qu'une fois.

Il piqua vers le sol, notant au passage que ses mains ne tremblaient pas et que sa langue n'était plus sèche. Il était toujours inquiet mais sa peur paralysante s'était dissipée.

Il survola à basse altitude Eddore, explorant la planète de toute la puissance de ses sens et devint aussitôt beaucoup trop occupé pour avoir le loisir de paniquer. Il y avait là un formidable amoncellement de matériel nouveau et il pria le ciel d'avoir le temps de tout examiner.

Cependant cette chance lui fut refusée. En une seconde sa présence fut détectée et un Eddorian vint s'enquérir de la nature de l'interférence. Kit lança toutes ses forces dans la bataille et avant que la créature totalement surprise ne périsse, il en apprit plus sur Eddore et l'Empire de Boskone que les Arisians eux-mêmes n'en savaient. Dans l'éclair de fusion mentale qui s'ensuivit, il absorba en totalité l'histoire d'Eddore depuis le début des temps. L'acquisition quasi instantanée de tout ce qui touchait à la civilisation, aux mœurs, aux structures sociales de l'ennemi juré de la Civilisation permit au Fulgur de discerner les points forts et les faiblesses de l'adversaire. Il savait désormais comment la Patrouille devrait s'y prendre, si un jour elle devait triompher.

Assis aux commandes dc sa vedette, il brancha aussitôt tous ses écrans. Cela le protégerait un peu de ce qui l'attendait quoique aucune barrière mentale artificielle ne fût en mesure de bloquer l'intervention psychique d'entités de niveau III. Il mit le cap sur le seul endroit où son appareil et lui ne risquaient pas d'être accueillis à coups de bombe et de rayons, vers la forteresse du vide où nul ne s'apercevrait que quelque chose clochait. Il ne redoutait pas une poursuite physique car sa vedette était l'engin spatial le plus rapide du moment.

Pendant quelques secondes, cela n'alla pas trop mal. Un

autre Eddorian, sur ses gardes, vint enquêter. Chris le foudroya sur place, en apprenant encore plus ce faisant mais il ne parvint pas à l'empêcher d'appeler désespérément à l'aide. Bien que manifestant quelque peine à admettre l'invasion matérielle de leur monde les Eddorians n'en réagirent pas moins promptement pour autant et leur fureur était à son comble.

Lorsque le Fulgur passa au large de la forteresse « amie », il encaissait déjà l'assaut de plusieurs Eddorians et avait l'impression d'être à la limite de ses capacités d'endurance. Parvenu au quatrième écran, les choses empirèrent et, lorsqu'il atteint le troisième il était persuadé ne pouvoir en supporter davantage. Cependant, puisant au fond de lui-même des ressources insoupçonnées il réussit à résister encore à la punition qu'on lui infligeait.

Tiens bon, Chris ! Il n'y a plus que deux écrans à franchir. Peut-être même seulement un. C'étaient maintenant des cerveaux Eddorians qui bien sûr contrôlaient les écrans mais si la visualisation d'Arisia n'était pas trop farfelue, les protecteurs de la Civilisation avaient présentement dû venir à bout des défenses extérieures d'Eddore et étaient en train de s'attaquer au second écran. Tiens bon, Chris et continue ta route ! Et, avec une opiniâtreté féroce et désespérée, l'aîné des enfants du Joyau maintint le cap...

Chapitre XXIII

Et s'en tire vivant...

Il suffit à l'historien de dire que le jeune Fulgur en faisant appel à toutes ses ressources, tint bon suffisamment longtemps pour parvenir à s'échapper.

Arisia intervint exactement au moment voulu. Les gardiens Eddorians avaient à peine repris le contrôle direct du premier écran lorsque celui-ci fut saturé par un flot télépathique arisian. Il faut bien cependant se souvenir que ce n'était pas la première fois que la puissance conjuguée d'Arisia s'était lancée à l'assaut des défenses d'Eddore et que de ce fait, au fil des millénaires, les habitants de ce monde, avaient beaucoup appris des techniques offensives et défensives de leurs ennemis. Aussi l'Arisiane fut-elle pratiquement bloquée dès le second écran au moment même où Chris en approchait. La muraille psychique faiblissait ici, se reconstituait là mais résistait globalement.

Sous l'impact d'une poussée collective des Arisians, le secteur vers lequel se ruait la vedette faiblit passagèrement. Quelques projecteurs se déchaînèrent bien, mais en vain. Si les Eddorians ne réussissaient à maintenir leur ligne de défense principale, comment auraient-ils pu en outre protéger l'esprit de leurs canonniers ? Le petit vaisseau franchit la zone critique et se retrouva au centre d'une sphère impénétrable de pensées arisianes. Le choc produit par la brutale cessation de ce terrifiant affrontement fut tel que Chris s'évanouit aux commandes de son appareil. Il était inerte, effondré dans son siège de pilote. Il passa progressivement de la syncope à un sommeil naturel et réparateur. Tandis que le dormeur, à bord de sa vedette en phase aninertielle, fonçait à toute vitesse dans le vide interstellaire, cet étrange globe de force continuait à l'envelopper et à le protéger.

Le jeune revint finalement à lui. Sa première pensée quelque peu embrumée fut de se dire qu'il était affamé puis, reprenant enfin totalement ses esprits, il se saisit des commandes de la vedette.

« Reposez-vous, jeune et mangez votre saoul », le rassura une pseudo-voix sonore et profonde. « Tout va pour le mieux.

— Hello, Mentor... mais, n'est-ce pas là mon vieil ami Eukonidor ? Quoi de neuf ? Quelle idée vous a pris de me laisser ronfler une semaine durant alors qu'il y a tant à faire ?

— Votre tâche est pour le moment remplie et, permettez-moi de vous le dire, bien remplie...

— Merci, mais... coupa Chris qui s'empourpra, cela ne colle pas avec la couardise dont je n'ai pu m'empêcher de faire preuve !

— Vous êtes bien le terme ultime d'une lignée mais cela n'implique pas un niveau de perfection absolue qui est d'ailleurs par définition inaccessible. Je ne vous conseille pas d'essayer d'oublier l'incident et ne suis pas en mesure d'en effacer la mémoire de votre esprit puisque votre cerveau maintenant est hors de portée des moyens à ma disposition. Soyez néanmoins assuré que rien de ce qui s'est passé ne devrait vous chagriner car, en vérité, votre esprit a été soumis à un stress comme jamais nul autre auparavant ne l'a été. Or, vous n'avez pas cédé et avez réussi à recueillir des informations que même nous, les Arisians, avions été incapables d'obtenir à ce jour. Ces informations, d'ailleurs, s'avéreront des armes qui permettront à la Civilisation d'être sauvée.

— Je ne peux y croire... c'est... ça ne me paraît pas... » Chris, se rendant compte qu'il se mettait à penser de travers, se tut et se ressaisit. Aussi énorme que puisse paraître ce jugement, il devait être fondé !

« Oui, jeune. Cela est la vérité pure. Il est exact que dans le passé nous autres, Arisians, avons été amenés à faire des déclarations ambiguës afin d'amener certains Fulgurs et d'autres à des conclusions erronées mais jamais, vous le savez, nous n'avons menti.

— Je dois le reconnaître. » Chris sonda l'esprit de l'Arisian. « J'ai de la peine à vous croire car le morceau me paraît gros à avaler !

— Peut-être mais la raison de ma présence ici, c'est de vous convaincre de la vérité qu'autrement vous ne seriez jamais parvenu à accepter et de veiller à votre repos sans lequel vous n'auriez pu vraiment récupérer.

— Alors, je n'étais pas... du moins je ne le pense pas...

— Vous ne l'avez jamais été.

— Tant mieux ! Je me demandais... Mentor va être très occupé ces temps-ci aussi c'est à vous que je vais poser la question. Les Eddorians, malgré tous mes efforts, ont dû prendre une sorte d'empreinte mentale de moi et ils vont me poursuivre sans relâche. Aussi je suppose qu'il me faudra dorénavant maintenir en permanence un blocage psychique sans faille ?

— Ils n'en feront rien et cette précaution est inutile. Guidé par ceux que vous savez composer Mentor, je dois y veiller personnellement. Mais le temps presse et je dois rejoindre mes compagnons.

— Une dernière question. Vous avez tenté de me rassurer sur moi-même et je me suis volontiers laissé faire. Mais, nom d'un chien, Eukonidor, les filles vont forcément savoir que pendant un moment, je me suis dégonflé ! Que vont-elles en penser ?

— C'est là votre question ? » et la pensée d'Eukonidor paraissait immensément s'amuser. « Elles vous le feront savoir incessamment. »

La présence arisiane s'évanouit avec sa sphère de force et quatre présences vociférantes prirent la relève.

« Oh ! Chris, nous sommes si heureuses. Nous avons essayé de t'aider mais ils nous en ont empêchés ! »

Le jeune Fulgur se rendait compte que ses sœurs connaissaient par le menu tout ce qu'il lui était advenu. Or, sans exception aucune, elles trouvaient qu'il avait été formidable.

« Ce que je ne comprends pas c'est que vous vous blâmiez pour ce qui m'est arrivé alors que vous avez suivi pas à pas ma tentative. Vous savez comme moi qu'une intervention de votre part à ce stade aurait tout compromis. Vous savez aussi que j'ai flanché un moment. Ne l'avez-vous donc pas noté ?

— Oh, ça ! » Pratiquement à l'unisson, les quatre filles considérèrent la chose comme négligeable et Karen expliqua :

« Comme tu savais très bien à quoi t'attendre là-bas, nous sommes émerveillées que tu aies eu le courage d'y aller car personne d'autre ne l'aurait osé. Or, une fois sur place, quand tu as vu ce qui s'y trouvait véritablement, que tu n'aies pas fait demi-tour immédiatement relève de l'exploit. Crois-moi, frérot, tu as du cran... »

Kit était étouffé par l'émotion. C'était trop... Il se sentait d'un seul coup tout ragaillardi. Ces gamines... elles étaient formidables !

Sur Eddore, monde froid, gluant et méphitique, les assaillants Arisians ayant été repoussés et l'ordre rétabli, une réunion de l'Ultime Cénacle se tint. Aucune des entités présentes n'avait la même apparence, certaines passaient constamment d'une forme à une autre et toutes revêtaient un aspect repoussant. Chacun se concentrait sur le problème qui s'était si brutalement imposé à eux et en discutait avec son voisin. Compte tenu du niveau et de la complexité des échanges il est impossible d'en rendre intégralement compte et l'on n'en retiendra que les points marquants.

« Ceci résout le mystère de ce Soleil Alpha que les Ploorans et les Kalonians redoutent tant.

— Et l'échec de notre opérateur sur Thrale.

— Également la série de revers que nous venons d'essuyer récemment.

— Ces idiots, ces ahuris de subordonnés !

— Nous aurions dû être avisés de cela dès l'origine !

— Avez-vous réussi à analyser ou à simplement appréhender la structure globale de l'envahisseur ?

— Non.

— Moi non plus. C'est une donnée hautement révélatrice.

— C'est un Arisian ou plutôt un développement arisian

complètement nouveau. Aucune autre créature de la Civilisation n'aurait pu mener à bien ce qui vient d'avoir lieu. Cela ne correspond pas à ce que nous connaissions d'eux jusque-là.

— Ils ont tout récemment mis au point quelque chose que nous n'avions pas visualisé...

— Le fils de Kinnison ? Bah ! Pensent-ils réellement parvenir à nous tromper en contrôlant un être ordinaire fait de chair et de sang ?

— Kinnison, son fils, Nadreck, Worsel, Tregonsee, quelle importance cela a-t-il ?

— De même d'ailleurs que la fiction qu'est Soleil Alpha, maintenant que nous savons à quoi nous en tenir...

— Nous devons réviser nos évaluations, trancha autoritairement une fusion d'esprits. Il nous faut revoir nos plans et nos théories. Il se pourrait bien que ce développement imprévu nécessite des mesures immédiates. Si nous avions eu des sous-ordres compétents, cela n'aurait pu se produire car nous aurions été tenus au courant de l'évolution de la situation. Pour remédier à un état de fait qui pourrait s'avérer grave comme pour recueillir le maximum de renseignements frais, il nous faut assister à la conférence qui se tient présentement sur Ploor. »

Ce que firent les Eddorians. Sans que s'écoulât le moindre délai et sans recourir aux moyens classiques de transport, ceux-ci se retrouvèrent dans la salle de réunion de leurs séides, sur ce monde dans sa phase aquatique. Les autochtones ressemblaient alors aux Nevians plus qu'à toute autre race connue des humains. Étendus sur des banquettes, ils discutaient fiévreusement. Les Ploorans, à un niveau inférieur, débattaient des mêmes sujets que les Eddorians précédemment.

Soleil Alpha ou Kinnison avait été capturé mais, presque immédiatement avait réussi à s'échapper d'un piège pourtant inéluctable. Un autre avait aussitôt été mis en place mais l'on s'interrogeait sur son efficacité ? Kinnison était, devait être Soleil Alpha. Non, ce n'était pas possible car il existait trop de cas où une simultanéité d'événements en démentait l'hypothèse. Kinnison, Nadreck, Clarissa, Worsel, Tregonsee et même le jeune fils du Coordinateur avaient tous, à un moment ou à un autre, brièvement manifesté des capacités inexplicables, et Kinnison tout particulièrement. Il était d'ailleurs curieux de noter que le début de la longue série d'échecs enregistrés par Boskone avait coïncidé avec l'apparition de Kinnison parmi le corps des Fulgurs.

La situation était mauvaise mais nullement désespérée. La faute en incombait aux Eichs et même peut-être à Kandron d'Onlo. Quelle stupidité ! Quelle incompétence ! Ces opérateurs subalternes auraient dû avoir assez de cervelle pour aviser Ploor de la situation avant que celle-ci ne leur échappe totalement. Or, ils n'en avaient rien fait. Aucun des présents cependant n'émit la suggestion que l'état des choses était tel qu'eux-mêmes risquaient de ne pouvoir y remédier et qu'il était préférable d'en référer à Eddore avant que les Maîtres eux aussi ne soient placés dans une situation intenable.

« Fous ! Imbéciles ! Nous, les Maîtres sommes déjà ici et ce n'est certes pas grâce à vous ! Sachez que vous avez été et êtes coupables des mêmes errements que ceux que vous condamnez si allègrement chez les autres. » Ni les Eddorians ni les Ploorans ne réalisèrent que cette déficience était inhérente à la conception boskoniane de l'existence et que du sommet à la base ce phénomène se répétait en cascade. « C'est de la pure bêtise ! Une grossière surestimation de vos capacités ! Voilà les raisons de nos récents échecs !

— Mais, Maîtres, protesta un Plooran, maintenant que nous avons repris les choses en main, nous l'emportons progressivement. La Civilisation s'écroule. D'ici quelques années, il n'en restera plus rien.

— C'est précisément ce que l'ennemi veut nous faire croire. Ils ont cherché et cherchent toujours à gagner du temps. Vos erreurs et vos maladresses leur ont déjà permis de créer un objet ou une entité capable de pénétrer nos écrans. C'est ainsi qu'Eddore a subi pour la première fois de sa longue histoire l'affront d'une invasion physique. Ce fut bref et infructueux, bien sûr, mais le fait n'en reste pas moins...

— Mais, Maîtres...

— Silence ! Nous ne sommes pas ici pour perdre notre temps en récriminations vaines mais pour déterminer des faits. Comme nous ne connaissons pas les coordonnées spatiales d'Eddore, il est certain que volontairement ou non vous n'avez pu fournir cette information à l'ennemi. Cela en retour nous indique clairement qui, fondamentalement, était l'envahisseur...

— Soleil Alpha ? » Un flot de questions jaillit du groupe.

« Un nom comme un autre pour ce qui est presque

certainement une innovation arisiane. Il vous suffit de savoir qu'il s'agit d'une entité face à laquelle même la communion mentale de l'ensemble de votre race ne pourrait faire face. Pour ce que vous en savez, avez-vous été envahi, physiquement ou psychiquement ?

— Absolument pas, Maîtres et il est impensable de...

— Ah oui ! ricanèrent les Maîtres. Ni nos écrans, ni nos gardiens Eddorians ne purent donner l'alarme. Nous n'avons appris la présence arisiane qu'au moment où celle-ci a tenté de sonder nos esprits, alors qu'elle se trouvait déjà sur notre monde. Vos défenses et vos cerveaux sont-ils donc si supérieurs aux nôtres ?

— Nous avouons notre erreur, Maîtres. Que désirez-vous que nous fassions ?

— Voilà qui est mieux. Vous recevrez vos instructions dès que nous aurons achevé dans ses moindres détails l'analyse des derniers événements. Bien que cela ne soit nullement prouvé, il est probable que présentement votre existence a été ignorée de la Civilisation. Néanmoins, l'un d'entre nous va prendre en charge la chausse-trape que vous avez tendue à Kinnison qui, pour vous, est Soleil Alpha.

— Mais, Maîtres, il est certain que c'est bien lui Soleil Alpha !

— En théorie, oui. Dans les faits, non. Kinnison, selon toute probabilité, n'est qu'une des marionnettes par l'entremise desquelles agissent occasionnellement les Arisians. Si vous prenez au piège Kinnison, l'entité que vous appelez Soleil Alpha vous tuera tous infailliblement.

— Mais, Maîtres...

— De nouveau, taisez-vous, fous que vous êtes ! » Et la pensée d'Eddore paraissait trempée dans du vitriol. « Souvenez-vous avec quelle facilité Kinnison vous a déjà échappé. Ce fut une manœuvre de la plus grande habileté que de ne pas suivre le corridor hyperspatial jusqu'à sa destination finale afin de vous supprimer tous. De la sorte la vérité sur le Coordinateur n'a pu se faire jour. Vous êtes totalement impuissants devant celui que vous baptisez Soleil Alpha. Contre des adversaires de moindre envergure — et il est à penser que vous n'aurez, le cas échéant, qu'à faire face à des forces plus conventionnelles — peut-être serez-vous en mesure de vaincre. Êtes-vous prêts ?

— Oui, Maîtres, nous sommes prêts. » Là enfin, les Ploorans se retrouvaient en terrain de connaissance. « Nous sommes à l'abri d'une attaque classique. Seules les trois armes récentes mises au point par l'ennemi nous ont causé quelques difficultés, à savoir : les projectiles antimatière de masse planétaire, les planètes mobiles qui passent du vol aninertiel à l'espace normal au dernier moment avec une vitesse intrinsèque telle que la collision est inévitable et le faisceau solaire. Mais dorénavant ce sont des problèmes résolus et si la Patrouille s'avise de les employer contre nous, ce sera désastreux pour elle !

« Mais nous ne nous sommes pas arrêtés là. Nos psychologues, travaillant de concert avec nos ingénieurs, ont envisagé les mesures appropriées à prendre pour faire face aux nouvelles armes que les Surfulgurs seraient susceptibles de mettre au point dans les prochaines décennies.

— Telles que ? demandèrent les Maîtres fort peu impressionnés.

— Le développement le plus probable sera l'extension du principe du faisceau solaire et son emploi à partir non du soleil du système en cause mais depuis une étoile proche, de préférence une nova. Nous sommes présentement en train d'installer champs et grilles grâce auxquels ce sera nous, et non la Patrouille, qui en aurons le contrôle.

— Intéressant, si cela est vrai. Expliquez-nous mentalement dans le détail l'ensemble de vos prévisions et les contre-mesures envisagées pour vous protéger. »

L'opération se prolongea, malgré la vitesse de la pensée. A la fin les Eddorians étaient toujours aussi sceptiques et pessimistes.

« Nous pouvons visualiser bien d'autres développements de l'arsenal de la Civilisation d'ici un siècle, conclurent froidement les Maîtres. Nous allons en résumer les données pour que vous les étudiiez. En attendant, tenez-vous prêts à agir, car vous recevrez bientôt vos instructions finales.

— Oui, Maîtres. » Les Eddorians s'en retournèrent sur le monde natal aussi facilement qu'ils en étaient partis. Là, ils tirèrent les conclusions de leur conférence avec les Ploorans.

« ... Il est clair que Kinnison entrera dans le piège, car il ne peut faire autrement. Le protecteur de Kinnison, quel qu'il soit, l'y suivra ou non. Mais, que ce dernier soit ou non capturé, une chose est certaine, Kimball Kinnison doit mourir. Il est la clé de voûte de la Patrouille Galactique et l'annonce de sa mort par nos soins fera tomber en pièces l'édifice de la Civilisation. Les Arisians dont l'existence est inconnue du plus grand nombre ne trouveront pas de sitôt une figure de proue d'une telle envergure d'où l'importance de ce projet. Vous assumerez personnellement la surveillance du piège tendu par Ploor et vous chargerez de l'exécution du Coordinateur.

— Sauf sur un point, je suis pleinement d'accord sur la question. Je ne suis nullement certain que la mort soit la bonne solution. D'une façon ou d'une autre, cependant, je fais mon affaire de Kinnison.

— Faire votre affaire ? Nous avons décidé de le tuer !

— Je vous ai entendu. Je persiste à croire que sa simple mort n'est pas le choix adéquat. Je vais étudier le problème et vous soumettrai le moment voulu mes conclusions et recommandations pour que vous tranchiez. »

Bien qu'à ce moment aucun des Eddorians ne l'ait su, leur pessimisme concernant les capacités des Ploorans à défendre leur planète face aux assauts des Surfulgurs était pleinement justifié. Kimball Kinnison, après avoir fait des heures durant les cent pas dans son bureau, fit appeler son fils.

« Chris, voici des mois que je travaille sur un truc et je ne sais si finalement j'ai raison. Ça dépendra en grande partie de toi. Mais avant de te l'expliquer, je voudrais ton avis sur un point capital : si nous découvrons le monde qui abrite l'échelon suprême de Boskone il nous faudra obligatoirement le pulvériser, n'est-ce pas ? Or, il est à prévoir que toutes les armes employées à ce jour en seront incapables.

— Entièrement d'accord sur les deux points, répondit après un temps de réflexion le jeune homme. Et il nous faudra quelque chose de beaucoup plus expéditif et rapide que ce que nous avons dans notre actuelle panoplie.

— C'est exactement ce que je pensais. Je crois que j'ai trouvé mais personne, à l'exception du vieux Cardynge et de Mentor d'Arisia... personne n'est en mesure de suivre les calculs mathématiques que cela implique. Il s'agit de cet espace étranger, celui que nous avons baptisé l'espace N, là où nous avait déposés la dernière fois le corridor hyperspatial. Tu as travaillé pas mal avec les Arisians sur ce genre de problème. Je suppose que tu es en mesure d'obtenir d'eux qu'ils t'aident à déterminer les caractéristiques d'un Tube permettant d'aller là-bas et d'en revenir ?

— Hum... Laisse-moi réfléchir une seconde. Oui, ça doit être possible. Pour quand en as-tu besoin ?

— Aujourd'hui, et même hier...

— Trop court. Ça va prendre un couple de jours mais

je serai prêt bien avant que tu n'aies un vaisseau spécifiquement équipé pour le voyage avec son équipage de spécialistes.

— Ça ne prendra pas longtemps, fils. On se servira du même astronef que la dernière fois. Il est toujours en service, tu sais. Il est inscrit sous le nom de *Laboratoire Spatial n° 12.* Il y a à bord tout le matériel nécessaire. Nous serons parés dans deux jours. »

Et ils le furent. Chris sourit lorsqu'il salua le vice-amiral La Verne Thorndyke, Technicien principal, et les autres membres survivants de l'équipage originel de son père.

Dès que le vaisseau eut quitté le système, Chris, à sa grande surprise, put constater que les « galonnés » n'hésitaient pas à mettre la main à la pâte. A l'approche de leur destination, ils coupèrent les réacteurs, et enclenchèrent les générateurs spéciaux. Lorsque les écrans de l'appareil entrèrent en contact avec le champ déterminant l'immatériel corridor hyperspatial chaque homme à bord ressentit un malaise indéfinissable car l'accélération transdimensionnelle est un phénomène auquel nul être humain jamais ne peut s'accoutumer. Une fois dans le Tube, les écrans d'observation montrèrent des alentours d'un gris morne et ininterrompu que rien ne venait troubler.

Chris abaissa un interrupteur. Chacun eut derechef l'impression d'une sorte de torsion interne bizarre et la décélération qui s'ensuivit fut aussi désagréablement appréciée que l'accélération. Puis tout cessa. Le *Laboratoire Spatial n° 12* se trouvait au cœur de l'espace N dont les vétérans conservaient un cuisant souvenir et où aucune des lois naturelles n'avait plus cours. Le temps s'écoulait indifféremment dans un sens ou dans l'autre et la vitesse de la lumière n'était plus une limite même pour les objets en vol normal. Chacun des volontaires, avant de débarquer dans cet univers hostile, reprit son souffle et s'apprêta à encaisser bravement l'impact psychologique d'un environnement déconcertant.

« Joli travail, Chris ! applaudit Kinnison après un coup d'œil à l'un des écrans. C'est bien le monde où nous avons tant trimé dans le temps. Toute notre machinerie est là, intacte. Es-tu certain, fils, que tout est en ordre ?

— Certain, père.

— Parfait. Alors, les gars, nous vous souhaitons bonne chance, Chris et moi devons vous abandonner car le travail nous attend. Inutile de vous dire d'être prudents. A bientôt. »

Les Fulgurs, père et fils, grimpèrent à bord de leur vedette et refirent le trajet en sens inverse sans dire un seul mot.

Chapitre XXIV

Solution d'un problème

Chris voulait regagner l'espace normal dès que possible afin d'aider ses sœurs à retrouver leur équilibre car bien que lui-même n'ait rien décelé de fâcheux chez elles, il était néanmoins certain qu'il n'en allait pas de même pour Mentor.

Kinnison, lui, souhaitait rentrer simplement parce qu'il avait beaucoup de travail en retard. Finalement, cependant, il décida d'organiser une conférence réunissant tous les Surfulgurs et ses enfants, conférence qui, bizarrement, devait se tenir non par l'entremise du Joyau mais plus prosaïquement en réunissant en chair et en os tous ses participants.

« Ce n'était pas vraiment indispensable », expliqua en s'excusant presque le Fulgur Gris à son fils tandis que leurs vedettes se rapprochaient de l'*Indomptable*. « Mais je persiste à penser que j'ai quand même eu une bonne idée, surtout compte tenu de la proximité où nous nous trouvons de Lyrane IX.

— Entièrement d'accord. Ça fait une éternité que nous n'avions pas eu l'occasion de nous retrouver au grand complet. »

Ils débarquèrent tous deux et Clarissa se jeta au cou de son Kim à peine le sas franchi. Les filles se tenaient quelque peu sur leur réserve tandis que Chris tentait l'impossible exploit de les embrasser toutes quatre en même temps.

D'un commun accord, les cinq utilisèrent uniquement leurs yeux et rien d'anormal n'était perceptible bien que les jumelles soient quelque peu écarlates et que Chris eût un sourire un peu forcé.

Les personnalités rassemblées là formaient un groupe vraiment extraordinaire. Il y avait là Tregonsee de Rigel IV, trapu, massif, immobile et qui ressemblait aussi peu que possible à l'un des plus profonds penseurs de la Civilisation qu'il était et Worsel, l'ultra-sensitif et implacable Vélantian dont les yeux pédonculés contemplaient languissamment les alentours. Clarissa Kinnison, rayonnante dans sa tenue de cuir gris, ne paraissait guère plus âgée que ses filles et était assise au côté de Catherine tandis que Camille et Karen installées sur un rebord de bureau encadraient Christophe. Dans le coin le plus éloigné se tenait Nadreck, engoncé dans une encombrante tenue isolante et qui au sens propre du terme réfrigérait l'atmosphère ambiante.

« Allons-y ! commença Kinnison. Nous donnerons en priorité la parole à Nadreck qui n'est guère à l'aise ici, afin de le libérer. Il restera en contact télépathique avec nous après son départ. Vous avez la parole, Nadreck.

— J'ai exploré Lyrane IX, soigneusement... » annonça le Palainian qui après cette affirmation s'arrêta. Lorsqu'il rendait compte de la sorte de son activité, cela avait une signification profonde. Or, jusque-là, personne jamais ne l'avait vu insister ainsi sur ses campagnes et cette simple phrase indiquait que Nadreck avait pratiquement passé la planète au microscope. « Je n'y ai trouvé aucune forme de vie d'un niveau mental nous intéressant, tant à la surface qu'en sous-sol. Je n'y ai pas non plus découvert la moindre évidence du passage ou de l'installation provisoire quelconque d'une espèce intelligente.

— Lorsque Nadreck affirme aussi nettement quelque chose, il n'y a plus à y revenir », remarqua Kinnison dès que le Palainian les eut quittés. « Je vais à mon tour vous exposer les résultats de mon intervention sur Kalonia. Concrètement, l'unique fait nous intéressant et la seule piste susceptible de nous mener vers le véritable Boskone était que le Fulgur Noir Melaniskov avait reçu son Joyau sur Lyrane IX. Or, ce dernier ne présentait aucune trace de chirurgie mentale. A partir de cela, je ne vois que deux hypothèses plausibles. Ou il avait subi une manipulation psychique que je n'ai pas su déceler ou bien il y a eu des visiteurs sur Lyrane IX qui n'ont laissé nulle trace de leur passage. Peut-être vos rapports respectifs nous permettront-ils d'élucider ce mystère. Worsel ? »

Chacun des autres Surfulgurs indiqua avoir recueilli des renseignements débouchant sur l'énigme de Lyrane IX, mais Worsel et Tregonsee qui avaient eux aussi passé ce monde au crible, confirmèrent les conclusions de Nadreck.

« Chris ? demanda alors Kinnison. Toi et les filles, qu'avez-vous à ajouter ?

— Nous pensons que Lyrane IX a reçu la visite d'êtres ayant des capacités mentales telles qu'ils n'ont laissé aucun indice permettant de les identifier ou de les retrouver. Nous pensons également qu'il n'y a pas eu chirurgie psychique à proprement parler mais un genre de coercition subconsciente parfaitement indétectable au niveau des Fulgurs Noirs et de tous les autres étant entrés en contact avec les Boskonians. Si nous ne nous trompons pas, Lyrane IX est une impasse de plus et n'offre aucun intérêt. Par ailleurs, pour nous, les Fulgurs Noirs ne sont pas et ne seront jamais très dangereux. »

Le Coordinateur fut quelque peu surpris par ces propos mais lorsque Chris et ses sœurs lui en eurent détaillé les raisons il se tourna vers le Rigelian.

« Alors, Tregonsee, à vous !

— Après Lyrane IX, il me semble que les deux pistes les plus prometteuses sont d'une part ces entités qui pensent sur une longueur d'onde ultra-courte et d'autre part ce phénomène du « Trou Spatial d'Enfer ». Comme c'est Camille qui a mené l'enquête, je préfère lui passer la parole.

— D'abord, une question, commença la jeune fille. Imaginez un soleil si variable qu'il passe pratiquement par toutes les phases d'activité. Ce soleil a une planète où la température de surface varie approximativement de 200° au milieu de l'été à — 268° au milieu de l'hiver. Au printemps, la surface de ce monde est presque complètement submergée. Il y a des vents terribles et des tempêtes au printemps, à l'été et à l'automne mais les ouragans d'automne sont les pires. Est-ce que l'un d'entre vous a entendu parler d'une race intelligente capable de survivre dans un pareil environnement grâce à des changements radicaux de forme physique ? »

Un silence s'ensuivit que Nadreck finalement brisa.

« Je connais deux mondes de ce genre. A proximité de Palain existe une étoile variable dont deux planètes abritent des êtres vivants. Les formes de vie les plus évoluées, dont une espèce d'une incontestable intelligence, subissent régulièrement de véritables métamorphoses tant sur le plan du corporel que sur celui de l'organisation sociale.

— Merci, Nadreck. Cela contribuera peut-être à rendre mon histoire crédible, car c'est à partir des pensées de l'une de ces entités que j'ai reconstitué un tel système solaire.

Malheureusement la classification de cet être à laquelle je suis parvenue ne correspond pas à celle déterminée par Catherine... et les coordonnées de son globe natal ne collent pas avec les renseignements recueillis par Chris », poursuivit Camille d'un ton plaintif.

Kinnison interrompit sa fille.

« Chris, veux-tu contacter les planétographes de Klovia afin de savoir s'il existe des étoiles variables dans le secteur en question. Je vais de mon côté joindre ceux de Tellus. »

On étudia les atlas galactiques et en leur temps leur parvint la réponse des planétographes. Les savants de Klovia précisaient qu'il y avait quatre étoiles variables dans le volume d'espace désigné et donnaient tous les renseignements en leur possession concernant ces Soleils. Les Telluriens de leur côté n'en indiquaient que trois et fournissaient beaucoup moins de détails sur les systèmes en question tout en en nommant néanmoins les planètes.

« Lequel ont-ils laissé de côté ? » s'étonna à haute voix le Coordinateur tandis qu'il superposait les deux transparents.

« Artonon, pas de planète. Dunlie, deux planètes : Abab et Dunster. Rontieff une planète dont ils ignorent tout sauf le nom qui est totalement idiot à croire qu'ils les composent en assemblant des lettres au hasard... Ploor... »

PLOOR ! Enfin ! Seule la vitesse de réaction mentale des cinq les empêcha de clamer télépathiquement ce que ce nom impliquait pour eux... Après un bref échange de pensées, Chris fut chargé de mener les débats.

« La planète PLOOR est celle qu'il nous faudrait explorer en priorité, je pense », et il poursuivit sa discussion avec le groupe comme si son attention n'avait pas fléchi. « C'est le monde le plus proche de l'endroit d'où semble avoir été émise cette brève émission psychique. Il est à noter également que la période de variance du soleil de Ploor est celle qui correspond le plus aux données enregistrées comme à nos déductions. Y a-t-il des objections ? »

Il n'y en avait point. Tous étaient d'accord. Kinnison, cependant, voulait agir directement et sans délai.

« Nous allons aller voir sur place ! s'exclama-t-il avec l'*Indomptable,* le *Z9 MgZ* et la Grande Flotte !

— Un instant, papa ! protesta Christophe. Si, comme tout le laisse penser, les Ploorans sont les véritables maîtres de Boskone, même cette armada risque d'être insuffisante.

— Tu as sans doute raison. Que faire, alors ? Qu'en penses-tu, Tregonsee ?

— D'accord pour faire intervenir la Flotte, déclara le Rigelian, ainsi que nous autres les Surfulgurs avec nos talents respectifs. Mais je suggérerais que vos enfants prennent le commandement des opérations.

— Nous ne sommes pas d'accord. Nous n'avons pas les capacités pour...

— Objection refusée ! » Kinnison n'eut pas besoin de réfléchir pour souscrire à cette proposition. Il savait. « Pas d'avis contraire ? Je vais appeler Cliff Maitland immédiatement et mettre les affaires en route. »

Cet appel n'eut pas le loisir d'être envoyé car au même moment la voix de Mentor s'imposa au groupe.

« Enfants, attendez ! Cette intrusion est nécessaire car un fait nouveau vient d'intervenir qui ne souffre aucun délai : Boskone est en train de lancer l'attaque qu'il prépare depuis vingt ans. Arisia en est le premier objectif. Kinnison, Tregonsee, Worsel et Nadreck vont prendre toutes les dispositions nécessaires pour rassembler la Grande Flotte. Pendant ce temps, je vais conférer avec les jeunes.

— Les Eddorians, comme vous le savez, expliqua Mentor aux Enfants du Joyau, croient d'abord à l'efficacité de la force physique. Bien qu'ils disposent d'esprits d'une réelle puissance, ils les utilisent principalement comme outils permettant la mise au point d'armes matérielles de plus en plus sophistiquées. Nous autres d'Arisia, de notre côté, sommes persuadés de la supériorité de l'esprit sur la matière. Un cerveau véritablement compétent n'aurait nul besoin d'un arsenal guerrier car il pourrait contrôler directement la matière. Bien que nous ayons accompli quelques progrès dans cette voie et que vous en accomplirez d'autres dans le futur, la Civilisation est présentement dépendante de la technique et le sera encore longtemps d'où la Patrouille Galactique et sa Grande Flotte. Or, les Eddorians ont finalement réussi à concevoir un écran psychique artificiel capable de bloquer nos pensées les plus pénétrantes. Ils sont maintenant persuadés que leurs vaisseaux sont enfin en mesure de détruire Arisia. Il se peut qu'ils espèrent que la destruction de notre monde natal nous affaiblira au point d'être en mesure de nous éliminer définitivement. Vous savez, vous, les enfants, que ni nous ni les Eddorians ne pouvons être anéantis par des moyens purement physiques ?

— Oui, car vous n'avez jamais suggéré l'emploi d'une planète de l'espace N contre Eddore.

— Bien que vous autres, les jeunes, n'ayez pas encore atteint votre maturité, vous êtes en mesure d'utiliser les ressources de la Patrouille et d'organiser efficacement la défense d'Arisia. Ce que nous vous disons là implique que nous n'en sommes pas nous-mêmes capables. Or, à ce stade des opérations, il apparaît après mûre réflexion qu'un succès de Boskone serait préjudiciable à la Civilisation.

— Il est indéniable qu'un succès dans la protection d'Arisia constituerait pour la Grande Flotte un encouragement de taille.

— Exactement. Aussi, les enfants, mettez-vous au travail en ce sens.

— Mais comment, Mentor ? Comment ?

— Je vous répète que je n'en sais rien. Vous avez des capacités individuelles et collectives en tant qu'Unité dont j'ignore presque tout. Utilisez-les ! »

Chapitre XXV

La défense d'Arisia

Le « Patron » ou en d'autres termes le *Directrix,* plus connu techniquement sous le nom de *Z9 M9Z,* traversait l'espace entouré par une ceinture de pilonneurs pratiquement écran contre écran. Le « cerveau » de la Grande Flotte avait été conçu essentiellement pour abriter le bac de simulation de plusieurs millions de mètres cubes où l'on pouvait suivre les mouvements des flottilles, planètes dirigées, mégasphères par rapport aux divers systèmes solaires environnants. Cette symphonie de points lumineux multicolores et enchevêtrés exigeait pour son déchiffrage un orchestre de Rigellians disposés tout au long du balcon circulaire qui surplombait le bac lui-même. Ces spécialistes, installés devant des panneaux de commutateurs multiplages recouvrant les parois de la salle de commandement, étaient en mesure de traiter simultanément des millions de données.

Dans une petite salle à l'écart se trouvait le modèle réduit du bac de simulation principal, où l'on pouvait suivre en permanence les modifications essentielles de la situation et le déroulement général de la bataille de telle sorte qu'un homme seul puisse diriger les opérations. A la place du Grand Amiral Haynes qui avait alors pris le commandement, dans le seul affrontement majeur où le *Z9 M9Z* avait été engagé, se tenait maintenant Kimball Kinnison. Remplaçant Kinnison et Worsel pour l'exploitation des renseignements fournis par le simulateur principal se trouvaient les autres Surfulgurs et les enfants du Joyau, y compris Nadreck dans son scaphandre ultra-réfrigéré.

Durant des semaines, la Grande Flotte manœuvra et s'entraîna. Tout l'espace environnant Arisia fut divisé en cubes qui reçurent chacun un numéro de référence. Les flottes furent disposées de manière à ce que n'importe quel point de l'espace proche puisse être rejoint en trente secondes ou moins. Les exercices se poursuivirent jusqu'au moment où finalement l'attaque se déclencha. Constance qui était alors de garde perçut la légère distorsion de l'espace précédant l'apparition de tubes hyperspatiaux et donna l'alarme. Chris, les filles et les Arisians réagirent instantanément car tous savaient que cela allait être une bataille que même les Cinq ne pouvaient remporter à eux seuls.

Ce n'est pas un seul, une centaine ou un millier de ces Tubes qui se matérialisèrent quasi simultanément mais plus de deux cent mille ! Si les Boskonians avaient pu émerger des corridors hyperspatiaux au moment même de leur apparition, il est fort probable que rien n'aurait pu sauver Arisia. Or, il fallait à l'ennemi des secondes et parfois même des minutes entières pour traverser leurs Tubes avant d'émerger ce qui donnait aux défenseurs un précieux répit.

Parvenus à l'extrémité de chaque corridor, les vaisseaux de la Patrouille s'amarraient entre eux à l'aide de tracto et de répulso-rayons afin de constituer une immense structure rigide en phase aninertielle. Puis, lorsqu'on en avait le temps et parce que la théorie voulait que les pirates lancent en avant d'eux une mégasphère dotée d'une vitesse intrinsèque telle que cela la dirigerait automatiquement sur Arisia, une planète mobile convenablement équipée était centrée sur l'orifice du couloir transpatial. Lorsque le loisir en était laissé, on la faisait suivre par une mégasphère car l'ennemi pouvait très bien déboucher dans l'espace normal précédé par une planète mobile fortifiée. Ce qui se passe lorsqu'une mégasphère percute une planète au sein de ce milieu mal connu qui constitue « l'intérieur » d'un tube hyperspatial reste hypothétique. Le sujet d'ailleurs a donné lieu à bien des discussions et à de nombreux traités de mathématiques transcendantales.

Si les forces de la Patrouille ne parvenaient pas à intercepter les Boskonians à leur émergence, le déroulement des événements s'en trouvait par la force des choses modifié et tout dépendait du temps dont les Zwilniks avaient pu disposer. Si comme cela se produisait de temps à autre, la flotte adversaire surgissait juste du Tube, elle était accueillie par la déflagration d'une bombe superatomique et le feu conjugué de tous les projecteurs lourds de la Patrouille. Si une planète apparaissait, elle était aussitôt gratifiée d'une mégasphère.

Avez-vous jamais vu une mégasphère entrer en collision avec une planète ?

La mégasphère est constituée d'anti-matière et au lieu d'électrons possède des positrons. Aussi, pour elle, une traction est-elle une poussée et inversement. Lorsque de l'anti-matière rencontre la matière normale de notre univers, il n'y a pas collision au sens habituel du terme. Un électron et un positron se neutralisent réciproquement donnant naissance à deux quanta de radiations ultra-dures.

L'attaque surprise d'Arisia dont les Boskonians étaient scientifiquement certains du succès s'acheva à environ six minutes. Kinnison, Maitland et La Forge, furieux, n'avaient rien eu à faire. L'adversaire avait certainement jeté toutes ses forces dans la bataille et il était fort peu probable qu'une nouvelle attaque puisse avoir lieu. Néanmoins, Kinnison laissa sur place une partie de sa flotte afin que celle-ci continue à monter la garde et un groupe d'Arisians s'affaira à surveiller l'espace alentour.

« Que dois-je maintenant faire, Chris ? lui demanda Camille. Faut-il que j'aide Constance à forcer cet écran ? »

Chris jeta un regard à sa plus jeune sœur, qui était étendue, immobile et crispée, tous les muscles tendus par l'effort qu'elle fournissait.

« Non, décida-t-il. Si elle n'y parvient pas seule, aucun de nous quatre ne peut lui être d'un grand recours. Par ailleurs, je ne crois pas qu'elle y réussisse. C'est une muraille artificielle maintenue par un réacteur atomique. A mon avis, c'est un écran qu'il faudra analyser et non percer et cela demandera du temps. Tu le diras à Constance lorsqu'elle sortira de sa transe. En attendant, nous avons à faire car les Boskonians se regroupent massivement et il me paraît impossible de trouver une parade à cet écran en moins d'une semaine. C'est pourquoi le restant de ce combat devra être mené de façon strictement conventionnelle. Là où nous serons le plus utile c'est à la détection des Zwilniks présents. Nous allons les matérialiser dans le bac de simulation car nos éclaireurs n'en repèrent guère plus de cinq pour cent. Les Surfulgurs en aviseront papa et les autres qui prendront alors les décisions nécessaires. »

Ainsi, comme par magie, des points lumineux rouges firent leur apparition dans un bon tiers du bac de simulation géant du *Z9 M9Z* et les trois stratèges, apprenant ce qui se passait, poussèrent un grand soupir de soulagement. Ils avaient enfin maintenant le contrôle de la situation. Ils connaissaient non seulement la position de leurs escadres mais également celles de l'ennemi. Bien mieux, rien qu'en en formulant mentalement la demande, chacun des trois amiraux apprenait, pratiquement immédiatement, la composition et la puissance de feu exactes des flottes, escadres et flottilles zwilniks. Bras dessus, bras dessous, Chris et ses deux sœurs se tenaient immobiles et groupés et leurs têtes penchées se touchaient presque. Kinnison vit non sans surprise que des Joyaux aussi volumineux et brillants que celui de Chris étaient apparus au poignet des filles. Sa surprise se mua en crainte lorsque autour des trois têtes à la chevelure rousse l'air parut se condenser et s'embraser de cette pulsation polychrome spécifique au Joyau de la Patrouille Galactique. Mais Kinnison avait une tâche à remplir, ce qu'il fit.

Ce ne fut pas un affrontement vaisseau contre vaisseau ou flotte contre flotte. En fait cela consista pour la Patrouille à envoyer vingt escadres encercler à distance une flottille ennemie puis, avant que l'amiral zwilnik ait eu le temps de se rendre compte de ce qui se passait, à écraser ses croiseurs sous un déluge de torpilles atomiques et de faisceaux des terribles projecteurs primaires des pilonneurs. A chaque fois, il n'y avait pas un seul survivant et ne subsistait dans le vide interstellaire que quelques gouttelettes de métaux liquéfiés.

Flottes après flottes, les forces de Boskone furent de la sorte anéanties, jusqu'à ce que le bac de simulation géant du *Z9 M9Z* ne renfermât plus le moindre point lumineux rouge. Ce n'est qu'alors que cessa le massacre. Chris et ses deux sœurs se séparèrent enfin. Karen et Constance vinrent annoncer qu'elles savaient maintenant comment résoudre le problème que leur avait confié leur frère mais que cela allait demander du temps. Clarissa, pâle et défaite, paraissait et se sentait malade de ce qu'elle avait été contrainte de faire. Il en allait de même pour Kinnison et ses deux adjoints qui n'avaient guère apprécié la façon dont la bataille s'était déroulée et Tregonsee pour son compte le regrettait également. De tous les Fulgurs, seul Worsel se réjouissait de ce qui venait de se passer. En effet, celui-ci aimait à tuer ses ennemis, que ce soit en corps à corps ou à distance et il était constitutionnellement incapable de comprendre ce genre de scrupules. Tregonsee, comme à l'accoutumée, n'avait pas manifesté le moindre sentiment dans un sens ou dans l'autre. Pour lui, ce n'était qu'une mission comme une autre, qu'il fallait accomplir au prix de l'effort physique et mental le moindre qui soit compatible avec sa bonne exécution.

« Que faisons-nous maintenant ? leur demanda alors Kinnison. Pour moi, j'opterai pour les Ploorans. Ça sera sûrement une autre affaire qu'avec ces malheureux qu'ils ont sans doute expédiés contre nous. C'est bien à leur tour !

— Entièrement d'accord !

— Ploor !

— Ploor par tous les moyens !

— Mais, pour Arisia, que faut-il prévoir ? demanda Maitland.

— Tout est maintenant réglé, répliqua Kinnison. Nous allons laisser sur place un fort cordon de surveillance. Les Arisians feront le reste. »

Aussitôt que la gigantesque armada eut mis le cap sur Ploor, les sept Kinnison se retirèrent dans leurs appartements pour fêter leur succès. Tout en buvant leur café, ils entamèrent une discussion animée à propos du « Trou d'Enfer Spatial ». Finalement :

« Je sais tout aussi bien que vous que c'est un piège. » Kinnison se leva de table et se mit à faire les cent pas. « Ça sent le faisandé, c'est évident. Et alors ? Comme je suis le seul à pouvoir y aller, c'est à moi que cela revient, si ce phénomène subsiste après la destruction de Ploor. Et je suis prêt à parier ma chemise que cela sera le cas. Tous les Ploorans ne sont pas sur Ploor. »

Les quatre jeunes Kinnison interpellèrent télépathiquement Catherine qui fronça les sourcils et mordilla sa lèvre inférieure. Elle avait plongé dans ce Trou, toutes ses facultés en éveil, mais en vain. Certes, elle avait pu bloquer l'émission psychique léthale mais cela avait exigé de telles protections qu'elle en avait pratiquement perdu toute possibilité d'investigation. Il s'agissait sans nul doute possible d'une création d'Eddore ! Son intervention dans l'autre Tube, qui devait certainement être Plooran, avait donné l'alarme et la capture de son père offrait à l'ennemi bien plus d'opportunités qu'il n'y paraissait...

« Je dois avouer que je ne suis pas plus chaud que vous à l'idée d'aller là-bas voir ce qui s'y passe, poursuivit le Grand Fulgur, mais à moins que l'un d'entre vous ne me donne de solides raisons pour ne pas y traîner mes guêtres, je vais m'en charger dès que nous en aurons fini avec Ploor ! »

Et Catherine, qui s'était assigné la mission d'ange gardien de son père, savait parfaitement que rien n'arrêterait celui-ci. Même Clarissa ne s'y essaya pas. Étant tous des Fulgurs, ils reconnaissaient que c'était bien à lui que revenait cette mission. Pour les Cinq, la situation n'était pas dramatique. Kinnison s'en sortirait indemne. Les Eddorians le captureraient, bien sûr, mais les enfants ne ménageraient par leurs efforts pour veiller à ce qu'il ne lui arrive rien. Cependant, ils ne pouvaient pas ouvertement retarder la plongée de leur père dans le Trou d'Enfer sans que cela ne paraisse suspect mais ils pouvaient accélérer le déroulement du plan d'Arisia. Même si, comme il était probable, Kimball Kinnison se trouvait dans le Tube au moment où Arisia serait prêt pour l'assaut final, il était néanmoins toujours envisageable d'agir à distance et les monstruosités améboïdes d'Eddore cette fois auraient suffisamment à faire pour ne pas perdre leur temps avec le Coordinateur. C'est du moins ce que se promirent les Cinq.

Clarissa Kinnison, de son côté, livra la plus dure bataille de son existence. Elle aimait son Kim avec une ardeur et une profondeur de sentiments rarement retrouvées chez une femme. Pourtant, il lui fallait le laisser agir à sa guise. Bien pire, elle devrait le laisser aller à une mort certaine avec le sourire. Elle ne pouvait en aucun cas lui suggérer d'abandonner. Cela était impensable.

Et si le fardeau du Fulgur pesait à Kimball Kinnison, il était insupportable pour son épouse. En effet, revenait au Coordinateur la tâche la plus aisée, celle de mourir. Mais elle, il lui faudrait vivre... sans son Kim et son existence ne serait plus qu'une longue agonie. Pourtant, elle devrait maintenir son sourire sur le plan physique et psychique.

SOURIRE...

Maudite soit la Patrouille...

Mais tel est le fardeau du Fulgur !

Chapitre XXVI

La bataille de Ploor

Vingt bonnes années auparavant, lorsque l'Indomptable de l'époque et son équipage avaient été précipités hors du Tube hyperspatial et plongés dans l'espace N, La Verne Thorndyke était technicien en chef. C'est Mentor d'Arisia qui les avait retrouvés et avait glissé dans l'esprit de Sir Austin Cardynge, mathématicien prodige, la méthode à employer pour reprendre le chemin de l'espace normal. Thorndyke, travaillant dans des conditions éprouvantes pour le système nerveux, avait eu la redoutable tâche de construire les machines qui permettraient au vaisseau de regagner son port d'attache. Il s'en était parfaitement acquitté et l'*Indomptable* avait rejoint sa base.

Il était maintenant de nouveau à l'œuvre et chaque membre de son équipe actuelle avait appartenu à l'ancienne. Il ne commandait ni le vaisseau ni son équipage proprement dit mais celui-ci ne comptait pas car il n'aurait pas à mettre le pied sur le sol de ce monde effroyablement dangereux qui servait d'ancrage au *Laboratoire Spatial nº 12* demeuré en phase aninertielle.

Plus âgé et plus décharné, il représentait l'incarnation type du Grand Maître des machines. Si un mécanisme pouvait être construit, Thorndyke « le cactus » y parvenait toujours. Si cela était impossible, il élaborait autre chose de tout aussi efficace.

Chacun de ses hommes était équipé de trois neutralisateurs et il passa en revue tout le monde à seule fin de s'assurer du bon fonctionnement des équipements individuels.

« Les gars, leur dit-il ensuite, vous vous souvenez tous de ce que fut notre dernier séjour ici. Ça va être la même chose aujourd'hui, à la seule différence près qu'il nous faudra demeurer plus longtemps. Je me demande, comme la fois précédente nous n'avons pas eu de pertes en vies humaines à déplorer, si aujourd'hui nous obtiendrons le même résultat, ce qui ne serait ni plus ni moins qu'un miracle ! Antérieurement nous n'avions eu à construire qu'un couple de générateurs et quelques instruments de contrôle à partir des métaux de ce monde et ça n'avait pas été facile ! Cette fois, pour commencer, il nous faut bâtir un Bergenholm assez puissant pour mettre cette planète en phase aninertielle, puis y installer des tuyères géantes et un réacteur atomique afin de pouvoir la diriger.

»Mais un Bergenholm à construire à partir des minerais locaux, ça va être un drôle de problème... Et avant que nous n'y parvenions, notre vie ici va être un véritable enfer. La seule façon de nous en sortir consistera à vérifier et à revérifier tous nos gestes et tous nos montages. Notre maître mot dorénavant est " Contrôle ! ".

»Souvenez-vous bien qu'une des caractérisques fondamentales de la matière dans l'espace N c'est qu'elle peut, même en phase inertielle, dépasser la vitesse de la lumière et n'oubliez à aucun moment que notre vélocité intrinsèque est, par rapport aux solides de ce globe, d'environ quinze fois celle du photon. Aussi est-il inutile que je vous décrive ce qui risque de se produire si l'un de nous par malheur s'avisait de ne pas brancher son neutralisateur. Il y laisserait non seulement sa vie mais cela risquerait fort de transformer notre chantier en un lac de lave en ébullition. C'est pourquoi le moindre fragment de cette planète rapporté par inadvertance à bord de l'*Indomptable* est de nature à entraîner la destruction du vaisseau. Avez-vous des questions à poser ?

— Si les données propres à cet espace sont si différentes, comment pouvez-vous être certains que le résultat de notre activité pourra être utilisé efficacement ici ?

— Eh bien, ce que nous avons construit dans le passé fonctionne encore. Les Arisians ont indiqué à Kinnison que deux des constantes fondamentales de ce cosmos sont à peu près normales, à savoir : la masse et la longueur. Pour le temps c'est une autre histoire, ce qui explique les difficultés que nous rencontrerons à calculer entre autres les rapports entre la masse et la puissance. Pour cette dernière, nous en disposerons de suffisamment pour obtenir la vitesse que nous désirerons.

— Je vois. Nous allons laisser de côté tout ce qui aurait pu être amusant !

— Oui. Plus vite nous démarrerons, plus vite nous en serons débarrassés. Allons-y ! »

Des machines en phase aninertielle et dotées d'un équipement fantastique pour les garder en cet état furent débarquées. Aucune d'ailleurs ne réintégra le vaisseau.

Kinnison avait insisté pour que l'on ne coure pas le moindre risque de voir une particule de matière de l'espace N s'infiltrer à bord du *Laboratoire Spatial nº 12.* Il fut strictement obéi.

Comme les hommes ne peuvent travailler indéfiniment engoncés dans un spatiandre, il fallait pourvoir à leur relève. Mais cela tenait du tour de force. Chaque homme, avant de quitter la planète avait son scaphandre soigneusement frotté, rincé et séché. Dans le sas du vaisseau, un jet d'air sous pression était passé sur les arrivants avant qu'ils ne soient admis à bord. Ces précautions pouvaient paraître superfétatoires mais elles permirent cependant à Thorndyke et à son équipe de revenir indemnes.

Finalement, la construction du Bergenholm s'acheva, grâce au talent d'improvisateur de génie de Thorndyke. La tension nerveuse qu'avait exigée ce tour de force se lisait sur les visages hagards et émaciés de son équipe. Pour tous ces spécialistes, ce n'était pas du bon travail. L'appareil n'était équilibré ni statiquement, ni dynamiquement et encore moins sur le plan électrique.

Le technicien en chef exprima crument dans tous les langages de sa connaissance ce qu'il pensait de son œuvre, lui qu'une déviation infinitésimale d'un ampèremètre mettait dans tous ses états... Dans tout l'univers, il ne devait pas exister de machine aussi piètrement réalisée que celle-ci... Jamais quant à lui il n'en avait vu de pareille !

Mais le Bergenholm improvisé fonctionnait sans faillir. La planète passa en phase aninertielle et y demeura. Finalement, après maintes vérifications, Thorndyke s'adressa à ses compagnons :

« Parfait, les gars ! C'est du bon boulot. Compte tenu des circonstances, il était difficile de faire mieux. Une chose me paraît certaine, c'est que ça devrait tenir le temps voulu. »

Après cette homologation sans enthousiasme de l'enfant issu de son cerveau, Thorndyke et ses hommes passèrent à la seconde phase du projet. On creusa des fosses où l'on disposa des tuyères géantes destinées à propulser le projectile de masse planétaire. Quelques tonnes de matériaux extérieurs à ce monde ne firent pas grande différence mais les précautions prises ne se relachèrent à aucun instant.

Lorsque tout fut installé, avant de procéder au repli général, Thorndyke convoqua toute son équipe.

—« Les amis, je sais quelle tâche infernale vous avez eu à remplir ! Pourtant, Kinnison m'a dit que si vous parveniez à équiper ce globe sans trop d'ennuis, ça serait une excellente chose de disposer d'un second. Qu'en dites-vous ? Avons-nous eu trop de pépins ? »

Il obtint exactement la réponse qu'il espérait.

« Quand nous y mettrons-nous ?

— Que veux-tu de nous ?

— A toi de choisir ! »

Un autre monde fut promptement trouvé, tout aussi désolé et dépourvu de vie que le premier et tous se remirent avec ardeur au travail. Aucune dispute n'eut lieu jusqu'au moment où Thorndyke souleva la question de la désignation des deux hommes qui allaient demeurer avec lui et Henderson à bord des deux chaloupes demeurant en orbite autour des deux planètes « motorisées », une fois que le *Laboratoire Spatial n° 12* aurait regagné l'espace normal. Tout le monde voulait rester !

Après bien des palabres, il fut décidé que l'on recourrait au tirage au sort, sans se soucier du rang de chacun. Henderson sortit le nom d'Uhlenhuth, à la bruyante satisfaction du massif amiral et Thorndyke celui de Nelson, l'ancien officier des transmissions du vieil *Indomptable*. Les deux vedettes quittèrent le vaisseau-mère pour rejoindre chacune leur monde mobile, afin de s'assurer que la machinerie continuait à fonctionner sans anicroche. Ils monteraient ainsi la garde jusqu'au moment où les réacteurs atomiques divergeraient. Alors, une fois ces mondes mis en route par les Arisians qui avaient la charge de les guider jusqu'au point d'émergence des hypercorridors dans l'espace N, les techniciens telluriens rejoindraient la Base n° 1.

Bien avant que les vedettes de reconnaissance de la Patrouille soient parvenues à distance utile de Ploor, Chris et ses sœurs avaient matérialisé dans le grand bac de simulation les réseaux de défense de ce globe.

Kinnison étudia brièvement la situation et siffla entre ses dents de façon peu mélodieuse. Le spectacle qu'il avait devant lui ne le surprenait guère dans la mesure où celui-ci reproduisait presque intégralement ce qu'aurait pu observer un Zwilnik étudiant les défenses de Klovia ou de Tellus. Un tel dispositif était à l'abri de tout assaut frontal par des unités mobiles.

« C'est bien ce à quoi nous nous attendions, indiqua télépathiquement Kinnison à ceux qui l'entouraient. Du matériel inédit en quantité limitée. Ce que j'aimerais savoir, Chris, c'est s'il te paraît exister là-bas de quoi parer à notre dernier-né ? Pour moi, je ne vois rien.

— Il n'y a rien, affirma d'un ton définitif le jeune Fulgur. Il ne peut rien exister de ce genre car une telle arme est imparable. En étudiant le phénomène a posteriori, " ils " parviendront peut-être à comprendre ce qui s'est passé mais il est hors de question pour eux de le prévoir. Même Mentor n'y a pas réussi et il a dû faire appel à un de ses compagnons, spécialiste en mathématiques transcendantales depuis des millions d'années, pour l'aider à résoudre les vecteurs résultant de la collision. »

Chris utilisait le mot « ils » volontairement. A l'exception de ses sœurs, cela signifiait pour tout le monde les Ploorans. Il dissimulait ainsi le fait que la défense de Ploor avait été prise directement en main par les Eddorians. Kinnison ne tarda pas à remarquer l'efficience de l'ennemi :

« Ils manœuvrent avec une habileté que je ne leur avais jamais connue, commenta-t-il. Je suppose qu'ils disposent de l'analogue de notre *Z9 M9Z ?*

— Ça se pourrait bien. Ils ont copié tout ce que tu as inventé jusque-là. » Toujours ce terme ambigu de « ils ». « Cependant ils ne paraissent pas l'avoir utilisé lors de l'assaut contre Arisia.

— Il est fort probable qu'ils ne tenaient pas à l'engager aussi loin de leur base. Nous en saurons plus lorsque nous procéderons au nettoyage final... si ces mondes se comportent comme prévu. Mais, à t'en croire, nous nous sommes suffisamment rapprochés. Préviens les hommes, j'en avise Mentor. » Kinnison était incapable de joindre par la pensée l'espace N, mais il était de notoriété publique que Chris le pouvait.

L'extrémité d'un des corridors hyperspatiaux de la Patrouille se matérialisa dans l'espace proche de Ploor. Il devint vite évident qu'une telle éventualité avait été prévue car une flotte boskoniane manœuvra promptement pour en englober l'orifice. Mais il s'agissait en fait d'un Tube conçu, installé et dirigé par des Arisians et dont l'existence ne se prolongerait pas au-delà de trois secondes. Ce qui faisait que la flotte ennemie, même si elle parvenait quasi instantanément sur les lieux, était matériellement incapable d'entreprendre quoi que ce soit d'efficace. Nul ne savait vraiment ce qui allait se passer, pas même les Arisians ! Chacun avait vu des films montrant le résultat d'une collision entre un astronef voguant au centième de la vitesse de la lumière et un planétoïde. Cela était déjà effroyable. Le projectile de la Patrouille, cependant, avait une masse d'environ 821 tonnes et foncerait à 15 C. Or l'énergie cinétique est égale à la masse multipliée par le carré de la vitesse !

Il existait donc théoriquement le risque, puisque la masse du « boulet » planétaire allait tendre vers l'infini, de voir toute la matière environnante de l'espace normal être instantanément attirée vers celui-ci pour s'y écraser. Mais Mentor avait garanti à Chris que des opérateurs veilleraient à ce que le phénomène soit restreint à une sphère de 15 parsecs de diamètre !

Finalement l'événement attendu se produisit. Que se passa-t-il vraiment ? Même par la suite, aucun des observateurs présents ne le sut vraiment jamais. Seuls les Fulgurs de niveau 3 en eurent une idée approximative. Les fusibles de tous les enregistreurs sautèrent et les circuits intégrés des analyseurs se volatilisèrent tandis que les aiguilles sur les cadrans allèrent s'enrouler sur leur butée... Les films ultrasensibles et les clichés ne montrèrent que des lignes plus ou moins incurvées depuis le début jusqu'à la fin. Ploor et tout ce qui l'entourait disparut dans une indescriptible et incontrôlable libération d'énergie à l'état pur.

Et si le processus ayant abouti à l'anéantissement de Ploor était indescriptible, que dire de ce qui eut lieu lorsque la seconde planète mobile percuta le soleil de Ploor !

Lorsque la chaleur engendrée à l'intérieur d'une étoile dépasse les capacités de radiation de la surface de l'astre, celle-ci augmente. Si ce phénomène de compensation n'est pas suffisamment rapide, une fraction plus ou moins importante de ce soleil explose, accroissant ainsi la surface d'échange thermique de façon à trouver un point d'équilibre. C'est ainsi que naissent les novae.

Les mécanismes aboutissant à la constitution des supernovae demeurent cependant toujours obscurs. Aucun appareillage approprié n'a pu être conçu qui permette de suivre valablement les diverses phases de l'apparition des supernovae et aucune à ce jour n'avait pu être créée artificiellement malgré tous les moyens dont disposait la Patrouille. Sous l'impact de la seconde planète mobile et du fait du surcroît d'énergie résultant de son impossible vitesse de déplacement, le soleil de Ploor se transforma en supernova. On ne sut jamais de combien le projectile pénétra dans l'étoile mais la violence de l'explosion fut telle que les astronomes de Klovia signalèrent, quelques années plus tard, que l'astre libérait quotidiennement l'énergie de cinq cent cinquante millions de soleils au minimum...

Chapitre XXVII

La capture de Kinnison

Les flottes de Boskone assurant la défense de Ploor ne furent bien sûr pas toutes détruites. Les vaisseaux étaient en phase aninertielle et aucun des phénomènes accompagnant l'apparition de la super-nova ne se propageait à une vitesse supérieure à celle de la lumière.

Les survivants, cependant, étaient désorganisés. Ils avaient perdu le moral lorsque Ploor avait été effacée du ciel d'une façon aussi spectaculaire. En outre, leur haut état-major avait été quasiment totalement anéanti car les gros bonnets, à l'inverse des commandants de la Patrouille, étaient demeurés à leur Q.G. supposé imprenable et invulnérable, dirigeant à distance les opérations. Mentor et ses congénères avaient veillé au passage dans un autre plan d'existence des Eddorians présents charnellement sur Ploor tout en maintenant un brouillage impénétrable entre ce qui restait des forces défensives de Boskone et Eddore.

La Grande Flotte alors s'élança pour renouveler la tactique d'enveloppement qui lui avait si bien réussi lors de la défense d'Arisia. Obéissant aux instructions du *Z9M9Z*, les forces de la Civilisation encerclèrent et détruisirent les flottilles ennemies les unes après les autres.

Un amiral zwilnik, cependant, eut le temps et l'autorité voulue pour réagir. Un solide millier de flottes boskonianes se regroupèrent, écrans contre écrans, les unités lourdes à l'extérieur, formant un globe défensif apparemment impénétrable.

« Si l'on s'en réfère à Haynes, c'était une excellente stratégie dans le temps, commenta Kinnison, mais contre des planètes mobiles et des négasphères, ce n'est pas de bien grande efficacité. »

Six planètes mobiles furent déployées autour de l'armada de Boskone puis dirigées sur le centre du dispositif ennemi suivies quelques minutes plus tard d'une dizaine de négasphères de bonne taille. Lorsque ces seize projectiles eurent accompli leur mission et qu'un calme relatif se fut rétabli, il ne restait plus grand-chose à « nettoyer ».

Les observateurs de Boskone étaient compétents. Les officiers zwilniks avaient aussitôt compris qu'il ne leur restait plus aucun espoir de succès et que demeurer là signifiait leur annihilation définitive. La seule voie du salut résidait dans la fuite... Aussi les amiraux survivants, après un bref conciliabule décidèrent-ils tous de regagner avec leurs unités restantes leur monde natal respectif de toute la vitesse de leurs réacteurs.

« Inutile de les pourchasser individuellement, n'est-ce pas, Chris ? » demanda Kinnison lorsqu'il devint clair que la bataille était terminée et que toute résistance organisée avait cessé. « Ils ne peuvent plus rien faire et ce genre de boucherie me donne la nausée. D'ailleurs, j'ai autre chose à faire.

— Moi aussi », et Chris tomba pleinement d'accord avec son père.

Dès que les dernières unités de Boskone eurent disparu des écrans de détection, la Grande Flotte à son tour se débanda et les flottilles qui la constituaient regagnèrent leur port d'attache habituel.

— « Le Trou d'Enfer est toujours là, Chris, déclara d'un ton sérieux le Fulgur Gris. Si Ploor était vraiment le primum movens — mais je commence à croire qu'il n'y en a pas vraiment — cela nous conduit soit à un dispositif mécanique automatique soit à des Ploorans rescapés quelque part. Si Ploor ne représente pas le sommet de la pyramide de Boskone, c'est la seule piste qui nous reste. Dans un cas comme dans l'autre, il me faut y aller, n'est-ce pas, Chris ?

— « Eh bien, je... » Chris essaya d'esquiver la question mais ne put y parvenir. « Oui, papa. Je crains bien que tu n'aies raison. »

Les deux hommes se serrèrent chaleureusement la main et Kimball Kinnison s'en alla prendre congé de sa femme.

La Fulgur Rousse, et c'est un hommage à lui rendre, ne flancha pas, bien que sachant pertinemment que l'unique amour de sa vie s'en allait à une mort certaine, même lorsque son mari lui adressa en parvenant à proximité du Trou d'Enfer un ultime message télépathique.

« Ça y est, j'y suis. Ne t'en fais pas. Je serai promptement de retour. A bientôt, ma chérie.

— Bien sûr que tu reviendras, mon amour. Bonne chance ! »

Sa vedette ne comportait pas d'équipements spéciaux puisqu'aucun ne paraissait nécessaire. L'homme et le vaisseau furent aspirés dans le piège comme s'il s'était agi d'un maëlstrom.

Kinnison éprouva de nouveau les affres de la transition interdimensionnelle. Quelques instants plus tard, il fonçait à l'intérieur du Tube. Puis, très peu de temps après, il se rendit compte qu'il perdait toute sensation d'accélération. Surpris, il voulut se lever pour tenter de comprendre ce qui se passait et s'aperçut alors qu'il ne pouvait bouger. Même en déployant au maximum sa volonté, il était incapable de bouger un doigt ou de lever une paupière. Il était totalement paralysé et ne ressentait strictement rien, comme si son corps avait appartenu à quelqu'un d'autre. Pire, son cœur ne battait plus ! Il ne respirait ni ne voyait. Seul lui demeuraient ses facultés de raisonnement et son sens de la perception globale.

Il se demanda si sa vedette accélérait toujours et chercha à s'en assurer. Il ne le put. Impossible de savoir s'il était à bord d'un appareil stationnaire ou en mouvement. Il n'existait aucun point de référence et la grisaille morne et ininterrompue de l'hyperespace ne permettait pas de se repérer.

Il était en dehors de l'espace et au-delà du temps. Cependant, il se déplaçait effectivement et avec une accélération comme jamais un objet matériel n'en avait connu. Lui et son vaisseau étaient propulsés par toute la puissance qu'un générateur atomique Eddorian était susceptible de développer. La vitesse à laquelle il voguait passa de l'impensable à l'incalculable !

Toute chose a une fin et même un réacteur atomique Eddorian n'a pas une puissance infinie. Lorsque l'élan donné fut à son summum, l'énergie ainsi emmagasinée par la vedette fut transférée au Fulgur. Celui-ci eut une impression bizarre et voulut se rebeller, mais en vain... En une microseconde de ce qui lui sembla être du temps il se sentit passer par-delà, et non au travers, de ses vêtements et de son Joyau, de son armure de combat et de la paroi en acier au beryllium de sa vedette. Il franchit même l'interface multi-dimensionnel du tube hyperspatial.

C'était, bien que Kinnison l'ignorât, l'effort ultime de l'Eddorian. Celui-ci avait entraîné son prisonnier jusqu'à la limite de ses capacités puis, rassemblant ses forces, l'avait propulsé dans l'inconnu et l'inconnaissable. L'Eddorian ignorait tout des coordonnées de la trajectoire de vol du Fulgur nu et ne s'en souciait d'ailleurs pas. Il était incapable d'en deviner ni d'en calculer la destination finale.

Avec son expérience de vieux routier de l'espace, Kinnison eut la sensation qu'en ce qui lui parut être une seconde, il avait traversé deux cent millions d'espaces étrangers. Il ne sut jamais comment il était parvenu à cette estimation. Puis, comptant au rythme du pas cadencé de la Patrouille, il se mit à additionner les espaces franchis en les groupant par tranches de cent millions. Après plusieurs jours, son allure se ralentit au point qu'il lui devint maintenant possible de ne compter que par millions d'espaces à la fois, puis par centaines et dizaines de mille, et finalement par unité.

Comment cela pouvait-il se faire ? Il s'en étonna et son esprit demeurait clair et vif comme si rien ne s'était passé. Bien sûr, les espaces étaient coexistants en réalité. Dans la quatrième dimension, ils étaient plats et minces comme les pages d'un livre. Tout cela ne tenait pas debout... C'était impossible et de ce fait rien n'avait vraiment eu lieu de cette plongée dans le plenum cosmique. Un quelconque Plooran devait l'avoir maintenu sous une chape de contrainte psychique d'une extraordinaire efficacité. Cet opérateur était véritablement de première force !

Cependant, tout était bien réel, ce que jamais Kinnison ne sut. Le Coordinateur était en fait au-delà des limites de l'espace et du temps.

Progressivement, sa vitesse de translation se ralentit et il put étudier un espace après l'autre, puis une galaxie et finalement un système solaire aux confins duquel il dérivait. Là, le Fulgur Gris tenta de toutes ses forces de contacter télépathiquement une éventuelle race intelligente sur l'un des mondes de cette étoile. Avant même d'y avoir réussi ce système à son tour s'effaça et il se retrouva plongeant vers la surface d'une planète verdoyante à quelques millions de kilomètres au-dessous de lui. Pendant quelques instants, il se crut revenu vers Tellus, ayant accompli le tour complet de l'univers. Mais ce globe, malgré des calottes glaciaires analogues à celles de Sol III, présentait un relief montagneux plus jeune et plus accidenté et ses continents et ses océans ne ressemblaient en rien à ceux de la bonne vieille Terre ! Il tombait beaucoup trop rapidement. Une chute libre depuis l'infini n'aurait pas dû lui imprimer une telle vitesse !

Cette affaire prenait une tournure parfaitement incroyable. « Ressaisis-toi, Fulgur ! » s'ordonna-t-il à lui-même d'un ton farouche.

Car le phénomène risquait de se révéler mortellement dangereux s'il se mettait à y croire. Il ne se dissimulait pas que même s'il ne s'écrasait pas vraiment il n'en périrait pas moins en percutant imaginairement le sol.

« Presque dans le mille, mon jeune et brillant ami Plooran, mais pas tout à fait ! » lança-t-il télépathiquement, essayant sauvagement et de toute son énergie de briser la zone de contrainte psychique qui l'environnait. « Aussi je tiens à vous avertir dès maintenant que si vous voulez vraiment me tuer il vous faudra recourir aux moyens physiques. Vous pouvez aussi bien lever votre zone car ce genre de plaisanterie m'a été déjà infligé par des experts et sans beaucoup de succès jusque-là ! »

Le corps droit, les pieds en avant, il piquait apparemment vers une prairie verdoyante entourée de forêts et traversée par un ruisseau. Il en était maintenant si proche qu'il pouvait compter les brins d'herbe et les poissons du ru. Sa vitesse maintenant s'était stabilisée.

Sans ses années d'entraînement aux manœuvres en phase aninertielle il serait mort avant même de toucher le sol mais la vitesse en tant que telle ne l'affecta en rien. Il était habitué à des arrêts brutaux à partir d'allure transluminique. Le seul point qui l'inquiétait était la question de savoir s'il se trouvait en vol normal ou aninertiel.

Il se déclara à lui-même que son corps était en vol aninertiel ou plutôt que celui-ci avait été, était et continuerait à être immobile. Kimball Kinnison, Fulgur Gris, n'allait pas se soumettre à une quelconque technique de manipulation mentale ! Il s'accrocha à cette idée de toute sa volonté. Son pied nu effleura un brin d'herbe et son corps entier s'immobilisa sans la moindre secousse. Il eut un sourire de soulagement mais sa halte fut très momentanée et il se mit à tomber normalement de quinze centimètres de hauteur avant de toucher le sol avec la sensation correspondante. Il fléchit automatiquement ses jambes avant de réaliser que le choc qu'il venait d'encaisser signifiait qu'il venait de retrouver l'usage de ses membres !

Ses yeux derechef fonctionnaient et sa peau avait retrouvé sa sensibilité. Il respira pour la première fois depuis qu'il avait quitté l'espace normal. Son cœur battait avec régularité comme si rien n'avait eu lieu. Il n'avait ni faim ni soif. Mais où diable était ce maudit Plooran ?

Kinnison avait touché le sol, prêt à se battre. Il n'y avait ni branche ni roc à portée de main mais il avait ses poings, ses pieds et ses dents et cela suffirait jusqu'à ce qu'il trouve mieux. Mais il n'y avait là personne avec qui s'affronter. Même en utilisant à leur maximum ses capacités de perception globale il ne découvrit rien d'autre qu'un daim.

Plus cette histoire avançait et moins elle avait de sens. Techniquement, cette zone de contrainte psychique était parfaite. L'herbe sous ses pieds paraissait réelle et les pierres qui s'y cachaient blessaient sa trop tendre plante des pieds, le faisant grimacer tandis qu'il se dirigeait vers le bord du ruisseau. Il but longuement. L'eau, réelle ou non, était glacée, claire et désaltérante.

— « Écoutez, espèce d'ahuri ! lança-t-il télépathiquement. Vous feriez tout aussi bien de dévoiler dès maintenant ce que vous avez en tête. Si cette performance n'est pas strictement imaginaire, c'est un échec total. S'il s'agit de science-fiction, ça ne vaut guère mieux... » Il s'interrompit un moment puis reprit : « Qui a jamais entendu parler d'un héros de space-opera, échoué sur un monde inconnu et à qui il n'arrive rien ? Pas de monstres indescriptibles ? Pas d'héroïnes à sauver d'un sort pire que la mort ? »

Il se tourna de tous côtés, espérant vainement que son appel serait entendu. « Très bien. Pas de femmes, cela me convient parfaitement. Mais j'espère que vous n'avez pas oublié de prévoir des viandes succulentes. Je peux évidemment manger du poisson en cas de nécessité mais si vous voulez que votre héros favori soit vraiment heureux, n'oubliez pas de prévoir des steaks d'une bonne livre, cuits à point avec du beurre tellurien et des champignons de Vénus ! »

Rien de la sorte ne se présenta et le Fulgur Gris repassa dans sa mémoire tout ce qui avait semblé lui arriver. Il ne voyait toujours où l'on avait voulu en venir et doutait de la réalité de ses souvenirs.

En réalité, l'Eddorian avait fait de sorte que le Coordinateur ne puisse retrouver un espace-temps « normal » qu'à la condition que l'environnement à ce moment-là ne puisse causer au voyageur de l'infini le moindre mal. Kimball Kinnison devait continuer à vivre en pleine forme durant les cinquante années à venir.

Et Clarissa Kinnison, tendre et anxieuse, guettait dans sa chambre l'instant où son époux allait mourir. Ces deux-là étaient si unis que si l'un devait périr, pour une raison ou pour une autre, l'autre aussitôt le saurait, aussi éloigné fût-il.

Elle attendit cinq, quinze minutes, une demi-heure, une heure... Elle commença à se détendre. Ses poings se desserrèrent et sa respiration se fit moins haletante.

Deux heures ! Kim était toujours vivant. S'Ils n'avaient pas été capables de le supprimer en deux heures, jamais Ils n'y parviendraient. Son Kim avait plus d'un tour dans son sac et même les grands cerveaux de Boskone n'en viendraient jamais à bout !

Chapitre XXVIII

La bataille d'Eddore

Les Arisians et les Enfants du Joyau avaient dès le départ su que l'assaut contre Eddore devrait avoir lieu le plus promptement possible après la chute de Ploor. En effet, ils étaient pratiquement certains que l'emploi en tant que projectiles de planètes étrangères à cet univers constituait une « première » mais ils avaient également la conviction que les Eddorians saisiraient très vite le principe, les équations de base et le processus matériel qu'impliquait l'utilisation de cette technique inédite. Ceux-ci découvriraient l'espace N ou un autre équivalent en vingt-quatre heures, quarante-huit heures au plus. Leurs serviteurs mettraient au point une copie de l'arme de la Civilisation en trois semaines environ. Peu de temps après, Klovia et Tellus disparaîtraient de la carte du ciel. Les Eddorians ne s'avéreraient peut-être pas « piloter » aussi habilement que les Arisians de tels globes mais avec le temps ils apprendraient vite.

Cette arme était la quintessence même de la destruction. Aucune défense contre elle n'était possible. Il n'existait aucune théorie viable permettant d'en couvrir les propriétés. Même les mathématiciens arisians n'avaient pas jusque-là été capables de déterminer les symboles pouvant matérialiser ce qui se passait lorsqu'une telle masse de matière étrangère faisait irruption dans l'espace normal.

Aussi Chris n'eut-il nullement besoin d'inciter les Arisians à plus de hâte. Ceux-ci, bien sûr, ne se pressèrent point mais ne perdirent pas un seul instant. Chaque Arisian, du plus jeune Gardien au philosophe le plus chenu, accorda une fraction de son esprit sur celui de Mentor et une autre sur une liste de noms parmi ceux des millions de Fulgurs de la Civilisation afin de leur transmettre un message télépathique.

« Fulgurs, attention ! Synchronisez votre esprit sur la structure mentale de Mentor d'Arisia qui va s'adresser à vous dès que vous aurez pu être tous contactés. »

Ce message se répandit dans toute la Première Galaxie, traversa l'espace intergalactique et fut diffusé dans la fraction de la Seconde déjà sous le contrôle de la Civilisation. Il atteignit planètes et planétoïdes, croiseurs et engins de reconnaissance. Il visait aussi bien les Fulgurs frais émoulus que les vétérans à la retraite, ceux qui étaient en mission comme ceux en permission de détente. Il était destiné à tous les Fulgurs de niveau I de la Patrouille Galactique.

Partout où il fut reçu, le message provoqua une indescriptible agitation. Partout des Fulgurs s'interpellaient entre eux.

« Qu'en penses-tu, Fred ?

— As-tu capté ce que je viens de recevoir ?

— Mentor ! Par Noshabkeming, que se passe-t-il ?

— N'en sais rien. Mais ça doit être un truc de première grandeur, pour que Mentor s'en occupe personnellement.

— Colossal, tu veux dire ! Qui a jamais entendu parler d'une intervention directe d'Arisia ?

— Mentor ne s'est jamais adressé deux fois à l'un de nous, à l'exception des Surfulgurs ! »

Des millions de questions assaillirent bases et bureaux de la Patrouille. Personne, y compris le Vice-Coordinateur, n'était au courant...

« Vous feriez aussi bien de cesser de nous interroger à propos de cet appel car ici nul d'entre nous n'en sait plus long que vous ! finit par répondre Maitland. Apparemment, tous les porteurs de Joyau reçoivent plus ou moins le même message. Tout ce que je peux en conclure c'est qu'il s'agit d'une urgence cosmique et que quiconque n'étant pas confronté à un problème de vie ou de mort doit immédiatement abandonner ce qu'il a en cours et se tenir prêt. »

A bord d'un aviso dont l'équipage était composé de quatre rousses et d'un rouquin la tension ne cessait là aussi de croître. Le problème de l'écran psychique artificiel des Eddorians avait été résolu depuis longtemps et des dispositifs de neutralisation, alimentés grâce à l'énergie atomique, étaient en place afin de permettre un affrontement direct d'esprit à esprit. L'astronef croisait à proximité de la nuée stellaire, à la limite de détection de l'adversaire, en attendant l'heure H.

« Les Enfants, êtes-vous prêts ? demanda finalement Mentor.

— Oui ! » Et sans même s'en apercevoir, ils se retrouvèrent tous cinq regroupés au centre du poste de pilotage.

« Fulgurs de la Patrouille Galactique. » La pseudo-voix de Mentor semblait résonner à travers tout le Cosmos. « C'est moi, Mentor d'Arisia, qui m'adresse aux Fulgurs, car nous nous trouvons face à un problème dont la solution exige la collaboration de vous tous. Vous avez été informés de la chute de Ploor dont les habitants, physiquement, ont été anéantis. Mais vous autres du Joyau, êtes conscients, de façon plus ou moins nette, que le plan matériel n'est pas tout. Aussi faut-il que vous sachiez que demeure une émanation malfaisante à l'égard de laquelle toutes les armes physiques des deux galaxies sont parfaitement impuissantes. Ce substrat immatériel est, de par sa nature même, férocement opposé aux principes de base qui animent la Patrouille et se déplace continuellement depuis la désintégration de Ploor. Sans votre aide nous sommes, nous autres Arisians, hors d'état d'en venir à bout, mais, sous notre égide, vos esprits devraient être collectivement en mesure de l'éradiquer définitivement. Si vous me le permettez, je dirigerais le processus psychique devant aboutir à l'élimination de ce qui est l'ultime arme de Boskone dans sa lutte contre la Civilisation. En êtes-vous d'accord ? »

La réponse, sous des myriades de formes différentes, fut unanime et les Fulgurs, sans trop bien comprendre comment cela pouvait être possible, brûlaient de voir Mentor les conduire dans cette dernière croisade contre les Zwilniks.

« Votre réponse est sans ambiguïté, comme je m'y attendais. La part de chacun d'entre vous sera simple mais non facile. Il vous faudra vous ancrer mentalement sur deux axiomes : d'abord votre loyauté et votre dévouement à l'égard de la Patrouille, ensuite votre certitude en la victoire de la Civilisation sur Boskone. Concentrez-vous tous au maximum !

» Il est inutile que vous cherchiez consciemment à diriger vos pensées. En demeurant synchronisés sur ma structure psychique, cela me permettra de canaliser votre impact. Vous découvririez qu'il s'agit de la tâche la plus ardue que vous ayez eu à entreprendre mais l'effort à soutenir ne sera que de courte durée et sans aucun effet nocif ultérieur. Êtes-vous prêts ?

— NOUS SOMMES PRÊTS ! » Le crescendo psychique fit trembler la galaxie.

« Enfants, à vous de jouer ! »

Les neutralisateurs d'écran furent activés, annihilant les barrières mentales artificielles et l'UNITÉ frappa. L'écran psychique extérieur céda, puis le second, le troisième et le quatrième.

Ce fut cette structure parfaite et non Camille qui détecta et localisa avec précision les Eddorians supervisant ces écrans, tout comme ce fut celle-ci qui les élimina et non Constance. Aucun délai ne fut nécessaire pour passer à l'action qui suivait instantanément la perception globale de la situation. Les Enfants du Joyau n'étaient plus cinq mais un seul : l'UNITÉ !

« A vous, Mentor ! coupa Chris. Que les Arisians et les Fulgurs se déchaînent globalement sur ce cinquième écran car là, ce n'est pas un Eddorian mais vingt qui le surveillent et ce sont des cracks ! La meilleure stratégie consiste à nous en tenir à l'écart une seconde ou deux puis à leur montrer ce dont nous sommes capables en matière de défense pendant que vous les pilonnerez à mort ! »

Arisia et l'ensemble des Fulgurs frappèrent. Sous l'impact de ce raz de marée psychique, le cinquième écran se déforma jusqu'à toucher la surface de la planète. La puissance mentale de chacun des Fulgurs était insignifiante par rapport à celle d'un Eddorian mais multipliée par le nombre elle devenait un facteur avec lequel il fallait compter.

« Jusque-là, Chris, ça va », constata en haletant Constance qui, bien que ne tremblant plus était toujours terriblement excitée.

« Tu te débrouilles merveilleusement bien, Constance, la rassura Camille.

— C'est certain, petite, et tu as de la ressource ! renchérit Christophe...

— Attention ! aboya Camille. Voilà le choc en retour ! » Et les cinq derechef se fondirent en l'UNITÉ !

La contre-attaque d'Eddore se déchaîna mais les défenses du groupe ne faiblirent pas. Au bout d'une seconde, Karen, qui s'était raidie, se détendit.

« Mais c'est beaucoup trop facile ! déclara-t-elle. Qui donc m'aide ? Je ne ressens rien de spécial mais je sais pertinemment que je n'ai pas en moi de telles capacités. Est-ce toi, Camille, ou bien vous autres ? » Aucun des cinq n'était encore très familiarisé avec le fonctionnement de l'UNITÉ.

« Tous, plus ou moins mais surtout Chris », décida Camille après un instant de réflexion. Il est aussi solide qu'un roc.

— Ce n'est pas moi, protesta l'intéressé. Je n'ai rien fait de particulier jusque-là. Mais trêve de bavardage. Nous avons eu le loisir de constater qu'ils ne peuvent rien contre nous mais, maintenant, il nous faut nous mettre au travail ! »

Comme l'UNITÉ était soumise à une attaque ininterrompue, sa tactique devait se différencier de celle employée jusqu'alors. Sa barrière devrait s'abaisser durant une période infinitésimale durant laquelle il lui faudrait situer et frapper l'ennemi avant de rétablir ses défenses.

Or, tout comme le parachutisme, cette technique ne pouvait s'apprendre que par la pratique. Comme le minutage se devait d'être parfait, les deux premières fois les Enfants du Joyau manquèrent totalement leur cible. Mais l'UNITÉ apprenait vite et les Eddorians se mirent à périr les uns après les autres.

« Au secours, votre Suprématie, au secours ! implora finalement un Eddorian de haut rang.

— Qu'y a-t-il ? demanda Sa Suprématie qui savait que seul le désespoir le plus complet pouvait pousser un des siens à une telle intrusion.

— C'est cette nouvelle entité arisiane…

— Ce n'est pas une entité, imbécile, mais une fusion, lui fut-il sèchement répliqué. Voici longtemps que nous en sommes tombés d'accord.

— C'est une entité, je le maintiens ! » Devant l'urgence de la situation, l'opérateur en omit les titres. « Aucune fusion psychique ne peut atteindre une telle perfection au niveau du minutage et de la synchronisation. Nos propres fusions les meilleures ont en vain tenté de s'y opposer. Ses écrans sont impénétrables et ses décharges ne peuvent être bloquées. Mon message est le suivant : résolvez promptement pour nous le problème de cette entité. Si vous ne voulez ou ne pouvez y parvenir, nous allons tous mourir, y compris les membres de l'Ultime Cénacle !

— C'est ce que vous croyez ! » La réponse ne cachait pas un mépris impitoyable. « Si vos fusions se révèlent inférieures à celles des Arisians, tant pis pour vous ! Votre mort ne sera pas une bien grande perte... »

Le cinquième écran céda. Eddore était dorénavant à nue devant les Arisians. Il y avait, bien sûr, des défenses planétaires mais Chris les connaissait toutes, avec leurs faiblesses et leurs points forts et il en avait fourni le détail depuis longtemps à Mentor avec qui il avait établi le plan de campagne. Le jeune homme ne put néanmoins s'empêcher de donner des conseils mais l'Arisian le rassura :

« Tout se déroule comme prévu, jeune. Les enfants, détendez-vous un peu. Vous avez agi avec une rare efficacité. Il vous faut récupérer avant ce qui vous attend ! »

Ils se reposèrent sans difficultés, ce qui ne fut pas sans les surprendre. Mais le répit fut bref. Le secteur K, quartier général et citadelle de Sa Suprématie et de l'Ultime Cénacle de l'empire de Boskone, abritait tout ce qui restait de vivant sur Eddore.

Là résidait le nœud du problème et Christophe Kinnison le savait. C'était justement ce qui avait arrêté les Arisians durant plusieurs millions d'années. Tout ce qui avait été réalisé jusque-là, les Arisians seuls auraient pu le faire mais, même la puissance globale et synchronisée d'Arisia ne pouvait venir à bout du secteur K.

Pour liquider cette forteresse, deux choses étaient nécessaires : l'Unité et l'inconcevable puissance psychique fournie par la totalité des Fulgurs des Deux Galaxies.

Connaissant encore mieux que Mentor ce qu'était la situation, Chris eut un moment de panique qu'il s'arrangea pour surmonter.

— « Attendez avant de fusionner, les enfants. » Chris l'organisateur se mit au travail. « Recourons d'abord à l'effort individuel, avec, en cas de besoin, un bref éclair de fusion mais ne reconstituez pas l'Unité avant que je ne vous en donne l'ordre. A ce moment, il faudra se défoncer ! Camille, analyse cet écran et indique-nous en la structure. Tu verras que ce n'est pas une mince tâche ! Vérifie son homogénéité et assure-toi qu'il n'a pas de points faibles. Constance, concentre ton influx psychique en la plus fine aiguille mentale possible et commence à sonder le terrain. Ne te fatigue pas inutilement. C'est uniquement pour que tu t'accoutumes à la texture de leurs défenses et que tu les maintiennes sous tension. Karen, prends la relève d'Eukonidor et assure notre protection que celui-ci puisse rejoindre les siens. Catherine, viens avec moi, tu vas aller renforcer les Arisians jusqu'à ce que je t'appelle pour reformer l'Unité.

» Arisians, à l'exception de Mentor, entourez ce dôme. Enveloppez-le suffisamment étroitement pour que les Eddorians ne puissent forcer votre blocus. Catherine, veille à les maintenir ainsi.

» Mentor, maintenant, c'est à vous et aux Fulgurs. Dites-leur de nous donner, dans les cinq secondes qui viennent, tout ce qu'ils ont dans le ventre ! Lorsqu'ils auront atteint leur maximum, virez sur nous le potentiel global. Ne les retenez surtout pas. Nous serons prêts.

» Constance, prépare-toi à planter ta banderille mentale exactement là. Ils penseront sans doute que ce n'est qu'une autre tentative de sondage, mais cramponne-toi comme jamais tu ne l'as fait ! Karen, sois parée à passer de la défensive à l'offensive, afin de renforcer l'action de Constance. Lorsque ça va nous tomber dessus, ça ne va pas être de tout repos. Nous autres, nous ferons en sorte de vous épauler tout en essayant d'éviter que le choc nous grille tous ! Ça y est... Constituez l'Unité... Allez-y ! »

L'Unité frappa. Son dard de pure force psychique piqua l'écran réputé inviolable des Eddorians. La puissance accumulée par l'effort mental simultané de tous les Fulgurs de la Patrouille Galactique était en elle-même irrésistible. Quelque chose devait obligatoirement céder.

Pendant un instant, on eut le sentiment que rien, maintenant ni jamais, ne se passerait. Les Cinq, immobiles et enlacés, constituaient un groupe que n'eût pas désavoué un statuaire. Autour d'eux s'était formé comme un gigantesque Joyau pulsatile dont la splendeur illuminait la salle entière.

Sous cette intense concentration d'énergie, quelque chose devait se produire. L'Unité tint bon, ainsi que les Arisians et les Fulgurs. Le dard psychique ne plia ni se rompit. C'est pourquoi l'écran Eddorian fut finalement crevé et, dès sa perforation, il disparut comme une bulle dont on perce la paroi.

Il n'y eut aucune liquidation à envisager. Le torrent purificateur se déversant dans la place-forte fit qu'en une micro-seconde toute vie cessa d'y exister.

La guerre avec Boskone venait de prendre fin.

Chapitre XXIX

Le pouvoir de l'amour

« Alors, les filles, en forme ? » Le terrifiant combat terminé, et la tension l'accompagnant apaisée, la première pensée de Christophe fut pour ses sœurs.

Elles avaient bien supporté le choc et aucun des Cinq ne souffrait d'autre chose que d'une terrible fatigue mentale. La récupération, cependant, fut rapide.

« Nous ferions bien de remonter ce Tube et d'en sortir papa, ne croyez-vous pas ? suggéra le jeune homme.

— As-tu trouvé une histoire qui nous permette de couvrir ce qui vient de se passer ? demanda Camille.

— Oui et à quelques détails près que nous réglerons plus tard, ça devrait suffire. »

Sans effort, les quatre filles synchronisèrent leur esprit sur celui de leur frère et l'Unité sonda tout l'espace environnant. Il ne s'y trouvait ni corridor hyperspatial ni trace d'un tel dispositif. S'accordant alors sur la structure mentale de Kimball Kinnison, les Cinq passèrent au crible non seulement l'espace normal et le temps présent mais également des millions d'univers étrangers, tant dans le passé que dans le futur, et tout cela sans rien découvrir du Fulgur Gris.

L'Unité renouvela ses tentatives, allant jusqu'à l'extrême limite de ses fantastiques possibilités. L'espace et le Temps étaient désespérément vides. Les Enfants du Joyau brisèrent leur fusion psychique et se considérèrent d'un air épouvanté.

Ils savaient parfaitement ce que cela signifiait mais se refusaient à l'admettre. Kinnison, leur père, le pilier de la Civilisation, ne pouvait être mort. Une telle conclusion était positivement impensable.

Et, tandis qu'ils méditaient, leur parvint un appel de leur mère. La Fulgur Rousse s'exclama : « Vous êtes ensemble ? Parfait ! Je suis si inquiète à propos de votre père depuis qu'il s'est jeté dans ce piège. J'ai en vain essayé d'entrer en contact avec lui. Mais vous, les enfants, avec vos capacités... »

Elle s'interrompit soudain, effondrée, lorsqu'elle capta les pensées de ses enfants, mais elle se ressaisit magnifiquement.

« Balivernes ! » aboya-t-elle, non en niant l'évidence mais avec la conviction de quelqu'un qui sait, « Kimball Kinnison est vivant. Je lui ai parlé juste avant qu'il ne pénètre dans ce Tube mais il n'est pas mort ! Car, s'il avait péri, il est certain que j'en aurais eu conscience. Aussi, les enfants, ne soyez pas idiots ! Réfléchissez de toutes vos forces ! Je veux essayer quelque chose mais je ne vois pas très bien quoi. Quant à Mentor, jamais je ne l'ai appelé et je doute fort qu'il entreprenne quoi que ce soit. Que puis-je faire ?

— Il faut en référer à Mentor, bien sûr, décida Christophe. Il interviendra car il le faudra bien. Cependant, il est inutile que tu te rendes sur Arisia en personne. » Maintenant que les Eddorians avaient cessé d'exister, le vide intergalactique ne constituait plus une barrière pour la pensée arisiane mais Christophe n'entra pas dans ces considérations. « Branche ton esprit sur les nôtres. » Et Clarissa obéit.

« Mentor d'Arisia, informa télépathiquement l'Unité, Kimball Kinnison de Klovia ne se trouve ni dans cet univers ni dans les autres continuums à notre portée. Nous avons besoin d'aide.

— Ah ! C'est la Fulgur Clarissa et les Cinq ! » Imperturbable, Mentor se joignit instantanément à eux par l'esprit. « Je ne me suis pas préoccupé de cela et n'ai pas étudié ma visualisation du Tout Cosmique. Il se peut cependant que Kimball Kinnison ait cessé d'appartenir à ce plan de l'existence...

— Ce n'est pas vrai ! C'est pure idiotie que de considérer une telle hypothèse ! » l'interrompit brutalement la Fulgur Rousse dont la pensée avait la densité physique d'un coup de poing. « Kim est VIVANT ! Je l'ai déjà dit aux enfants et je vous le répète. Où qu'il se trouve, entre plus et moins l'éternité, ou dans le plus lointain repli du Tout Cosmique, il est en vie. Il n'aurait pu mourir sans que je le sache. Aussi, Mentor, s'il vous plaît, cherchez-le ou indiquez-moi, si vous ne souhaitez pas vous en mêler, vers où orienter mes recherches et je le retrouverai moi-même ! »

Les Cinq étaient effarés et tout particulièrement Christophe qui n'ignorait pas, lui tout particulièrement, à quel point sa mère avait toujours été effrayée de Mentor. S'adresser de la sorte à un Arisian était inimaginable mais la réaction de Mentor dénota uniquement un incontestable sursaut d'intérêt.

« Il y a du vrai dans votre pensée, ma fille, répliqua calmement l'Arisian. L'amour humain, à son plus haut niveau, peut être une chose d'une considérable portée. Permettez-moi, s'il vous plaît, d'y réfléchir un moment afin d'en envisager tous les aspects. »

Cela prit plus d'un moment et dépassa de loin les vingt-neuf secondes qui avaient été nécessaires à Mentor pour résoudre un cas similaire concernant le Coordinateur. En fait, une bonne demi-heure s'écoula avant que Mentor ne se manifeste de nouveau, et encore ne s'adressa-t-il pas au groupe dans sa totalité, mais seulement aux Cinq, en utilisant une ultra-fréquence mentale inaccessible à la Fulgur Rousse.

« J'ai été incapable de le joindre. Comme vous n'y étiez pas parvenus, il était certain que le problème ne s'avérerait pas simple mais il s'est révélé en réalité d'une rare difficulté. Comme j'ai déjà eu l'occasion de vous l'expliquer, ma visualisation de tout ce qui touchait directement aux Eddorians n'a jamais été sans zones d'ombre car leurs esprits étaient d'une incontestable puissance. Il en allait sans doute de même pour eux en ce qui nous concernait. C'est pourquoi nos analyses respectives les uns des autres ne pouvaient-elles au mieux n'être que de simples approximations.

» Il est certain cependant que vous aviez raison en attribuant aux Ploorans la responsabilité du piège tendu à votre père. L'impossibilité pour les échelons subalternes ou intermédiaires de Boskone de tuer le Coordinateur a dû amener les Ploorans à tenter de le capturer vivant. Cependant, à un moment ou à un autre, les Eddorians ont dû prendre la relève, ce qui est démontré du fait de votre actuelle incapacité à remonter la piste. Il est en effet inutile de vous dire que les Ploorans n'étaient pas en mesure de transporter votre père en un endroit qui vous soit à vous Cinq inaccessible. Aussi est-il certain qu'un ou plusieurs Eddorians, soit ont tué Kinnison, soit l'ont expédié là où il est présentement. Il est également certain qu'après la façon dont votre père a échappé aux Ploorans dans ce corridor hyperspatial, les Eddorians ne tenaient nullement à laisser ceux-ci affronter seuls le Fulgur Gris car ils craignaient, à juste raison, que leurs alliés, au lieu d'obtenir des informations, ne perdissent tout...

— Savaient-ils que j'étais dans ce Tube ? demanda

Catherine. Ont-ils par déduction fini par connaître notre existence ou bien considéraient-ils papa comme un surhomme ?

— C'est un des nombreux points qui demeurent obscurs. Mais cela ne change rien au fond de l'affaire, comme vous devriez vous en rendre compte !

— Bien sûr. Ils savaient qu'il y avait là au moins un esprit de niveau 3. Ils ont dû en conclure qu'il s'agissait d'un Arisian. Les Eddorians n'ignoraient pas que Kimball Kinnison était la clef de voûte de la Civilisation et que se débarrasser définitivement de lui constituerait une excellente opération. C'est pourquoi nous ne comprenons toujours pas pourquoi ils ne l'auraient pas tué immédiatement afin d'en finir avec lui une bonne fois pour toutes — si toutefois cela est bien le cas.

— Pour être franc, moi non plus. Ce point est le plus mystérieux et rien n'indique que le Coordinateur soit encore en vie. Ce serait pure folie que de prétendre que les Eddorians, même occasionnellement, aient pu agir ou réfléchir de façon irraisonnable. C'est pourquoi, si Kinnison n'est pas mort, ce qui lui a été infligé l'a été dans le but de s'avérer encore plus irréversible que son trépas. Si l'on pose cela en prémices, il faut alors en conclure que les Eddorians avaient considéré la possibilité pour nous d'en savoir suffisamment concernant le prochain cycle d'existence pour être en mesure de le joindre dans l'au-delà. »

Kit fronça les sourcils. « Vous continuez à insister sur la possibilité de sa mort. Est-ce que votre visualisation n'englobe pas cette donnée ?

— Pas depuis que les Eddorians ont pris cette affaire en main. Si l'on admet que la théorie de votre mère est vraie et que votre père est vivant, ce qui lui est advenu est clair et la manière dont on s'y est pris évidente.

— Clair ! Pas pour nous... s'exclamèrent les Cinq.

— Comme ils ne connaissaient pas avec précision l'étendue des pouvoirs de nos esprits, les Eddorians ont dû calculer des limites au-delà desquelles ni eux ni nous ne pouvions raisonnablement aller. Étant par essence même portés sur des solutions mécanistes, il est logique d'assumer qu'ils disposaient de suffisamment d'énergie pour transporter Kinnison en quelque endroit bien au-delà de ces limites. Ils ont dû laisser le contrôle de l'opération à un pilote automatique au fonctionnement basé sur le strict hasard de façon que le lieu final de destination demeure inconnu et inconnaissable. Bien sûr, le Coordinateur en ce cas a dû arriver indemne...

— Comment ? Comment ont-ils réussi à...

— Avec le recul voulu, vous l'apprendrez — mais pas maintenant. Que mon hypothèse soit vraie ou fausse, le fait demeure que Kimball Kinnison ne se trouve pas dans la tranche d'espace-temps que je suis en mesure présentement d'explorer. »

L'abattement envahit les Cinq.

« Cela n'implique pas que la question soit insoluble. J'allais simplement vous dire d'assister votre mère dans l'utilisation de pouvoirs qui pourraient bien dépasser à la fois ceux d'Eddore et d'Arisia. » Et Mentor élargit la bande passante de son message télépathique pour toucher également l'esprit de la Fulgur Rousse et poursuivit comme s'il venait juste de sortir de sa méditation.

« Enfants, il apparaît que la solution de ce problème par des méthodes classiques risque de demander plus de temps que nous n'en disposons. En outre, cela nous offre une chance peut-être unique d'enrichir notre savoir. Soyez néanmoins informés que pour Clarissa, grand est le risque d'en mourir.

— Il faut mieux ne pas essayer, maman. Quand Mentor annonce la chose de cette façon, c'est un véritable suicide. Nous ne voulons pas te perdre aussi », plaida Christophe, appuyé en cela par ses quatre sœurs.

Clarissa savait que le suicide allait à l'encontre du Code des Fulgurs mais elle savait que tant qu'existait une chance, aussi minime fût-elle, un Fulgur y allait.

« Quel est le risque ? demanda-t-elle d'un ton passionné. Ma mort n'est pas certaine, n'est-ce pas ?

— Non, ma fille. Ce n'est pas une certitude.

— Très bien. Alors, j'y vais... Rien ne pourra m'arrêter !

— Très bien. Resserrez votre liaison psychique avec moi, Clarissa. Votre tâche consistera à adresser un appel mental à votre époux, où qu'il se trouve au sein des espaces-temps. Si cela est réalisable, vous seule de toutes les entités du Cosmos pouvez y parvenir. Je ne puis ni vous aider ni vous orienter dans votre quête mais, grâce à l'intensité des relations que vous aviez avec le disparu, vous n'aurez besoin ni de guide ni de secours. Ma mission consistera à vous suivre et à mettre en place les moyens de son retour mais le travail principal vous incombe. Aussi, prenez le temps de vous préparer à l'effort qui vous attend car il ne sera pas mince. Rassemblez vos forces, ma fille, et faites appel à toutes vos ressources. »

Ils regardèrent Clarissa, dans sa chambre, se jeter sur son lit. Elle ferma les yeux, s'enfouit le visage dans le couvre-lit et serra farouchement les montants de sa couche.

« Ne pouvons-nous pas aider, nous aussi ? implorèrent les Cinq d'une seule voix.

— Je l'ignore. » La voix de Mentor était aussi froide que celle du Destin. « Je ne connais aucune force à votre disposition qui puisse d'une quelconque façon affecter ce qui va se passer. Comme je ne sais pas tout de l'étendue de vos capacités, cependant, il serait peut-être préférable de nous accompagner, en vous tenant parés à tout instant à nous assister, au cas où l'occasion s'en présenterait. Êtes-vous prête, Clarissa ?

— Oui », et la Fulgur Rousse projeta son filet mental.

Clarissa Kinnison n'eut jamais, ni sur l'instant ni plus tard, une idée exacte de ce qu'elle fit et de la façon dont elle s'y prit. Les Enfants du Joyau eux-mêmes, après plusieurs siècles de réflexion et malgré leurs dons psychiques, n'élucidèrent jamais vraiment ce qui s'était passé. Quant à Mentor, le vieux sage Arisian, il ne comprit pas plus.

Tout ce que les témoins de la scène enregistrèrent, ce fut une femme dont l'amour et la souffrance étaient infinis et qui, étendue raide sur son lit, lançait à travers l'espace et le temps une pensée dans laquelle elle mettait toute l'énergie de son désespoir.

Clarissa Kinnison, Surfulgur, possédait une puissance télépathique hors du commun et elle émit jusqu'à l'ultime limite de ses forces vives un appel demandant son Kim, son époux et son amant, le père de ses enfants, Kim l'autre moitié d'elle-même depuis tant d'années...

« Kim ! KIM ! Quel que soit l'endroit et l'époque où tu te trouves, écoute et réponds-moi ! Entends-moi, tu dois m'entendre ! Du tréfonds de mon être, j'ai besoin de toi, Kim... mon Kim ! »

Ce message traversa des espaces innombrables et l'immensité des temps, propulsé par l'amour désespéré d'une femme magnifique qui mettait ainsi son âme à nue.

Plus loin... toujours plus loin et encore au-delà...

Le corps de Clarissa gisait inerte sur son lit. Son rythme cardiaque se ralentissait dangereusement et sa respiration devenait imperceptible. Christophe fouilla brièvement l'esprit de sa mère et découvrit que même en ses plus secrets recoins, l'élan vital s'en était quasi totalement évanoui. La Fulgur Rousse avait épuisé jusqu'au dernier carat ses prodigieuses réserves de vitalité.

« Mère, reviens-nous ! implorèrent les Cinq, épouvantés.

— Enfants ! Connaissez-vous si mal votre mère ? » s'exclama Mentor. Ils la connaissaient. Elle ne reviendrait pas seule. Sans se soucier de mourir, elle ne s'arrêterait que lorsqu'elle aurait retrouvé son Kim !

« Mentor, faites quelque chose, nom d'un chien !

— Que voulez-vous que je fasse ? Rien ne peut être changé. La question était de simplement savoir qui de l'hypersphère à passer au crible ou de la remarquable vitalité de votre mère l'emporterait...

— Taisez-vous ! aboya Chris. Nous allons intervenir. Allons-y, les filles.

— Unissons-nous ! lança la voix stridente de Catherine. Vite ! Camille, synchronise-nous sur la structure mentale de maman ! Il faut l'incorporer à notre Unité. Ça y est... Maintenant, Chris, conduis-nous... CONDUIS-NOUS ! »

Chris prit la direction des opérations. L'énergie psychique de l'Unité redonna un coup de fouet aux fonctions vitales de Clarissa qui cessa de s'affaiblir. Les Enfants du Joyau, eux, commencèrent à leur tour à fléchir et Mentor, qui jusque-là était resté impassible devant l'imminence de la mort de Clarissa, manifesta soudain une incontestable inquiétude.

« Enfants ! Revenez », ordonna-t-il en vain. Puis, passant à la supplication. « Vous êtes en train non seulement de gaspiller vos vies mais aussi des myriades d'années d'efforts et d'études ! »

Ceux-ci ne se soucièrent point des gémissements de l'Arisian. Pas plus que leur mère, ils ne laisseraient leur mission inachevée. Les Sept Kinnison reviendraient vivants ou tous périraient.

Le quadruple esprit arisian se concentra puis reprit espoir. Maintenant que cette incroyable fusion avait eu lieu, l'issue de l'affaire se présentait sous des auspices nettement plus favorables. Les chances s'étaient renversées. La portée et la finesse du sondage de l'Unité s'étaient révélées insuffisantes, compte tenu du temps disponible. Si l'on y ajoutait l'affinité de la Fulgur Rousse pour son époux... Oui, finalement, l'Unité devait réussir dans sa tentative.

Mentor avait raison. Avant qu'aucun des Enfants ne se

soit affaibli trop dangereusement, l'Unité, comprenant derechef ses cinq membres, venait de regagner sa base de départ. L'élan vital de Clarissa, qui s'était si vaillamment essayé à parcourir l'ensemble des espaces et des temps, rejoignait son corps d'origine. Un faisceau mental d'une intensité et d'une cohérence rares parut s'enfoncer en une torsade impossible dans les méandres sinueuses et intriquées du multi-univers.

« Très joli travail de haut niveau, Enfants, voulut bien reconnaître Mentor. Je viens d'arranger les moyens de son retour.

— Merci les enfants, merci, Mentor. » Au lieu de s'évanouir, Clarissa bondit de son lit, le visage écarlate, la respiration haletante et le regard brillant. Elle était resplendissante, comme jamais. La réaction viendrait plus tard mais présentement c'était une femme incarnant la joie de vivre qui se tenait debout devant eux. « Où et quand apparaîtra-t-il dans notre espace ? demanda-t-elle.

— Dans cette pièce, devant vous. Maintenant. »

Kinnison se matérialisa devant eux et la Fulgur Rousse se précipita fougueusement dans les bras du Gris. Pendant ce temps, Mentor et les Cinq tournèrent leur attention vers le Futur.

« Il y a d'abord l'histoire de ce corridor hyperspatial baptisé le " Trou d'Enfer ", commença Christophe Kinnison. Il nous faut convaincre tous les membres de la Civilisation que Ploor constituait l'échelon suprême de Boskone. Nous avons construit une fable selon laquelle Ploor dirigeait en fait l'empire Zwilnik et que, ce qui est d'ailleurs la stricte vérité, elle fut détruite grâce aux efforts des Surfulgurs. Le " Trou d'Enfer Spatial " devra être présenté comme la dernière manifestation de cette " survivance " psychique de Ploor que connaissent bien tous les Fulgurs et qu'ils ne sont pas près d'oublier. Le problème de la localisation de papa n'était différent des précédents que par son degré de complexité mais non par sa nature même. Pour tout le monde, à l'exception de nous, il n'a jamais existé d'Eddorians. Avez-vous des objections à présenter ? Est-ce que tout cela sera crédible ? »

Tous furent d'accord que c'était la meilleure solution.

« Le moment est venu, déclara Karen, de discuter de l'importante question de notre raison d'être. Mentor, vous avez à plusieurs reprises laissé entendre que vous alliez, vous autres Arisians, abandonner vos fonctions de Gardiens de la Civilisation et que désormais cette tâche nous incomberait. Je viens brutalement de me rendre compte que, de tous vos congénères, il ne reste plus que vous quatre dans cet univers et que les autres nous ont définitivement quittés. Nous ne sommes pas prêts, Mentor, et vous ne pouvez l'ignorer. Cela m'épouvante effroyablement...

— Enfants, désormais, vous êtes en mesure d'assumer ce qu'il vous reviendra de faire. Bien sûr, vous n'êtes pas encore parvenus à votre pleine maturité mais avec le temps cela viendra. Il est préférable, cependant, que nous vous abandonnions dès maintenant. Votre race est potentiellement beaucoup plus forte et plus capable que la nôtre. Nous avons atteint voici déjà un bon moment notre plus haut niveau d'évolution et il nous est désormais impossible de nous adapter convenablement à la complexité croissante du phénomène de la vie. En aptitudes et en équipement biologique, vous débutez là où nous en avons terminé.

— Mais nous ne savons, vous ne nous avez pratiquement rien enseigné ! protesta Constance.

— Je vous ai instruits convenablement et suffisamment. Le fait que je ne parvienne plus à déterminer avec précision les changements à venir démontre, s'il en était besoin, que notre race est dépassée. Poursuivre plus loin votre éducation arisiane irait à l'encontre du but recherché et figerait votre raisonnement dans des concepts périmés. Comme je vous l'ai déjà à plusieurs reprises répété, nous ignorons nous-mêmes la limite exacte de vos potentialités. Aussi suis-je parfaitement incompétent pour vous guider dans leur utilisation. Il est certain néanmoins que vous possédez en vous-mêmes les structures nécessaires à leur plein développement. Ma tâche a consisté à vous faire faire les premiers pas sur cette voie.

— Mais cela exigera bien des années, Monsieur, ajouta Christophe, et si vous nous laissez maintenant, nous n'aurons pas le temps voulu pour...

— Vous disposerez de tout le temps dont vous aurez besoin et au-delà.

— Oh ! Cela veut dire, alors, qu'il n'y a pas urgence ? demanda Constance. Tant mieux !

— Nous en sommes tous très heureux, ajouta Camille. Nous sommes trop heureux de vivre et trop pleins de projets pour avoir envie de mener une existence comme la vôtre dès maintenant. Je ne pense pas me tromper en affirmant que notre propre développement nous contraindra un jour à mener une vie analogue à la vôtre ?

— Votre raisonnement confus a encore déformé la vérité, lui reprocha Mentor. Il n'y aura nulle contrainte. Vous aurez tout à y gagner et rien à y perdre. Vous n'avez pas la moindre idée de l'ampleur et de la profondeur de vues auxquelles vous aboutirez. Vos vies seront immensément plus variées et plus riches que celles de vos prédécesseurs dans cet univers. Au fur et à mesure du développement de vos capacités, vous constaterez que la fréquentation d'entités moins capables que vous perd tout intérêt.

— Mais je ne veux pas vivre éternellement, gémit Constance.

— Toujours cette carence dans le raisonnement ! » Pour une fois, la réplique de Mentor fut faite sur un ton quelque peu irascible. « Mais, dans les circonstances présentes, peut-être cela est-il plus ou moins excusable. Vous savez que vous n'êtes pas immortels. Vous devriez comprendre que l'acquisition d'un savoir infini exige un temps infini. Or, votre existence, en comparaison de vos capacités d'emmagasinement des connaissances, sera aussi brève que celle de l'Homo Sapiens. Lorsque le moment sera venu, vous souhaiterez vous-mêmes changer votre manière de vivre.

— Dites-nous quand, suggéra Catherine. Ça serait bien de le savoir et nous pourrions nous y préparer !

— Cela me serait possible car en la matière ma visualisation est sans faille mais je ne le ferai pas. Dans cinquante, cent, mille ans, quelle importance cela a-t-il ? Vivez pleinement et au fil des ans développez vos capacités tout juste naissantes jusqu'à leur plénitude. Soyez assurés que bien avant que le besoin de vos services ne se fasse sentir, vous vous serez installés sur une planète de votre choix et que vous serez prêts sur tous les plans à affronter les problèmes qui se poseront alors. Toute activité hostile est présentement complètement désorganisée. Kinnison et la Patrouille peuvent aisément s'en charger. Le conflit réel est désormais terminé. Les synthétiseurs de Joyaux, comme vous le savez, fonctionnent et s'entretiennent automatiquement. Vous prendrez le temps qui vous paraîtra nécessaire à l'entraînement spécial des Fulgurs sélectionnés lors des moments perdus de votre transformation en Gardiens de la Civilisation.

— Nous persistons à nous juger incompétents, insistèrent les Cinq. Êtes-vous vraiment sûrs de nous avoir donné toutes les instructions indispensables à notre développement ?

— Oui. Je vais vous quitter. Le temps viendra, peut-être, où tout comme vous, vos descendants réaliseront qu'ils sont devenus inaptes à poursuivre leur tâche. Lorsque leurs visualisations s'avéreront floues et incomplètes, ils sauront que le moment pour eux est arrivé de faire naître, à partir de la race la plus évoluée du moment, une autre génération de Gardiens, plus capables. Puis, comme l'ont fait nos congénères et comme je m'y apprête, ils décideront de leur plein gré d'abandonner ce plan de l'existence. Mais tout cela est pour un lointain futur. Quant à vous, Enfants, incertains et hésitants comme tout naturellement vous l'êtes, vous pouvez sincèrement être persuadés de la véracité de mes propos. Sachez, malgré que nous ne soyons plus là, que tout ira bien, pour nous, pour vous et pour toute la Civilisation. »

La pseudo-voix sonore et profonde se tut et les Kinnison comprirent que Mentor, le dernier des Arisians, les avait quittés.

Épilogue

A vous, qui venez de parcourir ce rapport, je renouvelle mon salut :

Comme celui qui l'a établi n'est qu'un jeune, Gardien seulement par titre, et de ce fait incapable de visualiser, même approximativement, le moment et la raison nécessitant l'ouverture de ce container, immatériel et inviolable, je n'ai aucune idée de votre forme physique et de vos capacités psychiques, vous, l'entité à qui ce message est destiné.

Vous savez déjà que de nouveau la Civilisation est sérieusement en péril. Vous connaissez sans doute certains aspects basiques de ce qui la menace. L'étude de cette bande vous a démontré que la situation est suffisamment grave pour qu'il soit devenu derechef nécessaire de pousser certains esprits sélectionnés à accéder au troisième niveau du Fulgurat.

Vous avez appris que, dans le passé, Civilisation après Civilisation périrent avant d'atteindre un stade convenable de développement mental. Vous n'ignorez pas que c'est grâce à nous et à la race qui nous a précédés en tant que Gardiens que NOTRE Civilisation ne s'est pas effondrée. La tâche de votre race, qui bientôt devra nous succéder, sera de veiller à ce que la barbarie ne l'emporte pas de nouveau.

L'un d'entre nous entrera en contact avec vous dès que vous aurez assimilé les données et les implications de ce document. Préparez votre esprit à nous recevoir.

Christophe K. Kinnison.

Table

Dans la même collection

Michael G. Coney	1	*Syzygie*
Keith Laumer	2	*Dinosaure Plage*
James Blish	3	*Le Siècle de l'éternel été*
Clifford D. Simak	4	*Ingénieurs du Cosmos*
Jack Williamson	5	*Les Enfants de la Lune*
A. et B. Strougatsky	6	*Les Mutants du brouillard*
Walter Ernsting	7	*Le jour où moururent les dieux*
John Aiken	8	*Un Monde bien perdu*
Philip José Farmer	9	*Hadon, fils de l'Antique Opar*
Lieutenant Kijé	10	*Les Cendres de la Terre*
Curt Siodmak	11	*La Ville du Ciel*
E. E. « Doc » Smith	12	*Le Fulgur gris*
Nathalie Henneberg	13	*Le Dieu foudroyé*
Larry Niven	14	*Protecteur*
Michael G. Coney	15	*Les Enfants de l'hiver*
J. T. McIntosh	16	*Les Sorciers de l'espace*
David Maine	17	*Guérillero galactique*
E. E. « Doc » Smith	18	*Le Surfulgur*
Brian Lumley	19	*Le Réveil de Cthulhu*
Colin Kapp	20	*Les Formes du Chaos*
A. et B. Strougatsky	21	*La Troïka*
Marion Zimmer Bradley	22	*La Planète aux vents de folie*
P. Marlson et A. Higon	23	*L'Empire du Peuple*
Philip José Farmer	24	*Fuite à Opar*
John Brunner	25	*L'Ère des miracles*
E. E. « Doc » Smith	26	*Les Enfants du Joyau*
Brian Lumley	27	*La Fureur de Cthulhu*
Sakyo Komatsu	28	*La Submersion du Japon*
Michael G. Coney	29	*Rax*
Keith Laumer	30	*Le Long Crépuscule*

Jack Williamson	31	*Le Pouvoir Noir*
A. E. Van Vogt	32	*Les Galactiques secrets*
Yves Varende	33	*Le Gadget de l'Apocalypse*
Brian Lumley	34	*Les Abominations de Cthulhu*
Larry Niven	35	*Un Monde hors du temps*
E. E. « Doc » Smith	36	*Les Maîtres du Vortex*

En préparation

Alex Kazantsev	□	*Plus fort que le temps*
Colin Kapp	□	*L'arme du chaos*
Peter Karrel	□	*Le songe de Kronos*
Lieutenant Kijé	□	*Celten Taurogh*
Colin Wilson	□	*Les Vampires de l'espace*

Hors série :

Arthur C. Clarke	□	*Terre, planète impériale*
Frank Herbert	□	*La Ruche d'Hellstrom (Prix Apollo 1977)*

AUTRES TITRES DE SCIENCE-FICTION
PARUS AUX ÉDITIONS ALBIN MICHEL

Stanley G. Weinbaum	□	*La Flamme noire*
Nathalie Henneberg	□	*Le Mur de la lumière*
Nathalie Kuttner	□	*Le Monde obscur*
Arthur C. Clarke	□	*Les Prairies bleues*
Patrick Ravignant	□	*Les Mutants de la Voie*
Franck Herbert	□	*Le Monstre sous la mer*
E. E. « Doc » Smith	□	*Triplanétaire*
Ray Cummings	□	*La fille fantôme*
David Maine	□	*Les Disparus du club Chronos*
Isaac Asimov	□	*Le Voyage fantastique*
Charles Platt	□	*La Planète des Vôles*

Francis G. Rayer ☐ *Le Cardinal des étoiles*
Fred et Geoffrey Hoyle ☐ *Les Hommes-Molécules*
Jack Vance ☐ *Les Maisons d'Iszm*
Isidor Haiblum ☐ *Le Tsadik aux sept miracles*
E. E. « Doc » Smith ☐ *Le Premier Fulgur*
Jack Williamson ☐ *Légion de l'Espace*
Philip K. Dick ☐ *Les Clans de la lune Alphane*
Poul Anderson ☐ *Le Hors-le-Monde*
Edmond Hamilton ☐ *L'Astre de Vie*
James H. Smith ☐ *Race démoniaque*
N. et R. Carrigan ☐ *Les Étoiles Sirènes*
E. E. « Doc » Smith ☐ *Patrouille galactique*
Jack Williamson ☐ *Les Cométaires*
Robert Heinlein ☐ *Le Ravin des Ténèbres*
Anne McCaffrey ☐ *Décisions à Doona*
Keith Laumer ☐ *Cœur d'Étoile*
Daniel-Yves Chanbert ☐ *Les Sirènes de Lusinia*
Jack Williamson ☐ *Seul contre la Légion*
Abraham Merritt ☐ *Le Visage dans l'abîme*
N. C. Henneberg ☐ *La Plaie*

La composition, l'impression et le brochage de ce livre
ont été effectués par l'Imprimerie Bussière
pour les Éditions Albin Michel

AM

Achevé d'imprimer. Avril 1978
N° d'Édition : 6220. N° d'impression : 724
Dépôt légal : 2e trimestre 1978

IMPRIMÉ EN FRANCE